고려거란전쟁

고려거란전쟁
구주대첩 (상)
ⓒ 길승수 2025

초판 1쇄	2025년 6월 27일		
지은이	길승수		
출판책임	박성규	펴낸이	이정원
편집주간	선우미정	펴낸곳	도서출판 들녘
기획이사	이지윤	등록일자	1987년 12월 12일
편집	이동하·이수연·김혜민	등록번호	10-156
디자인	조예진	주소	경기도 파주시 회동길 198
마케팅	전병우	전화	031-955-7374 (대표)
경영지원	나수정		031-955-7381 (편집)
제작관리	구법모	팩스	031-955-7393
물류관리	엄철용	이메일	dulnyouk@dulnyouk.co.kr
ISBN	979-11-5925-965-4 (04810)		
	979-11-5925-964-7 (세트)		

값은 뒤표지에 있습니다. 파본은 구입하신 곳에서 바꿔드립니다.

고려전쟁

거란

구주대첩

길승수 지음

上

책을 읽기 전에

고려사, 고려사절요, 요사(遼史)를 기본사료로 취했다.

등장인물들은 대부분 실존 인물이고 사건들 역시 역사적 사실을 바탕으로 하고 있다.

시대 배경

고려 성종 시기(993년) 거란의 소손녕이 고려를 침공한다. 이때 그 유명한 서희가 활약하고 이 사건을 거란의 1차 침공이라고 한다.

그로부터 17년 후(1010년), 거란은 다시금 고려를 침공한다. 이것이 거란의 2차 침공이다. 거란 황제 야율융서가 총 40만의 대군을 이끌고 직접 고려로 와서 고려의 수도 개경까지 함락시킨다. 그러나 거란군은 회군하는 길에, 고려의 서북면도순검사 양규의 공격을 받아 패전과 다를 바 없는 피해를 보게 된다.

자존심에 큰 상처를 입은 야율융서는 고려를 다시 공격하여 완전히 멸망시키고자 했다. 이 소설은 거란의 2차 침공 후의 이야기를 다룬다.

고려 측 주요 인물

1. 왕순: 고려의 제8대 왕 현종. 강조의 정변으로 18세에 왕위에 올라 (1009년), 거란의 계속되는 침공과 내부적 위험을 극복하며 진정한 왕으로 성장해간다.

2. 강감찬: 눈에 띄지 않는 평범한 늙은 관료였으나 위기의 순간 빛을 발하기 시작하여 파격적인 전략으로 거란군을 상대한다.

3. 강민첨: 늦은 나이(43세)에 과거에 급제했으며, 거란의 2차 침공 (1010년) 당시 애수진장(隘守鎭將, 문반 7품)으로 중하급 관료였다. 거란의 침공이 계속되자 군사적 능력을 발현하여 고려 최고의 장수가 된다.
4. 조원: 거란의 2차 침공 때 강민첨과 더불어 서경을 지켜내고, 그 후 강감찬을 도와 거란군을 상대한다.
5. 김종현: 바람을 몰고 다닌다.

거란 측 주요 인물

1. 야율융서: 거란의 6대 황제. 총 40만 대군을 이끌고 고려를 침공하여 개경까지 함락시키지만, 회군길에 고려의 서북면도순검사 양규에 의해 패전과 다름없는 피해를 당한다. 이 실패를 만회하고자 지속적으로 고려를 침공한다.
2. 소배압: 2차 침공 때(1010년) 거란 황제가 직접 고려로 왔지만, 거란군의 총지휘는 소배압이 했다. 그로부터 8년 후(1018년), 소배압은 총사령관이 되어 다시금 고려를 침공한다.
3. 야율세량: 거란의 2차 침공 때(1010년), 통주 근처 삼수채에서 고려와 거란의 주력군 간에 회전이 벌어진다. 그로부터 6년 후(1016년), 야율세량이 이끄는 거란군은 곽주 서쪽에서 고려군과 다시 회전을 벌인다.
4. 소허열: 소배압의 조카. 거란의 4차(1015년), 5차(1017년), 6차(1018년) 고려 침공에 모두 관여한다.
5. 소합탁: 거란 황제 야율융서가 가장 총애한 신하.

일러두기

1. 재추(宰樞): 고려에서 재상급 고위 관료를 가리키는 용어다. 내사문하성*(內史門下省)의 종2품 이상 관료와 중추원**(中樞院)의 정3품 이상이다. 현대의 국무위원 정도에 해당하지만, 여러 직을 겸직하여 권한은 훨씬 막강했다.
2. 귀주대첩으로 익히 알려진 지명인 '귀주'는 '구주'로 표기한다.
3. 날짜는 모두 음력이다.
4. 본문에 나오는 각종 시와 노래들은 원문 그대로인 것도 있고 창작한 것도 있으며, 어떤 시나 민요의 내용을 차용한 것도 있다. 예를 들어, 본문에서 구주(평안북도 구성시) 여인이 전사한 남편을 생각하며 부르는 노래는, 민요 '망부가(경북 의성군)'와 '해당화 타령(전북 정읍)'의 내용을 합쳐 변형한 것이다.
5. 한 척은 약 30cm의 당대 척이고 한 근은 약 600g이다. 당시의 역법은 선명력(宣明曆)으로 선명력의 1분은 현대의 약 10초이다. 일각은 현대의 900초이다.
6. 관직명에서 약간의 의도한 오류가 있다. 예를 들어, 감찰하는 업무를 담당하는 관청인 어사대(御史臺)는 시기별로 명칭의 변화가 있으나 어사대(御史臺)로 동일했다.

---

* 내사문하성(內史門下省): 고려 초기의 행정관청으로 최고 의결기관에 해당하며 국가행정 전반과 언론을 담당했다. 후에 '중서문하성'으로 명칭이 바뀐다.

** 중추원(中樞院): 군사와 정보에 관한 일과 왕명 출납을 담당했다. 내사문하성과 더불어 양부(兩府)라고도 한다.

1010년 당시 고려의 군제도

1. 중앙군 6위(六衛)*

	6위 명칭	병종별 인원	총인원
전투 부대 전투 부대 전투 부대	좌우위(左右衛)	보승(保勝) 10령**(領) 정용***(精勇) 3령(領)	1만 3천 명
	신호위(神虎衛)	보승(保勝) 5령(領) 정용(精勇) 2령(領)	7천 명
	흥위위(興威衛)	보승(保勝) 7령(領) 정용(精勇) 5령(領)	1만 2천 명
치안 유지	금오위(金吾衛)	정용(精勇) 6령(領) 역령(役領) 1령(領)	7천 명
의장대	천우위(千牛衛)	상령(常領) 1령(領) 해령(海領) 1령(領)	2천 명
수문 부대	감문위(監門衛)	1령(領)	1천 명

2. 주진군(州鎭軍)

   국경의 주·진에 주둔하며 방어를 담당했다. 이 소설에서는 구주군(龜州軍), 통주군(通州軍) 등이 등장한다.

3. 사역군(노동부대)

   일품군(一品軍), 이품군(二品軍), 삼품군(三品軍).

---

* 　각 위에는 최고 지휘관인 상장군(정3품) 1명과 대장군(종3품)이 1명 있었다.
** 　1령(領)은 1천 명의 군사로 구성되어 있으며 장군(정4품)이 지휘한다.
*** 　정용과 보승에 대해서는 여러 설이 있다. 이 소설에서는 정용은 기병으로, 보승은 보병으로 설정했다.

1015년 이후 고려의 군제도

왕의 친위대인 '응양군*(鷹揚軍)'과 '용호군(龍虎軍)'을 창설하여 고려의 중앙군은 '2군 6위' 체제가 된다.

	2군 명칭	병종별 인원	총인원
친위 부대	응양군(鷹揚軍)	1령(領)	1천 명
친위 부대	용호군(龍虎軍)	2령(領)	2천 명

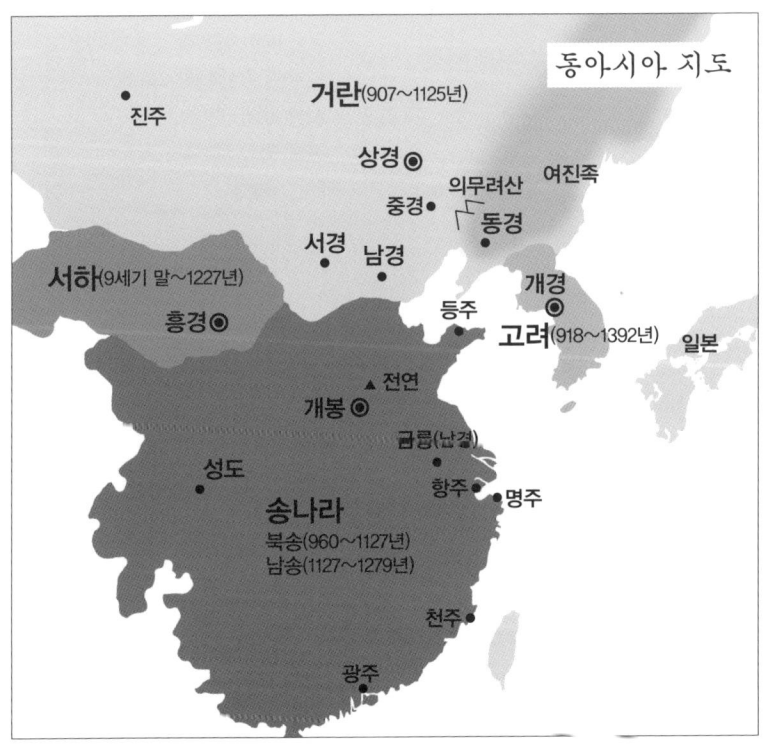

---

* 응양군과 용호군의 창설 시기에 대해서는 여러 설이 있다. 이 소설에서는 '김훈과 최질의 난(1015년)' 이후에 창설되었다는 설을 따른다.

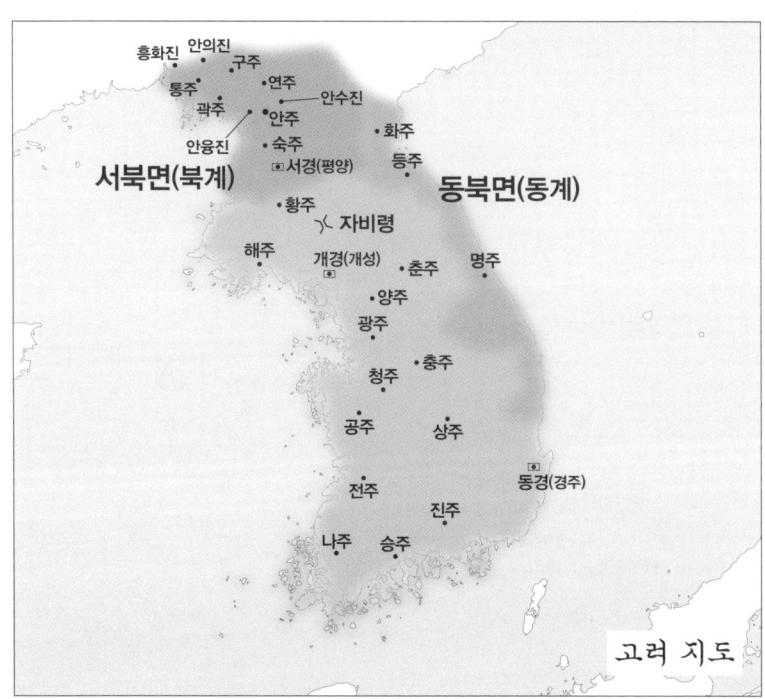

서북면과 동북면은 거란과 여진족 등을 막기 위한 특수군사행정구역으로 거란의 1차 침공 (993년) 후에 성종과 서희에 의해 설치되었다.

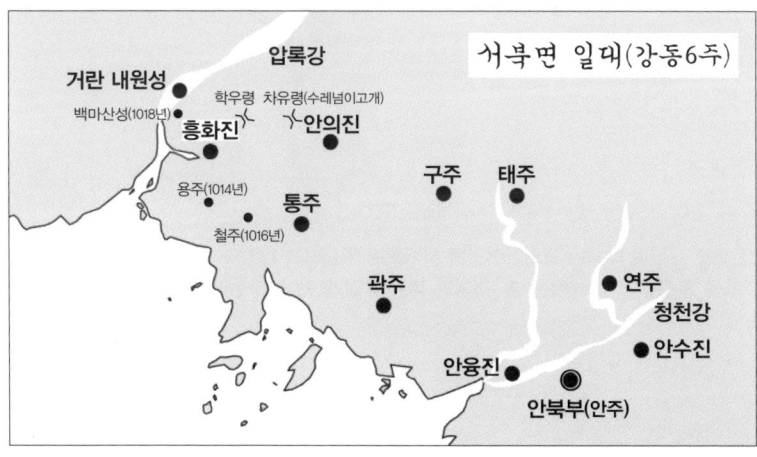

용주(1014년), 철주(1016년), 백마산성(1018년)은 거란의 2차 침공(1010년) 이후에 방어선을 강화하기 위해 설치되었다.

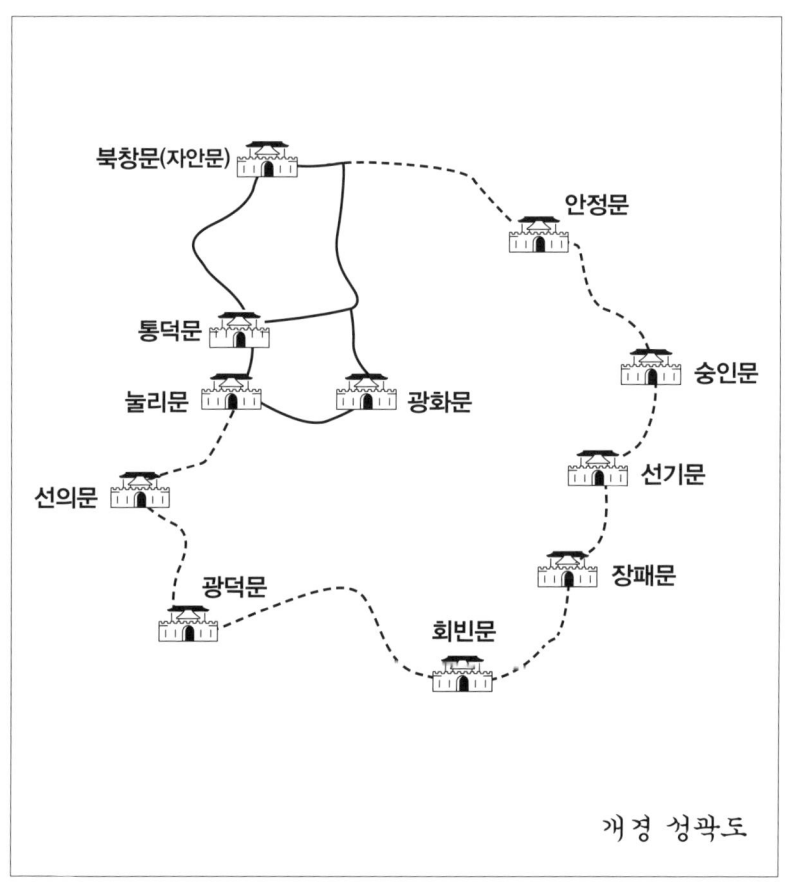

점선으로 표현된 나성은 고려거란전쟁 시기에는 완성되지 않았다. 전쟁이 마무리된 후 1029년 스음 완성된다. 나성에는 총 25개의 성문이 있었다. 위 그림에서는 주요 성문만 표시했다.

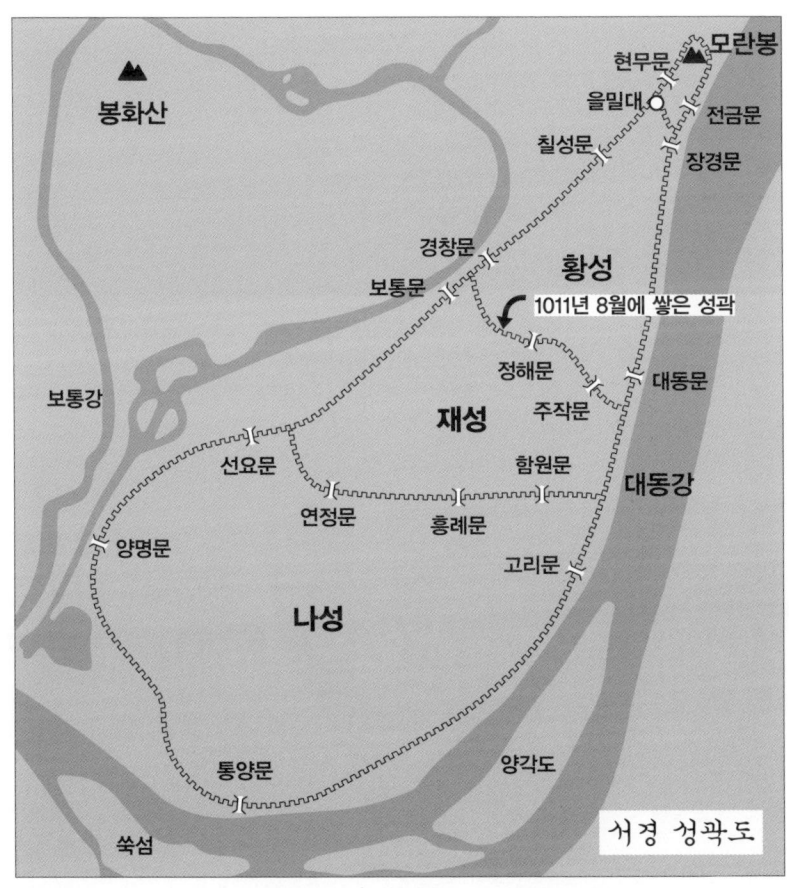

황성과 재성을 나누는 성벽은 거란의 2차 침공(1010년) 후에 서경의 방어를 강화할 목적으로 쌓아졌다.

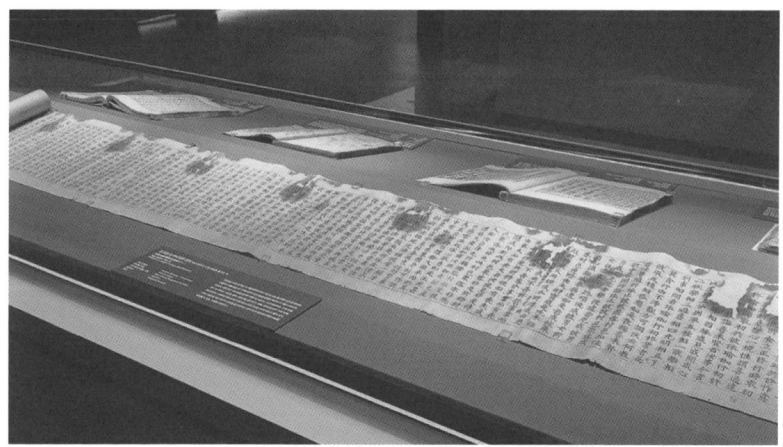

진병대장경(초조대장경): 현종 때 만든 진병대장경은 안타깝게도 1232년 몽골의 침입으로 불타버렸다. 그래서 다시 만든 것이 그 유명한 팔만대장경이다.
진병대장경의 목판은 불탔으나 그 인쇄본은 우리나라와 일본에 2000여 권 이상 남아 있다. 사진 속 진병대장경은 국립중앙박물관에서 볼 수 있다.

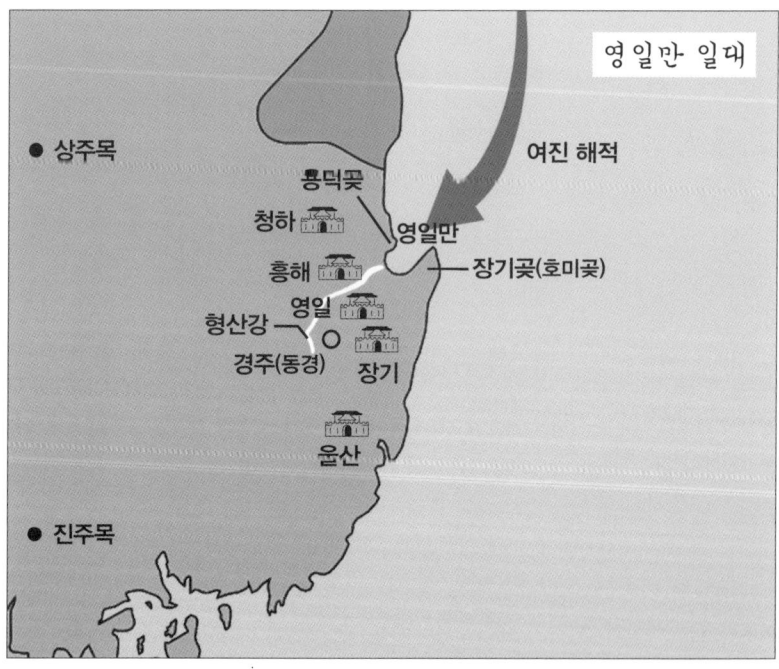

여진족으로 이루어진 해적들은 영일만으로 와서 형산강을 거슬러 올라 경주를 공격했다.

수성무기와 공성무기

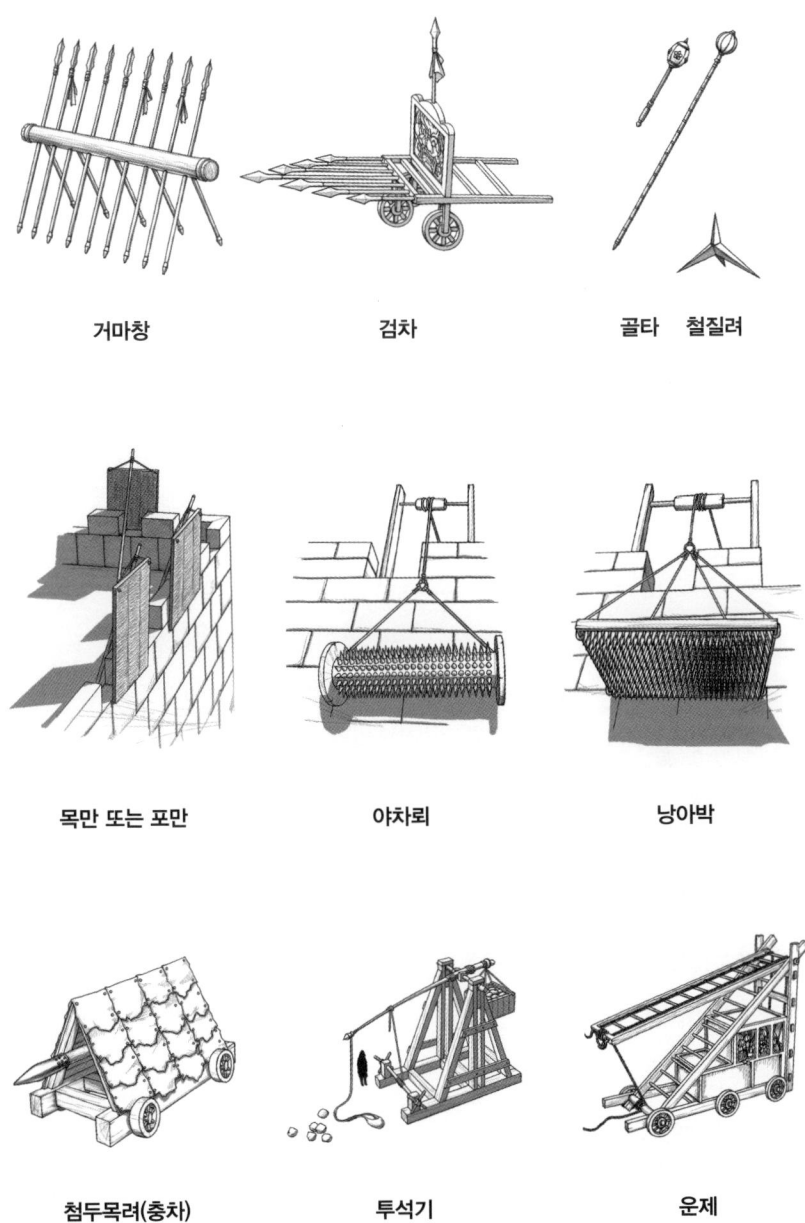

목차

책을 읽기 전에 · 4
일러두기 · 6
프롤로그 · 16

제1장 왕명(王命) ··· 19

1 하공진(河拱辰) 놀이 ··· 20
2 지키지 못한 왕명(王命) ··· 31
3 그때, 그들이 있었다 ··· 46
4 희소식 ··· 60
5 각자의 희망 ··· 74
6 각성 ··· 84
7 연등회   101
8 곡주에서 ··· 115
9 개경에서 ··· 124
10 구주에서 ··· 135
11 구사일생 ··· 149
12 용의 후손 ··· 163
13 학문과 덕행 ··· 177
14 늙은 여우 ··· 186
15 엎친 데 덮친 격 ··· 202
16 해적 ··· 213

17 서경의 황성 ··· 233
18 압록강을 넘어 ··· 245
19 왕명을 욕되게 할 수 없다 ··· 259
20 베 짜기 ··· 271
21 진병대장경 ··· 282
22 넘지 못한 압록강 ··· 294
23 지켜낸 왕명 ··· 307

제2장 용이 지키는 바다 … 317

24 청하현의 하늘바람 … 318

25 대비책 … 333

26 침입 … 343

27 형산강 전투 … 350

28 영일만 해전 … 360

29 연회 … 370

제3장 결정 … 379

30 군주의 행동 … 380

31 탄핵 … 389

32 결정 … 401

프롤로그

　10세기 초, 천 년간 찬란한 역사를 자랑했던 신라는 점차 국운이 쇠퇴하고, 결국 왕건(王建)이 세운 고려가 그 자리를 대신하게 된다 (936년). 고려라는 국호에서 알 수 있듯이 왕건은 고구려 계승을 표방했다.

　신라 북쪽에는 또 다른 고구려의 후신인 발해가 있었다. 발해 역시 2백 년간 존속하다가, 926년에 당시 신흥 세력이던 거란(契丹)에 의해 멸망하고 만다.

　왕건은 고구려의 영토를 계승하기를 원했으므로 북진정책을 추진했고 거란과는 적대하게 된다.

　거란은 계속 세력을 키워, 만리장성을 넘어 '연운16주'라는 지금의 중국 북경을 포함하는 지역을 차지하고 제국으로 점차 성장한다.

　고려와 거란 사이에는 지속적으로 전운이 감돌다가, 결국 993년 거란의 소손녕이 고려를 침공하게 된다. 이것을 거란의 1차 침공이라고 부른다.

　고려는 선봉대가 거란군에 패하는 바람에 초반에 어려움이 있었으나, 결국 서희의 활약으로 거란군을 막아내고, 협상을 통해 압록강 남쪽의 땅인 '강동6주'를 개척하게 된다.

　서희는 거란의 재침에 대비해서 국경 지역에 '서북면'과 '동북면'이라는 특수군사행정구역을 설치한다.

　그로부터 16년 후, 고려에서는 강조(康兆)가 당시 고려의 왕인 목종(穆宗)을 폐위시키고 현종(顯宗)을 옹립하는 일이 발생하고, 이것을 명분으로 거란 황제 야율융서는 40만 대군으로 다시 고려를 침공한다. 이 사건이 거란의 2차 침공(1010년)이다. 거란군은 개경까지 함락시키지만 돌아가는 길에 고려의 서북면도순검사 양규에 의해 패전과 다를 바 없는 피해를 보게 된다.

  자존심이 몹시 상한 야율융서는 고려를 재침공해 완전히 멸망시키고자 한다. 이 이야기는 여기서부터 시작한다.

제1장

왕명(王命)

I
하공진(河拱辰) 놀이

봄의 신이 많은 시간을 써서 꽃을 피우는데
어찌하여 가을의 신이 또 꽃을 피우려 하나
차가운 가을바람 날마다 소슬히 불어오는데
어느 곳에서 따뜻함을 빌려와 고운 꽃을 피우는지

봄빛에 기대지 않고 가을빛에 기대어
참으로 차가운 꽃을 피우니 서리도 두렵지 않아
술 가진 사람이 어찌 너를 저버릴 수 있겠는가
네 향기 어여삐 여겨 만세토록 즐기리라

자황포(柘黃袍)를 입은 키가 훤칠한 남자가 술잔을 입에 살짝 대며 말했다.
"중구절*(重九節)에 마시는 국화주는 역시 향기롭군."
이제 막 불혹에 접어든 것 같았는데, 눈과 눈썹이 반달같이 매끄럽게 휘었고 하관이 가느다란 것이 매우 고운 미중년의 용모였다. 그의 양옆

---

* 중구절(重九節): 9월 9일, 장수(長壽)를 위해 국화주를 마시는 것이 관례였고 추석과 더불어 가을에 있는 큰 명절이었다.

에는 네 명의 젊은 사람이 자색 관복을 입고 무소뿔로 장식된 허리띠를 매고 있었다. 그중 이십 대 중반쯤으로 보이며 가장 연장자인 사람이 화답하여 말했다.

"국화의 향과 약효가 술에 짙게 배어 있으니 한 잔 드실 때마다 천수(千壽, 1,000살)씩 늘어나실 것입니다."

자황포를 입은 사람이 너털웃음을 터트리며 말했다.

"하하하, 열 잔을 마실 생각이니 그럼 만 살을 살아야 한다는 말인가!"

커다란 전각 안에는 수십 명의 사람이 모여 있었는데, 바로 고려의 궁궐 안에 있는 건덕전(乾德殿)이었다.

자황포를 입은 사람은 고려 왕 왕우*(王俁)였고, 자색 관복을 입은 사람들은 왕우의 친동생들로서 대방공(帶方公) 왕보(王俌), 대원공(大原公) 왕효(王侾), 제안공(齊安公) 왕서(王偦), 통의후(通義侯) 왕교(王僑)였다.

왕우가 동생 중에 가장 어린 통의후 왕교를 보며 미소 지으며 물었다.

"우리 막내도 이제 국화주의 맛을 즐길 줄 아느냐?"

왕교가 심히 못마땅한 표정을 지으며 말했다.

"성상, 저도 이제 열 살이 훌쩍 지났나이다."

왕교의 발끈하는 모습에 왕우가 웃으며 말했다.

"껄껄, 우리 통의후의 얼굴에 여드름이 가득한 것이 과연 이제 어린 애가 아니구나!"

중서시랑평장사(中書侍郎平章事) 오연총(吳延寵)이 앞으로 나서며 왕우에게 축수했다.

---

*　**왕우(王俁)**: 고려 제16대 국왕인 예종(睿宗, 1079년~1122년)이다.

제1장 왕명(王命)

"성상께서는 단정하고 중용을 지키시며 또한 슬기롭고 밝으십니다. 생명을 살리기 좋아하시어 변방의 부족들도 즐거이 따르니, 이보다 더한 성덕이 어디에 있겠습니까! 필히 만수무강하실 것이옵니다."

평장사(平章事) 최홍사(崔弘嗣), 예빈경(禮賓卿) 이자겸(李資謙) 등 다른 대신(大臣)들도 모두 축수의 말을 올렸다.

대신들의 말이 끝나자, 수척하게 늙은 신하가 의자에 앉아 있다가 한 사람의 부축을 받아 일어서며 말했다.

"성상께서 만년토록 장수하시기를 축원드리옵니다."

이 늙은 신하는 수태보(守太保)·문하시중(門下侍中) 윤관(尹瓘)이었다. 윤관은 여진 정벌*(1107~1109년)에 실패한 후 탄핵을 받아 관직에서 물러나 있다가, 왕우의 거듭된 요청으로 다시 궁에 출입하게 된 지 며칠 되지 않았다.

윤관은 원래 체격이 크고 활달하여 기(氣)가 넘치는 사람이었다. 나이가 들어서도 변함이 없었는데, 지금은 허리가 굽어 있고 매우 초췌한 것이 완연한 노인의 행색이었다.

왕우가 고개를 끄덕이며 말했다.

"경도 아무 탈 없이 건강히 지내시오."

왕우는 윤관을 보며 안쓰러운 표정을 지었다. 활달했던 윤관이 갑자기 늙어버린 이유가, 여진 정벌에 실패했기 때문이라는 것을 잘 알고 있었기 때문이다.

지금의 대신들은 왕우의 아버지 숙종**(肅宗)이 발탁한 사람들로서

---

* 여진 정벌: 1107년, 윤관은 20만 대군을 이끌고 여진족을 정벌하여 동북면 밖으로 '동북9성'을 쌓았다. 그 뒤 여진족의 반격을 받아 동북9성을 돌려준다.
** 숙종(생몰: 1054년~1105년, 재위: 1095년~1105년) 고려 제15대 왕, 이름은 왕옹(王顒). 문종(文宗)의 아들이며 선종(宣宗)의 동생이다.

능력이 출중하고 저마다의 장기(長技)를 가지고 있었다. 모두 훌륭한 사람들이었지만 숙종이 가장 신임한 사람은 바로 윤관이었다.

윤관은 젊어서부터 학문을 좋아하여 손에서 책을 놓지 않았고, 늘 스스로 갈고 닦기를 게을리하지 않는 사람이었다. 윤관은 총명하면서도 인격 역시 훌륭했다.

또한 윤관은 사람에 대한 의리가 깊었다. 그 의리가 왕에 대해서는 강한 충성심으로 나타났다. 아무리 어려운 일을 시켜도 앞뒤를 재는 법 없이 그 일을 수행했고 자신의 유불리도 따지지 않았다. 숙종이 헌종*(獻宗)에게 양위를 받은 후 거란에 사신으로 간 사람이 윤관이었다. 거란에서 어떤 트집을 잡을지 모르므로 가장 믿을 수 있고 능력 있는 사람을 보내야 했다.

숙종은 윤관을 신하라기보다는 어려움을 함께하고 마음을 나누는 친구로서 대했고, 왕우 역시 그 사실을 잘 알고 있었다.

왕우는 아버지 숙종의 유언에 따라서 여진 정벌을 감행했고 윤관은 거기에 혼신의 힘을 다 쏟아부었다.

사람들이 정벌의 실패를 걱정하자 윤관은 이렇게 말했다.

"김유신(金庾信)은 유월에 강물을 얼게 했다. 이로써 군대가 강을 건넜으니, 이것은 오직 지극한 정성이 있었을 뿐이었다. 강감찬(姜邯贊)은 거란의 군사를 물리쳐 나라를 평안하게 하여 그 은혜가 백성에게 두루 미쳤다. 나 또한 어찌 그렇게 못하겠는가!"

그러나 여진 정벌에 결국 실패하고 말았다. 실패 때문인지, 너무 힘을 많이 쏟아내서인지, 실패 후 비난을 너무 많이 받아서인지, 윤관은

---

* 헌종(생몰: 1084~1097년, 재위: 1094~1095년)은 선종의 아들이자 숙종의 조카였다. 숙종이 어린 헌종을 폐하고 왕위에 올랐다.

갑자기 늙어버렸다.

 숙종의 유언을 받들어 왕우 자신이 결정하고, 윤관이 일을 한 것이었다. 실패에 대해 윤관을 비난하는 것은 숙종을 비난하는 것이자 자신을 비난하는 것이었다.

 왕우는 윤관을 보며 갑자기 늙어버린 아버지를 보는 것처럼 마음이 아려왔다. 윤관에게 직접 술을 따라주고 싶었다. 왕우가 우울한 기분을 날려버리려는 듯이 힘차게 말했다.

 "술병을 가져오라! 짐이 종친들과 대신들에게 직접 술을 따를 것이다."

 시종들이 청자로 된 술병을 가지고 오자, 왕우는 종친들에게 먼저 술을 따른 후 윤관에게 다가갔다. 윤관은 일어선 채로 왕우가 다가오기를 기다렸는데 서 있기조차도 버거워 보였다. 옆에서 부축하는 사람이 그런 윤관을 거의 감싸듯이 안고 있었다. 이 사람의 체격은 당당했는데, 윤관의 양아들 공부원외랑 척준경(拓俊京)이었다.

 척준경은 곡주(谷州: 황해북도 곡산군)의 한미한 가문 출신이었다. 여진족을 토벌하기 위한 전쟁(1104년)에 참전하여 큰 공을 세워 천우위(千牛衛) 녹사참군사(錄事參軍事, 정8품)로 임명되었다. 척준경은 공을 세웠으나, 그 전쟁에서 고려군은 패전했다.

 그 후, 고려는 윤관을 총사령관인 원수로 임명하고 오연총을 부원수로 하여, 전 국력을 동원한 전쟁 준비에 들어갔다. 척준경 역시 동북면에서 전쟁을 준비하는 일에 참여했다. 그런데 일하는 도중에 상관과 시비가 붙어 그를 때려서 죄를 짓고 말았다. 하극상은 큰 죄였으나 총사령관이었던 윤관은 척준경을 두둔해 그 죄를 무마해주었다. 그리고 척준경은 그것을 잊지 않았다.

 윤관은 출정(1107년)하여 여진족들을 몰아내고 영주(英州: 현재의 함경북도 길주군) 등에 성을 쌓았고, 그 이듬해에는 병목(甁項)이라고 불리는 좁은 길로 깊숙이 나아가 여진족 본거지를 공격하는 과감한 전략을 세웠다.

윤관과 오연총은 팔천 명의 병력을 이끌고 선봉에 서서 나아갔다. 그러나 도중에 여진족들의 매복 공격을 받아 선봉군은 모두 전사하고 겨우 열 명만 살아남았다. 윤관 등은 여진족들에게 여러 겹으로 포위당했고 오연총은 화살에 맞아 형세가 매우 위급했다.

그때 척준경은 선봉군의 뒤를 따라오고 있었다. 그는 윤관이 여진족의 습격을 받고 있다는 소식을 듣고 곧장 앞으로 가 구원하려고 했다. 그러나 전황은 이미 몹시 어려워진 뒤였다.

척준경이 앞으로 나아가려고 하자 척준경의 동생 척준신(拓俊臣)이 말렸다.

"형님, 이미 글렀습니다. 적진이 견고하니 쓸데없이 목숨을 버릴 이유가 없습니다!"

척준경이 결연한 표정으로 말했다.

"너는 돌아가서 부모님을 봉양하라! 나는 의리상 각하(윤관)를 구해야겠다!"

척준경은 기세를 떨치며 앞으로 나아갔다. 적의 포위를 뚫고 윤관과 오연총 곁으로 가는 데 성공한 그는 윤관과 오연총을 보호하며 밀려오는 여진족과 사투를 벌였다. 여진족은 계속해서 몰려들었다. 생과 사를 가늠할 수 없는 전투가 이어졌다.

윤관이 척준경에게 다급히 말했다.

"우리를 놔두고 서둘러 빠져나가도록 하라! 그대 혼자라면 탈출할 수 있을 것이다!"

척준경이 굳건히 말했다.

"이 척준경은 일개 장수에 지나지 않습니다. 그러나 각하께서 안 계시면 우리 고려군은 무너질 것입니다. 또한 저는 각하의 은혜를 입었으니 의리상 그럴 수 없습니다!"

여진족의 포위망은 점점 더 단단해졌고 전투를 치르느라 여기저기 부상을 입었으나 척준경은 물러나지 않았다. 윤관으로부터 받은 은혜에 보답하고자 했던 것이다. 척준경은 혼신의 힘을 다해 윤관과 오연총을 보호하며 버텼다.

척준경이 사투를 벌이는 사이, 어느 순간 뿔나팔 소리가 길게 울려 퍼졌다.

"뚜웅~~~~~~~~."

그리고 뿔나팔 소리와 함께 산골짜기에서 군사들이 쏟아져 나오기 시작했다.

"각하를 구하라! 적들을 척살하라!"

척준경이 시간을 버는 동안, 다행히도 병마판관(兵馬判官) 최홍정(崔弘正)과 장군 이관진(李冠珍) 등이 이끄는 후속 부대가 도착한 터였다.

영주(英州: 함경북도 길주군)로 무사히 입성한 후, 윤관이 눈물을 흘리며 척준경의 손을 잡고 말했다.

"내가 이제부터 너를 아들로 생각할 것이니, 너도 나를 아버지의 예로 대하거라."

그리하여 척준경은 윤관의 양아들이 되었고, 그 뒤 어려운 전황 속에서도 양아버지 윤관을 위해 목숨 거는 일을 마다하지 않았다.

왕우는 윤관과 척준경을 바라보았다. 마음속에서 뭉클한 무언가가 올라왔다. 척준경의 어깨를 두드리며 윤관에게 말했다.

"경은 이런 좋은 아들을 두었으니 무슨 걱정이 있겠소!"

윤관이 미미하게 미소 지으며 말했다.

"준경은 제 아들이기 이전에 성상의 좋은 장수이옵니다."

왕우가 고개를 크게 끄덕였다. 술이 몇 순배 도는 동안, 왕우의 앞에 커다란 무대가 설치되었다. 무대 위로 광대 하나가 올라서며 말했다.

"성상 폐하! 이번 중구절을 맞아 새로운 연희(연극)를 준비했나이다."

새로운 연희라는 말에 왕우가 매우 호기심 어린 표정으로 말했다.

"오 그래, 아주 기대되는구나! 어떤 연희냐?"

광대가 왕우의 동그랗게 뜬 눈을 살짝 보고, 머리를 조아리며 말했다.

"백 년 전, 거란과의 전쟁에서 큰 공을 세운 어느 충신의 이야기입니다."

"백 년 전의 충신이라?"

왕우의 질문을 뒤로한 채 광대가 말했다.

"그럼 곧 시작하겠나이다."

왕우가 무대 위를 보는데, 수십 명의 여제자*(女弟子)들이 두 명씩 짝을 이루어 각각 긴 푸른 천들을 맞잡고 움직이고 있었다. 여제자들의 움직임에 따라서 푸른 천들이 넘실거렸는데 그것이 마치 푸른 물결처럼 보였다. 넘실대는 푸른 천들 가운데 황토색 천으로 장식된 작은 공간이 만들어졌다.

곧 키가 칠 척에 가까운 장대한 체구의 사람이 검은 옷을 입고 무대 위로 뛰어 올라왔다. 얼굴에는 커다란 가면을 쓰고 있었는데 윗입술이 약간 세로로 찢어져 있었다. 그는 활, 화살 그리고 네 척 길이의 날이

---

*   **여제자(女弟子): 교방(敎坊: 고려 시대의 무용 학교)에서 춤과 노래를 연마하는 여자.**

두터운 장검을 소지하고 있었다.

무대 위로 오르더니 크게 소리쳤다.

"나는 현종 때 공신, 상서좌사낭중(尙書左司郞中) 하공진(河拱辰)이다!"

키가 작은 또 다른 사람이 무대 위로 오르며 외쳤다.

"나는 화주방어사(和州防禦使) 유종(柳宗)이다!"

백 년 전(1011년), 거란군이 개경까지 진군하자, 하공진은 화친을 청하기 위하여 거란 진중에 갔었다. 그 하공진을 주인공으로 하는 연희가 펼쳐진 것이었다.

무대 위에서는 탈을 쓴 광대 수십 명의 공연이 펼쳐졌고 현란한 춤사위가 계속되었다. 광대들의 절반은 상투를 튼 가면을 쓰고 있었고 나머지는 변발한 가면을 쓰고 있었다. 상투는 고려인을, 변발은 거란인을 상징했다.

잠시 후, 변발한 광대들이 달려들어 하공진을 잡았다. 자흑색 빛이 은은하게 감도는 갖옷을 입고 있는 광대 하나가 하공진에게 말했다. 당시 거란의 황제 야율융서였다.

"나의 신하가 되라!"

하공진이 답했다.

"목숨을 버리더라도 나의 왕명과 의리를 지킬 것이다."

하공진의 말이 끝나자, 시퍼런 칼날이 하공진의 목으로 떨어졌다.

하공진 가면을 쓴 광대가 풀썩 쓰러졌다.

광대가 쓰러지자, 왕우가 벌떡 일어났다. 그리고 잠시 후 박수를 치기 시작했다. 대단히 감동한 모습이었다. 윤관을 비롯한 신하들 역시 왕우를 따라 박수를 쳤다.

"짝, 짝, 짝, 짝…."

커다란 박수 소리와 함께, 하공진을 연기한 사람이 몸을 일으켰다. 사람들의 시선이 그 광대에게 쏠렸고 그가 곧 가면을 벗었다.

왕우가 놀라며 말했다.

"그대는 위위주부(衛尉注簿) 하준(河濬) 아닌가!"

하준이 왕우에게 길게 읍한 뒤에 말했다.

"소신이 하공진의 오세(五世) 손(孫)입니다."

왕우가 호탕하게 웃으며 말했다.

"내가 그동안 공신의 후예를 알아보지 못했군!"

왕우가 주위 대신들을 둘러보며 말했다.

"충신의 자손에게 관직을 올려주는 것이 마땅하지 않겠소?"

윤관이 말했다.

"하공진은 스스로의 목숨을 버리면서까지 왕명을 지켰습니다. 이런 의리 있는 신하는 큰 귀감이 됩니다. 그 후손을 높이는 것이 옳습니다."

왕우가 힘주어 말했다.

"고려는 충신을 절대로 잊지 않지."

왕우는 하준을 합문지후(閤門祗候, 정7품)로 임명했다. 합문(閤門)은 조회와 의례를 맡는 관청으로 왕을 가까이에서 보좌하는 요직이었다.

윤관이 왕우에게 말했다.

"충신이 있는 이유는, 훌륭한 군주가 있기 때문입니다. 하공진이 칭송받을 수 있는 것은 현종대왕이 계셨기 때문이고, 하준을 높일 수 있는 것은 성상이 현명하시기 때문입니다."

윤관의 말을 듣고 왕우가 상기된 표정으로 고개를 끄덕였다. 그리고 잠시 후 신하들에게 명했다.

"현종대왕께서는 왕위에 오르기 전, 신혈사(神穴寺)에 계시면서 갖은 위험을 겪으셨소. 그러면서도 천하를 안정시키겠다는 뜻을 버리지 않으셨다 하오. 짐은 현종대왕의 뜻을 본받기 위해 곧 신혈사로 행차할 것이오."

다음 달, 왕우는 자신의 증조할아버지인 현종이 머물렀던 신혈사를 방문했다.

2
지키지 못한 왕명(王命)

경술년(1010년) 오월, 하공진과 유종은 백령도(白翎鎭)로 유배되었다. 작년(1009년)에 하공진과 유종은 동북면에서 근무하면서 조정의 허락 없이 군대를 움직여 여진족을 공격하다가 패전한 적이 있었다. 이들은 이 패전을 매우 분하게 여겼다. 그러던 차에, 여진족 구십오 명이 고려 조정에 입조하기 위하여 동북면 화주관(和州館: 함경남도 금야군)에 당도하자 그들을 모두 죽여버렸다.

이때 거란은 강조의 정변을 빌미로 고려를 침공하려 하고 있었다. 여진족들은 거란으로 달려가 이 사실을 호소했고, 이 일 역시 침공의 일정 부분 명분이 됐다. 이런 이유로 하공진과 유종은 탄핵을 받아 백령도에 유배되어 있었던 것이다.

유월이 되자, 거란의 침공은 점차 기정사실화되었고, 십일월 하순이 되자 거란군이 압록강을 건넜다는 소식이 백령도에도 전해졌다.

하공진과 유종은 백령도의 포구에 나와서 서성이고 있었다. 거란군이 국경을 넘어섰다는 소식이 전해진 후, 매일 포구에 나왔다가 '사곶'이라고 불리는 백사장을 거니는 것이 일이었다. 뭍에서 오는 새로운 소식을 기다리고 있었던 것이다.

하공진이 유종에게 근심스러운 표정으로 물었다.

"우리 고려가 거란을 막아낼 수 있겠소?"

유종이 북쪽을 보며 말했다.

"무조건 막아내야 하지 않겠습니까?"

유종의 말은 분석이 아니라 희망이었다. 하공진과 유종은 백사장을 거닐다가 인접해 있는 야산에 올랐다. 산 정상에서 육지를 바라보니 바다를 건너 장산곶(황해남도 용연군)이 한눈에 들어왔다.

유종이 바다를 보며 말했다.

"오늘도 인당수는 여전히 소용돌이치는군요."

백령도 북쪽 앞바다는 인당수(印塘水)라고 불리는데 물살이 매우 거세고 소용돌이가 많은 곳이었다.

십이월 초, 강조가 이끄는 고려의 주력군이 삼수채에서 패했다는 소식이 백령도에 전해졌다. 하공진은 그 소식을 듣자마자 바로 짐을 꾸렸다. 그 모습을 보고 있던 유종이 놀라서 하공진에게 물었다.

"무엇을 하려는 겁니까?"

하공진이 미간을 찌푸리며 말했다.

"섬을 나가서 아군을 도와야 하지 않겠소!"

유종이 정색하며 말했다.

"우리는 아직 유배 중이니 '왕명' 없이는 유배지를 떠날 수 없습니다."

유종이 '왕명'이라는 말을 꺼내자, 하공진이 약간 신경질적인 목소리로 말했다.

"나라가 큰 위기에 처했는데 어찌 왕명에만 얽매이겠소!"

하공진은 유종의 말에 아랑곳하지 않고 짐을 꾸려 방을 나섰다. 유종이 그 뒤를 따르며 강하게 만류했다.

"왕명을 어기면 참수형입니다!"

하공진이 유종을 보며 내뱉듯이 말했다.

"우리는 이미 한 번, 왕명을 어겼었소."

진주(晋州: 경상남도 진주시) 사람인 하공진은 몸집이 크고 힘이 세서 수박희*(手搏戱)에 능했다. 열아홉 살에 무관으로 등용되어(981년) 성종**(成宗)에게 총애를 받아 궁궐의 시위군이 되었다. 하공진은 궁궐에서 행해진 수박희 대회에서 자주 일등을 했고 스스로 그것을 매우 자랑스러워했다. 그런 하공진을 보고 성종이 말했었다.

"왕을 시위하는 것은 팔과 다리가 몸을 보호하는 것과 같다. 따라서 의리를 아는 자가 가장 적합하며, 용맹한 자는 그다음이다. 그대는 의리를 아는 사람이 되라!"

하공진이 머리를 숙이며 말했다.

"왕명을 받들겠습니다."

계묘년(993년), 거란의 소손녕이 고려를 침공하자, 성종은 이렇게 명령하며 군대를 직접 이끌었다.

"군대를 조직하라! 적이 침입하여 나라를 어지럽히니, 짐이 직접 군대를 인솔하여 그들을 물리칠 것이다!"

하공진은 전선으로 달려가는 성종을 호위했다.

거란의 소손녕은 팔십만 대군을 거느리고 왔다고 했다. 소손녕이 이끄는 군사가 정말 팔십만인지는 알 수 없으나 어쨌든 거란군은 천하 최강의 군대였다.

십여 년 전(979년), 거란군은 송나라 태종이 이끄는 십만 군사와 싸워 그들을 거의 몰살시켰으며 송나라 태종을 포로로 잡을 뻔했다. 불과 칠

---

*   수박희(手搏戱): 고려군이 연마했던 무예였다.
** 성종(成宗): 고려의 제6대 왕. 재위 981년~997년. 이름은 왕치(王治). 993년 소손녕의 침공을 막아내고 강동6주를 개척했다.

제1장 왕명(王命)

년 전(986년)에는 이십만에 달하는 송나라 군대를 궤멸시켰었다.

성종은 친히 그 강한 적과 싸우러 가는 길이었다. 그런 성종을 호위하는 것이 하공진의 임무였다. 하공진은 성종을 모시는 것이 대단히 자랑스러웠고, 성종을 지키기 위해서라면 자신의 목숨도 내놓을 태세였다.

그러나 불행히도 고려의 선봉군이 거란군에게 패하고 말았다. 그러자 서경을 비우고 후퇴하자는 의견이 우세해졌다. 성종은 그 의견에 따라서 서경을 비우고 자비령으로 방어선을 후퇴시키려고 했다. 서경을 비운다는 성종의 명령이 하달되자, 전선에서 거란군과 대치 중이던 서희가 서경으로 급히 달려왔다.

서경으로 달려온 서희는 성종에게 이렇게 말했다.

"전투의 승부는 군대의 강약에 있는 것이 아니라, 단지 틈을 보아 기민하게 기동하는 것에 있습니다."

성종이 고개를 끄덕이자 서희는 말을 이어나갔다.

"적에게 국토를 할양하는 것은 치욕스러운 일입니다. 신들이 그들과 한번 싸워본 뒤에, 다시 의논해도 늦지 않습니다!"

서희가 강력히 주장하여 결국 서경을 사수하기로 결정되었다. 서경의 장락궁에서 회의가 있고 난 뒤, 성종은 홀로 용상에 앉아 있었다. 서경 사수를 천명했으나 서경을 지키는 것은 쉬운 일이 아니었다. 성종이 하공진에게 물었다.

"서경은 평지에 쌓아진 성이다. 수십만의 거란군이 몰려오면 쉽게 지킬 수는 없을 것이다. 그대는 어떻게 생각하는가?"

하공진이 답했다.

"소신은 왕명을 따를 뿐입니다."

성종이 미소 지으며 말했다.

"잘못된 왕명도 따를 것인가?"

"성상께서 명령을 내리신다면 소신은 목숨을 바쳐서라도 따를 것입니다."

성종이 미간을 모으며 근엄한 표정으로 말했다.

"잘못된 명령에 목숨을 버려서야 되겠는가! 왕의 명령이 잘못되었다면 반드시 간하도록 하라."

"왕명을 받들겠습니다."

하공진의 대답에 성종이 표정을 부드럽게 바꾸며 말했다.

"여하간 그대 같은 신하가 있어서 든든하구나! 우리는 서경을 방어해내고 거란군을 격퇴시킬 수 있을 것이다."

결국 서희가 이끄는 고려군은 거란군을 막아내고 강동육주를 확보하게 된다.

몇 년 후(997년) 성종은 병에 걸리게 되었다. 병세가 심해진 그는 조카인 개령군(開寧君) 왕송*(王誦)을 불러 왕위를 물려준다.

신하들이 성종의 병을 치료하기 위하여 사면령을 반포하자고 건의하자, 성종은 이렇게 말했다.

"죽고 사는 것은 하늘에 달렸으니, 죄지은 자들을 풀어주면서까지 억지로 목숨을 연장할 필요가 있겠는가! 또한 뒤를 이어 왕위에 오른 사람이 무엇으로써 새 왕의 은혜를 펼 수 있겠는가!"

하공진은 성종이 임종하기 전까지 호위했다. 성종이 하공진에게 말했다.

"그대는 새 왕을 잘 호위하도록 하라."

하공진이 답했다.

---

* **왕송**(王誦): 고려의 제7대 왕인 목종(穆宗). 재위 997년~1009년.

제1장 왕명(王命)

"왕명을 받들겠습니다."

성종의 뒤를 이어 목종(穆宗)이 즉위하자 하공진은 곧 중랑장(中郎將)에 임명되었다. 그런데 목종은 왕으로서의 자질이 없는 사람이었다. 사냥과 유희를 즐기며 정치를 돌보지 않았다. 그 틈에 목종의 동성애 상대인 유행간과 유충정이 권력을 휘둘렀고, 천추태후와 내연관계에 있는 김치양이 정치를 어지럽혔다. 십여 년간, 하공진은 몹시 실망했다.

강조의 정변(1009년)이 일어나자, 하공진은 유행간 등을 체포해서 강조에게 데리고 갔다. 그 공으로 무관임에도 문관직인 좌사낭중(정5품)에 임명되었다. 목종은 결국 왕위에서 내려왔다. 하공진은 성종이 내렸던 명령, '그대는 새 왕을 잘 호위하라.'는 왕명을 애써 잊었다.

하공진은 유종의 계속된 만류에도 섬 동쪽의 포구로 나왔다. 어선이 몇 척 보였고 하공진은 그중 한 척에 올라타려고 했다. 당황한 유종이 하공진의 옷자락을 잡고 실랑이를 벌였다. 한참 실랑이를 벌이고 있는데 바다 쪽에서 북소리가 연이어 울려 퍼졌다.

"둥, 둥, 둥, 둥, 둥…."

하공진이 바다를 바라보니 포구를 향해 배 한 척이 다가오고 있었다. 뱃전에는 깃발들이 정연히 꽂혀 있었고 특히 돛대 끝에는 황색의 '령(令)'기가 있었다. 황색의 '령(令)'기가 꽂혀 있다면, 왕명을 전하기 위한 순라선(巡邏船)이었다.

순라선이 곧 포구에 닿더니 한 사람이 내려 하공진과 유종을 보며 말했다.

"어명이오! 좌사낭중 하공진과 화주방어사 유종을 복직시키라는 어명이오!"

거란군이 서경을 지나 개경까지 남하하려고 하자, 고려 조정에서 둘의 관직을 회복시켰던 것이다.

하공진과 유종은 순라선을 타고 지체함 없이 백령도를 나섰다. 배를 타고 서북쪽으로 삼십 리 떨어진 장산곶으로 향하는데, 바닷물이 육지에서 바다 쪽으로 소용돌이치며 빠져나가고 있었다. 이곳 인당수의 물결은 거셌지만, 순라선은 물결을 힘차게 가르며 앞으로 나아갔다.

하공진과 유종은 장산곶 오우포(吾又浦)에 상륙한 뒤에 해주(海州: 황해도 해주시)로 길을 잡았다. 해주에 거의 다다르자, 한 무리의 사람들이 머리와 등에 짐을 지고 몰려오고 있었다. 하공진이 그중 한 명을 붙잡아 물었다.

"무슨 일이오?"

그 사람이 눈을 크게 뜨며 말했다.

"수십만의 거란군이 개경으로 진군 중이랍니다! 우리는 섬으로 피난을 가는 중입니다."

하공진이 몹시 놀라며 유종에게 말했다.

"어서, 개경으로 갑시다!"

유종이 하공진을 잡으며 말했다.

"수십만의 거란군이 개경으로 오고 있다면, 우리가 간다고 해서 무슨 뾰족한 수가 있겠소! 남쪽으로 내려가 훗날을 도모합시다."

하공진이 버럭 화내며 말했다.

"우리는 고려의 관리들이요. 나라로부터 은혜를 받았으면 몸과 마음을 바쳐 충성을 다해야 하거늘 무슨 소리를 하는 거요!"

하공진은 유종의 말에 생각할 가치도 없다는 태도를 보이며 개경으로 향했다.

염주(鹽州: 황해남도 연안군), 백주(白州: 황해남도 배천군)를 거쳐 십이월 이십구일 새벽, 만수산 남쪽 고개에 도착했다. 이곳에서부터는 동쪽으로 개경 송악산이 보인다. 그런데 송악산 남쪽이 환히 빛나고 있었다. 하공진은 개경 시내가 불타고 있다는 것을 직감했다. 급히 유종에게 말했다.

"서두릅시다!"

유종이 떨리는 목소리로 말했다.

"설마 벌써 거란군이 개경에 당도한 것은 아니겠지요?"

반 시진을 이동하여 개경 서쪽 문인 통덕문(通德門)에 이르렀으나 거란군의 모습은 아직 보이지 않았다. 통덕문을 지나자 궁궐 여기저기가 활활 타고 있는 모습이 한눈에 들어왔다. 그 모습에 하공진은 맥이 탁 풀리며 정신이 아득해졌다. 고려의 황도 개경이 불타고 있는 것이었다.

비탄에 젖은 마음으로 궁궐을 가로질러 움직였다. 날아갈 듯 연이은 용마루에 울긋불긋한 단청, 붉은색 기둥으로 화려했던 고려의 궁궐은 이제 잿더미로 변하고 있었다. 고려의 멸망과도 같은 풍경이었다. 하공진은 순간 어찌할 바를 몰랐다.

그런데 궁궐 안에 사람들이 보이지 않았다. 모두 피신한 듯했다. 그리고 북쪽으로부터 은은한 함성이 들려왔다.

유종이 다급히 말했다.

"거란군이 곧 들이닥칠 것입니다. 어서 개경을 빠져나가야 합니다."

"흠…."

하공진은 탄식했다. 거란군은 압록강을 넘어 겨우 한 달 보름 만에 개경까지 진격해 온 것이다. 서북면을 비롯한 고려의 방어선들을 순식간에 무력화시킨 것이고, 그것은 서희로부터 십칠 년간이나 준비한 방어 전략이었다. 이제 거란군을 막는 것은 불가능한 일로 보였다.

유종이 하공진에게 말했다.

"남쪽으로 내려가 상황에 대비해야 합니다. 제 고향 양성현(陽城縣: 경기도 안성시 양성면)이 이곳에서 멀지 않으니 어서 그곳으로 갑시다!"

하공진이 고개를 끄덕이며 말했다.

"궁궐에 아무도 없는 것이 성상께서는 분명 남쪽으로 몽진을 떠나셨을 것이오. 남쪽으로 갑시다."

하공진은 희망의 끈을 놓지 않았다. 말을 급하게 달려 광화문으로 나가 청교역을 지나자 남쪽으로 피난 가는 사람들이 보였다. 패잔병들과 일반 백성들이 섞여 있었다. 이들을 지나쳐 앞으로 나아가는데, 누군가가 하공진을 불렀다.

"낭중 각하! 낭중 각하!"

하공진이 말 위에서 보니, 평퍼짐한 얼굴의 삼십 대 중반의 남자가 다리를 절뚝거리며 자신을 보고 있었다. 호부원외랑(戶部員外郎, 정6품)·중군판관(中軍判官) 고영기(高英起)였다.

고영기는 삼수채 전투에 참전했다가 개경으로 이동했다. 그러나 다리에 약간의 부상을 입었기 때문에 뒤늦게야 개경에 도착할 수 있었다.

하공진이 고영기를 보고 다짜고짜 물었다.

"성상께서는 어찌 되셨소?"

"남쪽으로 몽진을 가셨다고 합니다."

하공진이 힘주어 말했다.

"어서 남쪽으로 갑시다."

거란군을 막는 것은 이제 불가능할지 모른다. 그러나 이번에는 끝까지 왕을 지켜야 한다. 그것이 하공진이 지키지 못했던 왕명이었다.

하공진은 고영기를 자신의 말에 태웠다. 그런데 개경 쪽에서 북소리와 함성, 군마의 울음이 들려왔다.

"둥, 둥, 둥."

"와! 와! 와!"

유종이 사색이 되어서 하공진에게 말했다.

"거란군이 벌써 개경에 입성했습니다!"

하공진과 유종은 급히 말에 채찍질을 하며 앞으로 나아가려고 했다. 그러나 길에는 피난 가는 사람들이 늘어서 있어 앞으로 나아가기가 쉽지 않았다. 얼마 가지 않았는데 뒤쪽에서 비명이 울려 퍼졌다.

"아악! 으윽! 헉!"

하공진은 뒤를 흘끗 보았다. 가장 뒤쪽의 사람들이 비명을 지르며 길 주위의 논과 밭으로 흩어지고 있었다. 거란군이 따라붙은 것이다. 하공진은 사방을 살폈다. 피난민들과 뒤엉켜 있어서 앞으로 신속히 움직이기가 어려웠지만 그래도 길을 따라 나아가는 것이 가장 좋은 선택으로 보였다. 하공진은 피난민과 더불어 꾸역꾸역 앞으로 나아갔다. 마치 도살장에서 죽음을 기다리는 가축과 같이 느껴졌지만 다른 방도가 없었다.

"으악! 아악! 으윽!"

비명은 끊임없이 이어졌다. 마음이 다급해진 유종이 칼을 빼 들며 말했다.

"이들을 베어서라도 앞으로 나아가야 합니다!"

유종은 긴 시간 동안 비명을 들어온 터라 마음이 다급해 있었다. 하공진이 고개를 가로저었다. 그러고는 허리에 차고 있는 활과 칼을 잡아 보았다. 마지막에는 이 무기들을 믿어야 할 것이었다.

"컥!"

뒤쪽에서 비명 소리가 아주 가깝게 들렸다. 공포에 질린 피난민들이 길을 따라 뛰었다. 그러나 사람의 체력은 금방 고갈된다. 점점 낙오하는 피난민들이 속출했다. 낙오하는 사람들 덕에 하공진 일행은 앞으로 빠르게 움직일 수 있었다.

땅바닥에 널브러져서 지쳐 있는 사람들이 하공진을 보았다. 하공진은 그 사람들의 처연한 눈길을 느낄 수 있었다. 그 처연하고 희망을 잃은 눈빛과 불에 타버린 개경이 겹쳤다. 하공진은 고개를 떨구었다.

동쪽으로 이십 리를 움직이자 장단현(長湍縣: 경기도 장단군) 어귀가 나왔다. 이제 하공진 일행은 피난 대열의 선두에 있었다. 뒤를 돌아보니 피난민들이 거의 보이지 않았다. 그동안 대다수의 피난민이 낙오한 것이다. 그들 중 다수는 거란군에게 살육당했거나 포로로 잡혔을 것이다.

얼마 못 가서 고영기가 뒤쪽을 가리키며 다급히 말했다.

"거란군입니다!"

지금 거란군과의 싸움은 중과부적이다. 더구나 다리를 다친 고영기를 태우고 있어서 싸움이 용이하지 않다. 일단은 앞으로 달리는 수밖에 없었다.

하공진이 앞을 보며 말했다.

"장단현을 지나면 길이 여러 갈래로 갈라지니 적들을 따돌릴 수 있을 것이오!"

하공진은 급한 마음에 채찍질하며 앞으로 나아갔다. 잠시 후, 장단현 남쪽의 냇가가 보이는 곳에 이르렀다.

"피잉-."

뒤쪽에서 나는 활시위 소리에 하공진은 재빠르게 머리를 숙였다. 유종이 말에 박차를 가하며 앞으로 달려 나갔다. 하공진 역시 말에 박차를 가했다. 그러나 말이 상당히 지쳐 있어서 더디게 움직였다.

"피잉-, 피잉-, 피잉-."

거란군의 화살은 계속 날아왔다. 다행히 곧 냇가에 도착했고 냇가 위에는 다리가 놓여 있었다.

"히이이이잉!"

그런데 하공진이 탄 말이 갑자기 멈추며 앞발을 높이 치켜들었다. 하공진은 고삐를 움켜쥐면서 몸의 중심을 잡을 수 있었으나, 뒤에 타고 있던 고영기는 말에서 떨어지고 말았다.

하공진은 뒤를 돌아보았다. 고영기는 땅바닥에 내동댕이쳐져 있었고, 말 엉덩이에는 화살이 꽂혀 있었다. 그리고 거란군이 오십 보 안까지 다가오고 있었다.

하공진은 말채찍을 들어 반사적으로 내리쳤고 말은 순간적으로 앞으로 내달렸다. 앞을 보니 유종은 이미 냇가의 다리를 건너고 있었다. 하공진은 다시 뒤를 보았다. 내동댕이쳐졌던 고영기가 다리를 절뚝거리며 쫓아오고 있었다. 고영기의 펑퍼짐한 얼굴이 눈에 들어왔다. 고통을 참으며 달리고 있는 고영기의 표정은 일그러져 있었고 하공진을 바라보는 눈빛은 처절했다.

하공진은 힘이 장사였고 용맹했다. 그 힘과 용맹을 바탕으로 적을 만나면 물러섬 없이 돌진했다. 그래서 하공진의 별명은 무쌍(無雙)이었다. 그렇지만 개경이 불타고 있는 모습을 보고 난 뒤로, 하공진의 마음은 많이 위축되어 있었다. 그러나 하공진은 하공진이었다. 잎시기는 유종에게 외쳤다.

"나는 판관을 구해서 가겠소!"

하공진은 즉시 말머리를 돌려 고영기에게 다가갔다. 거란군들이 하공진에게 화살을 날렸으나 몸을 숙여 피하며 곧 고영기와 합류하여 다시 태우는 데 성공했다.

"피잉-, 피잉-. 피잉-."

화살은 계속 날아왔다.

"히이이이이잉!"

하공진이 화살을 모두 피하자, 거란군들은 하공진이 탄 말을 겨냥했고 화살을 여러 대 맞은 말은 결국 쓰러지고 말았다. 하공진은 말 등에서 미끄러져 내리는 동시에 말 엉덩이에 매달려 있던 방패를 꺼내 들었다. 고영기를 먼저 보내고 방패로 화살을 막으며 뒷걸음쳤다. 뒷걸음치다가 냇가의 다리에 이르자 다리 위에 버티고 섰다. 좁은 다리 위에서 거란군을 막을 생각이었다.

하공진이 다리 위에 서 있자 유종이 달려왔다. 하공진과 유종은 오랜 기간 동료였고 전장에서는 전우였다.

하공진이 유종에게 말했다.

"여기서 거란군을 늦추겠소!"

유종이 다급히 말했다.

"우리만으로 거란군을 상대할 수 없습니다."

"내가 이곳에서 거란군을 막을 테니, 판관을 데리고 가시오!"

유종이 머뭇거리자 하공진이 단호히 다시 말했다.

"이제 방법은 없소. 나는 이곳에서 싸워야 하오."

유종은 다가오는 거란군들을 보았다. 이번 싸움에는 승산이 전혀 없었다. 하공진이 시간을 버는 동안 도망치는 것이 사리에 맞는 일이었다. 유종은 하공진의 말대로 고영기를 태우고 가려고 했다.

그런데 고영기는 발을 쩔뚝거리며 하공진의 왼편에 섰다. 그리고 하공진이 들고 있던 방패를 넘겨받았다. 고영기가 방패를 넘겨받자 하공진의 손이 자유로워졌다. 하공진은 즉시 활을 꺼내 선두에 선 거란 기병 한 명을 쏘아 맞추었다. 고영기는 방패로 거란군의 화살을 막았고 하공진은 그 뒤에서 화살을 쏘았다. 유종은 그 모습들을 멍하니 보고 있었다. 어떤 행동을 할지 판단이 서질 않았다.

하공진과 고영기는 분전했으나 화살이 곧 떨어졌다. 그러나 다행히도 거란군 역시 약간 물러났다.

그 틈에 유종이 하공진에게 소리쳤다.

"낭중! 다리를 건너 나무 사이로 후퇴합시다!"

하공진이 돌아보니 냇가의 둑에는 나무가 심겨 있었다. 적들을 완전히 따돌릴 수 있는 방법은 없었다. 화살이 떨어진 지금, 거기서 기병들을 상대해야 그나마 승산이 있을 듯했다. 하공진과 고영기는 몸을 돌려 뛰었다.

그러나 거란 기병은 바람보다 빨랐다. 하공진과 고영기가 후퇴하자 급히 따라붙어 나무가 심어진 곳에 다다르기 전에 창을 내지를 수 있는 거리까지 접근했다. 하공진은 결국 걸음을 멈추고 고영기로부터 방패를 넘겨받았다.

지금 하공진에게는 방패와 커다란 검 한 자루가 있을 뿐이었다. 거란 기병이 소수라면 상대할 수도 있겠지만 대강 보아도 이십여 명이었다. 혼자 상대할 수 있는 숫자가 아니었다.

곧 선두에 선 거란 기병이 창을 높이 들어 하공진을 향해 내질렀다. 이 창을 방패로 막는 것은 위험하다. 말이 달려오는 힘이 모두 창에 실렸기 때문에 사람의 힘으로 막을 수 있는 것이 아니었다. 그러나 하공진의 몸무게는 이백 근이 넘었고 큰 덩치에 걸맞게 힘이 장사였다. 하공진은 방패를 단단히 잡았다.

"꽝!"

하공진은 그대로 서서 거란군의 창을 방패로 막아냈다. 그리고 검을 크게 휘둘러 거란군이 타고 있는 말의 목을 베어버렸다. 거란군이 땅에 곤두박질치자 고영기가 달려들어 거란군의 얼굴을 골타로 내리쳤다. 거란군의 얼굴이 부서지며 피가 고영기의 얼굴로 확 튀었다.

하공진은 이어서 달려오는 거란 기병의 창을 다시 막아낸 후, 역시 말의 목을 검으로 베었다. 그러나 이번에는 발을 약간 헛디디는 바람에 검날에 힘이 완전히 실리지 않았다. 검날이 말의 목덜미에 삼 분의 일 정도 파고들었을 뿐이었다. 말이 쓰러지고 있었는데 하공진은 검을 빼낼 시간이 없었다. 계속해서 거란 기병들이 달려들고 있었기 때문이었다. 하공진은 검을 놓아버리고 방패를 들어 올렸다.

"쫘!"

그런데 이번에 방패를 때린 것은 거란군의 도끼였다. 하공진의 방패가 거란군의 도끼에 맞아 부서지고 말았다. 하공진은 쪼개져 너덜너덜해진 방패를 버리고 거란 기병의 말 머리를 양손으로 잡았다. 그런 다음 자신의 오른쪽 다리로 말의 왼쪽 앞다리를 걸어서 넘어뜨렸다. 이것은 수박희의 기술로 상대를 넘어뜨릴 때 쓰는 기술이었는데, 하공진은 수백 근 나가는 말을 상대로 이 기술을 쓴 것이었다.

대단한 힘이었으나 말을 넘어뜨리느라 몸의 균형이 오른쪽으로 흐트러진 사이에 다른 거란 기병이 하공진의 왼쪽 등을 창으로 찔렀다. 다행히 살짝 빗나갔고 하공진은 손을 뻗어 그 거란군의 창 자루를 잡을 수 있었다. 하공진과 거란군의 밀고 당기는 힘겨루기가 시작되었다.

그런데 또 다른 거란 기병이 하공진을 향해 달려들었다. 빨리 이 거란 군사를 처리해야 한다. 두 명을 동시에 상대해서는 승산이 없었다.

"합!"

하공진은 기합을 지르며 모든 힘을 짜내어 창 자루를 잡아당겼다. 그러나 거란 기병의 힘이 예상외로 만만치 않아서 창을 금세 빼앗을 수 없었다.

다른 거란 기병이 창을 높이 들고 하공진에게 달려들고 있었다. 하공진의 눈에 그 창끝이 보였다. 뾰족한 창끝은 작은 한 점으로 보였다. 그 한 점이 점점 커지고 있었다. 하공진은 마음이 다급해져서 비명에 가까운 기합을 질렀다.

3
그때, 그들이 있었다

그런데 갑자기 어떤 소리가 뒤쪽에서 들렸다.

"피잉-."

활시위 소리였다.

"퍽!"

하공진과 실랑이를 벌이던 거란 기병이 창 자루를 놓으며 옆으로 쓰러졌다. 화살에 맞은 것이었다. 하공진은 거꾸로 잡고 있던 창을 달려오는 거란 기병을 향해 몽둥이처럼 휘둘렀다.

"피잉-."

"퍽!"

그런데 이 거란군 역시 화살에 맞아 몸이 고꾸라졌다.

"피잉-, 피잉-."

화살 나는 소리가 연이어 들렸다. 하공진을 향해 다가오던 다른 거란 기병들 역시 화살에 맞아 쓰러지고 있었다.

하공진은 몸을 낮추고 뒤를 보았다. 하늘색 전포를 입은 사람 하나가 나무 사이에서 달려 나와 거란 기병들에게 화살을 쏘고 있었다. 이 사람의 공격에 거란군들은 주춤했고, 그 사이에 하공진과 고영기는 나무가 있는 쪽으로 뛸 수 있었다. 곧 거란군들이 응사하며 전진해 오자, 하늘색 전포를 입은 사람은 나무 사이로 들어가서 나무를 엄폐물로 삼아 거란군들에게 화살을 날렸다.

거란군들은 계속 다가왔다. 거란군이 이십여 보 거리까지 다가오자 하공진은 고영기가 잡고 있던 골타를 넘겨받았다. 거란군 몇이 화살에 맞아 쓰러졌지만 아직 십여 명이 넘었다. 근접전을 벌인다면 하늘색 전포를 입은 사람이 혼자 상대할 수 있는 숫자가 아니었다. 그를 도와야 한다! 하공진은 오른쪽 무릎을 구부리고 나무 뒤에서 머리를 내밀어 흘끔 거란 기병들을 보았다. 이제 십여 보 거리였다! 지금이다! 지금 달려 나간다! 하공진은 무릎에 힘을 주며 튕기듯이 몸을 일으켰다.

"합!"

"피이히이이잉~~~~~."

그때 고려군의 우는살이 날았다. 하공진은 순간 걸음을 멈췄다. 하늘색 전포를 입은 사람이 우는살을 쏜 것이었다.

"피잉-, 피잉-, 피잉-, 피잉-."

그러자 갑자기 나무 사이에서 다른 사람들이 모습을 드러내며 화살을 날렸다. 고려 군사들이 매복해 있었던 것이다.

잠시 후, 거란군 십여 명의 시체가 땅바닥에 늘어져 있었다. 매복해 있던 고려 군사들이 다가와서 거란군의 시체를 치웠다. 하늘색 전포를 입은 사람이 군사들을 지휘하고 있었다. 하공진은 그 사람을 보고 다가갔다. 그가 하공진의 얼굴을 보고 약간 놀라더니 곧 군례를 했다.

"충주 사록 김종현입니다."

김종현은 하공진의 얼굴을 알고 있었다. 하공진은 오랫동안 왕의 시위대로 항상 왕을 호위했기 때문이었다. 하공진이 눈가에 옅은 미소를 띠며 말했다.

"좌사낭중 하공진이요. 도와줘서 감사하오."

하공진은 매우 고맙게 생각했다. 김종현 역시 남쪽으로 피난을 가는 와중이었으나 위험에 빠진 자신을 보고 의기를 발동해서 도와준 것이었다. 지금 거란군과의 전투는 매우 위험한 행위였고, 김종현이 굳이 이런 큰 위험을 무릅쓸 필요는 없었다. 모른 체하고 가는 것이 상책일 터였다. 또한 이 와중에 김종현은 자신의 부하들을 잘 통솔하고 있었다. 이런 극악한 상황에서 부하들을 잘 지휘한다는 것은 결코 쉬운 일이 아닌 것이다.

하공진이 김종현에게 물었다.
"사록은 어디로 가고 있었소?"
하공진의 말에 김종현이 정색하며 말했다.
"우리는 이곳에서 매복 작전을 실행 중입니다."
하공진이 눈을 치켜뜨고 몹시 의아한 표정으로 김종현을 보았다. 김종현은 하공진의 시선에 아랑곳하지 않고 전장의 정리가 끝나자 십여 명의 부하들에게 명했다.
"다시 산개하라! 우리는 이곳에서 거란군을 섬멸할 것이다."
하공진은 김종현이 부하들에 내리는 명령을 듣고 깜짝 놀랐다. 개경까지 함락당한 지금, 이미 고려의 명령체계는 무너진 상태였다. 따라서 김종현이 거란군을 공격한 것은 명령에 따른 것이 아니라 개인의 판단에 따른 것이었다. 적어도 하공진이 생각하기에는 그러했다. 하공진이 김종현을 보며 물었다.
"사록은 여기서 무엇을 하려는 것이오?"
김종현이 하공진을 물끄러미 보며 말했다.
"거란군을 저지하라는 왕명을 받았습니다."
하공진이 '왕명'이라는 말에 놀라며 다시 물었다.
"왕명? 이곳에서의 전투는 왕명을 따른 것이오?"

"그렇습니다. 우리는 왕명을 받들어 거란군을 섬멸할 것입니다."

하공진은 개경에서 고려의 멸망을 느꼈었다. 그런데 아직 왕명이 살아 있었다. 가슴이 뛰기 시작했다.

김종현이 말했다.

"시간이 없으니 어서 길을 가도록 하십시오!"

그러더니 귀찮다는 듯이 손가락으로 동남쪽을 가리켰다.

하공진이 김종현에게 매달리듯이 물었다.

"성상께서 어디로 가셨는지 아시오?"

김종현이 아무 말 없이 무뚝뚝한 표정으로 하공진을 보았다. 하공진은 품에서 조서를 꺼내 김종현에게 주었다. 하공진과 유종을 복직시킨다는 것이었다.

김종현이 조서를 받아서 훑어보고 하공진에게 다시 주며 말했다.

"성상께서는 무사하십니다. 이쪽 길을 따라가면 만나실 수 있을 것입니다. 그런데 곳곳에 우리 군사들이 매복해 있을 것이니 오인 사격을 조심하십시오."

하공진이 더욱 놀라며 김종현에게 물었다.

"사록 외에 또 다른 고려 군사들이 있다는 말이오?"

"자세한 것은 말씀드릴 수 없습니다."

김종현은 노획한 마필과 무기들을 하공진에게 주었다. 거기에 이십여 명의 병력도 추가되었다. 피난민 사이에 섞여 있던 고려의 패잔병들이었다.

하공진과 고영기, 유종은 다시 길을 재촉했다. 하공진이 뒤를 돌아보니 하늘색 전포를 입은 김종현의 뒷모습이 보였다. 냇가의 둔덕에는 물의 범람을 막기 위해 나무가 심겨 있었다. 김종현 등은 냇물과 둔덕, 나무들을 이용하여 교묘히 매복하고 있었다. 하공진은 다시금 감탄했다.

고려의 조직적인 저항은 끝났다고 생각하고 있었다. 그런데 왕명이 아직 살아 있는 것이다. 그리고 고려의 장수들이 그 왕명을 받들어 거란군과 교전을 벌이고 있다. 그렇다면 고려는 아직 건재했다.

부지런히 움직여서 해가 질 무렵에는 감악산 북쪽에 당도했다. 야간에 산을 넘는 것은 피해야 할 일이었으나 지금은 한시가 급했다. 하공진은 빠르게 산길을 올랐다.

"피잉-."

그런데 갑자기 화살 시위 소리가 울렸다. 하공진 등은 급히 걸음을 멈추고 몸을 숙였다. 잠시 후 고개를 들어 길 위를 살폈다. 곧 어떤 사람이 길 위에 나타났다.

"이 길은 이제 막혔으니, 다른 길로 가도록 하라!"

이 사람의 목소리는 쇠종을 울리는 것처럼 쩌렁쩌렁했다. 하공진은 이 사람의 목소리가 낯설지 않았다. 길 위에 나타난 사람을 자세히 보는데, 그는 엄중한 표정과 꼿꼿한 자세로 서 있었다.

하공진은 반가움과 놀라움이 교차하는 목소리로 이 사람을 불렀다.

"예부시랑 각하!"

예부시랑이라고 불린 사람이 천천히 하공진에게 다가왔다. 그는 예부시랑 강감찬이었다. 강감찬은 백여 명의 군사들과 더불어 감악산에 매복하고 있었다.

강감찬 역시 하공진을 알아보고 말했다.

"아니, 하 낭중 아니오?"

하공진은 강감찬을 보았다. 강감찬은 외모가 볼품없고 체구가 작은 사람이었다. 그러나 지금 강감찬은 산처럼 우뚝하게 서 있었다. 하공진이 알고 있던 강감찬의 모습과 달랐다. 하공진이 강감찬을 올려보며 말했다.

"저는 어가를 찾아가는 길입니다."

강감찬이 고개를 끄덕이며 말했다.

"나는 왕명을 받들어 이곳을 지키고 있소. 이곳에서 최대한 시간을 끌 생각이니, 하 낭중은 성상을 보호해주시오."

왕명이라는 말에, 하공진이 무겁게 고개를 끄덕이며 말했다.

"수십만 거란군이 개경으로 몰려오고 있다고 들었습니다. 그리고 이쪽으로 오는 중에 거란군과 전투를 벌였습니다."

강감찬이 별일 아니라는 표정으로 말했다.

"곧 이곳에 당도하겠군. 거란군과는 어디에서 전투를 벌였소?"

"장단현에서입니다. 충주사록 김종현이 매복해 있다가 저희를 도와서 거란군 이십 명을 사살했습니다."

강감찬이 미소 지으며 말했다.

"김종현이 잘하고 있군."

하공진이 주위를 둘러보았다. 강감찬이 거느린 군사들의 수를 살피려는 의도였다. 하공진이 조심히 말했다.

"수십만의 적들이 남하한다면 막기가 쉽지 않을 것입니다."

"이 감악산에서는 한 명이 만 명을 막아낼 수 있소. 그리고 이제 날이 풀리며 강물이 녹을 것이오. 거란군은 우리 땅에 오래 머물 수 없소."

이렇게 말하는 강감찬의 표정은 굳건했다. 하공진이 강감찬에게 고개를 숙였다. 강감찬이 휘하 군사 하나에게 명했다.

"하 낭중을 산 너머로 인도하라."

하공진은 산을 오르며 매복한 고려군들을 보고 찬탄했다. 거마창을 교묘히 설치해 놓았고 곳곳에 함정까지 만들어 놓은 터였다. 하공진은 뒤를 돌아보았다. 강감찬은 꼿꼿이 서서 산 아래를 보고 있었다. 마치 길에 서 있는 기둥과 같아 보였다. 그 기둥은 절대 뽑히지 않을 것 같왔다.

하공진은 감악산을 넘어 창화현(昌化縣: 경기도 양주군 회천읍)을 지나쳤다. 그런데 앞서 오는 사람이 있었다. 다가올수록 모습이 낯이 익었다. 타고 있는 말이 작게 느껴질 정도로 덩치가 컸고 얼굴을 인식할 수 있는 거리가 되자 그의 눈이 살짝 처졌다는 것을 알 수 있었다.

지채문이었다. 하공진이 지채문을 보고 무척 반가워하며 말했다.

"지 중랑장! 무사하셨구려. 성상께서는 어디 계시오?"

하공진은 지채문의 안내를 받아 도봉사(서울시 도봉사)에서 왕순을 만났다. 하공진이 왕순을 보자 감격하여 말했다.

"신, 하공진이 왔나이다!"

왕순이 빙긋이 미소를 띠며 말했다.

"오시느라 수고했소. 경이 오니 든든하구려."

든든하다는 말에 하공진의 마음이 울컥했다. 하공진은 성상을 보았다. 성상은 앳되었으며 눈과 눈썹이 반달같이 매끄럽게 휘었고 하관이 가느다란 것이 고운 여자와 같은 용모를 가지고 있었다. 그렇지만 어려운 상황에서도 왕으로서의 위엄을 잃지 않고 있었다. 하공진은 생각했다.

'이번에는 나의 왕명을 반드시 지킬 것이다.'

하공진은 왕의 곁에서 호위하려고 했다. 그런데 지채문을 보자 다른 생각이 들었다. 지채문은 일당백의 무장이고 지채문이 있다면 성상은 안전할 것이다. 자신이 해야 할 다른 일이 생각났다.

하공진이 굳게 다물었던 입술을 열며 말했다.

"과거 염윤(서희)은 단독으로 거란 진중으로 들어가 나라의 위신을 지키고 거란군을 물러가게 했습니다. 소신이 비록 미력하여 염윤과 감히 비교할 수는 없으나 목숨을 걸고 공을 이루어보겠나이다!"

하공진은 과거 서희와 마찬가지로 거란 진중으로 들어갈 생각을 한 것이었다. 왕순이 주저하며 말했다.

"염윤은 적절히 군대를 기동하여 적을 멈추어 세운 후에 협상한 것입니다. 그런데 지금 우리는 무너지고 말았소. 그때와는 상황이 크게 다릅니다. 적의 기세가 맹렬한데 헛된 수고를 하여 충성스러운 신하만 잃게 될까 두렵소."

'충성스러운 신하'라는 말에 하공진의 가슴이 아려왔다. 하공진은 강력히 주장했고 결국 왕순은 허락할 수밖에 없었다. 하공진이 머리를 조아리며 말했다.

"이 하공진은 왕명을 받들어 이번에는 반드시 의리를 지킬 것입니다."

왕순이 하공진과 신하들을 보며 굳건히 말했다.

"짐도 절대 포기하지 않겠소. 우리는 끝까지 거란군에 대항할 것이오."

하공진을 비롯한 신하들이 이구동성으로 말했다.

"왕명을 받드옵니다."

하공진과 고영기는 왕순에게 하직 인사를 올린 후, 거란 진영으로 향했다. 창화현에 도착하자 벌써 거란군은 그곳에 와 있었다.

정월 초하루, 하공진과 고영기는 거란군의 호위를 받으며 개경에 들어갔다. 거기서 야율융서를 만났는데 우려와는 다르게 곧 회군을 약속했다.

야율융서가 하공진과 고영기에게 말했다.

"짐이 군사를 보내 고려왕을 잡아들이고 싶으나, 그대들의 말을 들으니 이제는 고려 백성들을 어루만져야 할 때임을 알겠다. 군사를 거둘 것이니 그대들은 짐의 곁에서 도와야 할 것이다."

하공진과 고영기가 크게 머리를 조아리며 말했다.

"폐하의 하해와 같은 은혜에 분골쇄신하겠나이다."

하공진은 정말 놀랐다. 거란군들이 즉시 철군을 시작하는 것 아닌가! 거란주가 군사를 거두겠다고 말했지만 이렇게 신속할 줄은 전혀 예상하지 못했다. 하공진이 가만히 헤아려보니 무슨 사정이 있는 것이 분명했다.

하공진은 거란 관리들과의 대화를 통해 서북면의 성곽 중 일부가 거란군에 대항하고 있다는 것을 알게 되었다. 그리고 서경을 함락시키지 못한 눈치였다.

야율융서는 하공진으로 하여금 왕순에게 항복을 권하는 편지를 쓰게 했다. 하공진은 그 요구대로 쓰면서도 필요한 정보를 교묘히 담으려고 노력했다.

거란의 선봉대가 개경을 떠나고 며칠 후, 하공진은 거란군 본대와 같이 북쪽으로 이동했다. 신체가 속박되진 않았으나 감시역인 거란 군사 열 명과 함께였다. 더구나 하공진에게 마필(馬匹)을 주지 않았으므로 걸어서 이동해야 했다. 따라서 달아나는 것은 불가능했고 며칠을 거란군과 같이 걸어서 이동하자 이제는 발바닥이 부르터서 걷는 것 자체가 고통스러웠다. 거란군은 쉴 틈 없이 이동하고 있었다.

하공진은 서경 성벽이 보이는 곳에 다다랐다. 서경 성벽은 우뚝했으며 그 위에는 깃발들이 질서정연하고 가득하게 꽂혀 있었다. 하공진은 그 깃발들을 유심히 살폈다. 그 깃발들은 다름 아닌 고려의 깃발들이었다. 서경은 그 단단한 위용을 뽐내는 중이었다. 하공진의 입가에 미소가 저절로 번졌다. 이제 확실히 알 수 있었다. 거란군은 서경을 함락시키지 못했기 때문에 신속히 회군할 수밖에 없었던 것이다. 서경의 내부 사정이 어려웠다는 것은 지채문을 통해 들어서 알고 있었다. 누가 책임지고 서경을 지키고 있을까? 하공진은 서경성 동쪽을 지나며 유심히 성곽 위를 보았다. 서경성의 을밀대 위에는 황색 깃발이 나부끼고 있었다. 그 깃발 아래에 사람들이 있었다. 너무 멀어서 얼굴을 확인할 수 없지만 그들이 지휘관들일 것이다. 하공진은 그쪽을 향해 작은 목례를 했다.

서경이 함락되지 않았다면 서북면의 다른 성곽들 대다수도 함락되지 않았을 가능성이 컸다. 하공진의 머릿속에 한 사람이 떠올랐다. 서북면의 책임자, 도순검사 양규였다. 양규가 지키는 흥화진이 함락되지 않은 것은 분명한 사실이었다.

강물은 이제 녹아 흐르고 있었고 강 주위의 땅은 진창으로 변하고 있었다. 하공진은 대동강을 건너 숙주(肅州)를 지나갔다. 숙주는 거란군에 함락당해 있었다. 삼 일 후에는 청천강에 다다랐고 안주로 들어갔다. 안주 역시 거란군에 함락된 상태였다. 청천강을 지나 곽주성에 다다랐을 때는 일월 이십육일이었다. 곽주성 안의 관아와 민가는 모두 잿더미로 변해 있었다. 서경 외에 지나온 성곽들은 모두 함락된 상태였다. 하공진은 불안해졌다. 서경이 함락되지 않은 것은 매우 고무적인 일이었으나 서경 외에 모든 성곽이 함락되었다면 고려의 방어선은 사실상 붕괴된 것이기 때문이었다.

하공진은 곽주를 떠나 북쪽으로 움직였다. 이제 통주와 흥화진만 지나면 압록강이었다. 그런데 거란군의 행렬은 통주로 향하지 않았다. 길이 훨씬 험한 내륙의 산길로 들어서고 있었다. 이 길로 간다면 통주와 흥화진을 거치는 주도로보다 두 배 이상 시간이 걸리게 된다. 답은 분명했다. 거란군은 통주를 함락시키지 못한 것이다. 그래서 통주를 피해 가는 것이다!

산길로 수십 리를 굽이굽이 이동하는데 갑자기 행렬이 멈췄다. 앞쪽에서 어떤 소리가 들렸다. 하공진은 귀로 모든 신경을 집중시켰다. 그것은 군사들이 지르는 함성과 병장기가 부딪치는 소리, 즉 전투가 벌어지는 소리였다. 고려군이 거란군과 교전을 벌이는 게 틀림없었다. 하공진의 온몸에 소름이 돋았다. 고려군이 회군하는 거란군을 요격하고 있는 것이다. 서희가 만든 고려의 방어체계는 조금 부서졌을망정 제대로 작동하고 있었다.

오전부터 비가 내리고 있었다. 행렬은 한나절 간이나 움직이지 못했고 추위가 뼛속까지 스며들었다. 이런 상태라면 거란군이 패할 수도 있겠다는 생각이 들었다. 하공진은 극심한 추위 속에서 커다란 희망의 불을 지폈다.

그런데 해가 거의 질 무렵, 대열이 다시 움직이기 시작했다. 하공진은 고갯길 앞에서 수천 구의 시체들이 널브러져 있는 것을 보았다. 격전이 벌어졌음을 알 수 있었다.

거란군 한 부대가 전장을 급히 정리하고 있었는데 얼굴을 아는 한 사람이 다가왔다. 진소곤이었다. 진소곤은 피를 뒤집어쓰고 있었고 왼발을 살짝 저는 것이 부상을 당한 듯했다.

진소곤이 다가와 깃발 두 개를 펼쳤다. 하공진이 그 깃발들을 보니 '서북면도순검사'와 '구주군'의 깃발이었다. 하공진은 진소곤과 같이 가서 시체들을 확인했다. 시체들의 위치를 보았을 때, 그들은 전진하고 있었다.

진소곤이 하공진에게 말했다.

"이들은 진정한 용사들이었소. 포위당하자 우리 황제폐하의 깃발을 향해 전진했소!"

하공진은 찬탄을 금하지 못했다. 진소곤이 자색 전포를 입은 사람의 시체를 가리키며 말했다.

"이 사람이 지휘관이오. 누군지 알 수 있겠소?"

하공진은 시체의 얼굴을 자세히 살폈다. 자색 전포를 입은 사람은 서북면도순검사 양규였다. 양규의 몸에는 화살이 고슴도치처럼 빼곡히 박혀 있었다. 하공진이 말했다.

"나는 누군지 모르겠소."

하공진은 양규의 얼굴을 잘 알고 있었으나 모른다고 발뺌했다. 진소곤이 하공진의 말에 아랑곳하지 않고 흰색 깃발을 들며 말했다.

"이 깃발은 도순검사의 깃발이라고 하더이다. 그렇다면 이 사람의 직책은 서북면도순검사일 것이오."

진소곤이 이렇게 말한 후 하공진을 바라보았다. 하공진은 잠자코 있었다. 계묘년(993년) 소손녕의 침공 이후 고려와 거란은 십칠 년간이나 사신이 오고 갔다. 거란은 고려에 대해서 꽤 잘 알고 있었다.

진소곤이 다시 물었다.

"이 사람은 형부낭중 관직에 있는 양규요. 맞지 않습니까? 다시 자세히 봐주시오."

하공진은 거짓말하는 것이 더 이상 의미 없다는 것을 알았다. 양규의 얼굴을 다시 자세히 본 후에 말했다.

"다시 보니 형부낭중 양규가 맞구려."

진소곤이 다시 물었다.

"이 사람은 흥화진에 있지 않았습니까?"

하공진이 고개를 저으며 말했다.

"나는 얼마 전까지 유배 중이었습니다. 자세한 병력의 배치는 모릅니다."

진소곤이 고개를 끄덕이며 말했다.

"역적 강조를 주살한 후에 이 사람에게 항복하라는 문서를 보냈었소. 그런데 그는 이런 답장을 보내왔소."

진소곤은 이렇게 말하며 문서 한 장을 하공진에게 내밀었다. 하공진은 그 문서를 받아 펴보았다. 양규가 거란 진영으로 보낸 편지였고 이렇게 쓰여 있었다.

"나는 '왕명'을 받아 이곳에 왔으니, 항복할 수 없다(我受王命而來, 不會投降)."

하공진은 하늘을 보았다. 서북면도순검사 양규는 어려운 상황 속에서도 그의 책무대로 고려를 지키려고 했던 것이다. 그리하여 적은 수의 군사로 거란 대군을 막아섰고, 자신의 왕명을 지키기 위해 몸을 내던진 것이다.

하공진은 계속 북쪽으로 이동했다. 비는 계속 내렸고 추위가 말도 못했다. 낙오하는 말과 낙타가 속출했다. 거란군은 결코 승전한 군대가 아니었다. 패잔병의 몰골에 지나지 않았다. 내원성이 보이는 압록강 변에 도착했을 때는 이틀 후였다.

압록강 위에서는 수십 척의 배들이 내원성 쪽으로 거란군들을 실어 나르고 있었다. 하공진은 순서보다 빠르게 배에 탈 수 있었다. 고려인 포로를 먼저 이동시키라는 명령이 있었기 때문이었다.

강을 건너면 언제 돌아오게 될지 알 수 없다. 지금까지 거란에 억류된 고려 사신들은 그 누구도 돌아오지 못했다. 하공진은 처연한 기분에 휩싸여서 멀어져가는 고향 땅을 배 위에서 하염없이 보고 있었다. 그런데 압록강 변이 소란스러워지고 있었다.

"북적들을 척살하라!"

"각하의 원수를 갚아라!"

"한 놈도 돌려보내지 마라!"

어디선가 나타난 고려군들이 거란군들을 척살하고 있었다. 지친 거란군들은 대항할 생각도 못 하고 병장기와 갑옷을 벗어 버리고 앞다투어 물로 뛰어들었다. 강변에 있던 거란군들이 한꺼번에 뛰어든 모습이 마치 물오리 떼가 강 위를 온통 뒤덮은 것 같았다. 물오리 떼는 첨벙대고 있었고 그 모습은 장관을 이루었다. 그 위로 고려군들이 쏜 화살들이 비처럼 계속 쏟아졌다. 고려군의 물오리 떼 사냥은 하공진이 탄 배가 내원성에 당도할 때까지도 지속되었다.

하공진은 남쪽을 향해 고개를 살짝 숙였다. 이로써 고려는 거란의 대군을 격퇴한 것이었다. 여럿의 용기와 희생을 바탕으로 이루어졌으나, 역시 임금이 항전을 결심했기 때문에 이 모든 것이 가능했다. 하공진이 나직이 읊조렸다.

"이 하공진, 이번에는 저의 왕명을 지키겠나이다."

4
희소식

신해년(1011년) 일월 십삼일, 왕순은 나주 객사에 있었다. 개경에서 나주로 오는 몽진길은 사람의 마음을 확인할 수 있는 시간이었다. 호종하던 관료들과 군사들 대부분은 도망쳤으며 지방민들은 자신에게 등을 돌렸다. 왕실의 권위는 땅에 떨어졌고 초라한 왕에 대한 민심을 알 수 있었던 치욕스러운 몽진 길이었다. 왕순은 생각했다.

'스스로 강해지지 않는다면 민심은 언제든지 떠날 것이다.'

왕순은 하공진의 장계*(狀啓)를 받고 서북면의 성곽 중 일부가 함락되지 않았다는 사실을 알게 되었다. 거란군이 개경에 입성했음에도 바로 퇴각한 이유도 이 때문일 것이었다. 왕순은 즉시 개경으로 돌아가고 싶었다.

"곧 개경으로 돌아가는 것이 어떻겠습니까?"

신하들을 불러 모아 돌아갈 뜻을 은근히 비치자 모두 우려했다.

"거란군이 퇴각하고 있다고 하나, 아직 정확한 사실을 알 수 없습니다. 일단 상황을 관망해야 합니다."

"거란군이 완전히 물러난 다음에 환도하는 것이 옳습니다."

---

* 장계(狀啓): 관리가 임금에게 보고하는 글.

신하들의 부정적인 의견에 왕순이 상체를 앞으로 약간 숙이며 말했다.

"북쪽에서 우리 장병들이 적들에게 대항하고 있습니다. 그들을 지원해야 하지 않겠습니까?"

박충숙이 말했다.

"거란군이 회군 중이니, 우리 성곽들을 공격하지는 않을 것입니다. 지금 북쪽은 급한 상황이 아닙니다."

채충순이 말했다.

"서경이 함락당하지 않았다고 하나 아직 불분명합니다. 흥화진 등도 정확한 사정을 알 수 없습니다. 군왕은 신중하게 움직여야 합니다."

왕순은 겁먹은 짐승처럼 웅크리고 있는 것이 못마땅했고 스스로에게 화가 났다. 자신의 속마음을 직접적으로 드러냈다.

"거란군이 물러가고 있는 판국에 내가 이곳에 웅크리고 있으면 백성들이 어떻게 생각하겠소!"

왕순은 위신을 잃은 것을 강하게 의식하고 있었다. 그 위신을 높일 방법을 찾아야만 했다.

박충숙이 타이르듯이 말했다.

"지금 백성들의 생각은 중요한 것이 아닙니다. 안정적으로 상황을 통제해야 합니다."

왕순은 당장 떠나고 싶었으나 신하들이 모두 반대하자 더 이상 강하게 주장하지 않았다. 잠시 침묵이 흐르는 가운데 지채문이 나서서 말했다.

"성상께서 하고자 하신다면 결정하시면 됩니다. 신은 따를 것이옵니다."

잠시 후 채충순이 의견을 내놓았다.

"일단 개경으로 돌아가되, 가는 길에 여러 주(州)·부(府)·군(郡)·현(縣)을 돌며 민심을 안정시키는 것이 어떻겠습니까?"

왕순은 썩 마음에 들지는 않았으나 다른 신하들도 찬성하고 나섰기에 그 의견에 따르기로 했다.

그러나 왕순은 바로 나주를 떠날 수 없었다. 나주의 백성들이 객사로 몰려들어 용안*(龍顔)을 뵙기를 청했기 때문이다. 한 촌부가 객사로 와서 말했다.

"이 시골 사람들이 용안을 뵐 기회는 이번밖에 없을 것입니다. 용안을 뵙게 해주십시오."

왕순은 백성들의 청을 거절할 수 없었다. 백성들을 만나주기 시작하자 나주 사람들은 매일 객사로 몰려들었다. 왕순은 신분의 고하에 상관없이 만났고 객사 밖에 몰려든 사람들에게는 손을 흔들어주었다.

"와아! 성상폐하 만세!"

왕순이 손을 흔들면 나주 사람들은 열광적으로 환호했다. 왕순은 사람들의 환호 속에서 잃어버렸다고 생각했던 왕의 위상을 느낄 수 있었다. 그리고 그것은 정신적으로 매우 큰 위안이 되었다. 하루는 죽관(竹冠)을 쓰고 짧은 베옷을 입은 일단의 사람들이 왔다.

"소인들은 금강(錦江: 현재 영산강) 하구에 사는 뱃사람들입니다."

왕순이 손을 들어 화답하며 말했다.

"오시느라 고생 많으셨소."

그중 백발이 성성한 사람이 떨리는 목소리로 말했다.

"백 년 전에 저의 할아버지께서 태조대왕을 뵈었는데, 이제 제가 다시 성상폐하를 뵈니 영광이 하해와 같습니다."

---

*   용안(龍顔): 임금의 얼굴을 높여 이르는 말.

왕순이 미소 지으며 말했다.

"짐도 그대를 만나니 기쁘기 그지없소."

"이곳에 진귀한 것은 별로 없습니다만 이번에 산호를 채취하여 바치옵니다."

왕순이 산호를 보며 말했다.

"이 귀한 것을 주는데 짐은 무엇으로 보답해야 할지 모르겠소."

"저희 뱃사람들은 봄, 가을로 남해 해신에게 제사를 지냅니다. 그때 향과 축문(祝文)을 보내주소서."

"겨우 그걸로 되겠소?"

"백 년 전의 일인데, 제 할아버지가 어느 날 비바람이 세게 불고 파도가 넘실대고 있어서 혹시 배가 상할까 염려하여 포구에 나와 있었습니다. 그런데 그때 파도를 헤치고 금강을 거슬러 올라오는 전함을 보았습니다. 전함이 물살을 헤치며 오는 것이 마치 거대한 황룡처럼 보였답니다. 그 순간 갑자기 햇빛이 구름을 뚫고 비치며 물결도 잠잠해지기 시작했습니다. 그 전함의 뱃머리에 태조대왕께서 서 계셨습니다. 할아버지께서는 그때 일을 자주 말씀하셨습니다. 태조대왕께서 모습을 보이시니 파도도 가라앉는다고요. 그때 일을 기려서 해신제를 지낼 때, '주룡포에서 용이 나타나 남해포로 들어온다.'라는 축문을 읽습니다."

왕순이 눈을 동그랗게 뜨며 말했다.

"오, 그런 일이 있었구려."

"성상께서 향과 축문을 매년 내려주시면 바다가 늘 잠잠할 것이옵니다."

"태조대왕의 영험함에 짐이 어찌 미치겠소! 그렇지만 반드시 봄·가을로 향과 축문을 보내겠소."

왕순은 후에 이곳 해신제의 격을 높였다. 그리하여 강원도의 동해신사, 황해도의 서해신사와 더불어 삼대 해신제가 된다.

왕순이 나주에 머무는 동안 반가운 사람이 찾아왔는데 바로 사형 성보였다. 왕순은 몹시 반겼다.

"사형이 여기에는 어인 일이오? 하여간 잘 오셨소. 사부님은 잘 계시오? 우리 밀린 얘기나 나눠봅시다."

왕순은 팔일간이나 나주에 머문 뒤, 일월 이십일일에 나주를 떠났다. 나주절도사 이주헌과 판관 나민, 사록 유참이 복룡역(伏龍驛: 광주광역시 복룡동)까지 배웅했다.

노령을 넘어 이십사일에는 고부군(古阜郡: 전라북도 고부군)에 당도했다. 그다음 날 왕순의 어가는 전주를 향해 나아갔다. 이제는 거쳐 가는 역마다 어느새 역리들이 돌아와 있어 필요한 물품들을 기민하게 제공했고, 마을마다 사람들이 길가에 나와서 환호했다.

"성상폐하 만세!"

"고려 만세!"

무수한 사람들이 술과 고기를 바쳤다. 왕순은 고기는 다시 돌려주고 술은 받아서 시종하는 군사들에게 내렸다. 사방으로 흩어졌던 관료들도 하나둘씩 모여들기 시작했고 어느새 어가는 대 행렬이 되어 가고 있었다.

그 모습을 보고 있던 양협이 충필에게 혀를 차며 말했다.

"상전벽해로군!"

양협이 하는 말을 들은 왕순이 쓴웃음을 지었다. 불과 열흘 전만 하더라도 신하들은 몰래 줄행랑을 놓았고 백성들을 피해 다녀야 했다. 그런데 거란군이 물러간다는 소식이 전해지자 지금은 모두 모여 환호하고 있다. 순식간에 민심이 정반대로 바뀐 것이다. 사람의 마음이란 이다지도 쉽게 변하고 믿지 못하는 것인가? 과연 자신은 누구를 위하여 정치를 하려고 하는 것인가! 왕순은 약간 침울해졌다. 이토록 쉽게 조변석개(朝變夕改)하는 사람들과 무엇을 도모할 수 있을까!

점차 침울해지는 마음으로 사람들을 보고 있는데, 그런 왕순을 조용히 바라보는 사람이 있었다. 왕순의 사형 성보였다. 성보가 왕순을 불렀다.

"성상폐하!"

왕순과 성보의 눈이 마주쳤다. 성보는 맑게 웃고 있었다. 왕순은 성보를 보고 느껴지는 바가 있어 이내 표정을 고치고 성보를 향해 가볍게 읍했다.

일월 이십오일 오후, 전주에서 남쪽으로 삼십 리 정도 떨어진 금구현(金溝縣: 전라북도 김제시 금구면)에 도착했다.

예빈경 박충숙을 미리 전주로 보내놓았기 때문에, 전주절도사 조용겸과 전중소감 유승건 등이 금구현으로 마중 나와 있었다.

그들의 얼굴색은 불안에 떨고 있는 마음 상태를 여실히 보여주고 있었다. 박충숙을 통해서 과거의 일을 불문에 부치겠다는 말을 전해놓은 상태였으나 그들의 불안감은 어쩔 수 없었다.

왕순이 그들을 일일이 위로하며 말했다.

"지난번에 어가를 호위하고 식사까지 잘 대접해주어 짐은 매우 고맙게 생각하고 있소. 앞으로의 일이 더욱 중하니 맡은 바 소임을 다해주시기 바라오."

왕순은 그들이 불안해하지 않게 좋은 말로 위로하고 덧붙여 말했다.

"우리는 큰 전쟁을 겪고 있어 백성들의 고초는 말할 것도 없소. 백성들이 힘든데 어찌 임금만이 풍족하게 있겠소! 전주에 머무는 동안, 매 끼니 올리는 반찬은 세 가지로 제한하고 짐의 식사를 군사들과 다를 바 없이 하시오."

제1장 왕명(王命)

일월 이십육일, 금구현을 출발하여 몇 시진을 이동하여 삼천(三川)을 건너자 우측으로 멀리 완산(完山)이 보였다. 이제 전주 초입에 접어든 것이다. 길가에는 이미 무수한 백성들이 나와 어가를 바라보며 환호성을 질러대고 있었다.

어가가 완산을 지나 남천(南川: 현재의 전주천)을 건너 전주읍성 앞에 접어들었다. 전주읍성은 산으로 둘러싸인 너른 벌에 자리 잡고 있었다.

왕순이 전주절도사 조용겸을 가까이 불러 물었다.

"성안에는 몇 호나 있소?"

"천오백 호 정도가 살고 있습니다."

"방어계획은 어떻게 되오?"

조용겸이 남쪽을 가리키며 말했다.

"남천을 사이에 두고 동쪽 산을 동고산(東固山)이라고 하옵고 서쪽 산을 남고산(南固山)이라고 하옵니다. 두 산에 산성을 축조하여 두었으므로 큰 적이 쳐들어오면 그리로 피신하면 되옵니다."

왕순은 전주 여기저기를 시찰하며 민심을 다독였다. 신하들이 왕순에게 건의했다.

"전주 남쪽에는 영험한 사찰로 경복사(景福寺)가 있습니다. 경복사에 행차하시어 거란군이 물러난 것에 대해 감사의 불공을 드린다면 민심을 다독이는 데 유리할 것입니다."

경복사는 전주 남쪽에서 십 리가량 떨어진 고덕산(高德山)에 있었는데, 고구려의 승려 보덕(普德)이 세운 절로 전해지고 있었다. 보덕은 평양에서 수행하다가 고구려가 멸망하기 이십여 년 전에, 제자 열한 명과 더불어 이곳에 와서 경복사를 세웠다. 보덕이 멀리 남쪽으로 온 이유는, 당시 고구려의 실권자인 연개소문이 도교를 장려하고 불교를 억압했기 때문이었다.

경복사에는 한 가지 전설이 있었는데, 보덕이 도술을 부려 자신이 기거하던 사찰을 공중에 날려서 이곳 고덕산에 옮겼다는 것이다. 전주 사람들은 이 전설을 믿었고 경복사는 전주 사람들이 가장 영험하게 여기는 사찰이었다.

경복사에서 불공을 드리고 고덕산 정상에 오르니 사방이 탁 트인 것이 호연지기가 절로 우러나왔다.

왕순이 북쪽을 보니 전주가 한눈에 들어왔고 전주 서쪽의 완산은 고덕산에 비하면 아주 낮고 자그마한 야산이었다. 왕순은 문득 의문이 들었다. 개경의 원래 이름이 송악산과 같은 송악이듯이, 마을의 이름은 보통 마을을 대표하는 지형지물과 같게 마련이었다. 전주의 원래 이름은 완산주였고 그렇다면 완산과 같은 것이다. 그러나 완산은 전주 근교의 작은 산봉우리에 지나지 않았다. 전주를 대표하는 진산(鎭山)이라기에는 뭔가 부족해 보였다.

왕순이 완산을 가리키며 조용겸에게 물었다.

"완산은 저리 작은 산인데 어찌하여 그 이름이 고을의 이름이 된 것입니까?"

왕순의 물음에 조용겸이 머리를 긁적이며 말했다.

"그것은 저도 잘 모르겠습니다. 전주는 원래 '온고을'로 불렸습니다. 모든 것이 다 있다는 뜻입니다. 그것을 한자로 표기하다 보니 완산주가 되었고 다시 전주가 되었는데, 저기 완산이라는 지명과 어떤 관계가 있는지는 알지 못합니다."

옆에 있던 채충순이 지형을 굽어보며 말했다.

"완산은 지대가 높지 않고 평야를 끼고 있어 사람들이 거주하기에 용이합니다. 아마 여기에 처음 거주한 사람들이 완산에 터를 잡지 않았나 싶습니다."

왕순이 고개를 끄덕이며 멀리 북쪽을 바라보았다.

서북면의 곽주, 안주, 숙주 등이 함락된 것은 확실한 사실이었고 흥화진과 구주 등이 거란군에 함락되지 않은 듯했다. 그리고 서경이 함락당하지 않은 것 같다는 보고가 있었다. 서북면의 장병들은 고립된 상황 속에서도 성을 굳게 지키고 있었다. 왕순은 그들을 위해 아무것도 할 수 없는 자신이 무력하게 느껴졌다.

전주에 머무르는 동안 흩어졌던 관료들이 계속 모여들었다. 그중에는 안북도호부사(安北都護府使)·공부시랑(工部侍郎) 박섬(朴暹)도 있었다. 박섬은 안북부(안주)의 방어를 책임진 사람이었다. 그런데 거란군이 삼수채에서 고려의 주력군을 격파하고 안주까지 오자 안주를 버리고 달아났다. 그 바람에 거란군이 무혈로 입성했던 것이다. 박섬은 고향으로 도망쳤다가 거란군의 퇴각 소식을 듣고 다시 왕순을 찾아왔다. 박충숙 등이 그의 이러한 태도를 비난했으나 왕순은 개의치 않았다. 왕순이 무엇보다도 중요하게 생각한 것은, 과거의 죄를 묻는 것이 아니라 미래를 위하여 적재적소에 사람을 쓰는 것이었다.

왕순은 전주에서 칠 일간 머문 후, 이월 삼일에 다시 북쪽으로 출발했다. 해가 질 무렵에 여양현(礪陽縣: 전라북도 익산시 여산면)에 도착했는데, 마침 북쪽에서 온 전령이 개경을 거쳐 어가를 찾아 남하하고 있었다. 양협이 전령을 인도하여 왕순 앞으로 데리고 왔다.

전령이 왕순을 보며 감격한 표정으로 절을 하려고 하자 왕순이 만류하며 말했다.

"아직 전쟁 중이니 크게 예의 차릴 필요는 없소."

왕순의 말에 전령이 길게 읍하며 말했다.

"소장은 서경 교위 광휴이옵니다. 통군녹사 조원의 명으로 장계를 지니고 어가를 찾았나이다."

왕순을 알현하는 광휴의 목소리는 떨리고 있었다. 광휴는 왕순을 보자 알 수 없는 감정으로 마음이 크게 벅차올랐다. 왕순의 마음 역시 울렁거렸다. 서경은 과연 지켜지고 있었던 것이다! 왕순이 반짝이는 눈빛으로 광휴를 보며 말했다.

"서경에서 온 광 교위를 보니 짐은 실로 감개가 무량합니다. 서경은 정말 어려운 상황이었을 것인데 누가 총책임자였소?"

"통군녹사 조원이었습니다."

녹사는 칠품의 중하급 관료이므로 왕을 알현할 일은 많지 않았다. 그러나 조원이 모든 군사를 통솔하는 기구인 통군부의 녹사였으므로 왕순은 조원을 기억하고 있었다.

서경의 총책임자가 통군녹사 조원이었다면 동북면도순검사 탁사정은 소문대로 서경에서 도망쳤을 가능성이 농후했다.

서경에서 전령이 왔다는 소식에 수십 명의 관료들이 객사의 주관(主館)으로 모여들었다. 모두 서경의 사정에 대해서 대단히 궁금해하고 있었다.

왕순은 광휴에게 의문 나는 사항을 더 물으려다가 관료 수십 명이 객사의 안팎에 있으므로 더 이상 묻지 않았다. 불편한 사실들이 알려질까 우려해서였다.

왕순이 광휴를 보고 미소를 지으며 물었다.

"통군녹사 조원이 광 교위를 보낸 것을 보면 교위가 서경에서 세운 공이 혁혁하겠지요?"

광휴가 황급히 머리를 조아리며 말했다.

"말단인 저는 그저 명령에 따라 싸웠을 뿐, 공이라고 할 것도 없습니다."

왕순은 광휴를 더욱 칭찬하려다가 옆에 있는 지채문을 의식하여 말을 멈췄다.

광휴가 고개를 숙이고 두 손을 높이 들어 장계를 바치자, 양협이 그것을 건네받으려고 하는데, 왕순이 손을 들어 제지한 후 의자에서 일어나 계단을 내려갔다. 왕순은 직접 광휴로부터 장계를 받아 들었다. 광휴는 왕순이 직접 장계를 받자 황급히 무릎을 꿇었다.

"성은이 망극하옵니다."

왕순은 무릎을 굽혀 광휴의 양어깨를 잡아 일으키며 조용히 말했다.

"그대들이 서경을 지켜내지 못했다면 고려는 없어졌을지도 모르오."

왕순의 말에 광휴가 땀까지 흘리며 몸 둘 바를 몰라 했다. 왕순이 곧 장계를 펼쳐 들고 읽기 시작했다. 장계에는 그간의 상황이 자세히 적혀 있었다. 장계를 다 읽은 왕순은 자신도 모르게 눈물을 흘리고 있었다. 광휴의 손을 잡으며 진정 마음에서 우러나오는 한마디 말을 건넸다.

"짐은 진정 그대들에게 감사하는 바입니다."

왕순에게 손이 잡힌 광휴는 화들짝 놀라며 급히 머리를 조아리고 허리를 최대한 굽혔다. 광휴의 몸은 어느새 떨리고 있었다.

이 광경을 보고 있던 신료들은 비록 장계의 내용을 모를지라도 마음에서 마음으로 전해지는 것이 있었다. 분위기가 자못 숙연해졌다.

왕순이 다시 어좌로 돌아가 앉으며 채충순에게 물었다.

"애수진장 강민첨은 어떤 사람입니까?"

채충순의 관직은 인사를 담당하는 이부시랑이었다. 채충순이 잠시 생각하더니 말했다.

"강민첨은 을사년(1005년)에 은사급제(恩賜及第)하여 나이가 사십 대 후반이고 몸집은 보통보다 조금 작은 편입니다. 아랫사람들을 제법 잘 이끈다는 평이어서 이번 전쟁 바로 전에 애수진의 진장으로 임명되었습니다."

왕순이 고개를 끄덕이는데 누군가 앞으로 나섰다. 왕순이 보니 지채문이었다.

"제가 동북면에서 서경으로 이동할 때 애수진에서 하룻밤을 묵었습니다. 애수진장 강민첨의 일 처리는 꽤 세밀했습니다."

조원의 장계에는, '지채문의 패전'은 '아군이 성 밖에서 패하였다'고 짧게 언급되어 있었고, '탁사정의 도주'는 '동북면도순검사가 동문으로 나갔다'라고만 쓰여 있었다.

이런 내용이라면 모인 신하들에게 전체를 읽어주거나 회람시켜도 무방할 듯했다. 왕순이 채충순에게 장계를 건네며 말했다.

"이런 내용이라면 낭독하거나 회람해도 무방할 듯합니다."

채충순이 장계를 받아 쭉 읽어 보니 언급하기 불편한 사항은 간략하고 두루뭉술하게 적혀 있었다.

"신, 역시 성상과 생각이 같습니다. 제가 직접 낭독하겠습니다."

왕순이 고개를 끄덕이자 채충순이 목소리를 가다듬고 장계를 낭독했다.

"통군녹사 조원이 아룁니다. 하늘의 큰 별이 신령한 용으로 바뀌어 땅으로 내려와 다시 사람으로 변해 성상폐하가 되셨으니, 북적들이 감히 우리나라를 어찌하지 못할 것이옵니다.

아군이 서경 밖에서 패하고, 신호위 장군 대도수는 용맹하게 거란주의 본대를 야습했으나 성공하지 못하고 전사하고 말았습니다. 그 와중에 동북면도순검사 탁사정 역시 동문으로 성을 나가는 바람에 서경을 책임질 고위 관리가 없었습니다.

낮은 관직의 소신 등이 어찌할 바를 모르다가, 신사(神祠)에 빌고 점을 치니 좋은 점괘가 나왔습니다. 이에 따라 여러 사람이 불미한 소신을 추대하여 병마사(兵馬使)로 삼고 흩어진 군사들을 수습하여 성문을 닫고 굳게 지켰습니다.

(…중략…)

북적들이 물러가고 있으나 아직은 사태를 정확히 예측할 수 없습니다. 적들이 곽주, 안주, 숙주 등에 일부 군사들을 남겨놓고 갈 수도 있습니다.

신들은 적의 동향을 예의주시하며 백성들을 안정시키고 군사들을 조련시키고 있습니다. 적들이 이 땅에 조금이라도 병력을 남긴다면 소신들은 절대로 그들을 좌시하지 않을 것입니다. 저희는 그들을 축출하기 위하여 혼신의 힘을 다하며 멈추지 않을 것입니다.

이하 생략….."

장계의 끝은, 공을 세운 사람들의 명단이었는데 박원작의 이름이 호명되자 왕순의 근처에 있던 어떤 사람이 눈을 동그랗게 뜨며 크게 놀란 표정을 지었다. 체격은 어른이나 얼굴은 앳되어 보이는 사람이었는데, 박원작의 아들 박성걸이었다. 이제 해가 바뀌어 열여덟 살이 된 박성걸은 개경에서부터 왕순을 호종하다가 창화현에서 난리 통에 헤어졌다. 그 뒤 고향인 상주(尙州: 경상북도 상주시)로 갔다가 얼마 전에 다시 합류한 터였다.

왕순이 미소를 지으며 박성걸에게 말했다.

"그대의 부친께서는 영웅이셨군!"

왕순의 말에 박성걸이 자기 아버지의 활약상에 의아해하면서도 얼굴이 대낮같이 환해졌다.

장계를 낭독한 후, 왕순은 사람들을 물리고 채충순, 박충숙, 주저, 지채문 등만 남겼다. 이들과 더불어 광휴에게 보다 자세한 서경의 사정을 묻기 위해서였다. 대답하는 광휴의 한마디 한마디에 왕순과 신하들은 연신 탄성을 터트렸다. 문답은 밤이 늦도록 계속되었다.

5
각자의 희망

야율융서는 피폐해진 몰골로 압록강을 건넜다. 겨울비는 무섭기 그지없었다. 뼛속까지 추위가 파고들었고, 시간이 더 지체되었다면 얼마나 더 많은 군사를 잃었을지 장담할 수 없었다.

야율융서는 내원성에서 고려의 땅을 돌아보았다. 중첩된 산맥으로 둘러싸인 고려 땅은 자연이 만든 험준한 요새였다.

"휴-."

저도 모르게 긴 한숨을 내쉬었다. 야율융서의 한숨을 들은 추밀사 야율실로가 힘주어 말했다.

"역적 강조를 주살했으니 이번 정벌의 목적은 달성했습니다."

북피실군상온 소혜가 말했다.

"개경까지 함락시켰으니 큰 무공을 세운 것입니다."

야율융서는 강을 건너오는 소혜 휘하의 북피실군 군사들을 보았다. 무기와 갑옷을 모두 잃어버리고 피로에 지친 군사들은 더 이상 군사들이 아니었다. 패잔병들이고 난민들이었다.

야율융서가 가라앉은 목소리로 말했다.

"우리 본대의 퇴각은 괜찮겠지?"

북원낭군 야율세량이 말했다.

"우리는 비가 와서 고생했지만 본대는 괜찮을 것입니다."

야율융서는 북피실군을 비롯한 각 군대에 해산 명령을 내렸다.

"각 군은 압록강을 건너면 모두 해산하도록 하라."

하지만 이때 자신에 뒤이어 퇴각하고 있는 부대들이 당할 피해는 예상할 수 없었다.

"폐하! 어찌 옥체가 이리 말이 아니십니까?"

내원성에는 황후 소보살가(蕭菩薩哥)와 황제의 셋째 동생 초국왕(楚國王) 야율융유(耶律隆裕)가 마중 나와 있었다. 초췌한 야율융서의 모습을 본 황후의 눈에 눈물이 그렁그렁했다. 야율융서는 사랑하는 가족들을 보자 마음이 울컥했다.

내원성에서 이틀을 쉬고 나니 기력이 많이 회복되었다. 곧 북쪽으로 이동하여 일월 이십사일에는 동경에 당도했다. 이틀 후 다시 서쪽으로 움직였다. 동경에서 서쪽으로 사백 리 떨어진 의무려산(醫巫閭山)으로 가려는 것이었다.

의무려산은 요동과 요서를 나누는 기준이 되기도 하는, 길이가 수백 리(里)에 이르는 거대한 산이었다. 의무려산에 가는 이유는 이 산의 동쪽 기슭에 현릉*(顯陵)과 건릉**(乾陵)이 있기 때문이었다. 현릉은 증조할아버지인 의종(義宗)과 할아버지 세종(世宗)을 모신 능이었고, 건릉은 아버지 경종과 어머니 승천황태후를 모신 능이었다. 야율융서는 고려를 정벌하기 전에도 현릉과 건릉에 참배했었다.

이월 사일, 야율융서는 의무려산에 도착했다. 그런데 그때 선봉도통 야율분노와 같이 퇴각했던 장수들이 야율융서를 쫓아 의무려산에 도

---

*   **현릉(顯陵): 야율융서의 증조할아버지 의종(義宗)과 할아버지 세종((世宗: 제3대 황제, 재위 947~951)의 합장 묘.**

** **건릉(乾陵): 야율융서의 아버지 경종(景宗: 제5대 황제, 재위 969~982)과 어머니 승천황태후의 합장 묘**

착했다. 임해군절도사 소허열, 발해 장군 대광일, 갈소관대왕 갈리희였다.

야율융서가 소허열을 보니 왼쪽 다리가 불편해 보였다. 그리고 이들의 얼굴빛은 창백했다.

야율융서가 불안한 마음을 애서 누르며 소허열에게 물었다.

"선봉도통은 왜 보이지 않는 것인가?"

소허열이 고개를 푹 숙인 채로 말했다.

"선봉도통은 전사했습니다."

야율융서는 순간 큰 충격을 받았다. 선봉도통 야율분노가 전사한 것도 충격이지만 그 뒤에 나올 말에 미리 충격을 받은 것이다. 이들의 행색과 야율분노의 전사, 그렇다면 더욱 심각한 일이 있는 것이다.

야율융서가 떨리는 마음을 진정시키며 심호흡을 하고 물었다.

"선봉도통이 이끄는 군사들은 어찌 되었는가?"

소허열이 침통한 목소리로 말했다.

"선봉도통은 귀성군, 발해군, 여진군 등으로 구성된 군사 일만을 이끌고 퇴각하다가 매복에 걸리고 말았습니다. 군사들은 대개 전사하거나 실종되었고, 무사히 퇴각한 사람은 저희를 포함하여 수십 명에 지나지 않습니다."

야율융서의 얼굴이 확 달아올랐다. 소허열을 뚫어지게 바라보며 무슨 말을 하려고 입술을 움직이는데 아무 말도 나오지 않았다. 막사에 있는 사람들 역시 숨을 죽이고 있었다. 정적은 끊임없이 이어졌다. 그 정적을 깨고 야율세량이 말했다.

"다른 부대들의 상황을 파악하는 것이 우선입니다. 제가 동경으로 가서 상황을 알아보겠나이다."

야율실로도 말했다.

"지금은 일단 기다리는 수밖에 없습니다."

그런데 야율세량이 출발하기 전에 소배압이 보낸 전령이 당도했다.

"일월 이십구일, 모든 군대가 압록강을 건너 회군했습니다."

그제야 야율융서는 약간 안심할 수 있었다.

야율세량은 즉시 동경으로 이동했다. 도중에 삼삼오오 고향으로 돌아가는 장졸들을 만날 수 있었고 그들을 면담하며 보고서를 작성했다. 동경에 당도했을 때 한덕양과 소배압 역시 도착해 있었다.

한덕양이 어눌한 말투로 야율세량에게 물었다.

"폐, 폐하는 어떠, 어떠신가?"

한덕양은 외모가 장대했고 언제나 중후한 말투로 말했다. 그런데 지금은 입술을 떨며 말을 더듬고 있었다. 일흔 살이 넘은 한덕양은 작년부터 약한 중풍을 앓고 있었는데, 이번 고려원정에 무리하게 참여해서 병이 더 깊어진 듯했다.

"비를 좀 맞으셨지만 건강하십니다."

야율세량이 이어서 말했다.

"그런데 선봉도통 야율분노가 전사했고 그가 거느린 일만 병사가 모두 전멸했다고 합니다."

한덕양이 미간을 찌푸리며 말했다.

"우리도 내원성에서 얼핏 들었네. 자세한 사정을 말해보게."

야율세량은 소허열에게 들은 사실을 말했다.

소배압이 걱정스러운 말투로 물었다.

"소허열의 부상은 어떠하오?"

동로통군사 소류와 북피실군상온 소혜, 임해군절도사 소허열은 소배압의 동생이자 소손녕의 형인 소찰랄(蕭札剌)의 아들들이었다. 소찰랄은 정치에 뜻이 없어 힐산(頡山)이라는 곳에 은거했기 때문에 소배압이 이들을 키웠다. 백부와 조카 사이지만 사실상 부자관계인 것이다.

"왼쪽 허벅지 뒤편에 화살을 맞았는데 부상이 크지는 않습니다."

한덕양이 천천히 말했다.

"사실 본대의 피해도 크다네. 고려군이 통주 근처에서 진을 치고 아군의 회군로를 막았네. 어쩔 수 없이 내륙의 산길을 이용해 회군하는데, 고려군들의 기습공격이 연이어 이어졌지. 더구나 구주 남쪽 계곡에 이르자 큰비가 연이어 내려서 말과 낙타가 쇠약해지고 무기와 갑주를 대개 잃어버리고 말았다네. 아직 정확한 조사는 이루어지지 않았지만, 이번 전쟁에서 우리 쪽 인명 손실이 수만은 될 것이라고 예상하고 있네."

야율세량이 열심히 받아 적었다.

소배압이 야율세량에게 은근히 말했다.

"고된 원정으로 폐하의 심신이 매우 피곤하실 것이오."

야율세량은 소배압의 말의 숨은 의중을 알아챘다. 그러나 단호한 표정으로 말했다.

"저는 단지 사실대로 보고할 뿐입니다."

한덕양이 물끄러미 야율세량을 보며 고개를 끄덕였다. 한덕양은 능력이 있고 소신 있는 관리들을 좋아했다. 그런 사람들을 천거하는 것이 자신의 의무라고 여겼는데, 그들 중 야율세량을 최고의 인재라고 평가하고 있었다.

야율세량은 한덕양, 소배압과 함께 야율융서에게 돌아가서 피해 상황에 대한 보고서를 올렸다.

"우리 군사가 수만이나 전사했다는 말인가!"

야율융서는 들고 있던 유리잔을 집어 던지며 격노했다.

"쨍그랑!"

이 파란 유리잔은 대식국(大食國: 아라비아)에서 조공한 것으로 야율융서가 매우 아끼는 물건이었다. 적막감이 오랫동안 막사 안에 감돌았다. 잠시 후 한덕양이 천천히 몸을 일으켰다. 그러나 중풍이 점점 깊어지고 있어서 몸을 일으키다가 휘청했다. 옆에 있던 야율세량이 재빨리 한덕양을 부축했다. 야율융서가 깜짝 놀라서 바라보자, 한덕양이 가볍게 고개를 끄덕이며 입을 열었다.

"우리의 피해가 크다고 하지만, 적의 영토를 공격하는데 피해가 없을 수는 없습니다. 강조를 주살하고 고려의 개경까지 함락시켰으니 정벌은 성공을 거둔 것입니다."

야율융서는 한덕양의 말에 잠자코 있었다. 한덕양의 말대로 어쨌든 정벌의 목표를 달성했으니 성공을 거둔 것이었다. 소배압도 거들었다.

"우리 측에 피해가 있는 것도 사실이지만, 고려의 피해가 더욱 큽니다. 또한 고려왕 왕순은 개경을 버리고 도망쳤습니다. 따라서 고려에 변란이 일어날 수도 있습니다."

소배압은 개경에서 회군하기 전에 한 가지 계책을 썼다. 고려인 포로들 중에서 개경 이남이 고향인 천여 명을 놓아준 것이다. 그들을 놓아주며 이렇게 말했다.

"남쪽으로 내려가 사람들에게 알려라! 고려 국왕을 잡거나 죽이는 자에게는 천금의 포상을 할 것이고, 그가 원한다면 우리 황제께서 고려의 왕으로 책봉하실 것이다. 그러나 만일 고려 국왕을 돕는 자가 있다면 구족을 멸할 것이다!"

고려인 천여 명이 이런 사실을 방방곡곡에 알리고 다니면, 고려 국왕을 잡거나 죽이지 못하더라도 큰 궁지에 빠뜨리게 될 것이다. 더 나아가 고려라는 나라가 크게 분열될 수도 있었다.

야율융서는 일말의 희망을 갖고 의무려산에 계속 머물며 고려의 상황을 예의 주시했다. 소배압이 쓴 계략으로 고려에 변고가 일어나기를 바랐다. 그러면 본인이 다시 고려로 갈 생각이었다. 스스로 이 정벌을 완벽히 마무리 짓고 싶었던 것이다.

그다음 날, 덩치가 산만 한 사람이 막사에 들어왔는데, 그는 고려인 하공진이었다.

야율융서는 하공진에게 고려의 상황에 대해서 물었다. 하공진이 머리를 조아리며 답했다.

"폐하께서 역적 강조를 처단해주셨으니, 고려인들은 폐하의 성스러운 덕을 알게 되었습니다."

하공진의 대답에 야율융서가 만족스러운 표정을 지으며 물었다.

"고려에서 그대의 관직은 무엇이었는가?"

"좌사낭중이었습니다."

"낭중이면 오품직인가?"

"그러하옵니다."

"짐이 그에 준하는 관직을 내리겠다."

"성은이 망극하옵니다."

"경은 짐의 곁에서 잘 보좌해야 할 것이다."

하공진이 짐짓 감격스러운 어조로 말했다.

"소신은 폐하께 충성을 다하겠나이다."

이후 하공진은 거란 조정의 상황을 관찰했다. 거란주가 주요 신하들의 반대를 무릅쓰고 이번 고려원정을 추진했다는 것을 알게 되었다. 그만큼 거란주는 자기 손으로 이 전쟁을 마무리 짓고 싶어 하는 것이다. 하공진은 즉시 야율융서에게 표문을 올렸다. 표문의 내용은, '고려는 지방까지 왕권이 미치지 못하기 때문에 변란이 일어날 수 있다.'는 것이었다.

야율융서는 표문을 보고 곧 하공진을 불렀다. 표문 내용이 야율융서가 몹시 바라는 내용이었던 것이다. 하공진이 야율융서의 막사에 들어가자 막사 안에는 소배압을 비롯한 대신들이 모여 있었다.

하공진이 야율융서에게 말했다.

"본국은 지금 멸망하였으니, 신들이 고려로 가서 사정을 점검하고 반항하는 장수들을 타일러 성문을 열고 귀순하도록 하겠나이다."

야율융서가 고개를 끄덕이며 말했다.

"짐이 역적 강조를 제거하여 고려를 안정시켰으나 고려왕이 스스로 두려워하여 개경을 떠나 도망가고 말았다. 왕이 겁에 질려 백성들을 버렸으니 고려 백성들의 사정은 힘들 것이다. 그대는 고려로 가서 알아보고 보고하도록 하라. 짐은 고려 백성들을 위해서 필요한 조치를 할 것이다."

야율융서가 허락하자 하공진은 뛸 듯이 기뻤다. 고려로 돌아갈 길이 열린 것이었다. 하공진이 말했다.

"폐하께서 통행증을 주시면 바로 출발하겠나이다."

"짐이 조만간 동경으로 다시 행차할 것이니 그때 고려를 접수하라!"

하공진이 막사에서 나가자, 소배압이 야율융서에게 말했다.

"저자의 진의를 알 수 없습니다. 조금 더 기다려보는 것이 좋을 것입니다."

야율융서는 고개를 가만히 끄덕였다.

하공진은 야율융서의 말을 듣고 희망과 걱정을 동시에 느꼈다. 자신이 고려로 돌아갈 가능성이 생긴 것은 큰 희망이었으나, 거란주가 동경으로 간다는 것은 고려를 향한 군사 행동을 다시 할 가능성이 있었기 때문이었다.

그런데 야율융서의 동경 행차는 바로 이루어지지 못했다. 한덕양이 병상에 누워서 일어나지 못하고 있었기 때문이었다. 고려 정벌에서 돌아온 후 약하게 앓고 있었던 중풍이 심해졌다. 칠순의 나이에 겨울비를 맞고 무리한 행군을 한 이유가 가장 컸다. 몹시 걱정된 야율융서와 황후 소보살가는 친히 한덕양의 막사에 방문하여 오랫동안 병문안을 했다.

야율융서는 한덕양에게 이런저런 위로의 말을 건네다가 약간 울먹이며 말했다.

"앞으로 누가 경을 대신할 수 있겠소!"

한덕양이 미미하게 미소 지으며 말했다.

"야율세량이 저보다 뛰어납니다. 그를 곁에 두고 쓰시면 편안하실 것이옵니다."

한덕양은 야율융서에게 아버지와 같은 사람이었다. 야율융서의 말뜻은, '아버지와 같은 당신을 대신할 사람은 없다.'라는 것이었다. 한덕양이 미미하게 미소 지은 이유는, 본인도 야율융서의 진의를 알고 있었기 때문이었다. 그러나 능력 있는 신하를 천거하는 것은 그 무엇보다도 중요한 일이었다. 한덕양의 말에 야율융서는 눈물을 흘렸다.

한덕양은 자리에서 일어나지 못하고 며칠 후 세상을 떠났다. 야율융서는 한덕양에게 야율융운(耶律隆運)이라는 이름을 내려서 황족의 신분을 하사했다. 그리고 한덕양을 위해 문충왕부(文忠王府)를 설치했다. 한덕양의 자손들이 영원히 영위할 신분과 영지를 내려준 것이었다. 거란 역사에 이런 일은 유일했다. 어머니 승천황태후가 사랑했던 남자, 그리고 자신의 정신적 아버지를 위한 최고의 예우였다. 그리고 승천황태후가 묻힌 건릉 옆에 장사지냈다.

한덕양의 장례가 치러지는 와중에, 한 가지 소식이 야율융서에게 보고되었다.

"고려 국왕이 개경으로 돌아왔습니다."

야율융서는 매우 실망했다. 고려에 변란이 생기지 않았던 것이다. 하공진을 연경(燕京: 현재 중국 북경)에 살게 하고 고영기를 중경(中京: 내몽고 적봉시 닝청현)에 살게 한 후 양가(良家)의 딸을 처로 삼아주었다.

이제 하공진은 고려로 돌아갈 수 없었다.

6
각성

　왕순 일행은 이월 삼일 새벽에 전주를 출발하여 여양현(礪陽縣: 전라북도 여산)을 지나, 이월 사일 오후에 파산역(巴山驛: 공주시 이인면 용성리)에 도착했다. 파산역에는 공주절도사 김은부가 그의 아들 김충찬 등과 함께 마중 나와 있었다.
　김은부가 상기된 얼굴로 말했다.
　"성상께서 이리 무사하시니 소신의 기쁨이 한량없습니다!"
　왕순이 김은부의 손을 힘주어 잡으며 말했다.
　"짐은 경의 충심을 한시도 잊은 적이 없습니다."
　파산역에서 이십 리 정도 가자 날이 어두워지기 시작했고 고갯길이 나왔다.
　김은부가 왕순에게 말했다.
　"이곳은 우금치입니다. 이곳만 넘어서면 공주이오니 이제 곧 피로를 푸실 수 있을 것이옵니다."
　우금치를 넘어 오 리 정도 가자, 길 왼편으로 높다란 당간이 보였고 대통사(大通寺)라는 큰 절이 있었다. 다시 오 리 정도를 더 가자 공주목의 마을이 나왔다. 마을은 웅진강 남쪽 분지에 자리 잡고 있었고, 마을의 북쪽에는 야트막한 높이의 공산(公山)이 있었다. 공산에는 산성이 쌓아져 있었는데 관아와 객사는 이 공산성 안에 있었다.

날은 어두워졌고, 어가를 구경하기 위해 길가에 나온 공주민들이 횃불을 대낮같이 밝히고 있었다.

공산성 남문 앞에는 수십 명의 사람들이 마중 나와 있었다. 그중 반가운 얼굴들이 왕순의 눈에 들어왔다. 왕순이 환한 미소를 지으며 말에서 내리며 말했다.

"안녕들 하시었소?"

왕순의 인사를 받은 사람들이 손을 맞잡고 꾀꼬리 같은 목소리로 답했다.

"옥체 강녕하셨습니까?"

김은부의 세 딸이었다. 객사로 들어가자 김은부의 딸들이 의복을 바쳤는데 입어 보니 몸에 잰 듯이 꼭 맞았다. 왕순이 웃으며 김은부의 딸들에게 말했다.

"마치 자로 잰 것처럼 꼭 맞는구려."

첫째와 둘째는 머리를 조아리는데, 셋째가 밝은 목소리로 말했다.

"당연히 꼭 맞을 수밖에요. 첫째 언니가 성상폐하의 옥체에 꼭 맞도록 옷을 지었는걸요."

왕순이 약간 의아해서 물었다.

"내 몸의 치수를 어떻게 알았단 말이요?"

셋째가 당연하다는 듯이 말했다.

"저번에 뵈었을 때 언니들이 눈여겨보아 두었지요."

셋째의 말에 왕순이 능치며 말했다.

"어떻게 될지 모르는 상황이었는데, 내가 무사히 다시 공주로 올지 어찌 알았을까?"

셋째가 확신에 찬 어조로 말했다.

"그거야 안산현(安山縣: 경기도 안산시, 김은부의 고향)의 아주 용한 점쟁이가…."

셋째는 더 이상 말할 수 없었다. 옆에 있던 둘째가 얼굴을 붉히며 셋째의 입을 손으로 막았기 때문이었다.

천진난만한 셋째의 말에 왕순이 호탕하게 웃어 젖혔다. 왕순은 미소를 지으며 첫째와 둘째를 바라보았다. 둘의 얼굴빛이 등잔불 아래서도 확연히 느낄 수 있을 정도로 붉게 달아올라 있었다. 왕순이 둘의 얼굴을 번갈아 보는데 쌍둥이라고 해도 믿을 정도로 흡사하다.

왕순은 눈을 가늘게 뜨며 짓궂은 표정으로 말했다.

"짐의 몸을 그렇게 자세히 보아두었다니 가상하기 그지없소!"

둘의 얼굴이 더욱 붉어졌는데 왕순의 눈길이 첫째에 머물렀다. 왕순은 그녀를 찬찬히 보았다.

오 척이 약간 넘는 키에 가녀린 몸매에 갸름한 얼굴이었다. 얼굴에 흰색 분을 발라서인지, 붉은 등잔불에 비치는 목의 피부색은 연한 붉은 빛인데, 얼굴은 붉은빛을 품은 뽀얀 흰색을 유지하고 있었다. 눈썹은 초승달처럼 휘어졌고 눈은 반달같이 귀여웠으며 콧방울은 약간 도톰한데 윗입술은 얇고 아랫입술은 훨씬 도타웠다.

왕순의 눈길이 그녀의 아랫입술에 멎는 순간, 갑자기 심장이 비정상적으로 뛰며 두근거렸다. 가슴이 크게 설레었고 말할 수 없이 편안한 감정이 몸속 어느 부분부터 시작되어 전체로 퍼져나가기 시작했다. 왕순은 정신이 아득해지며 몽롱한 기분에 휩싸였다. 처음 느끼는 알 수 없는 감정이었다.

왕순은 다음 날 늦게까지 잠을 잤다. 긴장이 어느 정도 풀려서인지 전에 없이 푹 잘 수 있었다. 아침에 일어나 북쪽을 보니 폭이 이백 보쯤 되는 웅진강이 서쪽으로 흐르고 있었다. 얼어붙어 있었던 강물이 어느새 녹아 힘차게 흐르고 있는 것이었다.

왕순은 강 너머 먼 북쪽을 보았다. 산들이 첩첩이 이어지고 있었다. 거란군은 이보다 더 험한 지형에서 퇴각 중일 것이다. 서경에서 온 장계에 의하면, 서경군은 퇴각하는 거란군을 공격하여 많은 전과를 올렸다고 한다. 서북면의 고려군들이 회군하는 거란군을 상대하고 있다. 자신이 지금 서 있는 이곳은 평화롭지만, 그곳은 삶과 죽음을 가르는 잔혹한 전장일 것이다. 왕순은 부조화를 느꼈다. 왕으로서 무엇을 해야 할 것인가?

왕순은 아침 식사를 한 후, 공산에서 서쪽으로 몇 리 떨어진 곳에 있는 백제 왕릉에 참배를 갔다. 왕순이 움직이자 공주민들이 구름같이 뒤를 따랐다. 왕순은 그들에게 손을 흔들었다.

"와아! 성상폐하시다! 와!"

공주민들은 열렬한 환호를 보냈다.

백제 왕릉은 야트막한 야산의 구릉을 따라 흩어져 있었고 그 주위에 작은 무덤들 수십 기가 보였다. 왕릉들은 제법 관리가 잘 되어 있었으나, 능 주위에 있는 망주석(望柱石)이나 석수(石獸) 등의 기물들은 거의 보이지 않았다.

왕순이 김은부에게 물었다.

"왕릉이 잘 관리되고 있는 것 같습니다. 그런데 왜 기물들은 거의 없는 것입니까?"

"신라 시대에도 능은 꾸준히 관리되어 왔고 본조에서도 역시 백제 왕가의 후손들에게 능의 관리를 맡기고 있습니다. 그런데 기물 등이 왜 없는지는 알지 못합니다. 백제가 멸망할 때 왕릉이라는 것을 감추기 위해 기물들을 없애버렸다는 말도 있고, 당나라 소정방이 당나라로 싣고 갔다는 말도 있습니다."

능을 둘러보다 보니 어느새 산 정상에 이르렀다. 정상에는 누각이 세워져 있었다. 이곳에서 절기마다 제사를 지낸다고 한다. 정상에서 북쪽을 보니 웅진강이 굽이쳐 흐르고 있었고 그 아래로 큰 나루터가 있었다. 나루터에는 수십 척가량의 크고 작은 배들이 있었고, 뱃사람들이 분주히 주위를 오가고 있었다.

김은부가 나루터를 가리키며 말했다.

"저곳이 곰나루입니다. 공주목의 조세가 저곳을 출발하여 물길을 따라 개경까지 올라갑니다."

왕순이 남쪽으로 시선을 돌리자 수십 리 먼 곳에 있는 웅장한 산맥이 눈에 들어왔다. 바로 계룡산이었다.

김은부가 계룡산을 보며 말했다.

"삼한 오악*(五岳) 중 하나인 계룡산입니다. 산세는 마치 용과 같은데, 산 정상의 능선이 마치 '닭 볏'과 같이 생겨서 '닭 볏을 쓴 용'이라고 해서 계룡산이라는 이름이 붙었다고 합니다. 계룡산 서쪽 기슭에는 고구려 승려 아도(阿道)가 창건한 갑사(甲寺)가 있으며, 동쪽 기슭에는 도선(道詵)이 중창한 동학사(東鶴寺)가 있습니다. 동학사는 대조대왕의 원당**(願堂)이기도 합니다."

왕순이 계룡산의 웅장함에 감탄하며 말했다.

"계룡산은 마치 하늘을 떠받치고 있는 듯하군요."

왕순은 김은부의 설명을 들으며 다시 눈길을 돌려 웅진강이 흘러 내려가는 서쪽을 보았다. 공산성 인근에 널찍한 평야를 만들었던 웅진강은, 그 평야들을 뒤로하고 산맥 중앙을 자르며 서쪽으로 흘러가고 있었다. 마치 강물이 웅장한 산 사이로 흘러 들어가 사라져버리는 것 같았

---

*   삼한 오악(五岳): 우리나라의 이름난 다섯 산.
** 원당(願堂): 개인의 명복을 빌기 위해 초상화를 모신 사찰.

다. 왕순이 경치를 감상하고 있는데 김은부의 설명이 이어졌다.

"여기서 강물을 따라 팔십 리(里)가량을 내려가면 옛 백제의 마지막 수도인 부여이옵니다. 부여에는 여기 고분군보다 더 많은 고분이 있습니다. 웅진강이 부여로 내려가면 백마강이라고 불리는데 소정방이 백마를 미끼로 용을 낚았다고 해서 그렇게 불린다고 합니다."

"그 이야기는 짐도 알고 있습니다. 소정방이 낚은 용은 백제의 수호신이었다는데…, 결국 백제를 지켜내지 못했군요."

김은부가 무슨 말을 하려다가 멈췄다. 왕순이 김은부에게 물었다.

"소정방이 용을 낚은 조룡대와 백제 궁녀들이 몸을 강물에 던진 낙화암이 지척이라 들었습니다."

"네, 바로 가까이 있습니다."

"낙화암에는 궁녀들의 한이 서려 있겠군요."

"낙화암에서 백제 궁녀들이 몸을 던진 후, 그 절벽에 이름 모를 풀들이 자라기 시작했다고 합니다. 사람들은 그 풀들을 궁녀들의 영혼이 서린 풀이라고 신성시했고 고란초(皐蘭草)라는 이름을 붙였습니다."

궁녀들이 강으로 뛰어드는 상상을 하며 백제 고분들을 다시 보니 사라진 것에 대한 처연한 감정이 솟아올랐다.

백제는 신라와 당나라의 협공을 당해내지 못하고 멸망했다. 어쩌면 당시의 백제는 지금의 고려가 처한 상황과 비슷했을 터다. 신라와 당나라가 연합해서 백제를 쳤듯이, 이제는 거란과 여진이 연합해서 고려를 공격하고 있다. 수도 개경까지 함락당하고 말았고, 자신은 거란군을 피해 몽진을 떠난 것이었다.

왕순은 절로 모르게 큰 한숨을 쉬었다. 산맥 사이로 사라져가는 강을 보면서 마음속에 우울함이 밀려왔다. 왕순의 한숨에 담긴 마음이 주변 신료들에게 전해졌고 모두 숙연해졌다.

제1장 왕명(王命)

왕순의 표정을 보고 채충순이 말했다.

"성상의 계책으로 거란군은 물러가고 있습니다. 또한 서북면의 고려군들이 거란군에 대항하고 있습니다. 성상께서 굳건하시면 우리 고려는 굳건할 것입니다."

채충순의 말에 왕순은 고개를 끄덕였다. 거란과의 전쟁은 아직 끝나지 않았고 서북면의 군사들이 용맹하게 거란군을 상대하고 있었다. 지금 우울한 감상에 빠진다는 것은 왕으로서 할 일이 아니었다.

왕순이 마음을 다잡고 주변을 둘러보는데 보랏빛 몽수(蒙首)를 머리 위에 쓴 김은부의 셋째 딸과 눈이 마주쳤다. 셋째는 미소를 지으며 자신을 보고 있었다. 그런데 그 표정이 마치 아내가 듬직하고 사랑스러운 지아비를 보는 그런 표정이었다. 왕순은 셋째에게 살짝 미소를 지어 보이며 생각했다.

'저들을 다 왕후로 맞이해야 하는군!'

십여 년 후, 주변 정세가 안정되자 왕순은 낙화암 부근에 고란사(皐蘭寺)라는 절을 창건하여 궁녀들의 영혼을 위로하게 했다.

왕순은 백제 왕릉 바로 근처에 있는 온천을 찾았다. 온천에는 사람들이 쉴 수 있도록 가옥이 지어져 있었고 얼마 전부터 몸이 좋지 않았던 대명왕후는 왕순을 호종하지 않고 온천에서 쉬고 있었다. 온천 앞을 지키던 사람이 왕순을 보고 다가왔다. 예빈경 박충숙이었다. 대명왕후가 특별히 박충숙에게 시종을 부탁했던 것이다.

왕순이 박충숙에게 말했다.

"경께서 수고가 많습니다."

박충숙이 입을 씰룩거리며 말했다.

"신의 입이 방정입니다."

왕순은 온천을 둘러본 후 동쪽으로 오 리가량 떨어져 있는 대통사로 향했다. 공주민들은 계속 왕순의 뒤를 따랐다. 대통사에 이르러 큰 솥에 밥과 국을 하게 하여 백성들에게 나누어주게 했다. 그리고 자신 역시 백성들과 똑같은 음식을 먹었다.

늦은 점심을 먹은 뒤 대통사 보제루(普濟樓)에서 잠시 쉬고 있는데 밖에서 악기를 연주하는 소리와 노랫소리가 들려왔다. 모인 백성들이 여흥을 달래기 위해서 가무를 하고 있었다. 왕순이 그 소리를 가만히 듣고 있자 김은부가 말했다.

"이곳 공주 사람들은 특히 가무를 사랑하는데 남자들은 쟁(箏)과 피리를 좋아하고 여자들은 노래와 춤을 좋아합니다."

왕순이 고개를 끄덕이며 물었다.

"공주민들이 특별히 가무를 사랑하는 이유가 있습니까?"

"백제가 멸망할 때, 당나라 군대와 더불어 악공들도 따라왔다고 합니다. 신라 문무왕이 당나라 음악을 배우게 했고 그 이후로 고을 사람들도 음악을 잘하게 되었습니다."

왕순이 공주민들이 악기를 연주하고 춤추는 것을 내다보고 있었다. 그런데 누군가 천진난만한 목소리로 왕순을 불렀다.

"성상폐하!"

김은부의 셋째 딸이었다. 왕순이 눈길을 주자 쾌활히 말했다.

"제가 한 곡조 뽑아볼까요?"

왕순이 미소 지으며 말했다.

"불감청 고소원이오."

왕순의 말에 셋째 딸이 보제루 가운데로 나왔다. 언니들과 다르게 통통한 체형을 지닌 셋째 딸이 중앙에 서자 뭔가 꽉 찬 듯한 느낌을 받았다. 곧 노랫소리가 입에서 흘러나오기 시작했다. 낮은음에서 천천히 시작된 노래는 점차 폭포수와 같이 쏟아지며 좌중을 압도했다. 왕순의 눈이 둥그레지고 놀라움에 입이 절로 벌어졌다.

    땔감 태우는 연기 잦아들고 새벽이 밝아오자,
    화려한 수레가 다가오고 임금님이 내리시네.
    궁궐 정문 위의 아름다운 난간에 시위병들이 모여들고,
    임금을 맞이하는 음악이 연주되네.
    금계기(金雞旗) 높게 솟으니 죄인을 사면하는 뜻이라,
    은혜가 비처럼 쏟아져 온 천하를 적시네.

어가행(御街行)이라는 곡으로, 임금이 죄인들에게 사면령을 내리는 장면을 묘사한 노래였다.
셋째 딸의 노래가 끝나자 왕순이 손뼉을 치며 크게 칭찬했다.
"정말 훌륭하군요!"
김은부가 딸을 보며 말했다.
"저 아이가 원래 음악을 좋아하기도 했는데, 이곳 공주로 온 이후에는 밤낮없이 빠져 살고 있습니다."
왕순이 다른 곡을 청하자, 셋째 딸이 쾌활히 말했다.
"그럼 제대로 해볼까요?"
곧 첫째 딸은 가야금을 잡고, 둘째 딸은 젓대를 잡았다. 보제루에서 세 명의 자매가 하는 작은 공연이 펼쳐졌다.

    비단 장막이 문에 반쯤 드리워져 있는데
    희미한 등불과 외로운 달이 창을 비추네.
    북두칠성은 점점 이동하여 이제 날이 새려 하고
    누각(漏刻: 물시계)은 더욱 시간을 재촉하네.

두 손을 마주 잡고 당신에게 이별주를 권하니
눈물이 붉은 연지와 섞여 금 술잔에 떨어지네.
흐느끼며 그대에게 묻노니,
오늘 밤에 가시면 언제 다시 돌아오시나요?

감은다(感恩多)라는 곡으로, 전쟁터로 떠나는 남편과의 헤어짐을 슬퍼하는 노래였다. 공연하는 김은부의 딸들을 보면서 왕순은 아련한 감정에 젖어 들었다. 그것이 훌륭한 노랫자락 때문인지, 아니면 다른 이유에서인지는 알 수 없었다.
왕순은 이들의 노래를 듣고 시를 한 수 지었다.

일찍이 남쪽 땅에 공주가 있다고 들었는데
신선이 사는 곳처럼 경치가 영롱하여 끝이 없네.
이곳에 오니 마음이 기쁘고 즐거워져
뭇 신하들과 더불어 온갖 시름을 내려놓네.

왕순과 신료들이 이들의 공연을 보고 있는데 군복을 입은 몇 명이 군중들을 헤치고 급히 대통사로 들어오고 있었다. 경호를 맡고 있던 지채문이 그들을 제지하며 말했다.
"성상께서 이곳에 계시니 가볍게 행동하지 말라!"
다가오던 사람들이 지채문을 보고 군례를 하며 말했다.
"통주 중랑장 이홍숙입니다. 흥위위 낭장 안보(安保)와 더불어 통주와 흥화진에서 올리는 장계를 가지고 왔습니다."
흥화진과 통주에서의 장계라는 말에, 지채문은 그들을 급히 보제루로 안내했다. 드디어 최전방에서 전령이 도착한 것이다.

서경에서 장계가 와서 서북면의 아군들이 분전하고 있다는 것을 알고 있었다. 그러나 그런 부분적인 정보들만으로는 전체 상황을 정확히 파악할 수 없었다. 이해할 수 없는 부분도 많았다. 이제 흥화진과 통주의 보고를 받게 되면 빠진 조각들이 모두 맞추어지며 정확한 상황 파악이 가능할 것이다. 왕순과 신료들 모두 이런 기대를 품고 이홍숙과 안보를 맞이했다.

왕순이 이홍숙을 보니, 사십 대 초반 정도의 나이에 얼굴은 검었으며 눈·코·입이 큼지막했다. 안보는 삼십 대 중반에 키가 육 척 세 치는 되어 보였다.

이홍숙과 안보가 왕순 앞에 와서 무릎을 꿇자, 왕순이 둘을 직접 일으켜주며 말했다.

"아직 전쟁 중이니 군례면 족하오."

이홍숙과 안보가 떨리는 목소리로 말했다.

"성은이 망극하옵니다."

왕순이 고개를 가볍게 끄덕이자, 이홍숙이 여진히 떨리는 목소리로 말했다.

"성상폐하, 북적들이 압록강을 건너 모두 퇴각했나이다!"

이홍숙의 말에 주변 사람들이 모두 환호성을 질렀다.

"와아!"

왕순 역시 환한 미소를 지었다. 어찌 되었든 큰 위기를 벗어난 것이다. 그런데 약간 의아한 생각이 들었다. 두 사람이 가지고 온 장계가 도순검사 양규의 장계가 아니라 흥화진과 통주의 장계였기 때문이었다. 서북면도순검사 양규가 흥화진에 있었기 때문에 장계를 보낸다면 도순검사가 우선 보낼 것이고, 원칙적으로 도순검사를 제치고 흥화진과 통주에서 따로 장계를 보낼 리는 없는 것이다.

왕순이 우선 이홍숙과 안보를 치하하며 물었다.

"그대들은 최악의 상황 속에서도 홍화진과 통주를 지켜내어 고려를 구하였소! 짐을 비롯한 모든 고려인은 그대들의 노고에 깊이 감사할 것이요. 그런데 어째서 도순검사가 보낸 장계는 없는 것이요?"

이홍숙이 어두운 안색으로 심호흡을 한 후 말했다.

"도순검사는 전사했습니다."

왕순을 비롯한 모든 신료가 크게 탄식했다. 왕순은 생각했다.

도순검사 신분의 양규가 홍화진의 대장대에서 지휘했다면 성이 함락되지 않는 이상 전사할 가능성은 작았다. 더구나 거란군이 홍화진을 제대로 포위 공격한 시간은 하루 남짓이라고 들었다. 그 하루 동안 양규가 전사했다는 것은 아마 대장대에서만 머무르지 않고 성벽을 오가며 적극적으로 방어전을 지휘했기 때문일 것이다.

대부분의 신료가 왕순과 같은 생각을 하고 있는 가운데 채충순이 말했다.

"도순검사 양규는 가장 어려운 임무를 받아 훌륭히 홍화진을 지켜내었습니다. 그의 용기와 헌신을 잊어서는 안 될 것입니다."

왕순이 무겁게 고개를 끄덕이며 이홍숙과 안보가 건네는 장계를 받아 들었다.

왕순은 장계를 쭉 읽어 내려갔다. 잠시 후, 고개를 들어 북쪽을 보았다. 그리고 큰 숨을 몰아쉬고는 장계를 채충순에게 주며 말했다.

"이부시랑이 장계를 낭독하지 않겠소?"

채충순은 왕순에게서 장계를 받아 들고 낭독했다. 사람들은 장계의 내용에 연신 찬탄하고 놀라움을 금치 못했다.

양규는 겨우 이천여 명의 병력으로 곽주를 탈환해내고 회군하는 적의 대군을 통주 부근에서 막아섰다. 거란군이 삼수채에서 고려의 주력을 격파하였으나 그 이후로 급히 움직일 수밖에 없었던 것은 양규의 대단한 활약 때문이었다. 양규는 고려를 위하여 스스로의 모든 역량을 발휘하고 전사했다. 그는 도순검사라는 직책에 걸맞은 책임과 의무를 다한 것이다.

장계의 내용에 모두 가슴이 먹먹하여 침묵하고 있는 가운데 지채문이 왕순에게 말했다.

"도순검사가 전사한 곳은 좁은 곳이라 적이 아군을 포위하기가 용이치 않습니다. 도순검사가 보여준 군략이라면 싸우며 후퇴할 수도 있을 터인데 적에게 포위당했다는 것이 의문입니다."

지채문의 말에 왕순이 이홍숙을 보았다. 이홍숙이 답했다.

"도순검사는 적은 병력으로 거란군을 막아서려고 했으며 사람들의 반대에도 불구하고 어려운 일들을 하나씩 성취해냈습니다. 도순검사가 보여준 군략은 신과 같았고 반대했던 모든 제장도 결국 한마음 한뜻으로 도순검사를 따르게 되었습니다. 거란군이 그쪽 길로 회군할 때의 작전계획은, 싸우며 지속적으로 후퇴하는 것이었습니다. 왜, 거기서 적과 싸우다가 모두 전사했는지는 알 수 없습니다."

이홍숙의 말에 왕순이 무거운 한숨을 쉬는데 낭장 안보가 말했다.

"도순검사는 적을 패퇴시키는 것뿐만이 아니라 적에게 잡혀가는 포로들을 구하는 데도 온 힘을 쏟았습니다. 도순검사를 비롯한 아군들이 포로들을 구하려다가 적의 흉계에 빠진 것으로 추측하고 있사옵니다."

왕순이 다시 경탄하며 신료들에게 말했다.

"짐은 심히 부끄럽습니다. 도순검사를 생각하면 스스로가 부끄러워 얼굴을 들지도 못할 지경입니다."

왕순은 오전에 우울한 기분에 잠겼던 자신이 심히 부끄러웠다. 채충순이 붉게 달아오른 얼굴로 말했다.

"소신은 스스로를 충신이라고 생각하고 있었습니다. 그러나 이제 도순검사 양규의 일을 듣고 나니 마음이 부끄러워 몸 둘 바를 모르겠습니다."

박충숙이 말했다.

"소신은 중군병마사였습니다. 전투에서 패하고 전장에서 도망쳤습니다. 이것은 참수형에 해당하는 죄입니다. 그러나 죄를 지은 것이 저의 잘못이 아니라고 생각하고 있었습니다. 전투에 패한 것은 소신의 힘으로는 어쩔 수 없는 것이었기 때문입니다. 그러나 이제 도순검사 양규의 일을 듣고 나니 소신의 죄는 분명해졌습니다. 스스로 죄가 없다고 생각한 것은 개와 돼지만도 못한 생각이었습니다."

박충숙은 이렇게 말하며 무릎을 털썩 꿇었다. 왕순이 놀라는데, 박충숙이 고개를 아래로 내리며 큰 목소리로 말했다.

"소신을 참수형에 처하시어 고려의 군법이 살아 있음을 밝게 밝히소서!"

왕순이 당황한 표정으로 있다가 잠시 후, 역시 박충숙과 마찬가지로 무릎을 털썩 꿇었다.

"가장 큰 죄는 짐에게 있소. 경이 참수형에 해당하는 죄를 지었다면, 개경을 적에게 내준 짐 역시 참수형에 해당하는 죄를 지은 것이오!"

왕순의 행동에 신료들이 몹시 당황하여 어찌할 바를 모르고 있다가, 왕순을 따라 무릎을 꿇기 시작했다. 결국 신료들과 호종하는 군사들까지 모두 무릎을 꿇었다.

왕순은 하늘을 우러러보았다. 푸른 빛 하늘에 옅은 하얀 구름이 띠같이 퍼져 있었다. 왕순이 하늘을 보고 소리쳤다.

"하늘이시여! 짐을 비롯하여 고려의 녹을 먹는 자들이 앞으로 국가와 백성을 위해 신명을 다하지 않는다면 그의 목숨을 앗아가고 그의 후

대를 끊어버리소서!"

왕순은 강건한 어조로 어찌 보면 무서운 맹세를 하고 하늘을 한참 우러러보았다. 잠시 후 몸을 일으키고 먼저 박충숙에게 다가가 어깨를 잡아 일으켰다. 그리고 다른 사람들에게도 일어나라고 명한 후 말했다.

"짐은 몽진하는 동안 수차례나 고생스럽다고 생각했고 하늘을 원망한 적도 많았소. 이제 도순검사의 일을 접하니 그런 내 생각들이야말로 개와 돼지 같은 생각들이었소."

왕순은 이렇게 말하며 신료들을 둘러보았다. 왕순의 말에 모두 고개를 떨구고 있었다. 왕순이 말을 이어 나갔다.

"지금까지의 우리 잘못은 이제 더 이상 언급하지 맙시다. 그리고 앞으로 새롭게 나아갑시다. 이 왕순은 앞으로 개와 돼지 같은 생각을 하지 않겠소. 어떤 어려운 상황이 닥칠지라도 오직 국가와 백성을 위해서 어떻게 행동할 것인가만 생각할 것이요."

왕순이 이렇게 말하자 잠시 침묵이 흘렀다. 침묵이 흐르다가 누군가가 두 팔을 높이 들며 외쳤다.

"성상폐하 만세!"

호종하던 사람들이 모두 따라서 만세를 외쳐댔다.

"성상폐하 만세!"

보제루 안이 만세 소리로 뒤덮이자 보제루 밖에 있던 공주민들도 영문도 모른 채 만세를 따라 외치기 시작했다.

"성상폐하 만세!"

"고려 만세!"

보제루 안과 밖에서 만세 소리가 쩌렁쩌렁 울려 퍼졌다.

채충순은 만세를 외치며 왕순을 보았다. 왕순의 얼굴은 여전히 앳되고 고왔으며 몸매는 호리호리했다. 그러나 유약한 외모는 이제 눈에 들어오지 않았고 늠름한 대장부가 채충순 앞에 당당히 서 있었다. 채충순의 얼굴은 벌겋게 달아올랐고 알 수 없는 자신감이 마음속에 차오르기 시작했다.

왕순은 그날 바로 조서를 내려서 양규에게 공부상서를, 김숙흥에게 장군을 증직했다.

그리고 양규가 지었다는 글귀를 고려군의 군가로 채택하는 조서를 내렸다. 김은부의 셋째 딸이 바로 곡을 지어 불렀다.

이 땅에 침략 무리
천만 번 쳐들어와도
고려의 자식들
미동도 하지 않는다네.
후손들도 나같이 죽음을 무릅쓴 채 싸우리라 믿으며
나, 긴 칼 치켜세우고
이 한 몸 바쳐 벼락같이 내달릴 뿐이라네.

그리고 지채문에게 토지 삼십 결을 내려주었다.

"짐이 북적들을 피하여 먼 길을 가는 동안 여러 번 위험에 빠졌고 따르는 신료들 대부분은 도망치고 말았다. 그러나 지채문은 변하지 않는 충성심으로 짐을 따랐으며, 위험에 처할 때마다 용맹이 돌격하여 길을 열었다. 짐을 호위하며 천 리 길을 오가는 노고를 마다하지 않았으니 그 많은 공로를 살펴 특별한 상을 내리노라!"

왕순은 몽진 길에 가장 많은 공을 세운 지채문에게 상을 내려주어 격려함과 동시에 다른 신하들에게 본보기를 보이려고 한 것이었다. 지채문은 받을 수 없다고 사양하였으나 왕명을 거역할 수는 없었다.

그다음 날 선주에 가 있던 현덕왕후 일행이 공주에 당도했다. 현덕왕후가 눈물을 흘리자 왕순도 같이 눈물을 흘리며 현덕왕후의 손을 꼭 잡으며 위로했다.

"임신한 왕후를 이렇게 고생시켜서 짐이 무안하기 그지없소."

왕순은 현덕왕후를 호종한 병부시랑 장연우를 중추사에, 좌우위 장군 김계부(金繼夫)를 병부시랑으로 임명했다. 모두 단계를 뛰어넘는 승진이었고 특히 무관을 문관으로 임명하는 경우는 아주 드문 일이었다. 어려운 상황 속에서도 현덕왕후를 무사히 호위한 것에 대한 보답이었다.

거란군이 퇴각하자 서북면에서 보낸 장계들이 속속 도착했는데, 연주(延州: 평안북도 영변)에서는 부방어사 이단(李端)이 장계를 가지고 왔다.

연주는 거란군의 진격로 상에 있지 않아서 직접적으로 거란군의 공격을 받지는 않았으나, 곽주와 안주를 함락시킨 거란군은 연주에 항복을 요구하는 사신을 보냈었다. 연주방어사 유소(柳韶)는 거란의 항복 요구를 단호히 거부하고 성을 지켜낸 것이다. 왕순은 이단을 이부원외랑(吏部員外郎, 정6품)으로 임명했다.

7
연등회

왕순은 공주에서 엿새 동안 유숙하고 동쪽의 청주를 향해 떠났다. 개경으로 가는 가장 빠른 길은, 청주를 거치지 않고 차령(車嶺)을 지나 천안으로 가는 길이지만 도중에 되도록 많은 지방을 순회하기 위해서 였다.

공주를 출발하여 칠십 리를 가자 연기현(燕岐縣: 충청남도 연기군)에 다다랐고 기거사인(起居舍人) 곽원과 청주절도사 김인위(金因渭) 등이 군사들을 이끌고 어가를 마중 나와 있었다.

곽원과 김인위는 수백 명의 기·보병을 거느리고 있었다. 이들이 상기된 표정으로 길게 읍하며 말했다.

"성상께서 무탈하신 것을 보니 기쁘기 한량없사옵니다."

왕순이 손을 들어 화답한 후, 붉은색 관복을 입고 있는 곽원에게 말했다.

"경이 변방에서도 수고하고, 고향에 와서도 이토록 애를 쓰니 짐은 매우 가상하게 생각합니다."

곽원은 삼수채에서 패전한 뒤 개경으로 돌아왔다가, 관료들을 각자의 고향으로 보내 근왕병을 모집하게 한 계책에 따라서 고향 청주에 와 있었다.

곽원이 사례하자 이번에는 자색 관복을 입고 있는 김인위를 보고 말했다.

"집안사람을 만나니 반갑기 이를 데 없군요."

김인위는 신라 원성왕*(元聖王)의 후손으로 왕순의 외가 쪽 사람이었다. 왕순의 말에 김인위가 머리를 조아렸다. 왕순이 이번에는 청주의 군사들을 보며 대견스러운 표정으로 말했다.

"일찍이 태조께서 '청주에는 호걸이 많다'라고 하셨다는데, 오늘에야 그렇게 말씀하신 이유를 알겠습니다."

청주 군사들의 호위하에 어가는 다시 움직였다. 연기현에서 삼십 리쯤 동쪽으로 가자 왼편으로 풀무산(부모산)이 보였다. 청주에 거의 다다른 것이었다.

곽원은 삼수채에서 거란군과 싸웠었다. 강조가 사로잡힐 때, 시어사(侍御史) 윤징고와 더불어 검차진 안팎을 순시하는 중이었다. '강조를 사로잡았다'라는 소리가 연거푸 들리고 군사들이 달아나기 시작하자, 강경한 성격의 곽원은 행영도통부로 가려고 했으나 윤징고가 그런 곽원을 말리며 침착하게 말했다.

"도통이 사로잡히고 군사들이 무너지는 지금, 이 전장에서의 해법은 없네! 빨리 빠져나가서 힘을 보존해야 하네!"

곽원과 윤징고는 그렇게 전장을 이탈하여 개경으로 온 것이었다.

곽원은 무사한 왕순을 보자 매우 기쁘면서도 무거운 불안감이 밀려왔다. 십칠 년 전 소손녕의 침공 때는 서희가 있었다. 서희는 뛰어난 군사 지휘관이면서도 외교적인 혜안, 협상력 등 거의 모든 능력을 갖춘 최고의 인재였다. 그 최고의 인재가 고군분투하여 거란군을 막아냈던

---

* **원성왕**(元聖王): 신라의 제38대 왕(재위 785~798)

것이다. 그리고 그런 서희를 뒷받침한 성종이라는 훌륭한 군주가 있었다. 성종은 군사를 거느리고 직접 전선으로 나아갔으며 큰 위기 상황에서 스스로 위험을 무릅쓰는 왕의 기개를 보여주었다.

성종과 서희는 소손녕의 침입을 막아내었을 뿐만 아니라, 오히려 강동육주를 확보하여 영토를 넓히고 강력한 방어선을 구축했다.

강조의 정변이 일어났을 때 곽원은 적극 협조하지는 않았지만 내심으로는 반겼다. 목종은 정치에 관심이 없었고 늘 유희를 즐겼다. 그 틈에 천추태후와 내연관계인 김치양 등이 날뛰었고, 그 와중에 채충순과 최항 등의 대신들이 아슬아슬하게 균형을 잡으며 정치를 하고 있었다.

그런데 천추태후와 김치양이 자신들 사이에서 태어난 아이를 태자로 삼으려고 했고 이 일이 강조의 정변을 불러온 것이다. 강조의 정변으로 김치양 등 간신들은 모두 숙청되었고 정치를 쇄신하게 되었다.

비록 이 정변을 빌미로 거란주가 사십만 대군으로 침공해 왔지만 언제든 일어날 수 있는 전쟁이었다. 그리고 고려는 거기에 대비한 준비를 철저히 하고 있었다. 오히려 정치를 어지럽히던 세력들이 사라지고 권한이 강조에 집중되자 일사분란하게 전쟁에 대비할 수 있었다.

강조는 문무를 겸비한 인재였고 고려에는 비장의 무기인 검차와 검차를 바탕으로 한 진법이 있었다. 그것은 서희가 초안을 잡은 진법이었고 십수 년 동안 계속 연구되어 온 것이었다. 말하자면 거란군을 상대할 필승해법이었다.

곽원은 검차진을 대단히 믿었다. 그런데 그 검차진이 거란군에 의해서 허무하게 깨지고 말았다. 곽원이 상대한 거란군은 예상보다 훨씬 더 강력하고 빨랐다.

거란군은 삼수채에서 고려의 주력군을 격파하고, 또다시 서경 근처 마탄에서 지채문이 이끄는 고려군을 패배시켰다. 그리고 개경까지 내려와 궁궐을 모두 불태우고 철군했다. 수년간의 완벽한 준비에도 거란군을 도무지 막을 수 없었던 것이다.

거란주는 성상의 친조를 원했다고 한다. 이번에 그 목표를 이루지 못했으니 또다시 침공할 가능성이 농후했다. 완벽하게 준비했어도 패했는데 이제 무슨 방법으로 그들을 막는다는 말인가! 앞으로 있을 국가적 위기를 어떻게 대처할 수 있을지 큰 걱정이 밀려왔다. 또한 이 부드럽게 생기고 여리여리한 젊은 성상이 거란이라는 거대한 파도에 맞서 싸워 이길 수 있으리라는 생각이 들지 않았다.

청주의 객사에 들어 행장을 풀자 김인위가 왕순에게 조심히 아뢰었다.

"내일이 벌써 연등회의 소회일*(小會日)이옵니다."

왕순이 고개를 끄덕이며 말했다.

"날짜가 벌써 그렇게 되었군요."

"청주의 민가에서는 연등회를 준비하느라 한창입니다."

김인위의 목소리는 매우 조심스러웠는데 연등회를 실시하는 것에 대해 왕순이 어떻게 생각할지 알 수 없어서였다. 전쟁은 고려에 큰 피해를 주었고 그런 때에 연등회란 잔치를 연다는 것을 꺼릴 수도 있었기 때문이었다.

왕순이 잠시 생각한 뒤에 물었다.

"청주 백성들이 연등회를 열기 원합니까?"

"작년에 성상께서 다시 연등회를 열라고 명하셨을 때, 백성들이 아

---

* 소회일: 1월 15일에 상원연등회(上元燃燈會)가 열리는데 그 전날의 행사를 말한다.

주 환호했습니다."

왕순이 미소 지으며 말했다.

"태조께서 연등회를 중시하셨으니, 백성들이 흡족할 만큼 성대히 열도록 하십시오."

다음 날 아침, 열 살 정도 된 듯한 소녀가 객사로 들어왔다. 소녀의 두 손 위에는 자황포(柘黃袍)가 가지런히 놓여 있었다.

"소녀는 청주절도사의 여식이옵니다. 성상께 드릴 자황포를 가지고 왔나이다."

이 소녀는 청주절도사 김인위의 딸인 김하윤(金河潤)이었다. 왕순이 고개를 끄덕이며 말했다.

"고맙소."

김하윤의 손에서 자황포를 받아 들고 보니 개경에서 입던 옷과 똑같았다. 왕순이 옷의 여기저기를 살펴보며 말했다.

"솜씨가 좋구려."

"조악하여 심히 부끄럽습니다."

작은 소녀가 말하는 것이 제법 의젓하여 왕순은 저도 모르게 흐뭇한 미소를 지었다. 김하윤은 왕순이 옷을 갈아입는 것을 도왔다. 왕순은 자황포를 입으며 감개무량했다. 개경을 떠난 뒤에 처음으로 왕의 옷을 입는 것이었다.

왕순이 자황포를 입고 객사에서 나가려는데 합문통사사인(閤門通事舍人) 한창필(韓昌弼)이 강감찬이 보낸 장계가 도착했음을 알렸다. 왕순은 신하들을 불러들여 장계의 내용을 검토하게 했다. 장계에는 감악산에서의 일 등이 적혀 있었다.

장계의 내용을 본 감찰어사(監察御史) 안홍점(安鴻漸)이 왕순에게 아뢰었다.

"거란군이 장단현(長湍縣)에 도달했을 때, 바람과 눈이 폭풍처럼 몰아치고 감악산의 신사에서 깃발을 든 군사들이 나와서, 거란군이 두려워하며 감히 진군하지 못했습니다. 과거에 전진*(前秦)의 황제 부견(苻堅)이 동진(東晉)을 정벌할 때, 풀과 나무가 동진(東晉)의 군사들로 변하는 것을 보고 두려워 물러갔으니, 하늘이 어진 나라를 돕는 것은 과거와 지금이 어찌 다르겠습니까? 관청에 명하여 보은하는 제사를 지내게 하소서!"

강감찬은 장계를 쓸 때, 감악에서의 김종현의 엉뚱한 행동들은 빼고 감악산의 신령들이 도왔다는 식으로 기술했다. 그편이 장계를 읽는 사람들의 사기를 더욱 북돋을 것이라고 판단했기 때문이다.

한참 강감찬의 장계에 대하여 논의하고 있는데, 두 사람이 청주의 객사로 들어왔다. 왕순이 그들을 보고 환한 얼굴이 되었다. 그중 눈이 처지고 붉은 관복을 입은 사람이 말했다.

"충주절도사 서눌이 성상을 뵙습니다."

서눌은 서희의 아들이었다. 이제 마흔 살로 성종 십오년(996년)에 곽원과 윤징고 등과 더불어 과거에 합격했었다. 서눌은 동기생인 곽원, 윤징고와는 다르게 강조의 정변을 탐탁지 않게 여겼고, 따라서 강조의 정변 후에 중앙관직이 아닌 충주절도사에 임명되었다.

왕순이 서눌에게 다가가 손을 잡으며 말했다.

"잘 오셨소."

왕순에게 손을 잡힌 서눌이 깜짝 놀랐지만 이내 평정을 유지하며 말했다.

"성상께서 청주를 거쳐 가신다는 말을 듣고 충주에서 급하게 말을

---

* 전진(前秦, 351~394년): 중국 5호16국(五胡十六國, 304~439년) 시대 중의 나라.

달려왔습니다."

왕순이 고개를 끄덕이며 힘주어 말했다.

"절도사가 개경으로 원군을 보내줘서 정말 큰 도움이 되었소."

서눌이 고개를 조아리며 말했다.

"너무나도 과찬의 말씀이옵니다."

왕순이 서눌의 옆에 있는 사람을 보았다. 붉은색 얼굴에 턱이 네모난 그는 연한 하늘색 전포를 입고 있었다. 그가 씩씩하게 말했다.

"충주 사록참군사 김종현, 성상을 뵈옵니다."

김종현의 말에 왕순의 눈에 눈물이 일렁였다.

"방금 예부시랑이 보낸 장계가 도착하여 사록의 무용담을 알게 되었소. 사록이 진정 짐을 구했군요."

왕순의 칭찬에 김종현이 허리를 굽혀 사례한 후에 말했다.

"거란군을 잠시 막았을 뿐이옵니다."

강감찬의 장계에는, 거란군이 감악산에서 물러난 이유가 자세하지 않았다. 왕순은 다른 사정이 있을 것으로 생각하여 김종현에게 물었다.

"거란군이 감악산에서 물러난 것은 무엇 때문이오?"

왕순이 묻자 근처에 있던 채충순을 비롯한 신하들이 김종현에게 모두 집중했다. 모두 궁금해하고 있던 차였다. 사람들의 시선을 한 몸에 받으며 김종현이 머리를 긁적이며 대답했다.

"아, 그게…, 진눈깨비를 동반한 바람이 세차게 불었습니다."

왕순이 고개를 갸웃하며 말했다.

"겨우 그것 때문에 거란군이 물러났단 말이오?"

왕순이 김종현을 계속 바라보자 김종현이 쭈뼛대며 말했다.

"제가 군사들의 사기를 높이기 위해서 큰 바위에 올라가서 군사들을 지휘했는데, 그때 눈보라가 거란군을 향해 세차게 불었습니다. 거란군들이 제 모습을 보고 우리 군사들의 수가 많다고 판단하여 물러간 것으로 생각됩니다."

김종현의 말에 왕순이 눈을 크게 뜨며 말했다.

"사록은 우리의 군세를 크게 보이려는 의도로 그런 것이고, 사록의 계략에 거란군이 제대로 속았군요!"

김종현이 입을 열려고 하자 서눌이 급히 말했다.

"성상을 보우하고자 하늘이 도우신 것 아니겠습니까!"

왕순이 미소 지으며 김종현을 보았다.

"사록이 스스로를 돌보지 않고 나랏일에 임하니, 짐은 이제 두려울 것이 하나도 없습니다."

"그저 운이 좋았을 뿐입니다."

"하늘은 스스로 돕는 자를 돕는다고 하니, 사록이 바람을 불러왔을 것입니다."

김종현이 왕순을 향해 허리를 깊숙이 굽혔다.

왕순이 객사에서 나와서 보니 앞에, 두 척 높이에 오 장(丈) 정도 길이의 단(段)이 설치되어 있었다. 단 주위에는 꽃을 놓은 탁자, 갖가지 등불, 짐승 모양을 한 화로, 항아리인 준(尊)과 뢰(罍) 등의 물건들이 놓아져 있었다. 단에서 이십여 보 떨어진 곳에는 오색 비단으로 꾸민 화려한 채붕(무대)이 산처럼 우뚝하게 있었다. 채붕의 높이는 사람 키의 두 배이고, 길이가 육십여 척, 너비는 사십여 척 정도 되어 보였다. 개경만큼 화려하지는 않지만 보는 사람의 눈을 현란하게 만들기에 충분했다.

왕순이 단 위로 올라가자 객사의 문 안팎에 포진한 군사들이 만세를 불렀다.

"성상폐하 만세! 만세! 만세!"

군사들의 만세 삼창을 시작으로 신하들이 왕을 알현하는 의례가 관직 순위대로 치러졌다. 의례가 끝난 후 무대에서는 광대들이 펼치는 온갖 연희와 기예가 펼쳐졌고 음악이 연주되자 무용수들이 등장했다. 객사 주변에는 청주민들이 구름 같이 자리 잡아 연희와 기예를 구경하며 웃음과 감탄, 때로는 눈물을 흘렸다.

의례와 공연이 끝나자 시간은 신시(15~17시)가 되었고 각종 일산과 기물을 든 군사들이 좌우로 도열했다. 군사들 중간에 초요련(軺轎輦)이라고 불리는 커다란 왕의 가마가 놓였다. 초요련은 오색의 비단을 써서 휘장을 만들고 사이사이에 금(錦)실로 아름답게 수(繡)를 놓은 화려한 가마였다. 초요련의 지붕 위 가운데에는 하늘을 힘차게 나는 봉황(鳳凰)이 있었고, 지붕의 네 모퉁이에는 연꽃이 있는데 긴 철사로 가마와 연결되어 있어 가마의 움직임에 따라서 흔들렸다. 왕이 앉는 좌석은 붉게 칠해져 있으며, 가마를 받치는 네 개의 대(竿) 끝에는 용머리 장식을 만들었고 군사 사십 명으로 이를 메게 했다.

왕순이 초요련에 오르자 다시 군사들이 만세를 불렀다.

"성상폐하 만세! 만세! 만세!"

만세 삼창이 끝나자 곽원이 어가의 출발을 왕순에게 청했다.

"성상폐하! 어가를 출발시키겠나이다."

왕순이 의젓한 자세로 손을 들며 말했다.

"출발시키시오."

군사들이 왕순이 타고 있는 초요련을 들어 올리자, 앞장서서 길을 인도하는 합문 소속 관리 둘이 외쳤다.

"성상폐하의 행차시니, 행인들은 모두 길을 비키시오!"

왕순이 탄 초요련이 객사의 정문을 나서자 신하들이 도열해 있다가 모두 말에 올랐다.

왕순은 객사를 나와 태조의 초상화가 봉안되어 있는 용두사로 향했다. 객사에서 용두사까지는 백 보 정도 거리밖에 되지 않았다. 왕순의 뒤로는 등불을 든 수백 명의 어린아이가 따랐다. 길 양편에는 수많은 연등이 매달려 있었다.

용두사 일주문(一柱門)에 들어서자, 왕순은 머리를 들어 당간을 보았다. 육십 척 높이의 용두사 당간에서는 '上元燃燈會(상원연등회)'가 적혀 있는 이십 척 길이의 긴 깃발이 바람에 힘차게 펄럭이고 있었다. 그리고 그 주위에도 어른의 키만 한 다양한 깃발들이 나부끼고 있었는데 이런 긴 깃발들을 번(幡)이라고 불렀다. 번(幡)은 어떤 행사가 있음을 알리는 글을 담은 깃발이었다.

번(幡)과 더불어 당(幢)이라는 깃발들도 있었다. 당은 입체적인 깃발로 조형물에 가까웠다. 당은 극락정토에 있다는 석가모니가 사는 궁궐을 표현한 것이다. 윗부분은 궁궐의 지붕과 같은 모양새이고 그 아래로 색색의 천들이 길게 늘어져 있어 궁궐의 기둥을 모사했다. 바람에 나부끼는 당의 모습은 그것이 표현하려는 의도대로 석가모니의 궁궐이 하늘에서 현실 세계로 왕림하는 모양새였다.

왕순은 용두사의 사당으로 들어가 태조의 초상화에 분향하고 술을 올리며 마음속으로 기원했다.

'태조대왕이시여! 이 못난 손자에게 국난을 극복할 수 있는 힘을 주소서!'

예식을 행하는 중 해는 이미 뉘엿뉘엿 지고 있었다. 예식이 모두 끝나고 음복 후에 왕순은 의자에 앉아 잠시 쉬었다. 해가 지는 서쪽을 바라보니, 해는 풀무산 기슭에 걸려서 붉은 기운을 쏟아내고 있었고 날은 점점 어두워지고 있었다. 모든 사물의 그림자가 길게 늘어지며 땅을 검게 물들였다. 왕순의 눈에도 어둠이 깃들며 사물들의 윤곽이 조금씩 흐릿해지는데, 그때 다시 사방이 천천히 밝아지기 시작했다. 마치 빛에 의해 어둠들이 조금씩 깨어지는 것과 같았다. 주변 나무들에 걸려 있는 수많은 연등에 불이 켜지기 시작한 것이었다. 가지마다 수십 개의 연등을 매단 나무들이 환하게 빛을 발하며 주위의 어둠을 몰아냈다. 이렇게 연등을 매단 나무들을 화수(火樹)라고 불렀는데, 이름 그대로 '불나무'들이었다. 대웅전 뜰 가운데는 연등들이 마치 작은 산처럼 쌓여 있었고 이것은 등산(燈山)이라고 불렀다. 등산의 연등들도 하나둘 켜지자 마침내 대낮같이 밝아졌다. 연등이 점등되자 구경하던 백성들이 환호성을 질렀다.

"와아!"

왕순은 다시 객사로 향했다. 객사에 도착하니 연등이 환하게 밝혀져 있었고 수백 명의 장인과 인부들이 갖가지 작업을 하느라 여념이 없었다.

그다음 날 대회일(大會日)에는 큰 연회가 베풀어졌다. 신하들이 왕순에게 위계 순서대로 차, 술, 꽃을 올렸고 왕순 역시 이들에게 차, 술, 꽃, 과실 등을 하사했다. 임금과 신하가 술과 음식을 함께 나누며 친목을 도모하는 것이었다.

다음으로 광대와 악공, 온갖 기예를 하는 사람들이 차례로 마당으로 들어와 잇달아 놀음판을 벌였다. 그중에서도 백미는 역시 다양한 연극들이었다. 청주의 남녀노소가 모두 모인 듯한 구경꾼들이 담을 이루었다.

먼저 '경강대왕이 늙은 여우를 쏘다.'라는 연극이 공연되었다. 경강대왕은 태조 왕건의 할아버지인 작제건을 말한다. 작제건은 서해용왕을 괴롭히던 여우를 활로 쏘아 잡고 용왕의 딸인 용녀와 결혼하게 된다. 그래서 고려 왕실은 용왕의 후손인 것이다. 그 이야기를 담은 연극이었다.

그다음으로 '두 장수를 그리워하다'라는 연극이 펼쳐졌다. 두 장수는 태조 왕건의 휘하 장수였던 신숭겸과 김락을 말한다.

신숭겸으로 분장한 광대가 왕건으로 분장한 광대의 옷을 빼앗으며 말했다.

"신들이 적을 유인할 것이니 대왕께서는 길이 열리면 포위망을 벗어 나소서."

왕건이 울상을 지으며 말했다.

"어찌 나만 살 수 있겠소."

신숭겸이 웃으며 말했다.

"신은 무예가 뛰어나고 용맹하니 후백제군이 저를 어찌할 수는 없을 것입니다. 조만간 살아서 대왕님을 뵙겠습니다."

신숭겸은 씩씩히 말했지만 구경꾼들은 모두 눈시울을 붉히며 눈물을 훔쳤다. 신숭겸이 왕건을 구하고 전사한다는 것을 알고 있었기 때문이다.

신숭겸과 김락으로 분한 광대들이 외치며 달려 나갔다.

"주군을 지키고자 하는 마음 하늘 끝까지 미치니, 넋을 잃더라도 그 마음 변하지 않으리라!"

그다음은 '정남대장군 유금필이 간다!'라는 극이었다. 계사년(933년), 후백제 신검(神劍)의 군대가 경주를 침공하자 유금필은 겨우 팔십 기의 기병으로 경주를 구하기 위하여 달려갔다. 사탄(槎灘)을 건너 수천 명의 후백제 군대와 마주치자 유금필은 이렇게 외치며 돌격했다.

"정남대장군(征南大將軍) 유금필이 간다!"

구경꾼들이 환호성을 질러대며 따라 외쳤다.
"정남대장군이 간다! 와아!"

그다음으로 고려와 후백제의 마지막 전투를 다룬 '일리천'이 공연되었다.

그리고 마지막으로 '성상과 염윤'이 공연되었다. 성상은 고려 성종이었고 염윤은 서희의 어릴 때 이름이었다.
광대 중 한 명이 무대로 들어오며 다급히 외쳤다.
"거란군이 우리 영토를 침공했습니다!"
자황포를 입은 성종으로 분장한 광대가 목소리에 힘을 주어 말했다.
"지금 적이 침입하여 나라를 어지럽히니, 짐이 직접 군대를 인솔하여 앞으로 나아갈 것이다!"
무대가 바뀌고 성종이 의자에 앉아 있다. 한 사람이 와서 성종에게 보고했다.
"급사중 윤서안이 이끄는 선봉군이 거란군에 패하고 말았습니다."
성종이 자리에서 몸을 벌떡 일으켰다.
거란 장수로 분장한 광대가 무대 위로 뛰어오르며 외쳤다.
"나는 대거란국의 소손녕이다. 우리 팔십만 대군이 당도했으니 고려 임금과 신하들은 내 앞으로 와서 모두 항복하라! 항복하지 않는다면 모조리 섬멸할 것이다."
신하들이 성종에게 말했다.
"윤서안이 이끈 선봉 군사들은 최정예 병사들이었습니다. 그들이 패했다면 야전에서 더 이상 거란군을 상대할 수 없습니다."
"성상께서는 개경으로 돌아가시고 대신을 시켜 항복을 청하는 것이 어떻겠습니까?"

"거란군의 기세를 당할 수 없습니다. 서경에서 철수하여 자비령을 방어선으로 삼아야 합니다."

성종이 근심하며 말했다.

"어찌 적에게 항복할 수 있겠소. 서경을 비우고 자비령으로 방어선을 후퇴하여 거란군에 대항합시다."

그때 한 마리 황룡이 수놓아진 전포(戰袍)를 입고 있는 사람이 무대 위로 뛰어 올라왔다. 서희로 분장한 광대였다.

"전투의 승부는 국력의 강약에 있는 것이 아니라, 단지 적의 빈틈을 잘 살펴 기동하는 데 있습니다."

서희의 말에 성종이 고개를 끄덕였다. 서희가 말을 이어 나갔다.

"신으로 하여금 전투하게 해주십시오. 승부를 본 후 논의해도 늦지 않습니다!"

성종이 의자의 팔걸이를 치며 말했다.

"경의 의견이 내 뜻과 같소. 적과 승부를 보도록 하시오!"

성종의 말에 구경꾼들이 열렬히 박수를 쳤다. 왕순 역시 마찬가지였다.

왕순은 연등회 다음 날(2월 16일), 청주를 떠났다.

8
곡주에서

곡주(谷州: 황해도 곡산)는 서경에서 동쪽으로 삼백 리쯤 떨어진 곳에 있었다. 개경과 서경에서 아주 먼 지방이라고 말할 수는 없으나 산길이 구불구불하고 험해서 산중삼읍(山中森邑)이라고 불렸다.

오늘은 일월 이십팔일, 경칩이다. 만물이 겨울잠에서 깨어나는 때이지만 곡주 주위 산에는 의례 눈이 쌓여 있는 시기였다. 그런데 이번에는 눈이 모두 녹아 있었다. 때아닌 겨울비가 여러 차례 왔기 때문이었다. 그리고 지금도 비가 추적추적 오고 있었다.

서른을 갓 넘긴 듯한 아낙이 헛간에서 농기구를 살펴보고 있었다. 여자는 색이 바랜 황토색 치마와 잿빛의 저고리를 입고 있었다. 평소 뙤약볕에서 밭일을 많이 해서인지 겨울의 끝자락임에도 얼굴색이 까맸다. 분주히 움직이며 농기구를 찬찬히 살펴보는 아낙의 얼굴에는 생기가 흘렀다. 여자는 헛간에서 농기구를 살펴보고 이번에는 외양간으로 가서 소를 돌봤다. 남편이 집에 있다면 마구간에 말도 있었을 테지만 남편은 전쟁에 참전 중이었다. 여자는 남편의 소속 부대인 흥위위 초군이 서북면으로 갔다는 것은 알고 있었으나 정확한 위치는 몰랐다. 그것은 군사 기밀이기 때문이었다.

작년(1010년) 십이월 보름, 거란군들이 서경까지 들이닥쳤다는 소식이 곡주에 전해졌다. 곡주와 서경의 거리는 삼백 리가 넘었지만 거란군

제1장 왕명(王命)

이 내륙 쪽으로 더욱 남하한다면 곡주를 거칠 가능성도 있었다. 위기를 느낀 곡주 사람들은 동북쪽으로 백 리가량 떨어져 있는 두무산 자락에 몸을 숨겼다.

여자는 열 살 된 딸과 함께 두무산에 가 있다가 해를 넘겨 정월에 다시 곡주로 돌아왔다. 다행히 거란군은 곡주로 오지 않았다. 노인 몇이 마을에 남아 가축들을 돌보아주었으므로 소는 무사할 수 있었다. 그러나 돼지와 닭은 누가 훔쳐 갔는지, 혹은 들짐승이 물어 갔는지 보이지 않았다. 그래도 소가 온전한 것을 큰 다행이라 여겼다.

거란군이 서경까지 왔다는 소식이 전해졌을 때 곡주에는 난리가 났었다. 거란군의 남하 속도가 너무 빨랐고 서경까지 올 정도면 서경 북쪽의 성곽들이 대부분 함락당했을 것이다. 몇몇 사람들은 고려가 이제는 망한 것이라 떠들고 다녔다.

여자는 가슴이 무너지는 것 같았다. 가슴이 무너져내려 속이 텅텅 비어버린 것만 같았고 시도 때도 없이 눈물만 흘러나왔다. 망연자실했다. 고려가 망해서가 아니라 참전한 남편이 전사했을 가능성이 컸기 때문이었다.

마을 사람들이 두무산으로 피난을 갈 때 여자는 집에 남으려고 했다. 남편이 전사했을지 모를 마당에 홀로 피신하고 싶지 않았다. 그리고 참전했던 곡주 사람 중에 돌아온 사람들이 몇 있었다. 여자는 집에 남아서 혹시라도 돌아올지 모르는 남편을 기다리고 싶었다. 여자는 낭떠러지에 선 심정이었고 거란군 따위는 무섭지 않았다. 만일 자신 혼자였다면 반드시 마을에 남았을 것이다. 그러나 여자에게는 지키고 보호해야 할 열 살짜리 딸이 있었다. 남편과의 사이에서 얻은 자식은 이 딸아이 하나뿐이었고 남편은 그런 딸아이를 끔찍이 아꼈다. 여자는 딸을 위해서 두무산으로 피신할 수밖에 없었다. 여자는 남편이 제발 살아 있기를 부처님과 천지신명께 끊임없이 기도하고 또 기도했다.

다행히 일월 중순경, 거란군이 다시 북쪽으로 돌아가고 있다는 소식이 두무산 자락에도 전해졌고 곡주 사람들은 다시 마을로 돌아왔다. 이제는 참전했던 곡주의 장정들 중 수십 명이 돌아와 있었다. 여자는 그들을 통해서 남편의 부대가 흥화진에 주둔하고 있었다는 것과 흥화진이 함락당하지 않았다는 사실을 알게 되었다. 여자는 날아오를 듯이 기뻤다. 흥화진이 함락되지 않았다면 남편이 살아 있을 가능성이 무척 큰 것이다. 아니 특별한 사정이 없다면 남편은 무사한 것이다! 갑자기 기운이 펄펄 나서 여자는 미뤄두었던 집안일을 열심히 했다. 농가에서는 경칩 즈음에 농기구를 살피고 점검한다. 여자 역시 농기구를 살피고 있었다. 남편이 돌아오면 이 농기구들로 이웃들과 어울려 농사를 지을 것이다.

여자가 이런 생각에 빠져 있는데, 외양간 맞은편 아랫방 문이 벌컥 열렸다.

"엄마! 우리 저녁밥 안 먹어요?"

이제 해가 바뀌어 열한 살이 된 딸아이였다. 지금은 신시의 끝(17시) 무렵이었고 때가 됐는데도 엄마가 저녁밥을 짓지 않아서인지 짜증 섞인 목소리였다.

오늘은 아침부터 비가 추적추적 왔다. 평소 같으면 밖에서 싸돌아다녔을 딸아이도 방안에서 온종일 뭉그적대고 있었다. 여자는 딸의 짜증에도 미소 지으며 말했다.

"어, 곧 할 거야. 조금만 기다려."

그전에는 딸아이가 짜증을 내면 같이 화를 내는 경우가 많았다. 그러다 보면 모녀간의 말싸움으로 번지게 되고 십 대가 된 딸은 엄마에게 지려고 하지 않았다. 나중에는 화를 참지 못한 여자가 빗자루를 들어

제1장 왕명(王命)

딸아이의 엉덩이를 때리고, 맞은 딸아이는 서럽게 우는 것이 거의 정해진 방식이었다. 그러나 전쟁을 겪으며 남편의 생사에 대해서 노심초사하게 되자 딸아이가 있다는 것만으로도 고마웠고 딸아이가 짜증을 내더라도 전처럼 화가 나지 않았다.

여자는 비가 내리는 하늘을 잠시 올려본 후, 건너편 부엌으로 뛰었다. 내리는 비를 조금이라도 덜 맞을 심산이었다. 그런데 서너 걸음 뛰었을까, 여자는 빗물로 질척해진 땅바닥에 미끄러지며 엉덩방아를 찧고 말았다.

"아이고!"

여자의 비명에 딸아이가 방문을 열어젖혔다. 엄마가 땅바닥에 널브러져 있는 모습을 보고 황급히 일어나 방에서 나오려고 했다.

"엄마! 괜찮아요?"

여자가 몸을 일으키며 말했다.

"엄마는 괜찮아. 방에서 나오지 마. 비 맞아."

여자는 몸을 일으킨 후, 애꿎은 흙바닥을 발로 철퍼덕철퍼덕 찼다. 그리고는 북쪽을 보았다. 이 비에 고생하고 있을 남편이 떠올랐다. 여자는 입을 꽉 다물며 생각했다.

'우리 남편은 곧 돌아올 거야!'

그리고 나서 부엌에 들어가 밥을 짓기 시작했다.

그로부터 십여 일 후, 여자는 집 앞 텃밭에서 일하고 있었다. 겨울을 이겨낸 움파가 파릇한 싹을 내미는 중이어서, 호미로 땅을 뒤엎어 움파가 잘 생장할수록 도왔다. 한참을 쭈그려 앉아서 일하고 있는데, 멀리서 다가오는 사람들의 인기척을 느꼈다. 고개를 들어보니 여러 명의 사람이 자신의 집을 향해 오고 있었다. 거리가 있어 그들의 얼굴을 알아볼 수는 없었지만, 앞장서 오는 사람이 자주색 옷을 입은 것으로 보아

호장을 비롯한 마을의 향리들일 것이었다.

　여자는 그들을 물끄러미 보았다. 그런데 머리로 어떤 생각을 하기도 전에 심장이 먼저 반응하며 심하게 요동치기 시작했다. 저들은 어떤 소식을 전하기 위해서 오는 것이다! 어쩌면 저들 중에 남편이 있을지도 모른다! 여자의 마음은 설렘, 긴장, 두려움 등 여러 감정이 마구 뒤섞여 말로 형용할 수 없는 상태가 되었다.

　여자는 몸을 벌떡 일으켰다. 목을 길게 빼고 까치발을 들고, 다가오는 사람들을 유심히 살폈다. 점점 가까이 다가올수록 그들의 얼굴을 알아볼 수 있었다. 여자는 마음이 급해졌다. 대여섯 명의 얼굴들을 빠르게 훑었다. 그리고 다시 훑었다. 또 훑었다. 여자의 눈꼬리가 처지며 미간은 찡그려졌으며 뭔가를 참으려는 듯 입술을 꽉 깨물었다. 오는 사람 중에 남편은 없었다. 그러나 다행인 점도 있었다. 일행 중에 남편을 따라 참전했던 보인(保人) 다섯 중에 둘의 얼굴이 보이는 것이었다. 저들이 살아 돌아왔다는 것은 남편도….

　여자는 앞장서서 오는 호장의 얼굴을 뚫어지게 쳐다보았다. 호장의 눈빛이 보이는 거리가 되자 여자의 다리에 힘이 풀렸다. 이제 예순을 갓 넘긴 호장은 대정으로 제대하고 호장으로 임명된 사람이었다. 깐깐하고 정확한 사람이었으나 의외로 여린 부분도 있어서 아쉬운 말이나 싫은 소리를 할 때는 고개를 오른쪽으로 살짝 돌리고 말하는 버릇이 있었다. 호장은 여자의 눈을 피해 고개를 돌리고 있었다! 여자는 화가 난 사람마냥 눈을 크게 치켜뜨고 입술을 더욱 꽉 깨물었다.

　호장이 주저하며 입을 열었다.

　"이보게, 홍경애!"

　여자의 이름은 홍경애였다. 홍경애는 아무 대답도 하지 않았다. 호장은 눈을 돌려 홍경애를 슬쩍 본 후, 어렵사리 입을 열었다.

"이관이, 이관이…."

호장은 차마 입이 떨어지지 않는 듯 뒷말을 잇지 못했다. 그러나 어쨌든 말해야 했다. 호장은 심호흡을 한 번 하고 전직 군인다운 바른 자세를 취하며 말했다.

"항정 이관을 비롯해 우강, 용운, 척진수, 선명은 모두 전사했네."

호장의 말에 홍경애는 아무런 반응을 보이지 않았다. 보인 중 하나가 등에 지고 있던 짐을 내렸다. 짐을 싸고 있던 커다란 보자기를 풀고 맨 위의 상자를 두 손으로 조심히 들었다. 호장이 그 모습을 지켜보며 다시 말했다.

"이관의 유골함이네."

홍경애는 못 볼 것을 본다는 표정으로 유골함을 슬쩍 보았다. 거기에는 눈이 시리게 선명한 검은 글씨로 분명히 '李寬(이관)'이라는 표지가 붙어 있었다. 홍경애는 자신도 모르게 털썩 주저앉았다.

호장이 다시 말했다.

"그들이 속한 흥위위 초군이 큰 공을 세웠다는군. 거란군들이 서둘러 후퇴한 이유가 그들 때문이었다네. 조만간 나라에서 큰 포상이 있을 것이야."

멍하니 주저앉아 있던 홍경애가 악을 쓰며 외쳤다.

"아냐! 우리 남편은 죽지 않았어! 안 죽었다고!"

홍경애의 갑작스러운 외침에 호장이 매우 난처한 표정으로 어쩔 줄 모르고 서 있었다. 다행히 주위에 사는 홍경애의 친정 부모를 비롯한 친척들이 달려왔고 그들이 홍경애를 위로했다.

홍경애는 한참을 까무러칠 듯이 울었다. 울음이 어느 정도 잦아들자 호장은 품속에서 봉투를 하나 꺼내 들었다. 그 봉투를 홍경애의 친정아버지에게 건네며 말했다.

"안에는 글귀가 들어 있네. 도순검사 각하가 직접 이관에게 써 주신 것이라네."

홍경애의 친정아버지와 호장은 비슷한 연배로 어릴 적부터 친구 사이였으며 군역도 같이 했었다. 홍경애의 아버지가 호장으로부터 봉투를 건네받고 조심히 안에 있는 종이를 꺼냈다. 종이에는 기름이 먹여져 있었고 기분 때문인지 옅은 검붉은 빛을 띠는 것처럼 느껴졌다. 홍경애의 친정아버지는 글귀를 소리 내어 읽었다.

이 땅에 침략 무리
천만 번 쳐들어와도
고려의 자식들
미동도 하지 않는다네.
후손들도 나같이 죽음을 무릅쓴 채 싸우리라 믿으며
나, 긴 칼 치켜세우고
이 한 몸 바쳐 벼락같이 내달릴 뿐이라네.

도순검사·형부낭중 양모(某)가 흥위위 초군 항정 이관에게

홍경애의 아버지가 글을 다 읽고 몇 방울의 굵은 눈물을 떨궜다. 보인들 역시 소매로 눈물을 훔쳤다. 호장이 홍경애의 아버지에게 말했다.
"삼수채에서 아군이 패하자, 도순검사 양규 각하는 흥위위 초군들을 이끌고 흥화진을 나가 거란군들을 공격했다는군. 겨우 이천여 명의 병력으로 곽주를 탈환하고, 통주에서 거란군을 막아섰으며, 내륙 쪽으로 회군하는 거란군을 공격하여 수만을 주살하였다네. 아직 조정의 문서가 도착한 것은 아니지만 여기 보인들의 증언이니 틀림없을 걸세. 그리

고 이 글귀는 이관이 도순검사 각하께 부탁해서 특별히 받은 것이라고 하네."

홍경애의 아버지가 무겁게 고개를 끄덕이며 물었다.

"척 호장! 자네 아들 척진수도 이관과 같이 전사했나?"

호장이 큰 한숨을 쉬며 말했다.

"내 아들 척진수 역시 나라를 지키다가 명예롭게 전사했네."

홍경애의 아버지가 척 호장의 손을 잡으며 말했다.

"우리 사위와 척진수가 흥위위로서 자기 몫은 다했군. 그런데 어떻게 전사했다고 하던가?"

"곽주와 안의진 사이의 길에서 거란주의 대부대와 만났다네. 도순검사 각하 이하 흥위위 초군들은 거기서 모두 전사했다고 하네."

호장의 말에 홍경애의 아버지가 약간 의아해하며 말했다.

"거란주의 대부대라면 굳이 맞서 싸울 필요는 없었을 텐데…."

"그것이…, 피난민을 구하려고 하다가 적에게 포위당했다고 하더군."

홍경애의 아버지가 하늘을 우러러보며 깊은 탄식을 했다.

그런데 땅바닥에 주저앉아 망연자실하고 있던 홍경애가 갑자기 몸을 벌떡 일으키더니 자신의 아버지에게 다가갔다. 땅을 발로 힘차게 꾹꾹 밟으며 다가가서 아버지의 손에 있는 종이를 덥석 잡았다. 딸이 갑자기 다가와 종이를 움켜쥐자 홍경애의 아버지는 약간 놀라며 종이를 잡고 있던 손을 놓았다.

홍경애는 종이를 두 손으로 붙잡고 한동안 응시하다가 오열하며 말했다.

"처자식을 먼저 생각할 것이지, 이딴 것이나 가슴에 품고 쓸데없는 짓을 하나! 우리 남편이 죽은 것은 이 망할 글귀 때문이다. 이런 망할 글귀가 사람을 잡았다!"

　홍경애는 오열하며 종이를 찢어버리려고 했다. 그러나 기름을 먹인 종이라 쉽게 찢어지지 않았다. 홍경애가 다시 종이를 비틀며 힘을 주려고 하는데 누군가 급하게 다가와서 홍경애의 팔을 잡았다. 작고 여린 손이 홍경애의 팔에 매달리듯이 있었다. 홍경애의 딸 설죽화였다.

　설죽화는 엄마의 일을 돕다가 금세 싫증을 내고 방 안에 들어가 놀고 있었다. 그러다가 밖에서 소동이 있자 나온 것이었다. 홍경애가 설죽화의 손을 뿌리치고 종이를 다시 찢으려고 하는데 설죽화가 울음을 터트리며 절규했다.

　"으앙! 그건 아버지가 남긴 거예요. 제발 찢지 마요!"

　설죽화의 울음에 홍경애가 멈칫하자, 설죽화는 재빨리 움직여 엄마의 손에 있는 종이를 낚아챘다. 열한 살짜리 여자애라고 볼 수 없는 민첩한 몸짓이었다. 그러나 홍경애가 종이의 양 귀퉁이를 단단히 잡고 있었기 때문에 종이는 삼등분으로 찢어지고 말았다. 설죽화의 오른손에 한 부분, 홍경애의 양손에 한 부분씩. 설죽화는 찢어진 종이를 보고 털썩 주저앉더니 울음을 터트렸다.

　"우앙!"

　설죽화는 계속 서럽게 울어댔다. 홍경애는 자신의 양손에 한 조각씩 들고 있는 종이를 물끄러미 보았다. 이것은 어쨌든 남편이 마지막으로 남긴 유품이다. 홍경애가 종이를 잡은 채로 부르르 떨고 있는데 홍경애의 아버지가 홍경애가 들고 있는 종이를 잡았다. 홍경애는 손에서 빠져나가는 종이를 애써 붙잡지 않았다. 홍경애의 아버지는 한쪽 무릎을 꿇은 다음, 울고 있는 설죽화에게 찢어진 종잇조각들을 건넸다. 외할아버지가 종이를 건네자 설죽화는 그제야 울음을 멈추며 건네받았고 그것을 품속에 갈무리했다.

제1장 왕명(王命)

9
개경에서

 이월 십육일 청주를 출발하여 이십이일 오전, 드디어 임진강 남단에 당도했다. 두어 달 전 몽진을 나설 때는 얼어붙은 임진강을 건넜지만 이제는 얼음이라고는 찾아볼 수도 없었다. 배를 타고 강을 건너 임진강 북단의 고랑포에서 내렸다. 무엇이 생각난 듯, 왕순은 고랑포 북쪽을 바라보았다. 왕순이 신하들에게 말했다.
 "잠시 경순왕릉에 들렀다 갑시다."
 고랑포에서 지척인 곳에 신라 마지막 왕인 경순왕의 능이 있었다. 개경에 사실상 볼모로 와 있던 경순왕은 살아생전 다시는 경주에 가보지 못했고 죽어서도 이곳에 묻혔다. 개경에서 백 리 밖으로 나가는 것이 죽어서도 허락되지 않은 것이었다. 경순왕은 이곳을 자신의 묘로 정했다. 고랑포를 바라보며 혼이라도 경주에 가기를 소원했을 것이다.
 경순왕은 왕순에게 외당숙이었다. 핏줄로서 가까웠기도 했지만, 나라가 망할 만한 큰 위험을 겪고 나자, 경순왕의 망국의 한이 새삼스레 느껴졌다.
 경순왕릉에 참배한 후, 오후 늦게 장단현(長湍縣: 경기도 장단군)에 도착했다. 장단현에는 평장사 유진과 더불어 문무백관들이 왕순을 마중 나와 있었다. 그들을 다시 보자 왕순의 감회는 더할 나위 없이 새로웠다.
 장단현에서 하루를 묵고 그다음 날 아침 개경으로 향했다. 장단현에서 개경까지는 오십 리 길이었으므로 정오에는 개경 시가지가 눈에 들어오는 청교역에 당도할 수 있었다.

멀리 보이는 송악산은 여전히 우뚝하게 서 있었다. 그런데 청교역은 거란군들이 퇴각하며 불을 지른 듯했고 역리들이 역을 보수하느라 여념이 없었다.

왕순의 어가를 본 역리들이 쭈뼛쭈뼛 다가와 어가를 향해 무릎을 꿇고 절을 하는데 그 행동들이 매우 부자연스러웠다. 왕순은 그들을 보고 어가를 잠시 멈추게 했다. 청교역의 역리들은 얼굴을 땅에 거의 닿을 듯이 하며 머리를 조아렸다.

왕순이 직접 역리들에게 명했다.

"모두 고개를 들라."

왕순이 고개를 들라고 명했으나, 역리들은 고개를 더욱 푹 숙인 채로 차마 들지 못했고 몸을 덜덜 떠는 자들도 있었다.

두 달 전, 청교역의 역리들은 남쪽으로 향하는 어가를 향해 무엄한 말들을 이렇게 내뱉었었다.

"성상폐하는 도망가고 우리는 어쩌라는 말이오?"

역리들은 왕순이 어가를 멈추자 그때의 죄를 물으려고 한다고 생각했던 것이다. 왕순이 옆에 있던 승지 양협에게 손짓했다. 양협이 우렁찬 목소리로 말했다.

"성상폐하께서 모두 얼굴을 들라고 하시오!"

양협의 목소리에 역리들이 고개를 두리번거리며 서로의 눈치를 살폈다.

왕순이 물었다.

"누가 역장인가?"

왕순의 물음에 한 사람이 머리를 살며시 들며 말했다.

"소인이 역장 택상입니다."

"피해는 어떤가?"

"거란군들이 역을 불태워버렸기 때문에 다시 복구하려면 시일이 꽤 걸릴 것입니다."

역장의 대답에 왕순이 고개를 가로저으며 말했다.

"짐이 묻는 것은 인명 피해를 말하는 것이다."

왕순의 말에 역장이 약간 당황하여 머뭇거리다가 말했다.

"청교역의 역원은 모두 칠십오 명입니다. 그중 오십 명은 전쟁이 일어나기 바로 전에 차출되어 북쪽으로 적을 방비하러 갔습니다. 그들 중 돌아온 자는 아직 없습니다. 나머지는 가족들을 대동하고 동주(東州: 강원도 철원군)로 피난 갔다가 적들이 퇴각했다는 소식을 듣고 보름 전에 역으로 돌아왔습니다."

왕순이 역장의 말을 듣고 한숨을 쉬었다. 차출되어 북쪽으로 갔던 역원들의 생사를 알 수 없는 것이다.

왕순은 역장과 역원들에게 위로의 말을 건네고 싶었으나 뭐라고 할 말이 생각나지 않았다. 이런 상황에서는 보통 식량을 지급하거나 조세를 면제해주는 은전을 베푸는 것이 상례였으나, 지금은 확실히 약속할 수 있는 것이 없었다.

왕순은 잠시 역장과 역원들을 보다가 이윽고 말했다.

"궁으로 돌아가면 북쪽으로 사람을 보내 역원들의 생사를 확인해보도록 하겠다."

어가는 사천(砂川)을 따라 오 리 정도 움직여 만부교(萬夫橋)를 건너 드디어 개경시가지로 들어섰다. 시가지에는 사람들로 온통 북적대고 있었고 무너진 집과 도로 등을 보수하느라 바삐 움직이고 있었다.

거란군들이 퇴각할 때 개경에 불을 질러, 궁궐과 태묘(太廟) 및 민가가 모조리 불탔다고 들었었다. 개경에서 보낸 장계에서도, 개경의 모습이 이전을 알아볼 수 없을 만큼 참혹하다고 했는데 막상 보니 참혹하다기보다는 바삐 움직이는 공사장과 같은 분위기였다. 오히려 활력을 느낄 수 있을 정도였다.

평장사 유진이 왕순에게 말했다.

"거란군이 퇴각했다는 소식을 듣고 정월 중순경에 왔을 때는 온통 불타고 무너져 처참하기 이를 데 없었습니다. 그 뒤로 한 달여를 바쁘게 복구하니 지금은 그때와 같지는 않습니다. 그러나 궁궐 쪽으로 가시면 여기와는 크게 다를 것이옵니다."

왕순이 고개를 끄덕이는데, 채충순이 유진에게 물었다.

"궁궐은 아직 복구 작업을 시작하지 않았다는 말씀이십니까?"

유진이 떨떠름한 표정을 지으며 말했다.

"예부시랑의 말로는…, 장계로 그것을 성상께 보고했다고 하던데…."

유진의 말에, 왕순은 강감찬이 보낸 장계 중 그런 내용이 있었다는 것을 어렴풋이 기억해냈다. 거란군의 동향과 아군의 피해 상황, 함락당했던 주진들의 상태 등 파악해야 할 급박한 일들이 많았으므로 궁궐 복구는 관심 순위 밖의 문제였다.

왕순이 개경시가지에 들어서자 어가임을 알아본 백성들이 작업을 중단하고 길가에 엎드렸다. 그러나 전주나 공주, 청주를 순행할 때처럼 백성들의 열렬한 환호성은 없었다. 어가는 묵묵히 개경의 중심거리인 십자가로 향했다.

그런데 왕순은 뭔가 허전한 느낌에 휩싸였다. 뭔가를 잃어버린 사람처럼 주위를 두리번거렸다. 그러자 수행하던 신료들 역시 왕순의 시선을 따라 움직였다. 왕순은 주위를 두리번거리다가 드디어 눈치챘다. 길 왼편으로 보여야 할 보제사 오층탑이 보이지 않는다는 것을….

왕순의 시선이 길 왼편에 고정되자, 유진이 침통한 표정으로 왕순에게 말했다.

"거란군이 퇴각하며 보제사 오층탑을 불살랐습니다."

왕순과 신료들이 멈춰 서서 하늘을 보며 크게 탄식했다. 보제사 오층탑은 이백 척(약 60미터)이 넘는 높이의 목탑으로 개경을 상징하는 건축물이었다.

사거리에서 우측 길로 접어들자 유진이 말했다.

"궁궐이 심하게 파손되어서 기거하실 만한 곳이 없습니다. 별궁 중에 수창궁이 그나마 훼손을 덜 당했습니다. 수창궁으로 행차하소서."

수창궁은 본궐과 거리가 다소 떨어진 곳에 있었다. 그 때문에 거란군에 의한 방화를 면한 것이었다. 수창궁은 규모는 작았으나 배천에서 물을 끌어들여 아름다운 정원을 조성했고 평지에 축성된 궁이라 출입이 편리했다.

왕순이 수창궁의 정문인 홍례문 앞에 이르자 문을 지키던 군사 하나가 절도 있게 외쳤다.

"엄(嚴)!"

'엄'이라는 외침에 문을 지키던 군사들은 모두 두 손을 가지런히 하고 부동자세를 취했다. 곧 '엄'이라고 외친 군사가 선창했다.

"성상폐하!"

나머지 군사들이 따라서 외쳤다.

"만세! 만세! 만세!"

왕순이 홍례문을 지나 돈화문에 들어서자 수창궁의 본전인 관인전(寬仁殿) 안에서 누군가 급하게 뛰어나오는 것이 보였다. 그 사람은 키가 매우 작았으며 그에 비해서 매우 큰 머리를 앞뒤로 맹렬히 흔들며 다가오고 있었다. 왕순은 그 모습을 보면서 자신도 모르게 미소를 지었다. 그러나 우스꽝스러운 모습 때문에 지어지는 미소가 아니었다. 왠지 모르게 마음속에서 번지는 편안한 감정 때문에 자연스럽게 짓게 되는 그런 미소였다.

그 사람이 가까이 와서 왕순을 보고 길게 읍하며 말했다.

"성상께서 굳은 의지를 발휘하시어 거란군이 결국 물러났나이다!"

이 사람의 말에, 왕순은 갑자기 울컥하여 눈시울이 뜨거워졌다. 그러나 눈에 힘을 주고 고개를 약간 뒤로 젖혀 눈물방울이 흘러 떨어지는 것을 막았다. 그러고는 손을 들어 화답하는 척하며 소매로 눈 주위를 슬쩍 닦았다. 왕순은 눈물이 글썽한 채로 이 사람의 얼굴을 자세히 보았다.

기이하게 앞으로 툭 튀어나와 있는 이마에는 세 개의 짙은 주름이 횡으로 달리고 있었고, 코는 뭉툭하며 아래로 쳐진 펑퍼짐한 코였다. 쌍꺼풀이 있는 큰 눈은 뭔가 균형이 맞지 않으면서 마치 가죽에 구멍을 뚫어놓은 것 같았으며, 꼭 다문 입은 마치 치아가 반쯤 없는 합죽이 같았다.

왕순은 생각했다.

'역시 강감찬은 꽤나 못생겼군.'

왕순이 자신을 바라보자, 강감찬은 그 못생긴 합죽이 같은 입의 양쪽 꼬리를 위로 올리며 미소 지었다. 강감찬의 얼굴은 못생겼지만 미소는 푸근했다.

마치 존경스러운 자신의 주군을 보는 표정 같기도 했고 어쩌면 대견한 아들이나 조카, 후배를 보는 것 같기도 했다. 아니면 신뢰할 수 있는 동지를 보는 그런 표정인 것도 같았다.

왕순은 강감찬의 표정이 김은부의 딸들이 자신을 보던 것과도 흡사하다고 느꼈다. 어떤 믿음이 담긴 그런 표정이었다. 그러나 비슷하면서도 큰 차이가 느껴졌다. 김은부의 딸들은 왕순을 연민하고 있었으나, 강감찬은 왕순을 대견해하고 있었다.

거란의 대군이 개경으로 폭풍처럼 몰려왔고 그 폭풍을 막을 수 있는 것은 아무것도 없었다. 모든 대신이 항복을 건의했고 그것은 그 당시로서는 옳은 판단이었다. 물론 양규 등 서북면 군사들이 그렇게 잘 해내고 있다는 것을 알았더라면 대신들이 다른 판단을 내렸을 수도 있었을 것이다.

그러나 오직 강감찬만이 끝까지 항전할 것을 주장했다. 강감찬의 주장은 냉철한 이성을 가지고 객관적으로 판단한 것이 아니었다. 상황이 어떻든 간에 의지로 극복하자는 것이었다. 박충숙과 지채문 등도 거란에 항복하는 것을 마음에 들어 하지 않았다. 그러나 그 의견을 입 밖에 내지 못했다. 항복 외에는 다른 방법이 없다는 것을 잘 알고 있었기 때문이다. 강감찬의 계책은 혈기 왕성한 젊은 관료라면 모를까, 예순 중반이 다 되어 가는 늙은 관료가 낼 계책은 절대 아니었다.

왕순은 강감찬의 건의에 따라 거란군에 끝까지 대항할 결심을 하고 나주로 향했다. 강감찬은 얼마 안 되는 병력으로 감악산에서 적들을 막아설 것이라고 했다. 나주로 가는 길은 절대 쉽지 않은 일이었고, 감악산에서 적들을 막는 것도 쉽지 않은 일이었다. 그 당시에는 왕순과 강감찬은 서로를 믿을 수 없었다. 단지 믿고 싶었을 뿐이었다. 그러나 이제는 서로를 믿을 수 있는 것이다. 둘 다 맡은 바 임무를 충실히 해내었기 때문이었다.

왕순이 무거운 표정으로 말했다.

"짐이 의지를 발휘한 것이 무엇이 있겠습니까? 거란군을 물리치는 데 가장 큰 공을 세운 사람은 도순검사 양규와 서북면 군사들입니다."

강감찬이 더욱 대견한 표정으로 말했다.

"성상께서 이토록 굳건하시니, 이제 우리 신하들이 북적들을 이길 방도를 반드시 찾을 것이옵니다."

왕순이 살짝 눈웃음을 지으며 말했다.

"강공께서는 감악산의 신사에서 바람도 불게 하는 신통력이 있는데 어찌 북적 따위를 이기지 못하겠습니까!"

"그 바람은 순전히 운이었습니다."

"청주에서 김종현을 만나 대강의 이야기를 들었습니다."

강감찬이 고개를 절레절레 저으며 말했다.

"제가 예순을 넘게 살면서 그렇게 대찬 인간은 처음 봤습니다."

"감악산에서의 일을 다시 말해주십시오."

강감찬이 그때의 이야기를 사실에 기초하여 다시 자세히 하니 왕순을 비롯한 대신들의 표정이 각양각색으로 변했다. 감탄하는 사람, 이상하게 생각하는 사람, 어이없어하는 사람 등 받아들이는 사람들의 태도가 다양했다.

왕순이 눈을 동그랗게 뜨고 호기심 어린 표정으로 강감찬에게 물었다.

"김종현의 군대를 이끄는 능력은 어떤 것 같습니까?"

강감찬이 잠시 생각한 뒤에 말했다.

"오래 지켜본 것은 아니니 김종현의 능력을 자세히 알 수는 없습니다. 그렇지만 한 가지는 확실합니다. 김종현은 어떤 상황에서도 흔들리지 않는 자이니, 그의 군대도 흔들리지 않을 것입니다."

왕순은 수창궁으로 들자마자 육품 이상의 관료들을 모두 소집하여 임시로 조회를 열고 급한 일들을 처리했다. 강감찬이 기본적인 전후처리를 해왔기 때문에 당장 문제가 되는 것은 없었다. 우선하여 해야 할 일은, 많은 관료가 전사하고 포로로 잡히고 실종되었기 때문에 관직을 재배치하는 일이었다. 빈자리가 너무 많아서 나랏일이 정상적으로 돌아갈 수 없을 정도로 인력의 손실이 컸다.

그다음은 전공에 대해 포상하는 것이었다. 왕순이 명했다.

"전쟁 중의 전공을 자세히 조사해서 누락되는 일이 결코 없도록 하시오."

그리고 두 개의 조서를 작성하게 했다. 양규와 김숙흥의 가족들에 관한 것이었다.

우선 양규의 처인 홍씨(洪氏)를 은률군군(殷栗郡君)으로 봉하고 녹봉을 지급했으며, 아들 양대춘(楊帶春)을 교서랑(校書郎)으로 임명했다.

왕순은 직접 조서를 지어 홍씨에게 내려주었다.

"그대 남편은 나라를 위하여 충성을 바쳤으니 그 고귀한 마음은 비할 데가 없다. 항상 그 뛰어난 전공을 기억하여 보답할 마음이 간절하다. 매년 그대에게 녹봉 일백 석을 하사할 것이다."

김숙흥의 모친 이씨(李氏)에게 녹봉을 지급하게 하고 조서를 내렸다.

"장군 김숙흥은 구주성을 굳게 지켰으며, 스스로 용감하게 적을 향해 나아가 대나무를 쪼개듯이 적을 깨뜨렸다. 그 공로를 생각하면 마땅히 후한 상을 더 해야 할 것이다. 이에 그의 모친에게 해마다 녹봉 오십 석을 종신토록 지급하노라."

이외에도 여러 전사자에 대해 포상했다. 삼수채에서 강조를 구하려다 사망한 어사중승 노정(盧頲), 곽주를 지키다가 전사한 대장군 신녕한(申寧漢), 두 번째 삼수채 전투에서 투혼을 발휘한 대장군 채온겸(蔡溫謙), 흥위위 초군 낭장 원태(元泰) 등이었다.

또한 법언(法言)에 대해서도 잊지 않았다.

"지난해 거란군이 서경을 포위하였을 때, 승려 법언은 의로움을 드러내며 용감히 떨쳐 일어나 나라를 위해 목숨을 바쳤다. 그 공을 기려 수좌*(首座)로 추중하라."

왕순은 전공에 대해서는 반드시 포상하도록 하고, 반면에 전쟁과 관련된 죄과에 대해서는 모두 불문에 부치라고 명했다.

왕순은 본궐로 향했다. 십자가에서 북쪽으로 삼사 리 정도를 가면 본궐의 동문인 광화문(廣化門)이었다. 십자로와 광화문 사이에는 시전(市廛, 상점) 거리가 있었고 사람들로 늘 북적댔다. 그런데 지금은 길 양쪽의 시전 건물들이 불에 타고 물에 쓸려 반쯤은 허물어져 있었다. 가옥을 우선순위로 복구했으므로 시전 건물들은 아직 손을 대고 있지 않았던 것이다. 왕순은 비로소 폐허가 된 개경을 여실히 느낄 수 있었다. 평소와 대비해서 처참한 광경이었다. 광화문 바로 앞에는 길 양편으로 이부와 병부 등의 관아가 위치하고 있었다. 시전 건물과 다르게 관아는 한창 수리 중이었다.

강감찬이 왕순에게 말했다.

"꼭 필요한 관아 건물을 우선적으로 수리하고 있습니다. 궁궐의 전각(殿閣) 중에서는 건덕전(乾德殿)을 수리 중입니다."

왕순이 강감찬의 설명을 들으며 광화문 안으로 들어섰다. 광화문 안으로 들어서면 오른쪽으로 중서성과 상서성, 추밀원 등의 관아들이 있는데 모두 불에 타서 흉물스럽게 무너진 채로 방치되어 있었다. 근처의 어사대 등도 마찬가지였다.

삼백 보 정도를 걸어 궁성의 정문인 승평문 앞에 당도했다. 승평문의

---

* 수좌(首座): 고려시대 국가에서 주관하는 교종(敎宗) 승과(僧科) 시험에 합격하면 대덕(大德), 대사(大師), 중대사(重大師), 삼중대사(三重大師), 수좌(首座), 승통(僧統)의 순으로 승진하게 된다.

문루는 처참히 무너져 있었고 불에 탄 문짝이 너덜거렸다. 화려했던 고려의 궁궐이 잿더미로 변해 있었던 것이다. 왕순은 마침내 참았던 눈물을 흘리며 소리 죽여 흐느꼈다.

며칠 후 왕순은 눈물을 한 번 더 흘려야 했다. 현덕왕후가 유산한 것이었다. 왕순은 현덕왕후의 손을 잡고 하염없이 눈물을 흘렸다. 현덕왕후가 차분하게 말했다.

"옛날 원효대사께서는 '태어나고 죽는 것이 괴롭도다'라고 하지 않으셨습니까! 우리 아이는 태어나지 못했으니 어쩌면 괴로움을 덜 겪은 것입니다."

현덕왕후의 말에 왕순은 더욱 흐느꼈다. 왕순이 계속 흐느끼자, 현덕왕후가 조용히 게송*(偈頌)을 읊조렸다.

아주 옛날 석가모니 부처께서
사라나무 사이에서 열반에 드셨네.
지금 또 그러한 이가 있어
무량한 극락의 세계로 들어가려 하네.

---

* 게송(偈頌): 불교 경전의 내용을 시의 형태로 바꾸어 설명한 것.

10
구주에서

푸른빛이 싱그러운 사월. 맑고 선명한 초록의 나뭇잎과 풀들이 우거지는 계절이었다. 그런데 구주성 동쪽 들판은 푸른색이 아니라 온통 황금색이었다. 어디선가 바람이 불어오자, 황금색 들판은 물결치듯이 요동쳤다. 그 들판에서 흰 수건을 머리에 쓴 사람들이 허리를 숙여 일하고 있었다. 그들은 황금색으로 물든 허리 높이의 식물을 낫으로 베고 있었다.

보리 베는 사람들아, 어이!
어서 베고 많이 베소, 좋고!
많이 벤 사람 밥 한 그릇 더 주고, 그렇지!
적게 벤 사람 짚단을 묶으소, 그렇고말고!
어서 모이소. 바삐 모이소.
해는 점점 다 져 간다.

노래를 부르며 장단에 맞추어 낫질하고, 보리 짚단을 묶고 있었다. 그런데 노래를 부르는 사람들의 음성은 모두 여자들의 목소리였다.

그중 한 사람이 허리를 펴고 일어섰다. 빛이 바랜 황색의 삼베 저고리에 주름지고 통이 넓은 바지를 입고 있었는데, 얼굴색이 하얗고 이목

구비가 뚜렷한 중년의 여인이었다. 그런데 여인의 목이 꽤 두툼한 것이 힘깨나 쓸 인상이었다.

중년의 여인은 주위에서 일하고 있는 사람들을 둘러보았다. 그리고 땀에 전 머릿수건을 벗어들었다. 한 치도 되지 않는 짧은 머리카락이 햇빛에 반짝였다.

여인이 하늘을 올려다보니 해가 중천에 걸려 있었다. 고개를 왼쪽으로 돌려 구주성 쪽을 바라보았다. 구주성 동문 쪽에서 사람들이 커다란 광주리들을 머리에 이고 오고 있었다. 그들 중에는 열 살 남짓한 아이들도 있었다.

중년의 여인이 같이 일하고 있는 사람들을 둘러보더니 힘차게 말했다.

"우리 점심 먹고 합시다!"

여인의 말에 근처에 있던 사람들이 하나둘 몸을 일으켰다. 그중 어떤 늙은 여인이 크게 외쳤다.

"현군*(縣君)께서 점심을 먹자고 하신다!"

일을 하던 모든 사람이 허리를 펴고 몸을 일으켰다.

"아이고 되다."

사람들은 머리에 쓴 수건을 벗었는데 과연 모두 여자들이었다. 여자들이 밭두렁에 삼삼오오 모여들었다. 광주리를 열자 붉은색 바탕에 노란색 점들이 흩어져 있는 밥이 수북하게 쌓여 있었는데 붉은색 수수와 노란색 기장으로 지은 밥이었다. 여자들은 각자의 나무 그릇에 수수밥을 수북하게 퍼 담았다. 다른 광주리에는 상추, 파, 참나물 등의 푸른색

---

* 현군(縣君): 관리들의 아내나 어머니에게 주는 작위 중에 하나. 현군(縣君)은 정6품이다.

채소가 그득했고 말린 물고기도 있었다. 여자들은 채소를 장에 찍어서 반찬으로 먹고 말린 물고기도 하나씩 집었다.

중년의 여인은 여자들이 먹는 것을 보고 있다가 쾌활히 말했다.

"우리 보리 수확이 끝나면 막걸리를 만들어서 종일 신나게 마셔봅시다."

중년 여인의 쾌활한 말에 여자들의 반응은 고개를 조아리는 정도였다.

"콜록, 콜록."

젊은 아낙 하나가 배가 고팠는지 허겁지겁 음식을 먹다가 사레가 들렸는지 기침을 했다. 중년 여인은 젊은 아낙에게 가서 등을 두드리며 말했다.

"천천히 드시게."

여인이 등을 두드리자, 젊은 아낙이 갑자기 흐느꼈다.

"흑흑흑…."

중년 여인은 젊은 아낙을 감싸 안으며 말했다.

"갑자기 왜 우노?"

젊은 아낙이 흐느끼며 말했다.

"올해 보리타작이 끝나면 안주 장터에서 청자 비녀를 사다 준다고 했었는데…."

젊은 아낙이 흐느끼자 다른 여자들도 고개를 숙이고 눈물을 훔쳤다. 한 여인이 목을 놓아 한탄 섞인 노래를 불렀다.

여보시오, 이보시오. 이내말씀 들어보소.

사람이 생겨날 때, 음의 기운 여자 되고, 양의 기운 남자 되어,

남자 사주(四柱) 수복*(壽福)이라, 십팔 세 되어 백년해로 약속했네.

세상천지 부부인정 낭군밖에 더 있는가, 천지신명 짝을 정해주니 산 같이 미더운 천생연분 아니런가.

귀신의 장난인지, 혼인날이 불길했나, 임의 팔자 그렇던가, 이내 팔자 박복한가, 생이별이 되었구나.

명사십리 해당화야 꽃 진다고 설워 마라.

너는 내년 삼월, 꽃이 피면 돌아오지.

초록 같은 우리 인생 한번 죽어지면 다시 오기 어려워라.

떠나간 우리 낭군 다시 오기 어려워라.

임은 나를 잊지 마오. 임은 이승에 다시 못 오지만 내가 저승으로 가오. 저승에서 만날 날, 나를 기억하오.

여자들은 노래를 들으며 구슬피 흐느꼈다. 이들은 이번 전쟁에서 남편을 잃은 구주의 과부들이었다. 김숙흥과 이보량이 지휘하던 구주군 천여 명은 모두 전사했다. 구주군들은 대개 결혼한 사람들이었고 그들의 아내들은 모두 과부가 되었던 것이다.

중년 여인은 김숙흥의 어머니 이신애(李信愛)였다. 이신애는 무슨 말을 하려다가 입을 다물고 사람들 사이를 돌아다니며 등을 어루만졌다.

"딸랑, 딸랑, 딸랑…."

그때 남쪽에서 방울 소리가 울려 퍼졌다. 이신애는 고개를 들어 남쪽을 보았다. 황색 깃발을 앞세운 행렬이 구주로 오고 있었다. 그들은 구주 남문을 통해 구주성으로 들어갔다.

이신애는 여자들을 다독였고, 그들은 점심 식사를 끝내고 다시 보리

---

* 수복(壽福): 오래 살며 길이 복(福)을 누림.

베는 일을 시작했다.

잠시 후 성안에서 사람이 나와 이신애에게 말했다.

"유 장군께서 오셨습니다."

이신애는 고개를 끄덕였다. 유 장군은 천우위 상장군 유방을 말하는 것이었다. 전쟁 직후, 유방은 서북면병마사로 임명되어 서북면의 방어선을 복구하고 관리할 책임을 맡았다. 그동안 구주에는 두 번 왔었고 올 때마다 이신애를 만났었다.

유방은 안융진을 지켜낸 전쟁영웅인데다가 성격이 매우 온후하고 부하들을 잘 챙겨주는 등 배려심이 깊은 성격이었다. 강조가 정변을 일으켰을 때 유방은 천우위 상장군으로 목종을 수행했었다. 그런데 정변이 일어나자 올 것이 왔다고 생각했다. 목종과 천추태후가 정치를 어지럽히는 것을 가까이서 충분히 보았기 때문이다. 유방은 자신의 부하인 하공진과 탁사정을 강조에게 보내, 목종이 왕위에서 물러나는 대신에 해를 끼치지 않을 것을 보장해달라고 했다. 강조가 그것을 약속하자, 유방은 목종에게 작별 인사를 하고 스스로 관직에서 물러났던 것이다.

이신애는 구주성 동문으로 들어가서 객사로 갔다. 객사에는 유방과 더불어 구주방어사 최원신과 부방어사 장극맹, 중랑장 이섬이 있었다. 유방 등은 이신애가 오자 뜰로 내려가 맞았다.

유방이 읍하며 말했다.

"현군께서는 안녕하시었소?"

유방은 늘 옷매무새가 말쑥하고 행동에는 절도가 있었다. 그런 유방을 보며 이신애가 화답했다.

"장군께서도 안녕하셨습니까?"

유방이 고개를 끄덕이며 말했다.

"성상께서 조서를 내리셨소."

조서가 내려졌다는 말에 이신애는 집에 돌아가서 의복을 갈아입고 다시 객사로 들었다. 유방 역시 자색 관복으로 갈아입고 기다리고 있었다.

이신애는 몸가짐을 단정하게 하고 유방 앞에 섰다. 유방이 조서를 들어 올리자 이신애가 두 번 절했다. 유방이 조서를 낭독했다.

"장군 김숙흥은 구주성을 굳게 지켰으며, 스스로 용감하게 적을 향해 나아가 대나무를 쪼개듯이 적을 깨뜨렸다. 그 공로를 생각하면 마땅히 후한 상을 더 해야 할 것이다. 이에 그의 모친에게 해마다 녹봉 오십 석을 종신토록 지급하노라."

조서의 낭독이 끝나자 이신애는 다시 두 번 절을 했다. 눈가에는 눈물이 흐르고 있었다.

조서를 받는 의례가 끝내고 유방과 이신애, 방어사 최원신 등이 객사 안으로 들어가 의자에 앉았다. 유방이 말을 건넸다.

"생활에 불편은 없으십니까?"

"이곳 구주가 제집인데 무슨 불편이 있겠습니까."

"성상께서 개경에 저택을 주시겠다고 하셨습니다. 이곳에 이제 연고도 없으시니 개경에 와서 사시는 것이 어떻겠습니까?"

왕순은 큰 공을 세운 양규와 김숙흥에게 최대한 보상하고 싶었다. 그래서 양규의 아들인 양대춘이 열네 살밖에 되지 않았음에도 교서랑이라는 관직을 제수했다. 그런데 김숙흥은 혼인을 하지 않았기 때문에 그 후손이 없었다. 그리하여 그 어머니에게 저택을 하사하려고 한 것이었다.

이신애는 유방을 빤히 바라보았다. 그 눈빛을 받은 유방이 다시 말했다.

"개경에 친척들도 여럿 사시니, 생활하기가 이곳보다 훨씬 나을 것입니다."

이신애가 꿋꿋이 말했다.

"제 지아비는 구주의 초대 방어사였고, 아들은 구주의 장교로 나라를 구하다 전사했으니, 저 역시 구주의 여인으로 남을 것입니다."

유방이 잠시 바라보았다. 이신애의 말은 굳세었으나 눈시울은 붉어져 있었다. 유방이 다시 말했다.

"더 필요하신 것은 없습니까?"

"제 개인적으로 더 필요한 것은 없습니다만, 이번 전쟁에서 천여 명의 구주군사들이 전사했고 그들 대부분은 가정이 있었습니다. 지금 구주에는 과부들과 고아들이 넘쳐납니다. 그들이 먹고살아 갈 대책이 필요합니다."

"지금 그 문제를 방어사와 더불어 논의 중이었습니다."

방어사 최원신이 말했다.

"자녀가 없고 이곳에 일가친척도 없는 과부들을 친정으로 돌려보내는 것이 그들에게 가장 좋을 것입니다."

최원신의 말에 이신애가 입술을 모으며 샐쭉한 표정으로 말했다.

"방어사께서는 저 같은 과부들을 말씀하시는군요. 우리는 이곳 구주에서 이미 이십여 년을 살았습니다. 우리에게 구주는 고향입니다."

최원신이 머쓱한 표정을 지었다.

부방어사 장극맹이 말했다.

"구주는 고려의 최전선입니다. 병력을 한시바삐 충원해야 합니다. 남쪽에서 병력들을 이주시켜야 하고 그들에게 땅을 나누어주어야 합니다. 그러려면 전사한 군사들이 받았던 토지를 회수해야 합니다."

이신애가 언성을 높이며 말했다.

"구주군은 나라를 구했습니다. 그 가족들은 합당한 대우를 받아야 합니다."

부방어사 장극맹이 계속 말했다.

"전란이 계속될 가능성이 큽니다. 남쪽으로 이주하는 것이 더 나을 것입니다."

이신애가 힘주어 말했다.

"전란이 계속될 것이기에 구주를 떠나지 않으려는 것입니다. 우리는 남편과 아들들을 이 전쟁에서 잃었습니다. 우리에게는 이 전쟁을 지켜볼 의무가 있습니다."

유방이 이신애를 응시하며 물었다.

"어떻게 처리하기를 원하십니까?"

"우리가 원하는 대로 하게 해주소서. 그리고 우리에게 토지는 입에 풀칠할 정도만 있으면 됩니다. 남편도 없는데 무슨 토지가 많이 필요하겠습니까! 그리고 성상께서 제게 매년 오십 석을 주겠다고 하셨으니, 그것을 구주의 과부들과 아이들을 위해 쓰겠습니다."

유방이 잠시 생각에 잠겼다. 이신애가 다시 말했다.

"우리 구주는 많은 사람을 잃었습니다. 그리고 고려 전체가 그렇습니다. 구주에는 많은 일손이 필요합니다. 당장 농사를 지을 인력조차 부족합니다. 또한 전쟁에 대비해서 수많은 물자를 만들고 비축해야 합니다. 우리 과부들이 구주를 위해 필요한 일들을 할 수 있습니다."

유방이 입을 열었다.

"이 문제를 성상께 아뢰고 재가를 거쳐 처리하도록 하겠습니다."

이신애가 결연한 표정으로 말했다.

"우리도 쇠뇌 정도는 쏠 수 있습니다. 적들이 이 구주를 침범한다면 우리는 한 명의 병사가 되어 싸우겠습니다."

유방이 고개를 끄덕이며 말했다.

"최대한 노력해보겠습니다."

이신애가 다시 입을 여는데 약간 얼굴을 붉히며 말했다.

"그리고 우리 구주에는 남자들이 많이 필요합니다."

당연한 말이었다. 유방이 별생각 없이 답했다.

"이번 전쟁으로 많은 인명 피해가 있었습니다. 인원 수급이 쉽지 않겠습니다만, 남쪽 지역의 사람들을 이주시켜 병력을 충원할 것입니다."

이신애가 다시 말했다.

"젊은 과부들이 많습니다. 그들을 재가시키려면 혼인하지 않은 남자들이 있어야 합니다."

유방이 천천히 고개를 끄덕이며 답했다.

"알겠습니다."

두 달 전, 김숙흥과 이보량을 비롯한 구주군의 시신이 구주에 도착했었다. 구주군이 쑥밭(애전)에서 전멸했다는 것은 흥화진사 정성이 며칠 전에 전령을 보냈었기 때문에 이미 알고 있었다.

구주방어사 최원신과 부방어사 장극맹 등은 관복을 갖추어 입고 구주성 남문 밖에서 대기했다. 그 주위에 구주 백성들이 모여 있었다. 거의 백 대가량의 소달구지와 수레가 연이어 구주 남쪽에 도착했다.

중랑장 이섬과 낭장 황호맹, 대정 박명금 등 구주 장교들이 시신의 얼굴을 확인하고 호명했다. 호명받은 가족들이 시신을 인도받으며 울음을 터트렸다.

"아이고, 아이고, 내 아들아! 아들아!"

"임자 없이 어찌 살라고…."

"이녁 어찌 이리되었소!"

제1장 왕명(王命)

"아버지! 흑흑흑."

한 늙은 여인이 아들의 시신을 보고 주저앉으며 소리 질렀다.

"우리 아들 살려내! 우리 아들 살려내! 아이고, 아이고…."

이신애 역시 김숙흥의 시신을 확인했다. 김숙흥의 검은색 전포는 걸레 조각처럼 너덜거렸고 갑옷 여기저기에 구멍이 뚫려 있었다. 그리고 온통 피로 물들어 있었다. 이신애는 고개를 숙여 김숙흥의 이마에 자신의 이마를 조심스레 맞댔다. 그리고 숨죽여 울었다.

구주는 거대한 초상집이 되었다. 이번 전쟁에서 거란군의 공격을 받지 않은 구주성은 우뚝했으나, 구주 사람들의 마음은 잿더미가 되어 있었다.

구주군 장례식이 합동으로 치러지는 동안, 이신애는 하염없이 눈물을 흘렸으나 통곡하지는 않았다. 아들과 남편을 잃은 수많은 여인이 실성할 정도로 통곡했고 몇몇은 정신을 잃고 쓰러졌다. 이신애는 그들을 돌봐야 했고 그러려면 자신은 정신을 차려야 했다.

장례가 끝난 후, 이신애는 집으로 돌아와 혼절할 정도로 통곡했다. 그렇게 한참을 울었다. 며칠간은 망연자실한 마음으로 아무것도 하지 않고 누워서 시간을 보냈다. 하늘이 무너지고 땅이 꺼진 것만 같았다. 마음은 공허했고 아무런 의지도 가질 수 없었다. 이신애는 멍하니 있다가 방바닥에 있는 김숙흥의 유품을 처연히 바라보았다. 눈에서 다시 눈물이 왈칵 쏟아졌다. 이신애는 김숙흥의 투구와 갑옷, 전포를 마치 자식 돌보듯이 쓰다듬었다. 김숙흥의 검은색 전포를 만지다가 그것이 걸레 조각처럼 너덜댄다는 것을 인식했다. 습관적으로 반짇고리를 꺼내서 김숙흥의 전포를 바느질했다. 전포를 거의 기웠을 무렵 밖에서 소리가 들렸다.

"현군께서는 계십니까?"

이신애는 누가 부르는 소리를 듣고 툇마루로 나왔다. 여종이 대문을 열자 검은색 전포를 입은 세 명의 무장이 들어왔다. 중랑장 이섬, 낭장 황호맹, 대정 박명금이었다.

이섬과 박명금은 전쟁 초반 압록강변 전투(1010년 11월 17일)에서 부상을 당했기 때문에 김숙흥과 같이 출격하지 않았다. 그래서 살아남았다. 이섬은 양다리와 왼팔에 부상을 입었다. 지팡이를 짚으며 아직도 다리를 저는 것이 불편해 보였다. 박명금 역시 양다리에 부상을 입었는데 지금은 거의 회복된 듯이 보였다. 황호맹은 압록강 변의 전투와 삼수채 전투에 참전했었다. 그런데 삼수채 전투에서 거란군의 포로가 되었다가 탈출하였고, 양규의 무로대 공격(1월 18일)에 참전했다가 부상을 입고 흥화진에 머물렀었다.

이들은 이신애를 보자, 오른손을 왼쪽 가슴에 대며 고개를 숙였다. 이신애 역시 목례로 답했다. 이섬이 물었다.

"몸은 좀 괜찮으십니까?"

"괜찮습니다. 중랑장님의 다리는 어떻습니까?"

"이제는 천천히 걸어 다닐 만합니다."

잠시 침묵이 흐르다가 황호맹이 말했다.

"김 별장이 우리를 구했는데 우리는 그와 끝까지 함께하지 못했습니다."

황호맹의 말에 이신애가 눈물을 보였고 그 눈물은 하염없이 흘렀다. 눈물을 계속 흘리자, 이섬 등은 아무 말 못 하고 어색하게 서 있었다. 이윽고 이섬이 말했다.

"저희는 현군께서 괜찮으신지 뵈러 왔습니다."

이신애가 눈물을 닦으며 말했다.

"저는 괜찮습니다."

이섬이 어색한 표정으로 말했다.

"저희는 이만 가보겠습니다."

"살펴 가십시오."

박명금이 대문을 나서려다가 돌아서서 말했다.

"저는 압록강 변에서 보았던 김 별장님의 모습을 한시도 잊지 않고 있습니다. 김 별장님이 나타나자 우리 구주군은 한데 뭉쳤고 용기백배해졌습니다. 적에게 포위되어 극도로 어려운 상황이었지만 김 별장님은 우리에게 그것을 극복할 용기를 주었습니다. 그래서 우리는 적과 맞서 싸울 수 있었고 물리칠 수 있었습니다. 앞으로도 영원히 잊지 못할 것입니다."

박명금이 이렇게 말하며 이신애에게 깊이 고개를 숙였다. 이신애는 다시금 눈물을 흘렸다. 그리고 이섬 등이 가는 뒷모습을 멍하니 바라보았다.

어릴 적 김숙흥은 어디로 튈지 모르는 사고뭉치였다. 이신애는 그런 김숙흥을 돌보느라 늘 초긴장 상태였다. 사실 남편에게는 말하지 않았지만 김숙흥은 자신의 어린 시절과 똑 닮아 있었다. 외모뿐만이 아니라 행동거지가 꼭 빼닮은 것이었다. 역시 피는 물보다 진했다.

김숙흥이 구주군을 구하고 돌아왔을 때 무리하지 말라고 타박했으나 내심 자랑스러웠다. 자신을 빼닮은 김숙흥은 자신의 분신이었다. 김숙흥의 행동은 곧 자신의 행동인 것이다.

천 명의 정예 군사들이 전사한 구주는 지금 극히 어려운 상황에 놓여 있었다. 아들과 남편을 잃은 사람들은 몸을 추스르지도 못할 정도로 절망하고 있다. 아들 김숙흥이 없는 구주, 이곳에서 나는 과연 무엇을 해야 할까?

만일 김숙흥이라면 이런 상황에서 어떠했을까? 그러면 어려움에 처한 구주를 그냥 두고 보지 않았을 것이다. 자신을 던져서 그 무엇이라도 했을 것이었다. 김숙흥은 나라를 지키기 위해서 자신의 모든 것을 던졌다. 그것이 김숙흥의 뜻이었다. 이신애는 결론을 내렸다. 김숙흥의 뜻에 함께하리라. 내 아이는 죽었지만 그 뜻은 살아 있다.

구주의 모든 사람이 절망에 빠져 있었고, 모두 손을 놓고 있다. 그렇지만 구주는 움직여야 한다. 이신애는 결심했다.

'나도 위기에 처한 구주를 그냥 두고 보지 않을 것이다.'

이신애는 거울을 보았다. 자신의 긴 머리카락이 눈에 들어왔다. 가위를 집어 자신의 머리카락을 짧게 잘랐다. 집을 나선 후, 이보량의 아내 박씨를 찾아가 뜻을 말하고 박씨와 더불어 유족들을 찾아다니며 위로했다.

아들을 잃은 한 노파가 이신애를 보더니 표독스런 표정으로 소리쳤다.

"내 아들을 살려내시오! 김 별장이 내 아들을 죽였소!"

이보량의 아내 박씨가 타박하며 말했다.

"무슨 말을 그렇게 하오."

노파가 박씨를 제쳐두고 이신애를 노려보며 말했다.

"김 별장이 공을 세우려고 군사들을 죽음으로 내몰았다는 것은 구주 사람이면 다 아는 일이오!"

이신애는 가만히 있었다. 이신애가 잠자코 있자 노파는 더욱 험한 말을 쏟아냈다.

"사람 한 명을 죽여도 지옥에 가는데, 김숙흥은 수천 명의 사람을 죽였으니 팔열지옥에서 영원히 벗어나지 못할 것이오!"

이신애는 계속 잠자코 있었다. 노파는 계속 험한 말을 쏟아내었다. 그래도 이신애는 묵묵히 듣고 있었다. 노파는 목이 쉬도록 꽥꽥 소리

질렀다. 보다 못한 박씨가 제지하려고 하자, 이신애는 그냥 놔두라는 손짓을 했다.

꽥꽥 소리를 지르던 노파는 실성한 듯 보이다가 마침내 주저앉았다. 잠시 멍하니 있다가, 그대로 울음을 터트렸다.

"엉엉엉…."

이신애는 무릎을 꿇었다. 그리고 그런 노파를 감싸 안고 같이 목 놓아 울었다. 노파는 거부하다가 결국 같이 얼싸안고 울었다.

이신애는 구주의 과부들과 더불어 농사일을 시작했다. 구주군 천 명이 전사했으니 노동력이 절대적으로 부족하다. 여자들이 적극적으로 농사를 지어야 할 것이었다. 최대한 효율적으로 일하기 위하여 농사 기간에는 아이들을 공동으로 돌보기로 했다.

곧 개경에서 조서가 당도했다. 구주에 남은 과부들에게 구분전*(口分田)을 지급한다는 내용이었다.

---

* **구분전(口分田)**: 고려시대에 군인의 유족 및 퇴역군인에게 지급되던 토지.

II
구사일생

스물일곱 살의 소허열은 고려 땅에 있었다. 큰아버지 소배압을 따라 고려 정벌에 참여한 터였다. 소배압은 과감한 전략으로 강조가 이끄는 고려의 주력군을 대파하고 개경까지 함락시켰다.

육 년 전(1004년), 소배압은 거란군 총사령관으로 송나라를 굴복시키고 '전연의 맹약*'을 맺었었다. 이번에는 고려 정벌에 성공한 것이다. 소허열이 가장 존경하는 사람, 큰아버지 소배압은 천하 최고의 명장이었다.

지금은 회군하는 중이었다. 이곳은 고려 북쪽의 산길로 부지런히 가면 이틀 정도면 압록강에 당도할 수 있었다. 통주에서 고려군들이 길을 막아서고 있지만 그들을 제압하는 것은 어렵지 않을 것이다. 단지 시간이 조금 필요할 뿐이었다.

소허열은 말에 올랐다. 예상 밖으로 비가 삼 일간이나 계속 와서 그 시간만큼 발이 묶여 있었다. 그러나 어찌 보면 그렇게 나쁘지 않다는 생각도 들었다. 지금 황제는 다른 길로 회군 중이었다. 소허열이 속한 선봉 부대는 황제의 안전한 퇴각을 위하여 고려군의 시선을 끄는 것이

---

* 전연의 맹약: 1004년 승천황태후와 야율융서가 20만 병력을 이끌고 송나라를 침공하여 맺은 맹약. 매년 송나라가 거란에 비단 20만 필과 은 10만 냥을 바치기로 하였다.

일차 목표였다. 그런데 많은 비가 오는 바람에 고려군은 전혀 움직이지 않았고 움직일 생각도 없는 듯했다. 그렇다면 황제의 안전이라는 가장 중요한 목표는 일단 달성한 것이다. 이제 이틀 정도 부지런히 행군하여 무로대로 가면 된다. 그다음 무로대의 병력을 이끌고 남하하여 통주의 고려군을 북쪽에서 공격한다. 그러면 길을 막고 있는 고려군들을 격퇴할 수 있을 것이었다.

선봉도통 야율분노는 인시(3시~5시)에 출발할 것을 명했고 소허열은 발해 장군 대광일(大匡逸)과 더불어 야율분노의 뒤를 따랐다. 달이 서쪽 땅끝으로 지고 있었으나 막 보름달을 지난 시점이었기 때문에 그렇게 어둡지는 않았다.

야율분노가 이끄는 선봉군은 안의진 서쪽 갈대밭이 무성한 평지에 주둔하고 있었다. 주둔지에서 출발하여 산길로 들어서자 오른쪽 산언저리에 고려의 안의진이 있었다.

거란군들은 되도록 서쪽으로 붙어 이동했다. 안의진의 고려군들이 화살을 쏠 것을 염려했기 때문이었다. 그러나 안의진의 고려군은 잠잠했다.

조금 더 이동하자 길이 왼쪽으로 꺾였다. 드디어 서북쪽으로 향하는 것이다. 이대로 계속 가면 내원성이 나오고 무로대가 나온다. 야율분노는 더욱 행군 속도를 재촉했다.

소허열 역시 야율분노를 따라 속도를 조금씩 높이는데 뒤쪽에서 미약하게 비명 소리와 더불어 어지러운 소리들이 들렸다. 이십 대의 젊은 소허열에게는 잘 들렸으나 이미 예순을 넘긴 야율분노는 그 소리가 작아 듣지 못하는 것 같았다. 소허열이 눈을 동그랗게 뜨고 뒤를 돌아보았다. 이미 선두는 좌측으로 돌았으나 후미는 아직 갈대밭을 벗어나지 못하고 있었다. 모퉁이를 돌았기 때문에 후미를 관찰하는 것이 불가능했다. 그러나 한 가지는 정확히 볼 수 있었다. 뒤쪽의 하늘이 벌겋게 달아오르고 있었던 것이다.

소허열이 뒤쪽을 급히 가리키며 큰 목소리로 야율분노에게 외쳤다.

"불입니다!"

어제까지 비가 와서 갈대들이 습기를 머금고 있을 텐데도 저 정도로 급작스럽게 불길이 일어나려면 누군가 조직적으로 불을 질러야 한다. 소허열에게 불안감이 크게 엄습해 왔다.

발해 장군 대광일 역시 미간을 찌그리며 야율분노에게 물었다.

"어떻게 해야겠습니까?"

대광일의 말에 야율분노가 잠시 생각하더니 말했다.

"뒤는 신경 쓰지 말고 속력을 높여 앞으로 나갑시다!"

야율분노의 명에 소허열은 당황했다. 뭔가 너무 급했다. 소허열이 다시 뒤를 돌아보며 생각을 정리하려고 하는데 대광일이 군사들에게 명을 내렸다.

"전군! 말에 올라 보통 속도로 달린다."

대광일의 명령에 발해군은 속력을 높여서 빠르게 앞으로 이동했다. 기병들이 달리면 보병들은 결국 뒤처져 쫓아오지 못할 것이다. 불안한 마음을 가진 소허열이 야율분노의 등을 향해 외쳤다.

"너무 급합니다!"

야율분노는 소허열의 말을 들었는지, 못 들었는지 그대로 앞으로 달려 나가고 있었다. 소허열이 따라잡으려고 했으나 좁은 길인 데다가 발해군에 둘러싸여 있어서 대화가 가능한 거리까지 접근할 수 없었다. 점점 더 불안해졌으나 방법이 없었다.

발해군이 속력을 높이자, 뒤따르던 갈소관 소속 여진군 역시 속력을 높였다. 발해군은 전원 기병으로 이루어져 있었으나 갈소관 소속의 여진군은 기·보병이 혼재되어 있었다. 여진군 기병들이 발해군에 바싹 붙었지만, 보병들은 한참 처졌으며 대열은 엉망이 되어갔다.

거의 삼십 리 길을 이동하자 날이 밝아오고 있었다. 다행히 여기까지 오는 동안 고려군의 매복은 없었고 이제 내원성까지는 백 리도 남지 않았다.

소허열이 야율분노 근처까지 겨우 접근하여 소리쳤다.

"대열이 엉망이 되었습니다! 행군 속도를 낮춰야 합니다!"

야율분노가 고개를 돌리며 말했다.

"이제 조금만 더 가면 이 산길이 끝난다고 하오! 일단 그곳까지는 갑시다."

야율분노는 너무 급하게 움직이고 있었다. 마치 무엇에 쫓기는 사람 같았는데 무엇에 쫓기는지는 알 수 없었다. 출발할 즈음에 고려군들이 불을 질렀지만 삼 일이나 비가 왔기 때문에 그 불 자체가 큰 위협이 될 수는 없었다.

마침내 소허열은 생각해냈다. 야율분노가 젊었을 때 급한 성격으로 유명했다는 것을…. 나이가 예순이 넘어 그 성격이 잦아들었다고 생각했으나 위기의 순간이 오자 본성이 나오는 것인지도 몰랐다.

길은 산 능선들을 따라 계속 구불구불했다. 이제 오른쪽으로 크게 꺾어졌고 다시 큰 굽이가 나타나는데 갑자기 뒤쪽이 시끄러워졌다.

소허열이 뒤를 보니, 여진군 몇이 황급히 말을 몰며 앞쪽의 발해군을 추월하려고 하고 있었다. 후미의 발해군과 여진군이 서로 엉기며 혼란스러워졌다. 어떤 상황인지 분명하지는 않았으나 한 가지는 확실해졌다. 대열은 통제 불능한 상태로 어지러워지고 있었다.

소허열도 어쩔 수 없이 말에 채찍질하며 급하게 나아갔다. 그런데 모퉁이를 돌자마자 눈앞에 무시무시한 광경이 펼쳐졌다.

"피잉-, 피잉-, 피잉-, 피잉-, 피잉-….."

무수한 활시위 소리와 함께, 앞서가던 야율분노의 몸에 수많은 화살이 꽂히고 있었다. 소허열은 기겁했다. 그리고 곧 자신에게도 화살이 쏟아지기 시작했다. 찰나의 순간, 미끄러지듯이 말의 왼쪽으로 내렸다.

길의 오른편이 산이었고 왼편이 계곡이었다. 고려군이 오른편의 산에 숨어서 화살을 쏘아대고 있었다. 소허열은 말에서 내린 다음, 왼편의 계곡으로 몸을 던졌다. 길도 없는 계곡을 미끄러지며 내려가는데 왼쪽 허벅지 뒤쪽에 큰 충격을 받으며 아래로 나동그라지고 말았다. 소허열은 잠깐 정신을 잃었다가 곧 정신을 차리고 자신의 왼쪽 허벅지 뒤를 만져 보았다. 허벅지 뒤에 화살이 박혀 있었다. 소허열은 죽은 듯 움직이지 않고 가만히 누워 있었다. 눈동자만 움직여 자신이 내려온 곳을 보니, 자신처럼 수많은 아군이 황급히 비탈을 내려오고 있었다. 그러나 그들 역시 화살에 맞아 나동그라지고 있었다. 급히 주위를 살폈다. 몇 십 보 아래에 작은 시냇물이 흐르는 계곡이 있다. 그 계곡의 반대편 산을 오르거나 계곡을 따라 북쪽으로 뛰면 이 상황에서 벗어날 수 있을 것 같았다. 천천히 왼쪽 다리에 힘을 주어보았다. 화살 맞은 곳이 뻐근하고 아팠지만 움직일 수 있을 듯했다. 기회를 포착하기 위해서 주변을 가만히 살피는데 발치에서 몇 보 떨어진 곳에서 누워 있는 군사 한 명이 보였다. 곧 그의 눈과 마주쳤다. 소허열이 그에게 눈짓했다. 이름조차 모르는 사람이지만 지금은 세상에 단 하나밖에 없는 동료다. 그가 거동할 수 있다면 둘이 같이 움직이면 훨씬 좋을 것이다. 그런데 소허열의 신호에도 그는 아무 반응을 보이지 않았다. 소허열이 그의 눈을 응시하다가 드디어 알아챘다. 그의 눈에는 초점이 없었다. 살아 있는 사람의 눈빛이 아니었던 것이다. 소허열의 가슴이 덜컹 내려앉았다.

소허열은 어릴 때부터 백부 소배압이나 숙부 소손녕, 큰형 소류의 수

많은 무용담을 들어왔기 때문에 그들처럼 전쟁에서 공을 세우고자 하는 열망이 강했다. 그들은 화살과 돌을 무릅쓰고 용맹하게 나아가 공을 세웠다. 그런 기회가 온다면 자신도 그들처럼 용맹하리라!

십여 년 전(999년), 거란은 송나라를 정벌했다. 소허열은 큰형 소류와 함께 거란의 선봉군에 속해서 참전했다. 이때 소허열의 나이는 열여섯, 생애 첫 출전이었다. 드디어 무공을 세울 시간이 된 것이었다.

거란과 송나라의 전쟁은 십여 년간 소강상태였다가 거란의 공격으로 다시 시작되었다. 거란군이 남하하자 송나라 장수 범정소*(范廷召)가 방진을 치고 앞을 막아섰다. 범정소는 송나라뿐만 아니라 거란에서도 유명한 명장이었고 그의 방진은 질서 정연하고 빈틈이 없었다.

거란 선봉군의 장수들이 모두 공격하기를 꺼렸는데, 이때 소류가 휘하 부대를 이끌고 용맹하게 돌격했다. 소류는 왼쪽 팔뚝에 화살을 맞는 부상을 당했으나 결국 범정소의 방진을 깨고 말았다. 이때 소허열 역시 소류와 함께했다. 소허열은 그 뒤 송나라와의 전쟁에 계속 참전하여 공을 세워나갔고 용맹함과 군사적 재능을 인정받게 되었다.

지금 적과 맞서야 한다. 그러나 죽은 군사의 공허한 눈빛과 마주한 소허열은 자신도 모르게 몸이 부들부들 떨렸다. 소허열이 참전한 송나라와의 전쟁에서는 늘 거란군이 우위에 있었기 때문에 전쟁터에서 이런 상황에 맞닥트릴 거라고는 상상해본 적이 없었다. 매복한 적에 둘러싸여 부상한 채로 용맹을 발휘할 여지조차 없는 처지라니!

죽은 군사의 공허한 눈빛처럼 소허열의 머릿속도 공허해졌다.

"툭!"

---

* **범정소**(范廷召): 송나라의 명장. 999년 거란과 송나라의 전쟁 때, 소류가 돌격하여 범정소의 군대를 패배시켰다.

소허열이 멍하게 있는데 작은 돌멩이 하나가 날아와 전포 위에 떨어졌다. 멍한 상태였기 때문에 처음에는 알아차리지 못했다. 다시 돌이 얼굴을 거의 스치듯이 날며 복부 위에 떨어졌다. 그제야 눈치채고 고개를 젖혀 돌이 날아온 쪽을 보았다. 열 보 정도의 거리에서 몸을 납작 엎드리고 있는 두 사람과 눈이 마주쳤다. 그들은 갈소관 대왕 갈리희와 발해장군 대광일이었다. 그들을 알아보고 반가움에 소리를 지를 뻔했다.

갈리희가 소허열에게 손짓했다. 밑을 가리키는 것으로 보아서 계곡으로 가자는 뜻으로 보였다.

소허열은 위를 보았다. 무수한 아군이 길과 비탈에 쓰러져 있었다. 그리고 고려군의 어떤 깃발이 보였다. 노란색 바탕에 포효하는 검은색 거북이가 그려진 깃발이었다. 그 깃발 아래 검은색 전포를 입은 한 사람이 전황을 살피고 있었는데, 그가 고려군의 지휘관인 듯했다.

갈리희와 대광일은 재빨리 일어나서 계곡으로 뛰었고 그들이 일어나는 것을 본 소허열 역시 아래를 향해 미친 듯이 뛰어 내려갔다.

고려군의 화살이 몇 발 날아왔으나 모두 빗나갔다. 소허열은 마침내 계곡에 내려서는 데 성공했다. 갈리희와 대광일은 앞서 뛰어가고 소허열이 그들의 등을 보고 뛰었다. 그러나 속도가 점점 느려졌다.

"으윽!"

화살에 부상을 당한 왼쪽 허벅지 뒤쪽에 힘이 들어가지 않는 데다가 통증 역시 점차 증가했다. 오른쪽 다리 하나만을 의지하여 뛰니, 갈리희와 대광일과의 차이는 계속 벌어졌고 점차 혼자가 되어가고 있었다.

소허열은 마음이 다급해졌다. 다리 부상으로 인하여 이미 갈리희 등과 합류하는 것은 불가능한 상황이었다. 소허열은 뒤를 힐끔 돌아보았다. 고려군 몇이 뒤에 따라붙고 있었다. 소허열은 소스라치게 놀랐다.

검은색 전포를 입고 자신에게 다가오는 고려군들이 저승사자 같았다. 소허열은 반사적으로 왼쪽 허벅지의 활집에서 활을 빼어 들었다. 그리고 화살 한 대를 뽑아 드는 동시에 몸을 돌려, 뒤쫓는 고려군에게 화살을 날렸다. 다리에 부상을 입은 사람이라고 볼 수 없는 재빠른 움직임이었다.

소허열이 화살을 날리자 오십 보 정도 거리에 있던 고려군이 황급히 몸을 피했다. 소허열 역시 몸을 낮추며 고려군의 응사에 대비했다. 소허열이 혼자인 것을 안 고려군 다섯 명은 넓게 퍼지며 포위하려고 했다.

소허열은 개울 옆 나무 뒤에 몸을 엄폐시키고 이들과 전투를 개시하려고 했다. 하지만 승산 없는 싸움이다. 소허열은 자신에게 희망이 없음을 알아차렸다. 화살을 시위에 걸고 대기했으나 손이 떨려왔고 이윽고 몸이 덜덜 떨렸다. 저들과 싸우면 반드시 죽을 것이다! 항복하면 그나마 살 수 있지 않을까, 하는 생각이 스쳐 지나갔다. 그러나 자신은 가장 지체 높은 황후 가문의 일원이고 태조 야율아보기의 피도 이어받았다. 황족의 일원으로서 항복할 수는 없다. 소허열은 마음을 다잡고 활시위를 당기려고 했다. 그러나 손이 떨려 시위가 당겨지지 않았다. 눈물이 흘렀다. 자신은 여기서 죽어야 한다.

"피잉-! 피잉-!"

그때 갑자기 뒤쪽에서 화살이 연거푸 날아왔는데 그것은 고려군을 향한 것이었다. 그리고 외치는 소리가 들렸다.

"절도사! 어서 이리로 오시오!"

외치는 사람은 갈리희였다. 갈리희와 대광일이 소허열이 위험에 빠진 것을 보고 구하러 온 것이었다. 고려군이 주춤하는 사이에 소허열은 갈리희와 대광일에 합류할 수 있었다.

대광일이 소허열에게 말했다.

"개울을 따라가면 반드시 적의 매복이 있을 것입니다. 산으로 들어가는 것이 좋겠습니다."

대광일의 말에 따라 일행은 산속으로 들어갔다. 고려군들은 소허열 등을 추격했으나 길도 제대로 없는 좁은 곳이 계속되자 얼마 후 추격을 포기하고 돌아갔다.

소허열 등은 낮에는 숨어 있고 밤에만 이동하여 오 일 후에야 내원성에 무사히 당도할 수 있었다. 그 와중에 먹을 것이 아무것도 없어서 오직 냇물로만 배를 채울 수 있었다. 극심한 허기와 추위, 피로에 지쳐 내원성에 도착했을 때는 탈진 상태였고 하루만 더 늦었더라면 생사를 장담할 수 없었다.

몇 달 후, 옅은 붉은색 피부에 이마가 높이 솟아 있는 사람이 막사 안에 누워 있었다. 그 옆에는 그보다 몇 살 어려 보이고 얼굴이 상당히 닮은 사람이 걱정스러운 표정으로 앉아 있었다.

누워 있는 사람은 동로통군사 소류였고 앉아 있는 사람은 소류의 막냇동생인 임해군절도사 소허열이었다. 이들 가문의 조상은 회홀(위구르) 사람이었고 그 피를 받아서인지 색목인의 외모를 가진 사람들이 태어나곤 했다.

동로통군사 소류, 북피실군상온 소혜, 임해군절도사 소허열은 친형제들로 소배압의 조카들이었다. 이들 삼 형제는 아버지 소찰랄이 관직을 거부하고 은거했으므로 큰아버지인 소배압의 집에서 자랐다. 삼 형제는 이번 고려와의 전쟁에서 소배압을 따라 참전했고, 소류는 전쟁 중 부상을 당해 몸져누웠다. 소허열이 염려스러운 목소리로 물었다.

"형님! 몸은 좀 어떠십니까?"

소류는 회군하는 길에 고려군과 싸우다가 부상을 당했었다. 달려오는 고려군을 미처 보지 못하고 등에 창을 맞고 말았다. 그 충격에 정신을 잃었으나 다행히도 큰 부상이 아니었다. 단지, 창끝이 반 치 정도 살속에 파고들어 왔을 뿐이었다. 길을 막던 고려군을 전멸시킨 후 소류는 스스로 말을 타고 회군했다. 그런데 의무려산에 거의 도착할 무렵에 목과 턱 근육이 수축하며 약간의 마비 증상이 왔다. 이때까지도 대단치 않게 생각했으나 삼 일 후에는 전신에 걸쳐 경련이 일어나더니 쓰러져서 일어나지 못했다. 열이 나고 오한 증상이 있는 것이 풍한증(감기) 같기도 했다. 소류가 쓰러졌다는 소식에, 야율융서는 태의(太醫) 소적로(蕭敵魯)를 보내 증상을 보게 했다. 소적로는 거란 최고의 명의로, 증상을 보면 바로 병명을 알았다.

상처를 보는 소적로의 표정이 점점 어두워졌다.

"이것은 상처에 풍독사*(風毒邪)가 들어간 것입니다. 초기에 대처하는 것이 중요했는데 이미 시기가 꽤 늦어버리고 말았습니다."

소허열이 매달리듯이 소적로에게 말했다.

"태의께서는 최고의 명의이시니, 그래도 방법이 있지 않으시겠습니까?"

"일단 상처를 도려내고 약을 쓰겠으나…."

소적로는 말끝을 흐렸다. 소적로가 소류의 상처를 도려내고 다양한 약을 썼으나 그 어떤 약을 써도 소류의 증상은 심해져 갔다. 결국 소적로는 마지막 방법으로 전갈의 독을 쓸 것을 제안했다. 이독제독(以毒制毒)이었다. 전갈의 독을 쓰자, 소류의 상태는 어느 정도 호전되어 갔다. 얼마 전까지는 얼굴 근육에 경직이 일어나 제대로 말을 할 수 없었으

---

* '상처에 풍독사가 들어갔다'는 것은 현재의 파상풍을 뜻한다.

나, 오늘 아침부터는 어눌하게나마 입을 열 수 있게 된 것이다.

소허열이 근심스럽게 물었다. 근육 경직 때문에 입이 비뚤어져 쓴웃음을 짓는 듯한 표정으로 소류가 답했다.

"내가 평소 우스갯말을 즐겨 배우(俳優)라는 별명으로 불렸는데, 이제는 진짜 배우처럼 늘 이런 표정을 짓게 되었구나! 껄껄껄."

병이 깊은 와중에도 우스갯소리를 하는 소류의 모습에 소허열은 안도와 더불어 안타까움을 느꼈다.

소류는 평소 우스갯소리를 즐겼는데 그 속에 뼈가 있는 경우가 많았다. 황제와 함께하는 연회 자리에서도 익살스럽게 현실 정치를 풍자하는 것에 대해 거리낌이 없었다.

소허열이 어금니를 깨물며 말했다.

"형님과 저를 괴롭힌 그 고려 장수를 죽였으니 그나마 마음이 시원합니다."

소류가 엄한 목소리로 말했다.

"그는 충신이자 용사였다. 우리는 그의 죽음을 애도해야 할 것이야."

소허열이 다시 말했다.

"어서 쾌차하셔야죠. 전갈의 독이 효과가 있나 봅니다."

소류가 말없이 고개만 끄덕였다. 잠시 침묵이 흐른 후 소류가 물었다.

"백부님은 괜찮으시냐?"

거란군은 고려를 침공하여 개경까지 함락시켰으나 수만의 병력을 잃었고 대부분의 물자를 유실하고 말았다. 이긴 전쟁이라고 말할 수 없는 전쟁이었다. 거란 황제 야율융서 역시 큰 고생을 했다. 물론 대외적으로는 개경을 함락시켰으니 이긴 전쟁이라고 선포했다. 그러나 대내

적으로는 손실의 책임을 물으려는 움직임이 있었다. 만일 누군가 책임을 질 진다면, 거란군의 총사령관이었던 소배압이 지는 것이 당연했다.

소류의 물음에 소허열이 완고한 표정을 지으며 말했다.

"폐하께서는 개경을 함락시킨 공으로 백부님을 난릉군왕(蘭陵郡王)에 봉하신다고 하셨습니다. 백부님께는 별다른 일이 없을 겁니다."

소류가 안도하듯이 고개를 끄덕였다.

야율융서는, 신하들 사이에서 이번 전쟁에서의 손실에 대한 책임을 소배압이 져야 한다는 말이 나오자, 오히려 개경을 함락시킨 소배압의 공을 치하하며 관직을 높여 난릉군왕에 봉한다는 조서를 내렸다. 소배압에게 상을 줘 신하들의 입을 막아버린 것이었다. 소배압에게 책임을 묻는다는 것은 야율융서 자신에게 책임을 묻는 것과 같았다. 야율융서는 자신의 잘못을 인정할 수 없었고 인정하고 싶지도 않았다.

개경을 함락시켰으니 정벌의 모양새는 성립된 것이다. 야율융서는 이번 고려 정벌을 성공한 정벌이라고 믿고 싶었고 또 그렇게 믿었다. 야율융서가 이런 태도로 나오자 소배압에게 책임을 물어야 한다는 말은 쏙 들어가고 말았다. 아무도 용의 비늘을 거슬리고 싶지 않아 했다.

소허열은 소류를 보았다. 큰형 소류는 자신이 사랑하고 존경하며 또한 닮고자 하는 영웅이었다. 그런데 그 영웅이 고려에서 당한 부상으로 근육이 뒤틀려서 누워 있었다. 소허열은 자신도 모르게 눈물이 나왔다.

그런 소허열을 보고 소류가 담담히 말했다.

"나는 어릴 적부터 충심을 다하여 군주를 보필하려는 뜻을 품고 있었다. 그러나 충성스러운 말을 군주에게 직접 전달하는 것이 힘들다는 것을 알게 되어 우스갯소리로 그것을 포장했던 것이다. 그래서 하찮게도 배우라는 별명을 얻게 되었다. 그렇게 한 것이 만에 하나라도 도움이 되었다면 어찌 하찮은 이름을 피하겠느냐!"

소류는 이렇게 말하고 힘겨운지 숨을 가쁘게 내쉬었다. 소허열이 그런 소류의 모습을 보고 말했다.

"형님, 말씀을 그만하시고 이제 쉬세요."

소허열의 말에 소류가 일그러진 표정을 더 일그러뜨렸다. 본인은 웃으려고 하는 것 같았다.

"죽기 전에 말이라도 실컷 해야 하지 않겠느냐!"

소허열이 고개를 가로저으며 뭐라고 말하려는데 소류가 당부하듯이 말했다.

"둘째 소혜는 성격이 관후하여 무난한 관직 생활을 할 것이다. 또한 장수로서의 자질도 있다. 그러나 너무 느긋하여 총사령관의 재목은 아니다. 너는 내 말을 잘 기억했다가 소혜가 관직이 높아져 도통이나 초토사 등을 맡게 되면 반드시 말려야 할 것이다. 반면에 너는 소혜와 다르게 너무 집요한 측면이 있다. 어릴 때부터 뭔가에 깊이 빠지면 기필코 해야 성이 풀렸지. 그런 기질은 일의 성취를 이루게 하므로 좋은 측면이 있으나, 너무 심하면 자신을 피로하게 하고 큰일을 망칠 수가 있다. 중요한 일을 결정할 때는 꼭 주변 사람들과 상의하도록 하여라!"

소류는 이렇게 말하고 잠시 쉬었다. 잠시 쉰 후에 하녀의 도움을 받아 잠옷으로 갈아입고 몸을 일으켜 자리에 앉았다. 그런데 몸을 심하게 부들부들 떠는 것이 매우 힘겨워 보였다. 소허열이 다가가 다시 눕히려는데 막사의 문이 열렸다. 둘째 형 소혜가 들어오는 것이 보였다. 그런데 그때 갑자기 소류가 벌떡 몸을 일으키더니 부르짖었다.

"내가 간다!"

소혜와 소허열이 놀라서 소류를 봤을 때는 소류의 몸이 뒤로 넘어가며 활처럼 휘는 중이었다. 두 형제가 재빨리 움직여 상태를 살폈으나 이미 소류는 절명한 뒤였다. 소혜와 소허열은 울음을 터트렸다.

12
용의 후손

왕순은 수행원들과 함께 수창궁 안을 걷고 있었다. 침전에서 막 점심을 먹고 다시 정무를 보기 위하여 관인전(寬仁殿)으로 이동 중이었다.

벌써 사월이었고 계절상으로는 여름의 시작이었다. 왕순은 지속적으로 하늘을 올려다보았다. 하늘은 맑고 푸르기 그지없었다. 평소 같으면 햇빛을 가리기 위해 시종들이 일산을 펴지만 근래에는 펴지 않았다. 지금 맑은 날씨는 결코 좋은 날씨가 아니었기 때문이다. 비가 수십 일간이나 내리지 않아 가뭄이 계속되고 있었다. 이 시기에 가뭄이 들면 한 해 농사를 망치게 된다. 왕순은 크게 한숨을 쉬었다.

가뭄이 계속되자 먼저 종묘에서 비를 빌었고, 시장을 옮기고 도살을 금지했다. 예부터 날씨의 이상은, 원통한 마음을 품은 백성들의 한이 하늘에 전해져서 일어나는 것이라고 했다. 따라서 억울하게 투옥된 자가 있는지 조사하게 하고, 끼니를 거르는 가난한 자들을 구호하게 했다.

그래도 효험이 없자, 햇빛을 가리는 일산과 바람을 일으키는 부채를 사용하지 못하게 했다. 일산을 쓰고 있으면 하늘에서 볼 때 우산처럼 보이므로 비를 내려준 줄 알고 다시 안 내려줄 것이라는 속설 때문이었고, 부채를 부치면 모이던 구름 기운이 다시 날아갈 것이라는 생각 때문이었다. 전혀 맥락이 닿지 않는 이야기들이었지만 지푸라기라도 잡는 심정이었고 백성들에게 계속 노력하고 있다는 것을 보여줄 필요도 있었다.

전쟁의 피해를 복구하며 거란군의 재침에 대비하는 것도 힘에 부치는 판에, 가뭄까지 겹치니 걱정이 이만저만 아니었다.

왕순의 옆에는 체구가 작은 늙은 관료가 수행하고 있었다. 그가 왕순과 같이 하늘을 보다가 말했다.

"비에 대해서는 차차 기다리며 조처를 취할 수밖에 없을 것입니다. 그보다도 다른 문제가 급합니다."

작은 목소리로 말하는 것 같은데도 그의 목소리에는 왠지 모를 힘이 있었다.

"학사승지께서는 어떤 고견이 있으신지요?"

왕순이 이렇게 말하며 학사승지라고 부른 사람을 보았다. 그의 얼굴은 못생겼고 체구는 왜소했다. 더구나 의복은 왜 이렇게 남루한지 알 수 없었다. 보통의 관료들은 체통을 중시해서 의복을 중요하게 생각하는데 이 사람은 아예 그런 관념이 없는 사람이었다. 도무지 대신의 풍모가 아니었다. 그렇지만 왕순은 이 예순이 넘고 보잘것없이 생긴 늙은이, 강감찬을 전폭적으로 신뢰하고 있었다.

거란군이 물러간 후, 왕순은 강감찬을 한림학사승지(정3품)로 임명했다. 한림학사승지는 임금의 말씀이나 명령을 글로 옮기는 일을 담당하는 관직이었다. 따라서 시종관(侍從官)으로서 왕을 늘 호종했다. 또한 왕을 가까이서 모시는 요직 중의 요직으로서 한림학사승지를 거치면 대부분 재추로 임명되었다.

강감찬이 차분한 목소리로 말했다.

"지금 가장 시급한 일은 거란에 사신을 보내는 일입니다."

이 일에 대해서는 채충순이 먼저 건의한 적이 있으나 논의하지 않고 미뤄두었었다. 전쟁 전에 거란으로 보낸 사신들은 모두 억류됐다. 내사시랑평장사 진적(陳頔), 참지정사 이예균(李禮均), 상서우복야 왕동영(王同穎) 등이 모두 억류되었는데 이들은 재상들이었다. 더욱이 마지막 사절로 갔던 하공진과 고영기도 돌아오지 못하고 있었다.

"음….."

왕순은 근심이 서려 있는 한숨을 내뱉었다. 잠시의 침묵 후, 왕순이 말했다.

"거란에 보낸 사신들이 모두 억류되어 조정이 텅 빌 정도입니다. 사신들은 또 억류될 것입니다. 거란이 우리의 사신을 억류하지 않는다는 보장이 어디 있겠습니까?"

"그렇더라도 보내지 않을 수는 없습니다. 거란으로 가서 그들의 사정을 자세히 알아보아야 합니다."

"만일 사신들이 억류되면 거란의 사정을 알았다 한들 무슨 소용이 있겠습니까?"

"거란주의 성향이 체면을 중시하니 우리가 사신을 보내지 않으면 매우 노할 것입니다. 지금 거란주의 체면을 세워주는 일은 아주 중요하고도 꼭 필요한 일입니다. 우리가 먼저 머리를 굽히고 들어가면 전쟁은 여기서 끝나게 될 가능성이 있습니다. 그러나 그렇게 하지 않으면 체면이 손상되었다고 생각한 거란주는 또다시 군사를 일으킬 것입니다."

왕순이 고개를 저으며 말했다.

"거란군의 피해도 막대했습니다. 군사를 쉽게 움직이지 못할 수도 있습니다."

"거란군의 피해가 막대했기 때문에 더욱 위험합니다. 쉽게 우리를 이겼다면 오히려 관대할 수 있으나, 결국 이기지 못했기 때문에 기어이 이기려 할 것입니다."

제1장 왕명(王命)

왕순은 잠시 생각했다. 강감찬의 의견은 상황을 정확히 분석한 것이었다. 그래도 영 내키지 않았다. 지금 상황에서 아무나 보낼 수는 없는 노릇이었다. 거란주를 설득하려면 어느 정도 고위 관료이면서도 능력 있는 사람을 택해야 한다. 그러나 거란이 사신을 억류할 가능성이 큰 상태에서 그러고 싶지 않았다.

왕순은 다시금 하늘을 보았다. 야속하게도 구름 한 점 없었다. 그러다가 뒤쪽으로 눈을 돌렸다. 육 척을 훌쩍 넘는 키에 자색 전복을 입은 무장이 완전무장 한 채로 호종하고 있었다. 왕순이 그 무장에게 말을 걸었다.

"지 장군은 어떻게 생각하시오?"

그는 지채문이었다. 지채문은 왕을 호종하는 천우위 장군으로 승진해 있었다.

왕순의 물음에 지채문이 두 손을 모으고 엄숙한 표정을 지으면서 말했다.

"저는 일개 무관일 뿐입니다. 정치에 관한 것은 알지 못하옵니다."

이번 전쟁 전까지 지채문은 자신감에 가득 차 있었다. 무예의 달인으로 평가받고 있었고 동북면에서 여진족을 상대로 늘 승리했었다. 혹자는 지채문을 유금필에 견주기도 했다. 따라서 지채문은 거란과의 전쟁에서 자신이 큰 역할을 해야 한다고 믿고 있었다. 그러나 그렇게 하지 못했다. 서경 근처 마탄에서 패하는 바람에 자기 목숨 하나 챙기기에 급급했고, 동북기군이 몰살당하는 것을 눈앞에서 지켜보면서도 무기력할 수밖에 없었다.

왕을 호종하는 사람들은 왕과 대화할 기회가 많을 수밖에 없다. 그것 자체가 큰 권력이었다. 지채문도 그 사실을 잘 알고 있었다. 그래서 작년에 애수진에서 강민첨을 만났을 때 이렇게 말했었다.

"내가 성상을 뵈면 강 진장이 매우 일을 잘한다는 것을 꼭 말씀드리겠소."

예전의 지채문이라면 왕이 의견을 묻는 즉시 답했을 것이었다. 더구나 지금은 천우위 장군이다. 무반에서 최고의 요직이고 지금 이 자리에서는 누구의 눈치도 볼 필요가 없었다. 그러나 지채문은 말을 아꼈다. 이번 전쟁을 겪으며 지채문은 반성을 많이 했고, 덕분에 한결 겸손하고 성숙해졌다.

왕순이 부드러운 표정으로 지채문을 보며 다시 말했다.

"경이 짐을 호종하여 나주로 갈 때, 충성심과 무예뿐만이 아니라 뛰어난 식견을 보여주었소. 마음속에 있는 말을 기탄없이 하도록 하시오."

지채문은 주저하다가 다시 한번 채근을 받자 하는 수 없이 입을 열었다.

"저 역시 학사승지의 의견에 동의합니다. 사신을 보내지 않으면 거란주는 매우 분노하여 다시 침공할 것입니다."

지채문의 말에 왕순의 표정이 어두워졌다. 강감찬은 합죽이 같은 입을 꽉 다물고 있었는데 어떤 중요한 말을 하기 전에 짓는 표정이었다. 강감찬이 이윽고 입을 열었다.

"소신은 이제 환갑을 지나고도 사 년이나 넘겼습니다. 이제는 기력이 점차 쇠해져 나랏일을 보기 힘들 지경입니다. 듣기로 거란주는 인재를 사랑한다던데, 제가 거란에 사신으로 가면 이 늙고 왜소한 자를 굳이 억류하지 않을 것입니다. 만일 거란에 억류되더라도 고려에서는 녹만 축내는 쓸모없는 늙은이가 없어져 이득이고, 거란은 저를 부양해야 하니 손해이옵니다. 부디 제가 사신으로 가는 것을 윤허하여 주십시오."

왕순은 눈을 지그시 감으며 아무 말도 하지 않았다. 지채문은 강감찬의 뒷모습을 보았다. 늙고 왜소한 강감찬이 용맹하게 느껴졌다.

강감찬이 다시 말하려고 하자, 왕순이 손을 내저으며 말했다.

"이런 중요한 문제는 짐이 혼자 결정할 것이 아니지 않습니까! 다른 대신들과 의논하고 결정합시다."

왕순은 강감찬을 거란으로 보내고 싶지 않았다. 곧 관인전으로 가서 재추들을 불러들였다.

내사시랑 유진, 참지정사 최사위, 정당문학 최항, 중추사 채충순, 장연우 등이 화평전에 들었다.

의논 끝에, 사신을 보내는 것에 대해서는 의견의 일치를 보았다. 그런데 역시 누구를 보내느냐가 문제였다. 채충순이 자원하였으나 왕순과 재추들 모두 반대했다. 재상 몇 명이 사신으로 가서 거란에 억류되어 있는데 또다시 재상 급의 사람을 거란으로 보낼 수는 없었다. 다시 억류당한다면 너무나도 업신여김을 당하는 일이었다. 더구나 채충순은 나라를 운영하는 데 꼭 필요한 사람이었다. 왕순은 강감찬이 자원한 것을 재추들에게 말하지 않았다. 혹시라도 누군가 찬성할까 염려해서였다.

강감찬은 그 자리에 있었으나 섣불리 나서서 말할 수는 없었다. 한림학사승지는 왕을 호종하는 사람이지 재추들의 회의에서 먼저 나서서 말할 권한은 없었기 때문이다. 강감찬은 계속 말할 기회를 살폈으나 왕순은 외면했다. 결국 육품 이하 관료 중 자원하는 자의 관직을 높여 보내기로 합의했다.

회의가 파하고 왕순이 재추들에게 엄숙하게 말했다.

"옛말에 '임금이 신하의 옳은 말을 따르면 성스러워진다'라고 했습니다. 짐이 외람되게 왕위에 오른 후, 나라에는 큰 위기가 찾아오고 온갖 어려운 일들이 벌어지고 있습니다. 이럴 때 아무리 하찮은 과오라고 해도 짐이 저지른다면 나라에는 큰 해악이 될 것입니다. 짐이 과오를 저지르면 경들은 반드시 간언하여 그것을 바로잡아주시오. 짐은 일을 결정하는 데 여러 대신들의 의견에 따를 것입니다."

이틀간, 거란에 사신으로 가겠다는 지원자가 몇 명 있었으나 보내기에 썩 믿음직스럽지 않았다. 관직이 낮은 것은 올려서 보내면 그만이지만, 거란에 가서 거란주를 비롯한 고위층들을 회유하고 국가의 위신을 손상하지 말아야 하는데, 그 점이 믿음직스럽지 못했던 것이다. 강감찬과 채충순은 다시 자원했고 왕순의 마음도 흔들렸다. 이들이라면 최소한 국가의 위신을 손상시키지는 않을 것이다. 그러나 이들 없이 어떻게 국정을 운영한다는 말인가!

왕순이 고민에 머리를 싸매고 있는데 미시 무렵(13~15) 합문사 김맹이 와서 보고했다.

"경장태자의 후손 천수원군(千壽院君) 왕첨(王瞻)이 접견을 원합니다."

왕첨이라는 말에 왕순은 깜짝 놀랐다. 왕첨은 성종의 동생인 경장태자의 아들로 나이는 왕순보다 일곱 살이 많았으나 항렬은 왕순이 더 높았다. 왕순은 태조 왕건의 손자였고 왕첨은 증손자였다. 왕첨에게는 여동생이 한 명 있었는데, 경애원주(敬愛院主) 유경희(柳瓊姬)였다.

왕첨은 일곱 살 때 개한테 낭심(囊心)을 물려 생식 능력이 없는 사람이 되었다. 그래서인지 자연스럽게 불교에 심취해서 승려와 같은 삶을 살았다.

그런데 목종이 즉위한 후, 천추태후가 자기 애인 김치양을 불러들여 요직에 앉게 했다. 김치양은 관리들의 인사권을 장악하여 막강한 권세를 휘두르고 뇌물을 공공연히 챙겼다.

왕첨은 고모인 천추태후에게 김치양을 멀리할 것을 조언했으나, 그것 때문에 오히려 천추태후와 김치양의 미움을 사고 말았다. 천추태후가 자신을 못마땅하게 여긴다는 것을 알자, 아무에게도 알리지 않고 구월산(황해남도 은율군)에 있는 패엽사(貝葉寺)로 들어가서 패엽사에 딸린 도솔암(兜率庵)에 은거했다.

구월산은 개경에서 서북쪽으로 오백 리쯤 떨어져 있었는데 국토 서쪽에서 가장 큰 산으로 국가를 수호하는 신령이 깃든 곳으로 여겨졌다. 특히 이곳에는 고조선의 시조인 단군의 사당이 있었다.

왕순이 왕위에 오른 뒤에도 왕첨은 계속 패엽사에서 지냈다. 그 뒤 전쟁이 일어나자, 개경에 있던 여동생을 패엽사로 불러들였다.

왕첨의 생각에 이번 전쟁은 심상치 않았다. 강조의 정변으로 고려의 내부 사정이 좋지 못했고 거란군은 송나라를 압박하여 세폐를 받는 최강의 군사 강국이었다. 거기에 거란주의 친정이다. 매우 위험한 전쟁이었다. 과연 왕첨의 예상대로 고려의 주력군은 삼수채에서 패하고 말았다. 곧 거란군이 서경까지 내려왔다는 사실이 패엽사에도 전해졌다. 거란군이 서경까지 몰려왔다는 것은, 고려 주력군의 패배만이 아니라 서경 이북의 거의 모든 성곽이 함락되었다는 것을 뜻했다. 서희 이후로 그토록 세심히 만든 방어선들이 허무하게 무너진 것이다. 왕첨은 고구려가 그랬듯이 고려도 외부 세력에 의해서 멸망해 간다고 생각했다.

왕첨이 패엽사의 승려들과 대책을 의논하고 있는데 근처 고을인 은율현(殷栗縣: 황해남도 은율군)으로부터 한 사람이 왔다. 십 대 초중반의 어린 사람이 검붉은색 도포를 입고 활과 칼로 무장하고 있었다. 주지승이 그 사람을 알아보고 말했다.

"양 각하의 자제분이로군요!"

그가 진중하게 말했다.

"은율현 사람들은 구월산성으로 들어갈 것입니다."

어린 사람이 이런 사실을 전하러 온 것도 특이했지만 심각한 상황임에도 당황하는 모습이 없었다.

구월산성은 패엽사에서 서쪽으로 이십 리 정도 떨어진 곳에 있었다. 고구려 때 쌓은 산성으로 무너진 곳도 꽤 있지만 성곽의 보존 상태는 전반적으로 양호했다. 그는 말을 전하고 바로 떠나려 했다. 주지가 물었다.

"어찌 이렇게 급히 가시오?"

"주변 지역을 돌며 사람들에게 구월산성으로 오라고 해야 합니다."

"혼자서?"

"제가 자원했습니다."

그는 이렇게 말하며 흘끔 왕첨을 보았다. 장정들은 대개 소집되어 북쪽으로 가 있었다. 왕첨과 같은 젊은 사람이 있는 게 이상했을 것이다. 떠나는 뒷모습을 보며 왕첨이 주지에게 물었다.

"누구입니까?"

"서북면도순검사 양규 각하의 자제입니다. 이름이 아마 양대춘일 것입니다."

왕첨은 패엽사의 승려들과 더불어 구월산성으로 들어갔다. 구월산성에는 이미 수천 명의 은율현 사람들이 들어와 있었는데, 경계병을 세우고 성곽을 보수하며 혹시 모를 거란군의 내습에 대비하고 있었다. 패엽사의 승려들도 소매를 걷어붙이고 도왔다. 그러나 왕첨은 사람들과 함께하는 것이 불편하여 여동생과 더불어 천막에서 거의 나오지 않왔다.

그런데 구월산성의 남문을 패엽사의 승려들이 지키기로 하자, 왕첨은 야간 근무를 자원했다.

며칠 후 한밤중, 남문 밖에서 사람들이 이동하는 소리가 들렸다. 왕첨은 바짝 긴장한 상태로 모든 신경을 곤두세웠다. 이들은 구월산성으로 다가오고 있었다. 왕첨은 쇠종을 맹렬히 쳐댔다.

"땡, 땡, 땡…."

곧 성안 여기저기에서 횃불이 켜지며 사람들이 남문 쪽으로 몰려왔다. 성안에 사람들이 수천이나 되었지만 대개 노인과 부녀자, 어린아이들이었다. 그래도 거란군과 대항하기 위해 모두 쇠스랑과 낫 등을 들고 있었다. 사람들이 몹시 긴장해서 밖을 보고 있는데 어둠 속에서 목소리가 들렸다.

"나는 양대춘입니다!"

과연 성문으로 다가온 사람은 양대춘이었다. 그 뒤로 수많은 사람이 따르고 있었는데 안악군(安岳郡: 황해남도 안악군) 사람들을 데리고 온 것이었다. 다음 날 새벽 왕첨이 여전히 불침번을 서고 있는데, 성 안쪽에서 어떤 사람이 말을 끌고 다가왔다. 가까이서 보니 그는 양대춘이었다.

"밖으로 나가려 하니 성문을 열어주십시오."

왕첨이 성문을 여는 중에 여인의 목소리가 들렸다.

"대춘아! 그냥 여기 있으면 안 되겠니?"

왕첨이 흘긋 뒤를 돌아보았다. 중년의 여인이 양대춘의 팔을 잡고 있었다. 한눈에 보아도 그의 어머니라는 것을 알 수 있었다. 양대춘이 부드럽게 말했다.

"누군가는 해야 해요. 그리고 저는 염려 마세요. 아버지가 서북면에 계시니 거란군은 곧 물러갈 겁니다."

양대춘이 나간 후에 유주(儒州: 황해남도 신천군), 풍주(豊州: 황해남도 과일군), 청송현(靑松縣: 황해남도 송화군) 사람들이 속속 도착했다.

십이월 말일, 드디어 참전했던 은율현 사람이 돌아왔다. 그는 며칠 동안 굶은 것 같은 몰골이었다.

"거란군이 개경으로 남하하고 있습니다!"

그는 공포에 질려 있었고, 그의 말에 사람들 역시 공포에 떨었다. 양대춘이 일어서며 말했다.

"제가 정확한 사정을 알아 오겠습니다."

삼 일 후, 양대춘이 돌아와 사람들에게 말했다.

"거란군이 물러가고 있습니다!"

개경 근처까지 내려온 거란군이 갑자기 물러가고 있다는 말에 왕첨은 의아했다. 도무지 양대춘의 말을 믿을 수 없었다. 십여 일 후 개경으로부터 전령이 왔다. 명령서를 한 장 가지고 왔는데, 내용은 이러했다.

"거란군이 물러가고 있으니, 지방의 관리들은 업무에 복귀하라."

명령서의 발신인은 예부시랑 강감찬이었다. 사람들이 전령에게 이것저것을 물어보자 그가 답했다.

"거란군은 개경에 입성한 뒤에 바로 퇴각했습니다. 성상께서는 남쪽으로 피신하시어 무사하십니다."

성상이 피신했다고 하나 거란군이 개경까지 점령했다는 것은 고려를 무너뜨린 것이다. 그런데 그들은 주둔군을 남기거나 괴뢰정부도 세우지 않고 마치 썰물처럼 빠져나가고 있었다. 이상한 일이다. 사람들이 전령에게 물었다.

"거란군이 왜 이렇게 급히 퇴각한 것이오?"

"자세한 사정은 알지 못합니다. 단지 서북면의 아군들이 거란군에 대항하고 있다고 합니다."

얼마 후, 구월산성에 있던 사람들은 모두 자신의 마을로 돌아갔다. 왕첨도 패엽사로 돌아와서 차차 자세한 사정을 알 수 있었다.

거란군이 개경으로 다가오자 거의 모든 신하가 항복을 주장했다고 한다. 더 이상 거란군을 막을 병력은 없었기 때문이었다. 그러나 열아홉 살 성상은 결사 항전을 선언하며 나주로 몽진을 떠났다. 십여 년 전 마지막으로 본 성상의 얼굴이 떠올랐다.

왕첨은 여러 날을 멍한 상태에서 보냈다. 아무 활동도 없이 그저 방 안에 누워 있었다. 걱정된 여동생이 밥과 찬을 갖다주어도 뜨는 둥 마는 둥 할 뿐이었다.

그러다가 무엇에 이끌리듯이 여동생에게 말했다.

"우리 개경으로 가자꾸나."

개경으로 온 뒤에 자택에서 지내다가, 거란에 사신으로 갈 자원자를 찾고 있다는 것을 알게 되었다. 왕첨은 즉시 수창궁으로 갔다.

왕순이 안으로 들어오는 사람을 보니 왕첨인지 긴가민가했다. 마지막으로 만났던 때가 십여 년이나 되었기 때문이기도 했지만, 외모가 많이 달라져 있었다.

왕첨은 오 척이 조금 넘는 키에 움직이는 것을 싫어해서 몸이 뚱뚱한 편이었다. 얼굴도 큰 편이었는데 입이 뾰족하게 튀어나와 약간 새 같은 모양이었다. 그나마 왕가의 후손이라 귀태는 흘렀다. 왕순은 왕첨이 약간 어리바리한 사람이라고 생각하고 있었다. 그런데 지금 보니 살은 쪽 빠져 있고 어리바리함은 사라지고 완숙함이 묻어 나왔다.

왕첨이 절을 하자 왕순 역시 답례한 후에, 반가이 말했다.

"이게 얼마 만인가요! 그동안 잘 지냈소?"

"성상폐하의 덕으로 잘 지냈습니다. 성상께서 무탈하시니 신은 기쁘기 한량없습니다."

의례적인 인사말이 오간 후, 왕순이 물었다.

"오늘 짐을 찾은 이유는 무엇입니까?"

왕순은 왕첨이 뭔가 개인적인 부탁을 하려고 찾아왔다고 생각했다. 거란군들이 지나간 곳은 모두 황폐해졌으므로 집이나 토지, 노비 등을 원할 것이라고 예상했다.

왕첨이 조심스럽게 말했다.

"소신이 매우 불미하나 거란에 사신으로 가고 싶습니다."

왕순은 깜짝 놀랐다. 옆에서 문서를 검토하던 강감찬도 하던 일을 멈추고 왕첨을 보았다.

잠시 후 왕순이 왕첨을 응시하며 말했다.

"거란은 우리 사신들을 억류하고 있습니다. 자칫하면 돌아오지 못할 수도 있습니다."

"성상께서 나라를 구하시고자 혼신을 쏟으시는데, 가까운 종친임에도 불구하고 재주가 없어서 별로 도움을 드릴 것이 없습니다. 그러나 사신으로 가는 일은 저도 할 수 있을 것 같습니다."

왕순이 왕첨을 보다가 시선을 강감찬에게 옮겼다. 강감찬이 미미하게 고개를 끄덕이고 있었다. 왕순이 재추들을 소집하려고 하는데 왕첨이 말했다.

"사실 제 여동생하고 같이 궁에 들어왔습니다. 지금 밖에 있습니다."

왕순이 복두 옆으로 삐져나온 머리를 긁적이며 말했다.

"경애원주는 즉위할 때 보았습니다. 혼례를 챙겨주겠다고 약속했었는데 온통 난리여서 신경 쓰지 못했습니다."

왕첨이 미소 지으며 말했다.

"성상께 그 문제를 부탁드리고자 합니다."

왕첨이 차분히 말했지만, 못 돌아올 것을 대비한 부탁이었다. 왕순의 마음속에 복잡 미묘한 감정이 들었다. 왕첨이 대견하게 생각되기도 했으며 슬프기도 했다. 왕순은 경애원주를 들게 했다.

경애원주는 얼굴이 네모난 편이었고 입술이 뾰족한 것이 왕첨과 많이 닮아 있었다. 왕순이 기억하는 그 경애원주의 얼굴이었다. 경애원주의 용모가 아름다운 편은 아니었지만, 스물세 살의 나이만큼 무르익은 여인의 느낌이 났다.

왕순과 경애원주의 눈이 마주치자, 경애원주의 눈길이 살포시 아래로 향했다. 경애원주는 왕순보다 세 살 많았다. 진즉 짝을 찾아 혼인했어야 했는데 시기가 늦었다. 왕실의 후손은 이제 몇 명 남지 않았다. 왕순은 왕첨과 경애원주의 얼굴을 번갈아 보면서 마음이 애잔해지며 가슴이 아려왔다.

셋은 잠시 담소를 나눴다. 주로 어렸을 적의 이야기들이었다. 잠시 후 왕첨과 경애원주는 관인전을 나갔다.

왕첨과 경애원주가 나간 후, 왕순이 재추들을 소집하고 기다리는데 갑자기 소리가 들렸다.

"후두둑."

빗방울이 지붕을 때리는 소리였다. 왕순이 밖을 내다보니 비가 쏟아지듯 내리고 있었다. 왕순이 기쁜 얼굴로 명했다.

"관인전의 모든 문을 열도록 하라! 짐이 비를 볼 것이다."

열린 문밖으로 쏟아지는 비를 보며 강감찬이 혼잣말을 했다.

"과연 용의 후손들이군!"

태조 왕건의 할아버지인 작제건은 용왕의 딸과 혼인했다고 한다. 따라서 고려 왕족들은 용의 후손으로 여겨지고 있었다. 용이 나타나면 비가 온다는 이야기가 있다.

13
학문과 덕행

이십 대 후반의 젊은 관리가 녹색 관복을 입고 의자에 앉아 있었다. 그는 체격이 웅장하여, 젊지만 위엄 있어 보이는 모습이었다. 우습유(右拾遺, 종6품) 최충이었다. 최충은 전쟁이 끝난 뒤 우습유에 임명되었다. 우습유는 왕에게 간언하고, 왕이 내린 명령이 부당하면 반박하고 거부권을 행사할 수 있는 요직이었다.

책상에는 왕명을 담은 문서가 산더미처럼 쌓여 있었다. 최충은 이를 연신 읽으며 서명하거나 미심쩍은 문서는 따로 분류했다. 한참 일하다가 졸음이 밀려와서 팔을 들어 기지개를 켜는데 해는 벌써 저물어 있었다. 피로를 느낀 최충은 눈을 감고 오른손으로 이마를 받쳤다. 잠시 쉴 요량이었다. 그런데 그만 깜빡 잠이 들고 말았다.

육 년 전(1005년) 사월, 최충은 개경 위봉루 앞에 있었다. 삼백여 명의 사람들과 함께였는데, 모두 머리에는 사대문라건(四帶文羅巾)을 쓰고, 검은 비단옷(皁紬)에 검은 띠를 매고 가죽신을 신고 있었다. 과거 시험을 본 학생들이었다. 그리고 그 주변에는 개경 백성 수천 명이 모여 있었다.

최충은 눈을 들어 위봉루를 보았다. 누각에는 수십 명의 관리가 있었고 그 가운데에는 자황포를 입은 사람이 있었다. 당시 고려의 국왕인

제1장 왕명(王命)

목종이었다. 그는 지금 과거 급제자를 발표하려고 하고 있었다.

최충은 그 모습을 떨리는 마음으로 지켜보았다. 최충뿐만이 아니라 오늘 과거 시험을 본 학생들은 모두 같은 마음이었다. 백성들 역시 흥분된 표정이었다. 드디어 왕이 입을 열었다.

"장원급제자는 해주(海州: 황해남도 해주시) 사람 최충!"

최충은 장원급제자로 자신의 이름이 호명되자 정신이 아연해졌다.

"와! 와! 와!"

군중들이 환호했으나 들리지 않았다. 최충이 스물두 살의 나이로 장원급제하는 순간이었다.

곧 궁궐 안에서 급제자들을 위한 잔치가 벌어졌고 왕이 직접 최충을 비롯한 급제자들에게 관복을 하사해주었다. 급제자들은 관복으로 갈아입고 잔치에 참석했다. 최충은 청색 관복으로 갈아입은 급제자들을 보았다. 이번 과거 시험에는 최충을 비롯해 이십 명의 사람들이 급제했다. 관복을 입은 그들은 모두 기쁨에 들떠 있었다. 그런데 그중 한 사람이 눈에 들어왔다. 그의 표정이 계면쩍은 것이 어색해하는 것 같았다. 마흔셋의 나이로 은사급제*한 강민첨이었다. 강민첨은 기이하게도 보통 사람보다 귀가 한 배 반은 더 컸다. 최충과 강민첨의 눈이 마주쳤다. 강민첨이 어색하지만 사람 좋은 미소를 최충에게 지어 보였다. 최충은 자신보다 스물한 살이나 많은 강민첨에게 가볍게 목례했다.

같은 해 과거 시험에 급제한 사람들은 서로를 동년(同年)이라고 부르며 강한 유대감을 형성하게 된다. 최충과 강민첨은 많은 나이 차에도 불구하고 유대관계를 형성하며 살아갈 것이었다. 물론 마흔셋에 은사급제한 강민첨은 '늙은 학생'이라는 놀림을 받을 것이었고 고위직으로

---

* 은사급제: 과거 공부를 10년 하면 은혜적으로 합격시켜주는 제도.

는 진출하지 못할 것이었다.

최충은 남색 도포를 입고, 붉은 띠를 매고, 금꽃으로 장식된 모자를 쓰고, 화려하게 치장된 말을 타고 있었다. 그리고 청색 일산을 든 시종이 뒤를 따랐다. 최충과 급제자들은 나흘간 개경 거리를 행진했다. 급제자들 뒤에서는 악공들이 각종 악기를 연주했고, 그 뒤로는 하급 관리와 백성들이 떠들썩하게 노래를 부르며 따르고 있었다. 새로운 관리들의 탄생을 알리는 성대한 행차였다.

개경에서의 행차가 끝난 후 급제자들은 자신들의 고향으로 향했다. 최충은 고향 해주로 갔다. 해주 시가지를 화려한 차림으로 이동했고 해주 사람들은 그런 최충을 열렬히 환영했다.

"우리 해주에서 장원이 나왔구먼!"

최충은 뿌듯하고 가슴이 벅찼다. 고개를 들고 사람들을 바라보았다. 자신은 대단한 사람이었고 스스로 군계일학과 같다고 느껴졌다.

행차는 최충의 집 앞에 멈췄다. 최충의 아버지 최온(崔溫)이 눈을 크게 뜨고 감격에 찬 표정으로 대문 밖에 서 있었다. 곧 왕의 사자가 도착하여 홍패를 내려주었다.

"장원급제자 최충은 성상폐하의 홍패를 받으라!"

홍패는 과거 시험의 합격증서였다. 왕의 명령으로 발급되는 이 합격증은 붉은 종이에 쓰였기 때문에 홍패(紅牌)라고 불렸다. 홍패를 내려주는 의식을 합격자의 집에서 치름으로써 합격자를 영예롭게 하는 터였다.

일 년 후(1006년), 최충은 녹색 관복을 입고 대동강 남쪽에 서 있었다. 장서기(掌書記, 7품)라는 관직에 임명되어 서경으로 부임해 가는 중이었다. 서경의 장서기는 장원급제한 사람에게 주어지는 매우 좋은 보직 중

하나였다. 대동강 남단에 도착하자, 부임하는 관리들을 구경하기 위한 서경민들로 인산인해를 이루고 있었다.

최충이 서경장서기로 있을 때 서경에 경사스러운 일이 생겼다. 목종 십년(1007년) 유월, 서경에서 장원급제자가 나온 것이다. 장원급제자는 중흥사에서 공부하던 조원이었다. 조원은 태조 때의 공신 조맹(趙孟)의 후손으로, 그의 할아버지 때 풍양현(豊壤縣: 경기도 남양주시)에서 서경으로 이주해 왔다.

최충은 조원에게 축하주를 샀고 둘은 코가 비뚤어질 정도로 술을 마셨다. 나이는 조원이 최충보다 세 살 많았다.

책상에 쓰러져 잠을 자던 최충이 갑자기 몸을 부르르 떨었다. 꿈속에서 최충은 달리고 있었다.

"역적 강조를 잡았다! 역적 강조를 잡았다!"

그 소리는 끊임없이 계속 울려 퍼졌다. 정신이 아득해지며 다리가 후들거렸으나 멈추지 않고 달렸다.

"으악! 악! 윽!"

고려군들이 지르는 비명 소리가 계속 들렸다. 최충은 몸서리를 쳤다.

"헉, 헉, 헉…."

숨이 턱 밑까지 차올랐다. 최충의 앞에 한 고려군이 달리고 있었다. 그런데 그의 속도가 점점 느려지고 있었고 최충의 진로를 방해했다. 최충은 그 고려군의 등을 밀어버렸다. 그 사람이 나동그라졌고 최충은 무심코 그쪽을 보았다. 그 사람은 황망한 눈빛으로 최충을 바라보고 있었다. 어쩌면 체념한 눈빛 같기도 했다. 그 사람의 머리 위로 거란군이 휘두른 골타가 내리쳐졌다. 최충은 소스라치게 놀랐다. 계속 달려서 통주성에 들어와서야 죽음의 위협으로부터 벗어날 수 있었다. 그러나 가시지 않는 죽음의 공포에 계속 떨고 있었다.

그런데 그때, 그가 통주성 서쪽에 나타났다. 서북면도순검사 양규가 흥화진에서 출격하여 온 것이었다. 양규가 자색 전복을 입고 흰색 깃발을 휘날리며 당당하게 다가오고 있었다.

어느새 최충은 곽주성 북쪽 성벽 위에 있었다. 곽주성 안에 불꽃이 이는 것이 보였다. 그 불은 곧 여러 개로 늘어나고 있었다. 최충이 양규에게 소리쳤다.

"성안에 불이 일었습니다!"

불이 일자 성안 곳곳이 띄엄띄엄 시야에 들어왔다. 사람들이 우왕좌왕하고 있었다.

그 모습을 본 양규가 우렁차게 명했다.

"고취악을 연주하라! 우리도 전진한다!"

양규는 힘차게 전진했고 최충은 양규의 등을 보며 앞으로 나가고 있었다. 그때 양규가 고개를 돌려 자신을 불렀다.

"최수제관! 최수제관!"

최충은 양규의 부름에 대답하려고 했다. 그러나 입에서 목소리가 나오지 않았다.

누군가 최충을 계속 부르고 있었다. 그 소리는 불분명한 음성에서 점차 분명하고 또렷이 바뀌고 있었다.

"형님! 형님!"

최충은 눈을 떴다. 촛불의 불빛이 눈에 들어왔다. 그리고 자신을 부르는 사람을 보았다. 얼굴에 여드름이 피어오른 십 대의 어린 사람이 자신을 보고 있었다. 눈, 코, 입이 동글동글하여 사람 좋아 보이는 인상이었다. 양규의 아들 양대춘이었다.

"댁에 갔다가 안 계셔서 관청에 계실 것 같아 왔습니다."

잠이 덜 깬 최충이 양대춘에게 갑자기 물었다.

"우리가 거란을 이기려면 어떻게 해야 할까?"

최충의 갑작스러운 물음에 양대춘이 어깨를 으쓱하며 말했다.

"글쎄요."

"역시 강력한 군대가 있어야, 거란군을 물리칠 수 있겠지."

양대춘이 잠시 생각한 뒤에 말했다.

"좋은 정치가 행해지면 거란을 이길 수 있지 않을까요?"

양대춘의 말에 최충이 허리를 펴며 고개를 크게 끄덕이며 말했다.

"허, 자네 말이 정답이군!"

양대춘이 표정을 고치며 말했다.

"아버님께서 늘 하시던 말씀이었습니다."

왕순은 전쟁 후 양규의 아들 양대춘을 교서랑(정9품)에 임명했다. 보통 음서로 관직에 임명될 때는 말단 서리부터 시작하는 것이 관례였다. 양대춘을 구품직에 임명한 것은 최대한 예우한 것이다. 더욱이 양대춘의 나이는 겨우 열네 살에 불과했다.

양대춘은 은율현에 살다가 교서랑에 임명되자 개경에 왔다. 그런데 거란군이 개경 시내에 불을 질렀기 때문에 머물 곳이 마땅치 않았.

그때 최충이 양대춘과 홍씨에게 권유했다.

"집이 마련될 동안 저희 집에서 지내시는 것이 어떻겠습니까?"

최충의 집은 송악산 중에 있어서 화재를 면했다. 홍씨가 미안한 표정으로 말했다.

"그렇게까지 신세를 져서야 되겠습니까?"

"각하께서 저에게 베푸신 은혜에 비하면 아무것도 아닙니다."

결국 양대춘은 당분간 최충의 집에 머물기로 했다. 홍씨가 은율현으로 돌아가며 최충에게 말했다.

"우리 아이가 너무 어려서 관직을 어떻게 감당할지 모르겠습니다."

"대춘은 어리지만 뜻이 높고 머리가 좋습니다. 책무를 무리 없이 수행할 것입니다. 부족한 부분은 제가 신경 쓰겠습니다."

"감사합니다."

최충 외에도 양대춘을 각별하게 챙긴 사람은 또 있었다. 도관원외랑 노전이었다. 노전은 틈이 날 때마다 양대춘을 찾았고 의복과 음식 등을 챙겨주었다. 어느 날 최충의 집에서 세 명이 술자리를 가졌다.

최충이 노전에게 물었다.

"내일 당장 출발하실 겁니까?"

"그렇습니다. 한시가 급하지 않겠소."

양대춘이 노전에게 말했다.

"원외랑님께서 곽주방어사로 나가신다니 매우 섭섭하고 저도 같이 가고 싶은 마음입니다."

곽주는 아직 비어 있었고 이제 재건작업을 시작할 예정이었다. 노전은 곽주방어사로 자원했던 것이다. 노전이 양대춘을 보며 말했다.

"각하께서 곽주를 탈환하셔서 전세를 뒤바꾸셨지. 곽주가 애초에 적에게 함락당하지 않았거나 시일을 좀 더 끌었다면 거란군의 진격을 막아낼 수 있었을 것이야. 나는 이제 곽주를 난공불락의 성으로 만들어보려고 하네."

양대춘이 노전을 바라보며 말했다.

"원외랑님께서는 꼭 그렇게 하실 것입니다."

노전이 최충을 보며 말했다.

"나보다도 우습유가 걱정이오. 거란에 사신으로 가면 기약할 수 없지 않겠소."

최충은 거란으로 가는 왕첨의 사신단에 자원한 것이었다.

"저는 이미 삼수채에서 죽었습니다. 도순검사 각하께서 살려주신 목숨을 살고 있는데 뭐 어떻습니까."

양대춘이 정색하며 말했다.

"형님은 지조가 있으시고 학문도 높으십니다. 나라를 다스리려면 반드시 형님과 같은 인재가 꼭 필요합니다. 몸을 소중히 하소서."

노전도 최충에게 말했다.

"어쨌든 조심하시오."

최충이 양대춘에게 부탁했다.

"각하께서 마지막 출전하시던 때를 똑똑히 기억하네. 그분의 뒷모습을 마음속에 항시 담아두고 있어. 내가 각하만큼 위험한 일을 하는 것은 아니지만, 내가 돌아오지 못한다면 오늘의 내 모습을 기억해주게."

양대춘이 최충을 똑바로 보며 말했다.

"형님이 돌아오시지 못하면 제가 구하러 가겠습니다."

최충이 웃으며 양대춘의 어깨를 두드리며 말했다.

"껄껄, 자네 말이 큰 힘이 되는군."

양대춘이 힘주어 말했다.

"강전*(康戩)의 예가 있지 않습니까!"

노전이 나무로 만든 술잔을 들어 올리며 말했다.

"이 술잔은 비록 소박하나 여기에 담긴 뜻은 훌륭하오. 우리의 뜻이

---

* 강전(康戩): 970년 전후, 고려인 강전은 아버지 강윤(康允)과 함께 압록강을 건너 발해부흥세력을 도와 거란군과 싸웠었다.

시종일관하기를 바랍니다."

　전쟁이 끝난 후, 최충은 좋은 그릇을 모두 다른 사람들에게 주어버리고 오직 나무로 만든 그릇만을 사용했다. 그리고 이런 글귀를 방 안에 붙여두고 늘 스스로를 경계했다.

　"선비가 권력을 좇는다면 끝을 잘 맺지 못할 것이다. 학문과 덕행에 힘써야 복될 것이니, 삼가고 조심하며 청렴으로 생을 다할 것을 맹세하노라."

　세 사람은 동시에 술잔을 들이켰다.

14
늙은 여우

강감찬이 천천히 부채질을 하고 있었다. 왕골로 만들어진 둥근 부채는 팔덕선(八德扇)이라고 불렸다. 오늘은 일 년 중 낮이 가장 긴 하지(夏至)라 매우 더웠다. 그래도 신시(15~17시)를 지나니 집 뒤의 산에서 바람이 솔솔 불어와 더위를 많이 식혀주고 있었다.

고위 관료들은 접는 부채인 '쥘부채'를 주로 사용하나 강감찬은 쥘부채를 잘 사용하지 않았다. 쥘부채는 펴면 넓이가 한 자가 넘고, 접으면 겨우 손가락 부피밖에 되지 않는다. 사용하기 편리하지만 정교하게 만들어졌기 때문에 팔덕선에 비해 가격이 상당히 비쌌다.

강감찬은 검소한 사람이었으나 그렇다고 쥘부채를 사용하지 않는 이유가 꼭 가격 때문만은 아니었다. 대나무 살과 종이로 정교하게 만들어진 쥘부채는 팔덕선에 비해 내구력이 좋지 않았다.

왕골로 단단하게 짜인 팔덕선은 일부러 잡아 찢거나 불에 던지지 않는 이상 망가질 일이 없었다. 강감찬은 그런 단순함과 견고함을 좋아했다. 누런빛의 낡은 삼베옷을 입고 서민들이 주로 사용하는 팔덕선을 든 강감찬의 모습은 영락없는 시골 노인이었다.

오늘은 하지라 공식적인 휴일이었다. 그렇지만 강감찬은 전쟁이 끝난 후 휴일에 쉰 적이 없었다. 늘 이른 아침에 입궐했다가 밤늦게 퇴궐했는데 오늘은 특별히 미시(13시~15시) 무렵에 퇴궐했다.

강감찬은 구선루(求善樓)에 앉아 있었다. 구선루는 루(樓)라는 거창한 이름이 붙어 있었으나 강감찬이 자택 안에 지은 작은 정자(亭子)였다. 강감찬의 자택은 수창궁에서 서쪽으로 일 리 정도 떨어진 얕은 구릉지대에 있었고, 자택 남쪽으로는 꾀꼬리내(鶯溪, 앵계)가 서에서 동으로 흐르고 있었다.

보통 키에 서른쯤 되어 보이는 남자가 주방에서 나와서 구선루로 다가왔다. 그는 분홍색 옷을 입고 있었는데 한눈에 보기에도 질 좋은 비단으로 만든 것이었다. 구선루 계단으로 다가온 남자가 밖을 보고 있던 강감찬을 불렀다.

"아버님!"

강감찬의 아들, 강행경(姜行經)이었다. 강행경은 스물여덟의 나이로 국자감에서 공부하고 있었다. 강행경은 다행히 아버지의 외모를 닮지 않아서 평범한 용모였다. 다만 가죽을 뚫어놓은 듯한 눈매가 많이 닮아 있었다.

강감찬이 돌아보자, 강행경이 밖을 보며 말했다.

"손님들이 오실 때가 된 것 같습니다."

강감찬이 해의 위치를 대강 보더니 말했다.

"이제 신시 끝(17시)이니 곧 오겠지."

강행경이 약간 망설이다가 말했다.

"어머님께서 의복을 갈아입으시라고…."

강감찬은 관료들을 집으로 초대하는 법이 없었다. 공사 구분을 정확히 해서 사적인 친분을 만들지 않았다. 그런데 오늘은 관료 둘을 집으로 초대했다. 집안에 처음 있는 초대였다. 강감찬의 아내 오씨는 꽤 긴장하여 음식 준비며 집 안 청소 등을 하느라 분주했다. 그러다 보니 눈에 걸리는 것이 있었다. 강감찬을 비롯하여 집안사람들의 옷이 모두 허름한 베옷이었던 것이다. 집이 누추한 것은 당장 어쩔 수 없는 일이었으나 의복이 허름한 것은 고위 관료의 체통이 서지 않는 일이었다. 오씨는 옆집에서 비단옷을 두 벌 빌려와 아들을 입히고 강감찬도 입기를 권유했다. 그러나 강감찬은 의복을 갈아입으라는 아들의 말을 귓등으로 흘려듣고 손님들이 오기를 기다렸다.

이틀 전에 수창궁에서 서경의 목멱산(木覓山), 도지암(道知巖), 동명왕(東明王) 등의 신령들에게 훈호*(勳號)를 덧붙여주는 행사가 있었다. 서경에서 거란군을 물리친 것은 여러 신령의 도움 때문이었다고 생각하여 그 신령들에게 훈호를 덧붙여서 명예를 높이는 것이었다. 그래서 동명왕 같은 경우에 태무신공성덕(太武神功聖德)이라는 훈호가 덧붙어 '태무신공성덕 동명대왕'이라고 불리게 되었다. 이 행사에는 서경을 지키는 데 공을 세웠던 사람들이 참석하였고 그중에는 당연히 조원과 강민첨이 있었다. 조원은 서경판관으로 임명되어 서경의 행정과 군사에 관한 일을 맡고 있었고, 강민첨은 원래의 부임지인 애수진으로 돌아가 있었다. 강감찬은 이 둘을 집으로 초대했던 것이다.

강감찬은 전쟁이 끝난 뒤, 이전과 다르게 많은 관료를 개인적으로 만나고 그들의 성향을 파악해 왔다. 특히 전쟁 중 공을 세운 문·무관들을 우선적으로 챙겼는데, 조원과 강민첨은 외직에 나가 있어 만나보지 못하다가 이번 기회에 개인적으로 만나보려는 참이었다.

그런데 서경을 지키는 데 큰 공을 세운 이들이 개경에 오면 고위 관료들이 다투어 만나려고 할 것이 분명했다. 그래서 강감찬은 훈호를 올리는 행사가 계획되자마자, 서경과 애수진으로 사람을 보내 미리 약속을 잡았다. 강감찬은 매사에 용의주도한 사람이었다.

---

* 훈호(勳號): 나라에 공을 세운 사람(혹은 사물)에게 주던 칭호.

강감찬은 조원과 강민첨의 얼굴을 알고 있었다. 조원은 장원급제자라 당연히 기억했고, 마흔셋의 나이에 은사급제한 강민첨과는 다른 인연이 있었다.

강민첨은 진주 사람이다. 강감찬의 집안도 진주 지역에서 살다가 오대조(五代祖) 할아버지 때 금주(衿州: 서울특별시 금천구)로 이주했다. 또한 그전에 만난 적이 있었다.

강감찬은 무술년(998년) 진주절도사로 부임했었다. 목종이 정사를 등한시하자 간언했다가 지방으로 좌천된 것이었다. 강감찬은 과거 시험을 준비하는 진주 지역의 학생들을 수시로 불러 격려하곤 했다. 그때 강민첨을 만났던 것이다.

이틀 전 훈호를 올리는 의식이 끝난 후, 왕순과 재추들이 모여 조원과 강민첨의 보고를 들었다. 그리고 의문 나는 것에 대해서 질문했다. 강감찬은 한림학사승지이므로 자리에 있었으나 재추들처럼 직접 질문할 수는 없었다.

드디어 길에 사람들이 나타났다. 그들이 가까이 이르자 강감찬은 구선루의 계단을 내려가 대문 앞으로 갔고 강행경이 문을 열었다. 문을 열자 조원과 강민첨이 앞에 있었고, 그들은 강감찬을 보자 머리를 숙이며 길게 읍했다. 강감찬이 답례를 한 후에 진중한 표정으로 말했다.

"잘 오시었소."

조원이 넉살 좋은 미소를 띠며 말했다.

"각하께서 초대해주셔서 영광입니다."

강민첨의 오른손에는 쥘부채가 들려 있었다. 접혀 있는 부채의 색이 은은한 청록색을 띠는 것이 상당한 고급품 같았다.

강민첨은 급제한 후에 따로 강감찬을 찾아가 인사를 할까 하다가 관두었다. 안면이 있는 데다가 진주 지역을 뿌리로 하는 같은 강씨이니 찾아가 인사를 하는 것이 예의에 맞을 듯했지만, 강감찬이 그런 것을 싫어한다는 것을 알고 관두었던 것이다. 그런데 이렇게 강감찬의 초대를 받으니 기분이 좀 묘했다.

구선루 바닥에는 대나무 자리가 깔려 있었고 인원수대로 소반이 놓여 있었다. 차를 한잔하며 담소를 나누는 와중에, 음식이 담긴 그릇들이 소반에 놓였다. 먼저 국수가 나왔고 이어서 닭의 내장을 제거하고 그 안에 도라지, 생강, 파, 천초, 간장, 기름, 식초를 넣고 중탕해서 쪄낸 칠향계(七香鷄)가 나왔다.

조원이 칠향계를 유심히 보고 있자, 그 모습을 본 강감찬이 말했다.

"지금은 사적인 자리이니 편하게 말하시오."

조원이 눈을 가늘게 뜨고 자못 심각한 표정으로 말했다.

"강 진장이 음식에 대한 조예가 자칭 깊습니다. 그래서 이 요리의 이름을 맞춰보라고 하던 참이었습니다."

이런 닭찜 요리는 집집마다 다양한 형태로 존재한다. 특별한 이름 없이 그냥 닭찜으로도 불리는 경우도 많았다.

강민첨이 강감찬에게 고개를 살짝 숙인 뒤, 조원에게 말했다.

"닭찜 요리는 집집마다 다른데, 내가 어찌 이름을 알 수 있겠소?"

강민첨이 존댓말을 쓰자, 조원이 입을 씰룩거렸다.

강감찬이 조원의 표정을 보고서 둘을 번갈아 보며 말했다.

"두 사람은 평소 사적인 자리에서는 어떻게 호칭하오?"

강민첨이 답했다.

"호형호제하고 있습니다."

강감찬이 고개를 끄덕이며 다시 물었다.

"원래 알던 사이였소?"

"사적인 교분은 없는 사이였습니다. 제가 동북면 증원군의 일환으로 서경으로 파견되어서 알게 되었습니다."

강감찬이 조원에게 물었다.

"조 판관, 두 사람은 어떤 사이라고 생각하오?"

조원이 짓궂은 미소를 지으며 말했다.

"강 진장은 저보다 무려 열여덟 살이나 나이가 많은데, 제가 형님이라 부르는 것이 예의에 맞지 않는 것 같아 춘부장이라 부를까 생각하고 있습니다."

"조 녹사!"

강민첨이 낮은 목소리로 힘주어 조원을 불렀다. 조원이 예의 없게 우스갯소리를 하는 듯하여 제지하려고 한 것이었다. 조원의 지금 관직은 서경판관이었으나 강민첨은 녹사라는 호칭에 익숙해 있었다.

강민첨의 말에 조원이 약간 머뭇대자, 강감찬이 급히 손을 내저으며 말했다.

"아니오, 재미있었소. 내가 평소 잘 웃지 않아서 웃는 법을 잊어버렸다오. 요새 연습 중이니 우스갯소리를 많이 해주시오."

강감찬의 말에 조원이 고개를 갸웃했다. 강민첨은 조원의 모습을 보고 인상을 찡그렸다. 궁금증을 참지 못하는 조원의 병이 또 도졌다는 것을 알 수 있었기 때문이었다. 강민첨의 예상과 같이 조원은 입을 열었다.

"저, 각하! 좀 여쭈어봐도 되겠습니까?"

"그러시오."

조원이 눈을 동그랗게 뜨고 매우 궁금하다는 표정으로 강감찬에게 물었다.

"웃는 연습은 왜 하시는지요?"

"…."

조원의 질문에 강감찬은 잠시 아무런 대답을 하지 않았다. 조원은 역시나 끈질기게 강감찬의 대답을 기다렸다. 강민첨이 조원을 보며 고개를 절레절레 흔들면서도 애수진에서 조원을 처음 봤을 때가 떠올라 약간의 감상에 젖었다. 겨우 반년밖에 되지 않았는데도 마치 아련한 옛 추억처럼 느껴졌다.

 이윽고 강감찬이 입을 열었다.

 "나는 매우 고지식한 관리였소. 관리로서 주어진 일에 성실하고 분수를 지키는 것이 올바른 처신이라고 생각했다오. 그런데 전쟁을 겪고 나니 그런 처신만으로는 나라를 지켜낼 수 없다는 것을 깨달았소. 그래서 이런저런 노력을 하고 있는데 웃는 것도 그중 하나지요."

 조원이 다시 물었다.

 "각하께서는 요사이 예전과 다르게 젊은 관료들을 많이 만나신다고 들었습니다. 그들과 소통하기 위해서 잘 웃으시려고 하는 겁니까?"

 강감찬이 미소 지으며 말했다.

 "조 판관의 통찰력이 대단하군요. 그리고 오늘 두 사람을 초대한 이유는 가르침을 받기 위해서입니다."

 조원이 역시 고개를 갸웃하며 말했다.

 "어떤 가르침을 말씀하십니까?"

 "요리가 다 식겠소. 일단 드시면서 얘기를 더 합시다."

 강감찬이 뭔가 떠올랐다는 듯한 표정을 지으며 말했다.

 "참, 요리 이름을 맞추기로 했지요. 이 요리는 문헌에 있는 요리이니 강 진장이 요리에 조예가 깊다면 알 수도 있을 것이요."

 강민첨이 재료들을 주의 깊게 보더니 말했다.

 "아마, 칠향계(七香鷄)가 아닌가 합니다."

 칠향계를 다 먹고 나니 드디어 본 식사가 나왔다. 쌀밥, 쏘가리탕, 너비아니, 어린 오이와 무로 만든 짠지, 더덕나물, 참나물, 비름나물, 상추 등이었다. 나온 음식들이 화려하지는 않았지만, 정성 들여 차렸다는 것을 알 수 있었다.

식사가 끝나자, 사슴고기로 만든 육포와 말린 오징어, 약과, 매작과와 같은 유밀과* 몇 종류와 감참외, 복분자 등이 나왔다. 강민첨이 유밀과를 맛보더니 저도 모르게 미소를 지었다. 조원 역시 유밀과를 맛보며 말했다.

"이 유밀과가 정말 달달합니다."

강감찬이 흐뭇한 미소를 지으며 말했다.

"우리 집사람이 함양 사람입니다. 매년 처가 식구들이 함양에서 꿀을 보내주는데, 그것으로 만든 과자지요."

강민첨이 고개를 끄덕이며 말했다.

"함양은 높은 산들로 둘러싸여 있어서 꿀 농사가 잘된다고 들었습니다."

강감찬이 말했다.

"강 진장의 고향이 함양에서 가까운 진주이니 잘 알겠구려."

식사가 끝나자 강감찬은 본격적으로 서경의 일에 대하여 물어보았다. 장계로 보았고 이틀 전에도 자세히 들었지만 의문스러웠던 점이나 더 알고 싶던 것을 질문했다. 특히 탁사정과 지채문에 대해서도 이들의 솔직한 의견을 구했다.

탁사정은 자신이 도망친 것이 아니라 적을 치러 나갔는데 중과부적이라 어쩔 수 없이 남쪽으로 후퇴한 것이라고 말하고 다녔다.

성상의 명으로 패전에 관한 죄는 모두 불문에 부치기로 했다. 또한

---

* 유밀과: 반죽한 밀가루를 기름에 튀겨 꿀이나 조청에 절여 만드는 과자.

그럴 수밖에 없었다. 패전한 죄를 모두 묻는다면 남아 있는 관료가 없을 것이다. 그러나 패전한 것과 아군을 속이고 도망친 것은 다른 것이었다. 일단은 사정을 정확히 파악할 필요가 있었다.

강민첨이 조심스러운 태도로 말했다.

"동북면도순검사의 정확한 의중은 알 수 없으나, 보통문으로 나가기로 되어 있었는데 대동문으로 나갔으며, 적과 교전을 벌이지 않고 남쪽으로 간 것은 사실입니다."

강민첨과 다르게 조원이 단호한 말투로 말했다.

"그가 도망간 것은 확실한 사실입니다. 그 때문에 대도수 장군을 잃고 말았습니다."

지채문에 대한 부분은 강감찬의 생각과 둘의 생각이 일치했다. 지채문은 뛰어난 무예 실력을 갖춘 용맹한 무장이나 군대의 지휘에는 능하지 않다는 것이었다.

지나간 일에 대한 얘기가 끝난 후, 강감찬은 현 정치에 대해서 물었다. 정치 상황을 묻자 강민첨과 조원은 매우 조심스러워했다. 강감찬이 둘의 태도를 보고 눈가에 너그러운 미소를 지으며 말했다.

"여기서 한 말은 밖으로 새어 나가지 않을 테니 기탄없이 말해보시오."

강민첨과 조원이 서로의 얼굴을 보다가 강민첨이 먼저 입을 열었다.

"정치에 대해서는 성상께서 명민하시고 전과 다르게 주변에 간신들이 없으니…."

강감찬이 고개를 끄덕였다. 확실히 지금의 성상은 임금으로서의 자질이 있는 사람이었다.

조원이 말했다.

"다만 저희가 우려하는 것은 군사행동에 관한 것입니다. 이번에 우리의 준비는 철저했고 계획된 곳으로 적을 끌어들였습니다. 그런데도 주력군은 패했고 야전에서는 이긴 경우가 거의 없으니 그것이 정말 걱정됩니다."

강감찬이 말했다.

"조정에서 새롭게 세운 계획은, 초반에 대규모 야전을 피하고 성곽을 지키며, 양규 상서가 쓴 작전대로 한다는 것이니 앞으로는 다르지 않겠소?"

강민첨이 말했다.

"이번에 거란은 우리 영토에 대한 지리를 잘 몰랐습니다. 그러나 이제는 훨씬 많은 정보를 가지고 있을 것입니다. 그리고 앞으로 그 정보는 점점 늘어날 것입니다. 지리에 대한 우리의 이점은 점점 사라지고 있습니다."

강감찬이 고개를 끄덕이다가 조원에게 물었다.

"조 판관은 거란군과 여러 번 전투를 치렀으니, 거란군에 대해서 가장 잘 알 것이오."

"야전에서 우리가 거란군에게 진 이유는, 저들이 우리보다 훨씬 빨랐기 때문입니다. 삼수채에서 우리의 준비는 철저했습니다. 초전에 거란군들을 크게 이겼고 그대로 밀어붙이면 전쟁도 끝낼 수도 있었습니다. 그러나 거란군의 후퇴와 반격은 비할 데 없이 빨라서 우리가 저들의 속도를 따라잡지 못했습니다. 그래서 적들을 섬멸할 기회를 놓치게 되었던 것입니다. 몇몇 전투에서 승리를 거두더라도 완전히 적을 섬멸할 수 없다면, 전력이 작은 쪽이 결국 질 수밖에 없습니다."

강감찬의 얼굴에 매우 심각한 표정과 감탄스럽다는 표정이 번갈아 나타났다.

"아주 좋은 분석이오."

대부분의 조정 대신들의 생각은, 이길 수 있었는데 강조가 방심하여 졌다는 것이었다. 지채문 역시 이길 수 있었는데 방심하여 진 것이었다. 양규와 김숙흥을 보아도 알 수 있었다. 그들은 이천도 안 되는 병력으로 수만의 거란군을 주살했다. 결국은 장수의 문제라는 것이다.

이십여 년 전, 안융진을 지켜낸 전쟁영웅 유방이 병부상서 겸 서북면병마사로 임명되어 군사의 일을 전담하고 있었다. 유방이 세운 전략은, 서희 때부터 시행되어 왔던 원래의 작전계획에 양규의 전술을 혼합한 것이었다.

적들이 침공하면, 서북면이 거란군을 저지하며 시간을 벌고, 그 사이 중앙군은 안주에 집결하여 대기한다. 고려를 지키기 위한 방패와 창이었다.

서희의 작전계획과 다른 점은, 서희는 주력군을 안주에 집결시킨 후에 적극적으로 기동하는 것이었다. 그런데 유방은 안주에서 움직이지 않을 생각이었다. 거란군이 안주까지 오면 그때 맞부딪쳐 싸울 것이었다. 그 사이 양규가 했던 것처럼 서북면의 각 성에서 출격하여 거란군을 기습하여 시간을 끌고 지치게 만들 계획이었던 것이다.

이 계획은 초반에 흥화진과 통주 등이 아군의 지원을 받지 못하고 고립된다는 단점이 있으나, 이번 전쟁에서 거란군이 제대로 공격해서 함락시킨 성은 곽주 하나에 불과했다.

강감찬은 유방의 계획이 안정적이면서 훌륭한 계책이라고 생각하고 있었다. 강감찬이 물었다.

"조정에서 세운 계획은 어떻다고 보시오?"

강민첨이 답했다.

"지금 할 수 있는 가장 안전한 계책이라고 생각합니다."

강감찬이 고개를 몇 번 끄덕였다. 마치 안도하는 듯했다.

조원이 말했다.

"그러나 거란군 역시 우리의 계획을 잘 알고 있을 것입니다. 적이 예상하지 못할 수를 써야 하는데 지금의 계획은 너무나 평범합니다."

강민첨이 조심히 말했다.

"저희는 보다 적극적으로 움직이는 것이 어떨까 생각하고 있습니다."

강감찬이 고개를 뒤로 약간 젖히며 부정적인 말투로 말했다.

"강조는 적극적으로 움직이다가 패하고 말았소. 지금의 계획은 서희 공이 만든 것을 기본으로 하는 것으로 가장 좋은 계책이라고 볼 수 있소."

조원이 다시 한번 말했다.

"좋지만 평범합니다."

강감찬이 은근히 물었다.

"혹시 생각해둔 계책이 있으시오?"

조원과 강민첨이 서로를 곁눈질했다.

강감찬이 다시 간곡한 목소리로 말했다.

"그대들은 실전을 경험했으니 나보다 안목이 훨씬 높을 것이오. 생각해둔 계책이 있다면 나에게도 알려주시오."

강감찬의 간곡한 말에 조원이 소매에서 무언가를 빼 들었다. 손가락 두 마디 넓이의 쥘부채였다. 조원이 부채를 활짝 펴자 부채는 한 자 넓이로 넓어졌다. 조원이 부채를 천천히 부치며 읊었다.

접으면 물러나서 숨길 수 있고 / 卷則退藏

펼치면 반드시 쓰일 수 있으니 / 舒必待用

바람을 움직여 형세를 만들고 / 司風有權

고요한 가운데 움직임이 있다네 / 一靜一動

조원은 부채를 강감찬에게 건넸다. 강감찬이 보니 조원의 부채에는 금가루와 은가루를 뿌린 달과 별 모양이 새겨져 있었다. 은하수 같았는데, 자세히 보니 그것은 고려 지도를 달과 별 모양으로 나타낸 것이었다. 그리고 그 주위에는 글들이 쓰여 있었다. 그런데 한문이 아니라 향찰*(鄕札)로 표기되어 있었다. 강감찬은 찬찬히 읽었다. 그것은 거란의 침공에 대비한 군사 전략이었다. 보안을 위하여 향찰로 표기한 것이었다.

글을 다 읽은 강감찬이 미간을 찡그리며 말했다.

"'홍화진에서부터 압박한다.', 이것이 성공할 수 있겠소?"

조원이 힘주어 말했다.

"적들은 크게 당황할 것입니다. 적들이 예상하지 못하는 책략을 써야 완벽히 승리할 수 있습니다."

강감찬이 부정적인 어조로 말했다.

"만일 적들이 홍화진을 우회하면 어떻게 하겠소? 적들을 따라잡기가 쉽지 않을 것이오."

"그러면 기동력으로 승부를 보아야 합니다. 관건은 기동력입니다."

조원의 말에 강감찬이 아무 말도 하지 않았다. 거란은 유목민들이다. 그들은 무수한 말들을 보유하고 있었기에 기동력에서 거란군을 앞설 수는 없는 것이다. 강감찬이 고개를 갸우뚱하면 말했다.

"조 판관은 우리가 거란군보다 느려서 졌다고 하지 않았소? 그런데 어찌 기동력에서 거란군을 이길 수 있겠소?"

---

* **향찰(鄕札): 한자의 음과 뜻을 빌려 한국어 어순대로 문장을 적는 법.**

"거란군도 그렇게 생각할 것입니다. 그것이 바로 거란군의 허를 찌르는 것입니다."

조원의 말에 강감찬이 잠자코 있었다. 침묵이 계속되자 강민첨이 입을 열었다.

"저희가 서경에 있을 때 생각해본 것입니다. 그저 말단의 지위에 있는 사람들이 심심풀이 삼아서 만들어본 전략이니 괘념치 말아주십시오."

강감찬이 다시금 부정적인 어조로 물었다.

"적의 기동력을 어떻게 따라잡을 수 있겠소?"

조원이 단호히 말했다.

"따라잡을 수 있습니다."

강감찬이 조원을 물끄러미 쳐다보았다. 조원이 확신에 찬 어조로 말을 이어 나갔다.

"우리의 강점은 우리의 영토에서 전투를 벌인다는 것입니다. 그러니 보급에서 저들보다 확실한 우위에 있습니다. 서북면의 주진들에 충분한 식량을 비축해두면 행군할 때마다 그곳에서 보급받을 수 있습니다. 식량을 휴대하지 않고 행장을 가볍게 하면 비록 저들이 빠르다고 한들 따라잡을 수 있습니다."

조원의 말에 강감찬이 잠시 생각에 잠겼다. 조원이 다시 말했다.

"더구나 적들은 우리의 매복에 유의하여 행군해야 하지만, 우리는 그럴 필요가 거의 없을 것이니, 적보다 두 배의 속도로 움직일 수 있습니다."

강감찬이 부채를 다시 자세히 살피며 말했다.

"이 부채에는, 기동로에 대해서는 나와 있지만 아주 자세하진 않소. 뭔가 더 구체적인 계획이 있소?"

강감찬의 물음에 강민첨과 조원이 서로를 보았다. 뭔가 주저하는 듯 보였다. 강감찬이 말했다.

"나는 병법을 알지 못하오. 그래서 이제 배워보려고 하고 있소. 〈김해병서〉*를 여러 번 읽었으나 책만을 가지고 어찌 알겠소. 전쟁을 경험한 그대들에게 배움을 청하는 바이오."

강감찬은 이렇게 말하며 강민첨과 조원을 향해 깊이 머리를 숙였다. 두 사람이 화들짝 놀라며 역시 바닥에 머리가 닿도록 조아렸다.

강민첨이 소매에서 뭔가를 꺼냈는데 작은 상자였다. 상자를 여니 안에 작은 책자가 있었다. 그 책자를 강감찬에게 건넸다. 접이식 지도였다. 소매에 들어갈 수 있는 작은 크기의 책자를 수진본(袖珍本)이라고 한다. 강민첨이 건넨 수진본 지도에는 교통망과 군사시설이 자세히 그려져 있었고 나머지 여백에는 군사 전략이 빼곡히 쓰여 있었다. 강감찬은 한참을 들여다보았다. 완벽히 집중해서 옆에 누가 있다는 것도 잊은 듯했다.

"아버님!"

강행경이 강감찬을 불렀다. 강민첨과 조원에 대한 예의가 아니라고 생각해서였다.

강감찬이 이윽고 고개를 들었다. 그리고 강민첨과 조원을 보며 말했다.

"이것을 내가 단박에 이해할 수는 없소. 나에게 설명해주시오."

강민첨이 지도 곳곳을 짚으며 강감찬에게 설명했다. 한 시진(2시간)가량의 문답이 이어진 후 강감찬이 뭔가 깨달은 얼굴로 말했다.

"이것은 사냥이군!"

---

* 김해병서: 고려시대 병법서.

조원이 씩 웃으며 말했다.

"늑대들의 사냥입니다. 늑대들이 큰 짐승을 사방에서 몰아서 공격하는 것입니다."

강민첨이 힘주어 말했다.

"적이 침입하면 우리가 주도권을 잡고 적을 몰아붙여야 합니다. 그러면 전쟁이 종식될 것입니다."

강감찬의 눈빛이 반짝 빛났다.

"'주도권을 잡고 적을 몰아붙인다'라…."

이들의 대화는 밤늦도록 계속되었다. 대화가 끝날 무렵 조원이 강감찬에게 물었다. 역시 단도직입적이었다.

"성상께 몽진을 권하실 때, 각하께서 주장하신 '서서히 이길 방법'은 무엇입니까?"

강감찬이 조원을 응시하더니 천천히 대답했다.

"'서서히 이길 방법'이란, 아마도 필요한 인재를 키우는 것 아니겠소."

조원과 강민첨은 새벽녘에야 강감찬의 집을 나설 수 있었다. 길을 가며 강민첨이 조원에게 말했다.

"한림학사승지가 둔중한 사람이라고 생각하고 있었는데 그렇지 않은 것 같군."

조원이 말했다.

"자세히 보니 얼굴이 여우상입니다. 늙은 여우!"

강민첨이 고개를 끄덕였다.

15
엎친 데 덮친 격

강감찬은 입궐하여 왕순에게 강민첨과 조원의 전략을 보고했다. 왕순이 말했다.

"재추회의에서 논의해보도록 하십시오."

전략을 접한 재추들이 이구동성으로 고개를 저으며 말했다.

"이런 전략은 너무 무모합니다."

"군사를 모르는 사람들이 만든 것으로 재고의 가치가 없습니다."

참지정사 겸 이부상서 최사위는 유방과 더불어 군사에 대한 일을 주관하고 있었다. 최사위가 강감찬에게 물었다.

"이 전략을 조원이 만들었다고요?"

경술년(1010년) 전쟁에서 최사위는 통군사였고 조원은 최사위 휘하의 통군녹사였다. 최사위는 평소 조원을 눈여겨보고 있다가 자신이 통군사가 되자 조원을 통군녹사로 임명했다.

최사위가 눈을 가늘게 뜨며 단호하게 말했다.

"조원은 영리하고 좋은 관료입니다. 그리고 젊지요. 그렇지만 이번 전쟁에서 우리는 과감한 전략으로 패했습니다. 이제는 안정적으로 군대를 운용해야 합니다."

강감찬은 또한 강민첨을 중앙직에 임명할 것을 왕순에게 건의했다. 그런데 강감찬의 건의로 이미 김종현이 감찰어사에 임명되어 있었다.

최사위가 반대하고 다른 재추들도 반대했다. 최사위가 왕순에게 말했다.

"인재를 추천하는 일은 아름다운 일이나 신중해야 합니다. 철저한 검증을 거쳐야 합니다. 한림학사승지가 인사이동에 너무 간여하고 있습니다. 이것은 법도를 어기는 것입니다. 서경 방어에 공을 세운 강민첨의 관직을 올려주는 것은 맞지만, 관직을 아무 때나 주는 것은 옳지 않습니다. 봄과 가을 정례 때 주는 것이 맞습니다."

왕순은 재추들이 강하게 반대하자 어쩔 수 없이 그들의 뜻에 따랐다.
최사위가 강감찬을 찾아가 따졌다.
"성상의 총애가 깊다 하여 인사이동에 깊이 간여하지 마십시오."
"나도 잘 알지만 그들은 꼭 필요한 사람들이라 그랬소이다."
최사위가 성을 내며 말했다.
"그럼 한림학사승지가 필요하다고 판단하면 또 그럴 것이오? 이 나라가 한림학사승지의 것이오?"
"…."
최사위의 따져 묻는 말에 강감찬은 입을 꽉 다문 채 아무 말도 하지 않았다. 최사위가 강감찬에게 엄포를 놓았다.
"관직 생활을 삼십 년이나 한 분이 도리를 모른다는 말씀이오? 또 그런다면 나도 가만히 있지 않을 것입니다."
최사위는 김종현을 감찰어사로 임명하는 것에도 처음에는 탐탁지 않게 생각했었다. 김종현이 이번 전쟁에서 공이 있다고 하나, 별로 대단한 일을 한 것은 아니었다. 그리고 감악산에서의 일로 보았을 때 경망스럽고 이상한 사람이었다.
단지 거란군이 개경까지 근접한 상황인데도, 충주에서 근왕을 위해 개경까지 온 공을 인정해서 결국 찬성했다.

유월 이십일, 서북면으로부터 급보가 도착했다. 서북면병마사 유방이 보낸 장계였다.

"신이 유월 십오일에 구주를 순시하고 있는데, 내원성 거란군의 움직임이 심상치 않다는 보고가 들어왔습니다. 말을 급하게 달려 용만(의주) 남산까지 나아가서 보니, 거란군들이 내원성 부근에 커다란 군영을 설치하고 있었습니다. 신의 견해로는 속히 도통을 임명하여 적의 내침에 대비하는 것이 옳을 줄 압니다."

유방의 장계가 도착하자 급히 재추회의가 소집되었다. 왕순을 비롯하여 모두 대단히 긴장할 수밖에 없었다. 전쟁이 끝난 지 반년도 되지 않았고 아직 그 상흔을 메우지 못하고 있었다. 도통을 임명하여 다시 군대를 조직할 수는 있겠으나 작년과는 천지 차이일 것이다. 검차를 비롯한 많은 병기가 유실되었고 군사도 삼만 명 이상 전사했다.

왕순이 미간을 찡그리며 혼잣말을 했다.

"거란이 어찌 이렇게 빠르게 움직일 수가 있을까?"

내사시랑 유진(劉瑨)이 말했다.

"어서 도통을 임명하여 대비해야 할 것입니다."

나머지 재추들도 한마디씩 했으나 결국 유진과 같은 의견이었다. 그렇다면 누구를 도통으로 임명할 것이냐인데, 답은 이미 정해져 있었다.

왕순이 최사위를 보며 말했다.

"참지정사께서 한 번 더 수고를 해주셔야겠습니다."

최사위가 머리를 조아리며 말했다.

"소신은 변변한 공로가 없었고 더구나 이번 전쟁에서는 큰 죄를 지었으니 못난 재주로 큰일을 맡을 수가 없습니다. 다른 사람을 임명해주시옵소서."

최사위의 말에 왕순이 잠자코 있는데, 유진을 비롯한 재추들이 이구동성으로 말했다.

"도통의 직을 맡을 사람은 역시 참지정사밖에 없습니다."

왕순이 최사위에게 다시 힘주어 말했다.

"나라가 위태하니, 경은 사양하지 말고 직무를 수행하도록 하시오."

왕순이 단정적으로 말하자 최사위도 더는 사양하지 않았다. 맡을 사람이 자신밖에 없다는 것을 알고 있었던 것이다.

왕순은 최사위를 서북면행영도통사(西北面行營都統使)로 임명했다. 계속 여러 가지 논의가 이어지는데 중추사 채충순이 왕순에게 말했다.

"전쟁에 대비하는 것이 가장 중요하나 다른 측면에서도 생각해봐야 합니다."

왕순이 채충순을 보며 물었다.

"다른 측면이라면?"

채충순이 중후한 말투로 말을 이어나갔다.

"거란이 우리를 침공했던 명분은 역적 강조를 응징한다는 것이었습니다. 그런데 강조를 죽였으니 이제 그 명분은 충족된 것입니다. 사실 이제 거란이 우리를 침공할 명분은 없습니다."

채충순의 말에 왕순이 고개를 갸웃하며 말했다.

"맞는 말씀입니다만…."

그러나 명분 따위야 만들면 그만 아닌가! 또한 채충순이 그걸 모를 사람이 아니었다. 채충순이 낮은 목소리로 말했다.

"지금은 우선 무력보다는 외교로 문제를 처리해야 합니다."

왕순이 말했다.

"지금 공부낭중 왕첨과 우습유 최충이 거란에 사신으로 갔습니다. 다시 거란에 사신을 보내자는 말씀입니까?"

채충순이 고개를 끄덕이며 말했다.

"네, 그렇습니다. 그런데 그 전에 해야 할 일이 있습니다."

"할 일이라?"

채충순이 숨을 고른 뒤에 말했다.

"강조를 적극 따랐던 무리들을 처단한다면 침공의 명분을 아예 차단할 수 있습니다."

채충순의 말에 관인전 안은 일순 침묵에 빠졌다. 강감찬은 어좌의 왼편에 있다가 채충순의 말을 들었다. 일부 관료들 사이에서 강조의 무리를 처벌하자는 의견이 있다는 것은 알고 있었다. 강조는 어찌 되었든 임금을 시해한 자였기 때문이다. 그렇지만 과거의 잘못을 모두 불문에 부친다는 왕명이 이미 내려진 상태였다.

침묵을 깨고 이번에는 정당문학 최항이 말했다.

"강조가 반역을 일으킨 것은 엄연한 사실입니다. 반역자들을 처단하지 않는다면 나라에 법도가 서질 않을 것입니다. 더구나 탁사정은 서경에서 아군을 속이고 도망친 것이 확실합니다. 성상께서 너그러이 처리하길 원하시나 이들까지 너그럽게 처리할 수는 없습니다."

채충순과 최항은 미리 의견을 나누고 온 것 같았다. 최항의 말에도 왕순은 잠자코 있었다. 왕순이 추구하는 정치는 화합하여 상생의 길로 나가는 것이었다. 과거의 죄에 연연하지 않고 새롭게 시작하고 싶었다.

왕순이 난처한 표정을 짓고 있다가 말했다.

"거란군이 침범하자 모두 강조의 명령에 따라 싸웠습니다. 어디까지 강조의 무리라고 해야 할지 알 수 없습니다."

최항이 말했다.

"너무 크게 잡으면 한도 끝도 없을 것이니, 명백히 반란에 참여한 몇 명만 처단하면 될 것입니다."

채충순과 최항이 강력히 주장하자, 다른 재추들도 이들의 의견에 동조하기 시작했다.

왕순이 난감한 표정으로 말했다.

"이 일은 가벼이 처리할 일이 아니니, 천천히 의논해보는 것이 좋겠습니다."

왕순은 아무도 처벌하고 싶지 않았다. 그래서 시간을 끌어보려고 했다. 채충순이 정색하며 말했다.

"성상폐하! 이 일은 급히 하거나, 하지 않거나, 둘 중 하나밖에 답이 없습니다. 만일 이 일을 계속 논의한다면 분명 말이 새어 나가게 될 것이고 그렇다면 강조의 무리들이 무슨 짓을 할지 알 수 없습니다."

다른 재추들 역시 급히 강조의 무리들을 처결할 것에 동의했다. 결국 왕순은 재추들의 의견에 따를 수밖에 없었다. 그러나 왕순은 한 가지를 분명히 했다.

"그들을 처단하자는 것에는 따르겠으나 되도록 범위를 좁게 하고 관대히 처벌하기를 원합니다. 절대 사형은 안 됩니다."

곧 상서우복야·금오위 상장군 안소광을 불러들여서 강조의 무리들을 체포하라는 명령을 내렸다.

강조의 일당으로 지목된 탁사정(卓思政), 박승(朴昇), 최창(崔昌), 위종정(魏從政), 강은(康隱)이 체포되었고 이들을 섬으로 각각 유배 보냈다. 처벌하기는 했으나 반역의 죄를 묻는다고는 볼 수 없는 가벼운 처벌이었다.

이 사실을 거란에 알려야겠으나 일단은 기다리기로 했다. 사신으로 가 있는 왕첨과 최충이 억류된다면 더 이상 보낼 필요가 없는 것이다.

팔월 초, 도통으로 임명되어 서북면에 나가 있던 최사위가 돌아왔다. 사신으로 거란에 갔던 왕첨, 최충과 함께였다. 이들이 돌아왔다는 소식에 왕순을 비롯한 조정의 대소신료들은 한시름 놓을 수 있었다.

왕순이 왕첨과 최충을 환한 얼굴로 맞으며 말했다.

"수고들 많으셨습니다. 거란 조정의 분위기는 어떻습니까?"

왕첨이 답했다.

"아직 조직적인 전쟁 준비는 없는 듯했습니다."

왕첨의 대답에 왕순을 비롯한 신료들은 모두 깊은 안도의 숨을 내쉬었다. 최충이 말했다.

"그러나 거란주와 접견하지는 못했습니다. 아직 거란의 의도를 정확히 알 수 없습니다."

왕순이 고개를 무겁게 끄덕인 뒤 다시 물었다.

"거란에 억류된 내사시랑 진적(陣頔)과 우복야 왕동영(王同穎) 등을 만나보셨습니까?"

"그분들은 거란의 남경과 중경 등에 억류되어 있다고 합니다. 그래서 만나보지 못했습니다."

왕순은 실망했지만 어쨌든 올해는 거란군의 대규모 침공이 없을 가능성이 컸다. 그 사실을 알게 된 것만으로도 큰 성과였다.

즉시 서북면병마사 유방에게 조서를 내려 거란을 자극할 만한 행동을 일절 하지 말라고 명령했다. 그리고 이제는 사신을 보내는 것이 훨씬 덜 부담스럽게 되었다. 의논 끝에 다음 사신으로는 구주방어사 최원신과 기거사인 곽원을 보내기로 했다. 둘 다 장원급제자 출신으로 글을 잘 짓고 기품이 있었다.

팔월 이십육일, 최원신과 곽원에게 이런 요지의 표문을 들려 거란으로 보냈다.

"명철하신 폐하께서 의로운 군사를 일으켜 역적 강조를 처단해주셨습니다. 이번에는 폐하의 성스런 도움에 힘입어 나머지 강조의 일당도 모두 처결했습니다. 이제는 고려의 정치가 샘물처럼 맑아져서 백성의 마음은 안정되었습니다. 고려의 모든 백성은 폐하의 넓은 은혜와 덕에 흠뻑 취하여 삼가 엎드려 감사의 말씀을 올립니다."

팔월 이십팔일, 공부시랑 김노현(金老玄)이 편전에 들어와 보고했다.
"성, 성상폐하! 송악성(松嶽城)의 증축을 마, 마무리하였나이다."
김노현은 키가 작고 수염이 뺨까지 난 것이 산도적처럼 생겼고 약간 말을 더듬었다. 이제 쉰다섯 살의 김노현은 경종 육년(981년)에 음서로 관직을 시작했다. 그런데 학문에 능하지도 않았고 글을 잘 짓는 편도 아니어서 그저 그런 관직을 전전했었다. 그러다가 성종 십이년(993년)부터 성을 쌓고 토목공사를 하는 것에 발군의 재능을 보여서 장작감 주부(종7품)로 임명되었다. 그 뒤로 건축공사가 있을 때마다 반드시 김노현을 시켜 감독하게 했다.

송악성(松嶽城)은 황성과 궁성을 포함하는 개경의 성곽을 말한다. 왕순은 개경 사수를 천명했다. 따라서 개경의 성곽을 증축하여 방어력을 높일 필요가 있었다. 더구나 저번처럼 수십만의 거란군이 밀려오면 원래의 성곽만으로 방어전을 한다는 것은 불가능했다.

그다음 날 왕순은 수창궁을 나와 본궐로 행차했다. 송악성의 증축을 축하하는 의식에 참여하기 위해서였다. 행차 의식은 팔관회 때와 같이 성대하게 해서 백성들에게 도성 수호 의지를 보여주려고 했다.

홍문대기(紅門大旗)를 선두로 한 왕순의 어가가 성벽으로 향했고 개경 사람들이 어가를 구경하기 위해 구름같이 모여들었다. 왕순은 광화문 문루를 통해 성벽에 올랐다.

자황포를 입은 왕순의 모습이 성벽 위에 드러나자, 백성들이 모두 왕순에게 시선을 집중했다. 왕순은 백성들을 천천히 둘러본 후에 손바닥을 편 채로 오른팔을 높이 들었다. 백성들이 숨을 죽이며 왕순을 지켜보았다.

왕순은 주먹을 움켜쥔 후에 외쳤다.

"짐은 도성을 반드시 사수할 것이고 백성들과 생사를 함께할 것이다!"

왕순은 자신감 있는 모습을 백성들에게 보여줘야 한다고 생각했다.

"만세! 만세! 만세!"

왕순의 외침에 군사들이 만세 삼창을 외쳤다. 그러나 백성들은 조용했다. 거란군이 개경에 접근하자 왕은 남쪽으로 야반도주했으며 거란군은 개경을 점령하여 초토화시켰다. 개경 사람들은 왕의 말 한마디에 열광할 만큼 어리석지 않았던 것이다.

왕순은 잠시 사람들을 지켜본 후 성벽을 내려가 위봉문 앞 구정으로 향했다. 구정에는 좌우로 나뉘어 수많은 사람이 평상에 앉아 있었다. 왕순이 구정 안으로 들어가자 모두 분분히 몸을 일으키는데 그중 몇은 움직임이 부자연스러웠다. 이들은 노인과 고아 및 병자와 장애인들이었다. 남자들은 왼편에, 여자들은 오른편에 자리를 잡고 있었다.

왕순이 마련된 좌석에 오르자 채찍이 울렸다.

"좍!"

"두 번 절하시오!"

구령에 따라 문·무의 관리들이 왕순에게 두 번 절했다. 관리들의 절이 끝나자, 왕순은 발걸음을 움직여 먼저 왼편 남자들에게 다가갔다.

왕순이 움직이자 음악이 연주되며 즉시 사람들 앞에 술과 음식이 차려졌다. 개인마다, 술 넉 잔, 음식 네 그릇, 과일 다섯 개였다. 음식이 차려졌으나 누구도 음식에 손을 대지 않았다.

왕순이 주위에 명했다.

"음식을 권하도록 하라."

왕순의 명에 시종들이 음식을 권했다. 그들이 음식을 들기 시작하자 왕순은 다시 오른편으로 움직여 여자들에게 동일하게 음식을 내렸다. 또한 이들이 돌아갈 때 쌀 한 석씩을 내려줬다. 그리고 전국에 조서를 내렸다.

"옛날의 현명한 왕들은 백성들을 자식과 같이 대하였으니, 짐이 어찌 마음을 다하지 않겠는가! 지금 흉년을 당하고 지독한 추위를 만났으니, 노인과 고아 등 약한 자들이 배고픔과 추위를 면하지 못할까 염려된다. 각 관청에서는 이들에게 의복과 양식을 지급하도록 하라."

왕순의 명령에 전국 각지에서도 노인과 고아 등에게 쌀 한 석씩을 주었으며, 술·과일·음식도 개경과 동일하게 지급했다.

이틀 후(8월 30일), 왕순은 화평전 안에서 호부*(戶部)의 관리들을 접견하고 있었다. 그런데 어떤 사람이 급하게 안으로 뛰어 들어오고 있었다. 왕순이 보니 중추사 채충순이었다. 채충순이 이렇게 급히 움직이는 모습은 오랜만이었다.

왕순이 고개를 갸우뚱하며 물었다.

"중추사, 무슨 일이오?"

채충순이 급한 호흡을 몰아쉬며 말했다.

"동여진(東女眞)이 일백여 척의 배로 경주를 침입했습니다!"

왕순이 놀라서 반문했다.

"그게 무슨 말입니까?"

동쪽에 사는 여진족을 방어하기 위해 동북면을 설치했고 동북면의 국경에는 화주(和州: 함경남도 금야군), 고주(高州: 함경남도 고주군), 등주(登州:

---

* 호부(戶部): 고려시대 육부(六部)의 하나. 인구, 세금 등을 담당했다.

강원도 안변군) 등에 성곽을 빼곡히 쌓아 놓았기 때문에 여진족이 침입할 수 있는 육로는 없었고, 침입한다고 해도 바로 격퇴가 가능했다.

사정이 이러하자 여진족은 목종 팔년(1005년)에 배를 타고 바다를 통해 침입해 등주 남쪽 부락 삼십여 곳을 불태우고 약탈한 적이 있었다. 그리하여 등주 근처 바닷가에 수군을 관장하는 기관인 진명도부서(鎭溟都部署: 강원도 원산 부근)를 설치했다. 고려 수군들은 수시로 해안을 순찰하여 의심스런 여진족 배가 있으면 공격하여 불사르거나 나포했다. 고려 수군이 이런 활동을 벌이자 그 후로는 여진족들이 배로 침입하는 일은 없었다.

그런데 이번에 여진족들은 수천 리를 남쪽으로 항해하여 경주를 습격한 것이다. 그것도 일백여 척이나 되었고 그 무리는 수천 명이었다고 한다. 전혀 예상치 못한 일이었다. 왕순이 물었다.

"피해 상황은 어떻게 됩니까?"

"아직 모릅니다. 침입했다는 보고만 올라왔습니다."

곧 재추회의가 소집되었다.

16
해적

 재추들이 말했다.
 "즉시 해적들을 격퇴해야 합니다."
 "거란이 언제 침공할지 모르니 최대한 빠르게 이 사태를 수습해야 합니다."
 중추사 채충순이 말했다.
 "장수를 보내서 경주 인근의 군사들을 동원해서 막아야 합니다."
 모든 재추가 동의했다. 왕순이 수심에 찬 얼굴로 재추들에게 물었다.
 "누굴 보내야겠습니까?"
 재추들이 잠시 생각에 잠겼다. 지원군도 없이 가서 사태를 수습해야 한다. 매우 어려운 일이었다. 또한 대부분의 고위 장수는 거란의 침공에 대비해서 서북면의 일을 하느라 여념이 없었다. 그렇다면 누구를 보내야 할 것인가?
 왕순 역시 장수들을 떠올려보다가 자신의 양쪽에서 시립하고 있는 지채문과 문연이 생각났다. 이들의 무예는 일당백이다. 이들을 보내면 여진족들을 물리칠 수도 있을 것이다. 왕순이 고개를 돌려 지채문을 보려는데 누군가와 눈이 마주쳤다. 한림학사승지 강감찬이었다. 강감찬의 눈빛은 매섭게 빛나고 있었다. 왕순이 강감찬에게 물었다.
 "학사승지께서는 어떤 고견이 있으십니까?"

제1장 왕명(王命)

강감찬이 차분한 목소리로 말했다.

"신이 경주로 가서 사태를 수습해보겠나이다."

왕순이 잠시 강감찬을 보다가 걱정스럽게 말했다.

"경이 이미 고령이시라 염려됩니다."

강감찬이 꿋꿋이 답했다.

"매일 말을 달리고 활을 쏘아보니, 제 기력은 조금도 쇠하지 않았습니다."

최사위가 반대하며 말했다.

"한림학사승지는 연로한 데다가 군대 경험이 없습니다. 지금은 경험 많은 장수를 보내야 합니다."

강감찬이 힘주어 말했다.

"저는 동경(경주)에서 장서기(掌書記)를 지냈었고 상주와 진주에서 절도사를 지냈습니다. 그리고 금주(金州: 경상남도 김해시)는 제 외가입니다. 저는 그 지역을 아주 잘 압니다."

재추들이 여전히 반대하자, 왕순이 그들을 보며 말했다.

"학사승지는 감악산에서 거란군을 물리쳤습니다."

왕순의 말에 재추들은 아무 말도 하지 않았고 약간 얼굴들이 굳어졌다. 특히 최사위의 얼굴에는 언짢은 기색이 스쳤다.

채충순이 찬성하며 말했다.

"학사승지가 거란군을 물리친 것은 사실입니다. 본인이 자원을 하니 보내는 것도 좋다고 생각됩니다."

결국 강감찬을 병마사로 임명해 경주로 보내기로 결정되었다. 강감찬이 왕순에게 청했다.

"감찰어사 김종현을 부관으로 데리고 가겠나이다."

왕순이 고개를 끄덕이며 말했다.

"그건 학사승지께서 편한 대로 하십시오. 그리고 천우위 군사 중 백 명의 정예 기병을 데려가십시오."

재추들이 반대했다.

"지금 천우위 군사 중 기병은 백 명가량밖에 없는데 그들을 모두 보내면 성상의 호위는 어떻게 합니까?"

원래 천우위의 인원은 천 명으로, 전원 기병으로 구성되어 있었다. 그런데 지금 그 절반을 서북면으로 보냈고 또한 천우위의 말들을 대개 차출해서 보냈다. 그래서 기병은 백 기 정도만 남아 있는 것이다.

왕순이 말했다.

"지금 모든 백성이 어려운데 어찌 짐의 안위만 생각하겠습니까!"

의논 끝에 중랑장 문연이 천우위 군사들을 이끌고 가기로 했다. 강감찬은 바로 궁을 나와 집에 들러 행장을 꾸리고 경주로 출발했다. 또한 경주 근처 지역에 전령을 보내 가용한 군사들을 영주(永州: 경상북도 영천시)로 집결시킬 것을 명령했다.

강감찬이 경주로 출발한 직후에 다음 소식이 전해졌다.

"경주민들이 월성으로 들어가서 농성 중이라고 합니다!"

그 말을 듣고 왕순은 어느 정도 안도했다. 적어도 속수무책으로 당하고 있지는 않은 것이었다.

그 후 닷새 동안 아무 소식이 없었다. 왕순은 초조했다. 그다음 날 드디어 강감찬의 보고가 올라왔다.

"해적들을 격퇴했나이다!"

"휴우-."

왕순은 안도의 숨을 내쉬며 강감찬을 떠올렸다. 이제 예순네 살의 연로한 관료 강감찬은 장원급제자임에도 재추의 지위에 들지 못하고 있었다. 그러나 위기의 순간마다 강감찬은 톡톡히 제 몫을 해냈다.

그로부터 십 일 후, 강감찬과 김종현, 문연이 개경으로 돌아왔다. 그런데 체구가 왜소하고 수염을 길게 기른 어떤 장수와 함께였다. 가까이서 보니 눈빛이 번갯불처럼 빛났는데 좌우위 기군 중랑장 이응보(異膺甫)였다. 이응보는 좌우위 기군 소속으로 삼수채 전투와 완항령 반격작전에 참여했었다.

두 달 전(7월), 고려 조정은 전국의 군사들을 점검했으나 정원에 한참 못 미쳤다. 그래서 각 부대의 장교들을 해당 지역에 보내 군사들을 더 뽑게 했다.

이응보는 영동도*(嶺東道)를 순시했다. 전쟁에서 많은 군사가 죽거나 다쳤으므로 결원된 인원을 보충하는 것은 쉬운 일이 아니었다. 이응보는 영동도를 순시하고 마지막에 경주 동경유수관에 들렀다. 그런데 그때 여진 해적이 형산강을 따라 침입해 온 것이었다.

형산강 하구에 있는 형산 봉수대에서 세 줄기의 봉화 연기가 오르자 경주 사람들은 어리둥절해했다. 세 줄기의 봉화라면 적이 침입한 것이다. 그런데 도대체 어떤 적이 경주에 침입한다는 말인가! 다행히 영일현(迎日縣: 경상북도 포항시)으로부터 전령이 전속력으로 달려와 사실을 알렸다.

"여진족들이 백여 척의 배를 타고 형산강 하구로 접근 중입니다!"

동경유수 이작충(李作忠)은 즉시 백성들을 월성으로 들어오게 했다. 이응보가 이작충에게 말했다.

---

* 영동도(嶺東道): 고려 시대에 둔 10개 도(道)의 하나로 경주와 금주(金州: 경상남도 김해시) 등을 관할했다.

"제가 정찰을 나가보겠습니다!"

이응보는 휘하 군사 다섯 명과 말을 달려 나갔다. 경주민 중에는 월성으로 빠르게 대피하고 있는 사람들도 있었으나 가족들의 이름을 부르며 우왕좌왕하는 사람들도 많았다. 그 와중에 경주의 향리들이 경주 시내를 돌아다니며 소리치고 있었다.

"모두 월성으로 들어가시오!"

경주에서 형산강 하류 쪽으로 오십 리 정도 가면 형산포가 나온다. 대형 선박들은 이 형산포까지 올 수 있고 그 이후로는 수심이 낮아져 소형 선박만 강을 거슬러 운항할 수 있었다. 여진족들이 형산강 하구로 들어왔다면 형산포에서 내려 도보로 경주로 올 것이었다.

이응보는 형산강 변을 따라 이동했다. 과연 신당천(神堂川)을 건너 우복산 서쪽에서 여진족과 조우했다. 이곳은 산과 강 사이의 길로 좁은 곳이었다. 좁은 길로 여진족들이 오고 있어서 여진족의 숫자가 정확히 얼마인지는 알 수 없었다.

이응보는 즉시 전속력으로 돌격해서 여진족 선두와 오십 보 정도에 이르자 우는살을 날렸다.

"피이히이이잉~~~~~."

화살을 날리자마자 말을 오른쪽으로 선회시켰다. 우는살은 선두에 선 여진족의 가슴팍에 정통으로 꽂혔다. 이응보를 따르는 군사들 역시 화살을 쏘아댔다. 그러자 힘차게 몰려오던 여진족들이 멈춰 섰다. 그러나 고려군의 숫자가 많아 보이지 않자, 다시금 방패를 앞세우고 전진해 왔다.

이응보는 순간 기지를 발휘했다.

"뚜웅~~~~~~~~."

재빨리 뿔나팔을 불었던 것이다. 여진족들은 다수의 고려군이 도착했다고 판단하여 그 자리에서 멈췄다. 그러더니 무수한 수의 여진족이 서쪽편의 형산강 모래톱으로 내려서는 것이 보였다. 이응보가 보니 수천 명은 될 듯했다. 다행인 것은 이들 중에 말을 탄 사람은 없다는 것이었다. 배에 말까지 실어 오지는 않은 것이었다.

이응보는 창을 들고 여진족들이 있는 방향을 가리키며 소리쳤다.

"진격하라!"

마치 군대를 지휘하는 모양새였다. 여진족들은 이응보 뒤에 고려군들이 오고 있다고 생각하여 형산강의 모래톱에서 방패를 앞세운 진을 짜기 시작했다.

상당한 시간이 지나도 고려군들이 나타나지 않자, 여진족들은 진을 풀고 다시 앞으로 움직였다. 이응보는 그제야 뒤로 천천히 물러났다. 시간을 되도록 끌면서 경주 시내 쪽으로 움직였다. 경주민들이 월성에 들어갈 시간을 최대한 벌려고 한 것이다. 여진족들은 그런 이응보를 따르듯이 움직였다. 십 리 정도를 이동하자 경주 시내로 접어들었는데 개미 한 마리도 찾기 힘들었다. 상황을 본 이응보가 군사들에게 명했다.

"전속력, 월성으로!"

이응보가 갑자기 빠르게 움직이자, 여진족들도 마치 봇물이 터진 것 마냥 뛰기 시작했다.

"와아!"

여진족들은 이응보가 월성으로 들어가자 더는 쫓지 않았다. 흩어져서 경주 시내를 돌아다니며 노략질을 해댔다. 잠시 후, 여진족 십여 명이 월성 북문 아래까지 왔다. 월성의 경주민들이 매우 겁내자 이응보가 동경유수 이작충에게 말했다.

"제가 저들을 쫓아보겠습니다."

이작충이 허락하자 이응보는 성문을 열고 갑자기 돌격하여 그들을 쫓아냈다. 이날 여진족들은 월성 근처에 오지 않았다.

그다음 날 오후, 다시 여진족 백여 명이 월성 동쪽 임해전(臨海殿)까지 와서 노략질을 해댔다. 이응보가 그것을 주시하고 있는데, 여진족들은 무질서하게 흩어져서 눈에 보이는 것들을 노략질하고 있었다. 이응보는 몰래 샛길로 말을 타고 나가 여진족들 속으로 뛰어들었다. 창을 휘둘러 한 명을 베어버리자 여진족은 혼비백산하여 노략질했던 물건들을 버리고 달아났다.

그 모습을 보고 있던 월성 안의 백성들이 환호성을 질렀다.

"적들이 물러간다!"

월성에서 북쪽으로 주작대로를 따라 천 보 거리에는 관청 거리가 있었다. 여진족들은 이곳에 주둔하고 있었다. 매우 가까운 거리였으나 여진족들은 이틀간 월성 쪽으로 오지 않았다. 민가를 약탈하느라 여념이 없는 듯했다.

삼 일 후 동트기 전, 이응보는 성벽 아래로 줄을 내리고 몰래 나갔다. 동북쪽으로 움직여 황룡사로 들어갔는데 절 내에는 아무도 없었다. 경주에서 가장 높은 황룡사탑에 오른 후 날이 밝기를 기다렸다. 날이 밝자 여진족들의 상황이 한눈에 들어왔다. 관청 거리 북쪽은 경주 북쪽을 흐르는 냇물인 북천(北川)과 맞닿아 있었는데 그 북천에 무수한 뗏목과 나룻배들이 보였다. 여진족들이 약탈한 물자를 뗏목 등을 통해서 형산포까지 실어 나르고 있었던 것이다.

이응보는 즉시 월성으로 돌아가서 동경유수 이작충에게 보고했다.

"적들은 지금 약탈물자를 실어 나르느라 여념이 없습니다."

이작충이 말했다.

"적이 조만간 이곳을 공격할 것이오. 그런데 적은 많고 우리는 군사가 없으니 오래 버티기 힘들 것입니다. 중랑장이 급히 영주(永州: 경상북

제1장 왕명(王命)

도 영천)로 가서 원군을 데리고 오는 것이 어떻겠소?"

이응보가 의아한 목소리로 말했다.

"영주에 있는 정용과 보승의 숫자로는 저 여진족을 감당하지 못할 것입니다."

"알고 있습니다. 그렇지만 영주에서 삼품군까지 포함해서 백 명이라도 차출하여 선도산성에 들어간다면 여진족을 견제할 수 있을 것입니다."

이응보가 들어보니 나쁘지 않은 계책이었다. 선도산성은 월성에서 서쪽으로 십 리 정도 되는 거리에 있다. 여기에 장정들을 데리고 주둔한다면 확실히 월성을 공격하는 여진족을 견제할 수 있을 것이다.

이응보가 채비를 갖추고 성문을 나서려는데 백성들이 이응보 앞을 막아섰다.

"중랑장이 가시면 우리는 어떻게 한단 말입니까!"

이응보가 어쩌지 못하는 동안, 여진족이 드디어 움직이기 시작했다. 재물은 충분히 약탈했으니 이제 경주 사람들이 모여 있는 월성을 공격하려는 것이었다. 사람을 약탈하고 또한 궁궐이 있는 월성에 값나가는 보물들이 있으리라는 생각도 있었다.

여진족들이 월성을 에워싸기 시작했다. 성안의 사람들은 심히 겁을 먹었다. 해적 하나가 주작대로로 당당히 걸어와서 북문 쪽으로 접근해 왔다. 그는 머리부터 발끝까지 은빛 철갑을 두르고 있었다.

"나는 갈소관의 왕자 갈불려다! 고려인들은 들어라! 성문을 열고 항복하면 목숨은 건질 수 있을 것이다!"

이응보가 그 모습을 보고 있다가 가만히 화살을 쏘아보냈다. 그 화살은 정확히 갈불려의 가슴을 맞췄으나 화살은 튕겨 나가고 갈불려는 멀쩡했다.

갈불려가 떨어진 화살을 집어 들더니 천천히 꺾어서 부러뜨렸다. 그리고 꺾어진 화살을 높이 들었다. 뒤쪽의 여진족들이 환호성을 질렀다.

"와아!"

호승심이 솟은 이응보는 창을 잡고 뛰쳐나가려고 했다. 그런 이응보를 이작충이 급히 말렸다.

월성의 고려인들이 항복하지 않자, 여진족들은 주작대로에서 성을 공격할 장비들을 만들기 시작했다. 사다리와 목만(커다란 나무 방패) 등이었다. 해 질 무렵 여진족들은 목만을 앞세우고 공격해 왔다. 이응보는 앞장서서 여진족들의 공격을 막아내었고 경주민들은 돌과 기왓장을 던지며 분전했다. 해가 완전히 지고 어둠이 깔리자 여진족은 일단 물러났다. 월성 북쪽 해자 건너에는 첨성대가 있고 그 주위에는 조유궁(朝遊宮)이라는 궁궐이 있었다. 그런데 이 조유궁에서 불길이 일기 시작했다. 여진족이 불을 놓은 것이었다. 또한 여진족들은 밤새 북과 징을 쳐댔다. 월성 안의 사람들을 재우지 않으려는 심산이었다.

다음 날 새벽, 이응보와 이작충은 성벽 위에서 여진족들이 주둔하고 있는 관청가 쪽을 바라보았다.

여진족들은 민가에서 약탈한 돼지와 닭 등을 굽고 있었다. 이응보가 이작충에게 말했다.

"나가서 습격해볼 만합니다."

이작충이 고개를 저으며 말했다.

"저들은 수천 명이나 되고 우리는 군사가 없습니다."

이응보가 몇 명만 데리고 나가겠다고 하자, 역시 이작충이 반대하며 말했다.

"경주민들은 중랑장만을 의지하고 있는데, 잘못되면 어찌하오!"

이작충이 서쪽을 바라보며 한탄했다.

"전령을 보낸 지 벌써 며칠이나 지났는데 왜 원군은 오지 않는 것인가!"

이응보가 말했다.

"만일 원군을 보낸다고 해도 보름 이상은 걸릴 것입니다."

이작충이 힘없는 목소리로 말했다.

"우리가 보름이나 견딜 수 있겠습니까?"

이응보는 대답하지 않고 입을 꽉 다물었다. 월성 서북쪽에는 미추왕릉*을 비롯해 왕릉들이 늘어서 있었다. 이작충이 미추왕릉을 보면서 말했다.

"옛날에 외적이 신라에 침입했을 때, 미추왕릉에서 군사가 나와 물리쳤다는데…."

이작충의 넋두리 같은 말에 이응보는 힐끗 미추왕릉을 바라보았다. 부질없는 생각이었다.

그런데 이작충이 불현듯 아전 하나에게 창고에서 무엇을 가지고 오라고 시켰다. 잠시 후 아전이 가지고 온 것은 옥으로 만든 젓대(대금)였다.

이작충이 젓대를 받아 들더니 이응보에게 말했다.

"이것이 '만파식적'입니다."

만파식적(萬波息笛)은 한 번 불면 나라의 근심이 해결된다는 전설을 가진 신라의 악기였다. 이작충이 만파식적을 불기 시작했다.

"뚜우후우우우~~."

그때 다시 여진족의 공격이 시작되었다. 이응보는 만파식적을 불고 있는 이작충을 보았다. 이작충은 몹시 놀라 만파식적에서 입을 뗐다.

---

* **미추왕**: 신라의 13대 왕(재위: 262~284년)

여진족들이 북을 치고 함성을 지르며 목만을 앞세워 다가와서 화살을 빗발치듯이 쏘아댔다. 성벽 위에 경주민들은 겁을 먹고 고개를 들지 못했다. 여진족들이 강하게 돌격해 오자 기세가 죽은 경주민들은 어찌 할 바를 몰랐다.

"둥, 둥, 둥, 둥, 둥…."

그러자 동경유수 이작충이 직접 북채를 잡고 북을 치며 독전했다. 유수가 직접 북을 치자 그제야 경주민들은 힘을 내어 여진족과 맞섰다. 성벽 위를 기어오르는 여진족들에게 돌을 던지고 끓는 기름을 부어댔다. 경주민들이 거세게 저항하자 여진족들은 잠시 물러난 뒤에 또다시 화살을 쏘아댔다.

여진족들이 계속 화살을 쏘아대자 화살을 맞은 사람들이 속출했다. 이작충 역시 화살에 오른쪽 팔뚝을 관통당했다. 그러나 피를 철철 흘리면서도 북치기를 멈추지 않았다. 여진족들은 이런 식의 공격을 여러 번 반복했다. 시간은 벌써 유시 중간(18시)을 지나고 있었고 해는 서쪽으로 지고 있었다. 하루 종일의 전투로 경주민들은 매우 지쳤다.

이응보는 북문에서 사투를 벌이고 있었다. 월성의 남쪽은 남천(南川)이 흘러 자연 해자를 이루고 있었다. 이 남천 위에는 월정교라는 다리가 놓여 있었는데, 일단의 여진족들이 서남쪽으로 우회하여 월정교를 건너 공격해 왔다. 모든 경주민이 북문을 방어하고 있었으므로 이쪽에는 사람들이 거의 없었다. 여진족들의 변발한 머리가 성벽 위로 올라오는 것이 보였다. 이제 곧 성이 함락될 지경이 된 것이다. 이응보는 월정교 쪽 성벽으로 즉시 내달렸다. 달리면서 성벽 위로 올라 온 여진족에게 화살을 날리고 즉시 칼을 뽑아 들었다. 이제 마지막 결전의 순간이었다.

"뚜웅~~~~~~~."

그런데 그때 서쪽에서 뿔나팔 소리가 울려 퍼졌다. 이응보는 반사적으로 서쪽으로 고개를 돌렸다. 멀리 선도산이 보였고 그 선도산 북북에 있는 김유신 장군의 능이 눈에 들어왔다. 그런데 그쪽에서 자색 구름이 뭉게뭉게 피어오르고 있었다. 석양에 구름이 자색 빛으로 물들고 있었던 것이다. 이응보는 그 모습을 물끄러미 바라보았다. 그런데 성벽 위의 경주민들이 환호하며 외치는 소리가 들렸다.

"아군이다! 아군이 오고 있다!"

그 소리에 이응보는 정신이 번쩍 들어 눈을 깜박였다. 석양을 등 뒤에서 받으며 일단의 기병들이 달려오고 있었다. 그들은 자색 전포를 입고 있었다. 창졸간이라 정확히 알 수 없지만 아군임이 확실했다.

이응보가 달리며 혼잣말을 했다.

"아! 김유신 장군께서 군사를 보내주시는구나!"

서쪽에서 갑자기 고려군들이 나타나자 월정교 쪽 성벽을 오르던 여진족들은 황급히 성벽을 내려갔다.

자색 전포의 기병들은 빠른 속도로 다가왔다. 곧 선두에 선 장수가 눈에 들어왔다. 그는 자색 전포가 아니라 하늘색 전포를 입고 있었다. 이들은 흥륜사를 지나 큰길을 따라오고 있었다. 이응보는 다시 북문으로 내달렸다. 북문을 공격하던 여진족들은 서쪽에서 갑자기 고려군들이 나타나자 공격을 멈추고 우왕좌왕했다.

그때 북소리와 징소리가 요란하게 울렸다.

"둥, 징, 둥, 징, 둥, 징…."

달려오는 고려군들이 보내는 교전 신호였다. 이응보가 급히 이작충에게 말했다.

"성문을 열고 공격해야 합니다!"

이 순간 하늘색 전포를 입은 장수가 여진족들을 충격했고 자색 전복의 기병들이 그 뒤를 따랐다.

이응보 역시 말을 타고 월성을 뛰쳐나갔다. 성 밖과 안에서 거의 동시에 여진족들을 공격한 것이다. 양쪽의 공격에 여진족들은 북쪽을 향해 우르르 도망쳤다. 북쪽으로 도망간 여진족들은 북천에서 뗏목과 나룻배를 타고 형산강 하류로 달아나기 시작했다. 이응보는 화살이 다 떨어졌기 때문에 창을 빼어 들고 강변에 모여 있는 여진족들을 향해 돌격하려고 했다.

"징, 징, 징…."

그때 뒤에서 징소리가 울렸다. 징소리가 울리자 이응보는 고개를 들어 뒤를 보았다. 이응보의 눈에 들어온 것은 황색 병마사 깃발이었다.

자색 전복의 기병들이 그 깃발 아래로 모여들었다. 이제야 이응보는 마음의 여유가 생겼다. 자색 전복에는 보상화무늬가 새겨져 있었고 이들이 천우위 소속이라는 것을 알 수 있었다.

병마사 깃발 아래 누런색 전포를 입은 장수가 있었다. 그런데 이응보는 그가 누군지 단박에 알아볼 수 없었다. 그 사람이 쩌렁쩌렁한 목소리로 이응보에게 명했다.

"중랑장은 상황을 보고하라!"

이 목소리에 이응보는 정신이 번쩍 들었다.

"여진족들은 배를 타고 형산포까지 들어왔습니다. 형산포에서 이곳 경주까지는 도보로 이동해 왔습니다. 관청가에 주둔한 후 약탈을 했고 약탈한 물품은 뗏목과 나룻배로 형산포로 실어 날랐습니다."

"여진족들의 숫자는 얼마나 되나?"

"최소 오천은 되어 보였습니다."

하늘색 전포를 입은 장수가 말했다.

"길을 따라서 추격하겠습니다!"

이응보는 비로소 사람들을 알아볼 수 있었다. 병마사 깃발 아래 누런색 전포를 입고 있는 사람은 강감찬이었고 하늘색 전포를 입은 장수는 김종현이었다. 그리고 천우위 중랑장 문연도 있었다.

강감찬이 명령을 내렸다.

"우리 병력이 얼마 되지 않으니, 적들을 추격하되 섣불리 교전하지 말라! 목표는 적들을 퇴각시키는 것이다."

이어서 이응보에게 명했다.

"월성 안에 사람들을 모두 뒤따르게 하시오. 적들이 보기에 우리의 병력이 많아 보여야 하오."

이응보는 즉시 월성으로 돌아가서 경주민들을 이끌고 강감찬의 뒤를 따랐다. 어둠이 깔리고 곧 달이 떴다. 강감찬 등이 형산포에 도착했을 때, 여진족들의 배가 급히 영일만 쪽으로 빠져나가는 것이 보였다.

왕순이 미소를 지으며 이응보를 매우 칭찬했다.

"중랑장이 큰 공을 세웠구려!"

이응보가 고개를 들어 왕순을 보니 젊은이의 싱그러운 미소가 눈에 들어왔다.

강감찬이 이응보를 가리키며 말했다.

"중랑장은 완항령에서도 공을 세웠습니다."

즉시 재추회의가 소집되었다. 재추들의 의견은 같았다.

"여진 해적들이 약탈에 성공을 거두었으므로 이른 시기에 또다시 침략할 가능성이 있습니다."

가장 좋은 수는, 침입한 여진 해적의 정체를 알아낸 다음, 대규모 육군과 수군으로 그 본거지를 치는 것이다. 그러나 지금은 거란과 대치 중이었다. 거란과의 평화 협상이 성립될 가능성이 있다고 해도, 동북면에서 대규모 작전을 시행한다는 것은 불가능한 일이다.

결국 해안선의 방비를 강화하는 수밖에 없었다. 그나마 다행인 점은 동해안은 해안선이 단조롭기에 경계가 용이하다는 것이었다. 맑은 날에는 백 리 밖도 볼 수 있다. 또한 추위 때문에 여진 해적들이 겨울 항해는 하지 않을 것이다. 그렇다면 여진족의 침입은 날씨가 따뜻할 때만 있을 것이었다. 그리하여 겨울에는 거란군을, 나머지 계절에는 여진족을 방비해야 하는 것이다. 쉴 틈이 없었다.

강감찬이 말했다.

"신을 병마사에 유임해주시옵소서. 어떻게든 해보겠나이다."

최사위가 반대하며 말했다.

"어려운 상황이니만큼 군사에 대해 잘 아는 사람을 병마사로 보내야 합니다."

강감찬이 말했다.

"저는 근래 병법을 열심히 공부하고 있습니다."

최사위가 정색하며 말했다.

"병법이 하루아침에 공부한다고 되는 것입니까?"

강감찬이 눈을 예리하게 뜨며 말했다.

"저번 전쟁에서 우리의 내로라하는 장수들은 모두 패했습니다."

강감찬의 말에 분위기가 싸늘해졌다. 특히 최사위의 얼굴은 눈에 띌 정도로 붉어졌다. 최사위가 눈을 가늘게 뜨고 감정을 억누른 목소리로 말했다.

"백 기의 기병으로 수천 명에게 승전하니 본인이 대단한 명장이나 된 것처럼 착각하시나 본데, 그것은 도박판에서 요행으로 이긴 것을 실력으로 여기는 것과 같습니다. 병법에서 이것보다 위험한 것은 없소이다."

강감찬이 말했다.

"월성은 막 함락당할 참이었소. 월성을 구하기 위해서는 급히 돌격하는 방법밖에 없었습니다."

"그것이 요행이란 말입니다. 여진족들이 약탈을 끝냈기 때문에 쉬이 물러간 것이지, 그렇지 않았다면 우리 기병들은 모두 전멸했을 것입니다. 병법을 안다면 그런 위험한 방법을 쓰면 안 됩니다."

"해가 서쪽으로 지고 있었기 때문에 햇빛이 여진족들의 눈을 가렸습니다. 그래서 우리를 대군으로 오인할 것이라고 생각했소. 그 생각이 적중한 것이지 결코 요행은 아니었소."

최사위가 혀를 차며 말했다.

"하-, 감악산에서는 때맞춰 눈보라가 불고, 이번에는 해가 졌군요."

강감찬이 최사위를 똑바로 보며 말했다.

"나는 최공이 패했다는 말은 들었어도 승전했다는 말은 듣지 못했소."

강감찬의 말에 최사위가 격분하여 자리를 박차고 일어나 삿대질을 하며 무슨 말인가 하려는데, 내사시랑 유진이 급히 나서서 말했다.

"성상 앞에서 이 무슨 망발들이요!"

중추사 채충순이 왕순을 보며 말했다.

"여진족의 경주 침입이 있을지 없을지 알 수 없습니다. 또 언제일지도 알 수 없습니다. 유능한 장수를 경주로 보내 대비하게 하면 인력을 낭비하는 것입니다. 그러니 학사승지를 보내는 것도 한 방법이지 않겠습니까?"

채충순의 말은, 강감찬은 잉여 인력에 불과하다는 것으로 강감찬을 낮추며 최사위의 체면을 세워주려는 것이었다. 그러나 결과적으로는 강감찬을 경주로 보내는 것에 찬성하는 것이었다.

왕순이 최사위를 보았다. 격했던 감정이 사뭇 풀어진 것 같았다. 결국 재추들은 강감찬을 병마사로 보내는 데 합의했다.

강감찬은 곧 지휘부를 꾸렸다. 부병마사로는 강민첨, 판관으로 김종현과 조자기, 이인택을 임명했다. 무관으로는 문연과 이응보를 합류시켰다.

강민첨은 서경을 지켜내는 능력을 보여줬고, 조자기는 그 막료로 활약했었다. 김종현의 군사적 능력과 대찬 기질은 강감찬이 몸소 경험했다. 감찰어사 이인택은 스스로 자원했는데, 강민첨과 과거 시험 동기였다. 이들은 곧 경주로 내려가 대책을 세웠다.

태조 왕건은 신라를 병합한 후 경주에 '동남해도부서(東南海都部署)'라는 관청을 두었다. 경주와 그 인근의 군사와 수군들을 관리하기 위해서였다. 그런데 이제 백여 년이 지나자 군사에 관한 일은 유명무실화되었고, 주로 조운에 관한 일과 일본과의 무역에 관한 일을 관장하고 있었다. 이 동남해도부서를 다시 활성화하여 군사와 수군에 대한 일을 다루게 했다.

석 달 전(6월), 소허열의 막사 안에서 술자리가 벌어지고 있었다. 갈소관대왕 갈리희, 발해 장군 대광일이 참석하고 있었고 서른쯤으로 보이는 젊은 장수가 한 명 있었다. 갈리희와 대광일이 소허열에게 말했다.

"전전도점검(殿前都點檢)에 임명되신 것을 감축하옵니다."

소허열이 엷은 미소를 지었다. 전전도점검은 황제를 지키는 근위대장이었다.

갈리희가 젊은 장수를 가리키며 말했다.

"제 아들 갈불려입니다."

갈불려가 절을 하자 소허열이 가볍게 고개를 끄덕였다. 갈리희는 주기적으로 입조를 했고, 소허열은 갈리희가 올 때마다 연회를 베풀어주었다. 생명의 은인에 대한 보답이었다.

"제 아들 갈불려는 개경에 여러 번이나 갔다 와서 고려의 지리를 잘 압니다. 갈불려가 각하께 드릴 말씀이 있다고 합니다."

"그것이 무엇이오?"

갈불려가 말했다.

"동여진이 고려를 자주 침입해서 약탈했습니다. 그런데 이제는 고려의 방비가 잘 되어 있어 육로로는 불가능합니다."

소허열이 고개를 끄덕이며 말했다.

"그래서요?"

"여진인들이 대규모 병력으로 육로를 통해 공격할 수 있는 방법은 사실상 없습니다. 그렇지만 다른 방법으로 깊숙이 들어가 칠 수는 있습니다."

"다른 방법이라?"

"배를 이용해 고려의 해안 지역을 공격하는 것입니다."

갈불려의 말에 소허열이 잠시 생각한 뒤에 말했다.

"그것이 가능하오?"

"육 년 전(1005년), 여진인들이 배로 고려의 등주(登州: 강원도 안변군) 지역을 기습해서 약탈하고 마을 삼십여 곳을 불살랐습니다."

"음, 고려는 대응을 못 했겠군요."

"그렇습니다. 그리고 다시 그렇게 할 수 있을 것입니다."

갈불려의 말에 소허열이 희색을 띠며 말했다.

"아주 좋소."

여진 해적들이 고려의 동쪽을 공격한다면 고려는 양쪽에서 공격당하게 된다. 고려를 그만큼 정복하기 쉬워지는 것이었다.

갈불려가 말했다.

"문제는 고려에 큰 피해를 주려면 제법 큰 선단을 조직해야 하는데, 여진인들 역시 서로 반목하고 있어서 큰 선단을 조직하기 쉽지 않다는 것입니다."

"무엇을 해주면 되겠소?"

"철리부*(鐵利府)의 추장 나사(那沙)를 왕으로 임명해주십시오. 그럼 나사가 여진 추장들을 불러 모아 회유할 것입니다."

소허열은 이 계책을 즉시 소배압에게 보고했다. 소배압이 고개를 끄덕이며 칭찬했다.

"네가 이제 제법 지략이 생겼구나!"

소허열이 항변하며 말했다.

"백부님, 저도 이제 꽤 전쟁을 경험했습니다!"

소배압이 인자한 미소를 지으며 말했다.

"이 방법은 우리의 힘을 쓰지 않고 적을 제압하는 방법이니, 아주 좋은 방책이다. 폐하께 보고드리고 추진하도록 하자꾸나."

야율융서 역시 이 계책을 승인했다. 소허열은 직접 임명장을 들고 철리부로 가서 나사를 왕으로 임명하는 책봉 의식을 거행해주었다. 그때 동여진 부족들의 수많은 유력자가 모였다.

갈불려가 한 사람을 데리고 와서 소개했다.

"이 사람은 완안부(完顏部)의 추장 석로(石魯)입니다."

소허열이 보니, 입술 위에 쥐꼬리 같은 수염을 기르고 있는 장년의

---

* **철리부(鐵利府):** 중국 헤이룽장성(黑龍江省, 흑룡강성) 지역에 위치했을 것이라고 추정되는 여진 부족.

제1장 왕명(王命)

남자였다. 석로가 말했다.

"저희 완안부는 동쪽 지역 바닷가에서 살고 있는데 저희 조상이 신라에서 와서 경주에 대해서 잘 알고 있습니다."

석로의 말에 소허열이 고개를 끄덕였다.

칠월 말, 동쪽 바닷가 항구에서 은색 철갑을 입은 갈불려가 소허열에게 허리 숙여 인사를 했다. 갈불려는 배에 올라탔고 곧 백여 척의 배가 항구를 떠났다. 여진족의 배들은 망망대해로 힘차게 나아가고 있었고 소허열은 그것을 지켜보았다.

17
서경의 황성

조원이 신녀와 더불어 동명왕신사의 정원을 거닐고 있었다. 내일 있을 축성행사에 관해서 신녀와 논의 중이었다. 그런데 정문으로 한 사람이 들어왔다. 신녀가 그를 보고 밝게 웃으며 손을 흔들자 그가 넙죽 허리를 숙였다.

가까이서 보니 이제 막 소년티를 벗으려고 하는 몸집이 땅땅한 남자였다. 남자가 신녀에게 광주리를 내밀며 말했다.

"엄니가 가져다드리라고 해서요."

신녀가 광주리 안을 보며 놀란 듯 눈을 동그랗게 뜨며 말했다.

"어머, 이렇게나 많이!"

조원이 광주리를 보니 새빨간 능금이 한가득 담겨 있었다. 능금 하나를 집어서 베어 물으니 시큼하면서도 달달한 과즙이 입안에 확 퍼졌다.

"오, 맛있네."

남자가 조원에게 말했다.

"저의 이름은 '석충'이옵니다."

조원이 건성으로 고개를 끄덕이며 말했다.

"어, 그래."

조원이 건성으로 대하자 석충이 약간 머뭇대며 말했다.

"이건 비밀인데…."

비밀이라는 말에 조원이 석충을 보았다. 석충이 다시 말했다.

"저는 신라의 왕 석탈해의 후손입니다."

조원이 약간 놀라며 말했다.

"진짜? 석탈해의 후손은 경주에서도 아주 드문데 말이야."

"네."

조원은 경주에서 장서기를 지냈기 때문에 경주의 가문들에 대해서 잘 알고 있었다.

"석탈해의 후손이 어째서 서경에 있는 것인가?"

석충 대신 신녀가 답했다.

"석충의 조부는 우리 집안의 병사였습니다. 그래서 노비 신분으로 강등되어 우리와 같이 서경으로 이주한 것이지요."

조원이 석충을 바라보며 측은한 말투로 말했다.

"자네는 원래 왕가의 후손이었는데 집안이 몰락했구만."

석충이 씩씩하게 말했다.

"저는 행군*(行軍)이 되어 공을 세워 장군이 되고 싶습니다."

조원이 고개를 끄덕이며 말했다.

"지금 군사를 계속 뽑고 있으니 노비 신분이더라도 무예에 능하면 행군이 될 수 있을 것이네."

석충이 갑자기 껑충 뛰어올랐다. 거의 사람 키 높이까지 올라간 후에 다시 지면으로 내려왔다. 조원이 그 모습에 놀라워하자 석충이 자랑스러운 목소리로 말했다.

"제가 서경에서 제일 빠르고 날랩니다."

"오, 제자리높이뛰기가 대단한데!"

---

* 행군(行軍): 서북면과 동북면 지역의 정예 보병. 중앙군의 보승과 비견된다.

"여기서 안정역까지 한 시진 정도면 충분합니다."

조원이 깜짝 놀라며 말했다.

"안정역까지는 팔십 리 길인데…."

조원이 이렇게 말하며 신녀를 보았다. 신녀가 고개를 끄덕였다.

"석충이의 달리기는 온 동네가 알아주지요."

조원이 석충의 어깨를 두드리며 말했다.

"자네는 곧 행군이 될 수도 있겠구만! 자네 이름을 기억해두지. 이름을 쓸 수 있나?"

"그럼요."

석충은 자신 있게 대답하며 땅바닥에 자신의 이름을 썼다.

"石忠(석충)."

조원이 글자를 보며 말했다.

"이름이 충(忠)이군. 간단하면서도 좋은 글자지."

조원이 머리를 갸웃하며 혼잣말을 했다.

"그런데 석탈해의 '석' 자는 '옛 석(昔)'인데…."

마침내 조원이 바닥에 쓰인 '石忠'의 '石'을 가리키며 물었다.

"자네 성씨가 이 글자인 거지?"

"예, 그렇습니다."

글자와 석충을 번갈아 보며 말했다.

"이 글자는 '돌 석(石)'이잖아! 성씨가 달라. 자네는 석탈해의 후손이 아니야."

석충이 힘주어 말했다.

"저는 석탈해의 후손입니다!"

"글자가 다르다니까."

석충이 입술에 힘을 주어 말했다.

제1장 왕명(王命)

"아부지가 석탈해의 후손이라고 했단 말입니다!"

조원이 어이없는 표정으로 석충을 보다가 엄한 얼굴로 말했다.

"가문을 사칭하면 큰 벌을 받을 수 있으니, 절대 그래서는 안 될 것이야."

조원의 말에 석충은 잠자코 있었다. 조원이 신녀와 다시 대화하려고 하는데, 석충이 그 자리에서 움직이지 않고 있었다. 조원이 귀찮은 마음에 손짓하며 말했다.

"이제 그만 가보게나. 그리고…."

그런데 석충이 두 손으로 눈가를 닦았다. 조원이 보니 닭똥 같은 눈물을 줄줄 흘리고 있었다. 신녀가 조원을 보며 눈짓했다. 조원이 눈살을 찌푸리며 말했다.

"석충! 너 몇 살이라고 했지?"

"엉엉…, 열다섯입니다."

"내가 보니 넌 장군이 될 관상이다. 내일 오후에 관아로 오거라. 특별히 군적에 넣어주지."

군적에 넣어주겠다는 조원의 말에 석충은 눈물을 뚝 그쳤다. 그러더니 꾸벅 인사를 하고 밖으로 쏜살같이 뛰어나갔다.

다음 날, 조원은 동이 터 오르는 하늘을 보았다. 가을 새벽이라 옅은 안개가 끼어 있어서 태양 빛을 받은 하늘은 온통 자줏빛으로 물들어 있었다. 날이 밝아 오자 웅장하게 서 있는 성문이 모습을 드러냈고 성문 좌우로는 새로이 쌓은 성벽이 빛을 받아 반짝였다.

성문 앞에는 자색 관복을 입고 둥근 문양이 있는 금띠를 맨 네 사람의 고위 관료들이 있었다.

보통 키에 하관이 좁은 사람은 서북면행영도통 최사위였고, 육 척이 넘는 키에 각진 얼굴형의 사람은 서북면병마사 유방이었고, 풍만한 얼굴과 체형의 사람은 서경유수 장영이고, 처진 눈에 왠지 모르게 귀여운 인상인 사람은 서경부유수 박충숙이었다. 이들 주위에 조원을 비롯한 서경의 관료들이 서 있었다.

그 뒤로는 서경의 도령낭장 양악(楊渥)을 필두로 서경의 군사들이 도열해 있었다. 그중에는 이제 산원(散員)으로 승진한 광휴와 양일도 있었다. 주위에는 서경 사람들이 구름처럼 모여 있었다.

최사위가 성문과 성벽을 보며 박충숙에게 말했다.

"박 공, 수고 많으셨습니다. 성벽이 우뚝하고 단단해 보이는 것이 마음까지 아주 든든해집니다."

서경부유수 박충숙이 이번 공사를 책임지고 있었다. 박충숙이 조원 등을 가리키며 말했다.

"저는 감독만 했습니다. 여기 있는 조 판관과 박 사록, 피 사록이 주야로 힘썼지요."

박충숙이 말한 사람들은 조원, 박원작, 피위종이었다. 거란군이 물러간 후, 조원은 서경판관에, 박원작과 피위종은 서경사록참군사(7품)로 임명된 터였다.

유방 역시 세 사람을 격려하자, 조원이 유방에게 말했다.

"성을 쌓는 것은 박 사록이 주관했습니다. 박 사록이 아니었다면 이렇게 빨리 쌓지 못했을 것입니다."

유방이 박원작을 보며 대견한 표정으로 말했다.

"수고 많았네."

유방은 박원작을 잘 알고 있었다. 박원작의 아버지 박양유는 소손녕의 침공 때 서희와 같이 고려군을 지휘했었다.

십팔 년 전(993년), 고려군과 거란군은 대령강을 사이에 두고 대치 중이었다. 거란군은 남하하는 것이 여의찮다고 생각되자 우회하여 안융진을 쳤다. 거란군의 움직임을 간파한 서희는 대도수와 유방을 안융진으로 급파했고 결국 거란군을 물리쳤다.

이때 상군사 박양유가 유방을 크게 칭찬하며 말했었다.

"내 어릴 때, 낭장의 조부(유금필)를 뵈었네. 낭장이 바로 그 모습이구려. 유 장군께서 돌격하시면 적들은 추풍낙엽이었지."

조원은 전쟁을 경험한 후, 서경의 나성과 재성은 너무 크고 북성은 너무 작다고 생각했다. 그래서 재성을 반으로 가르는 성벽을 쌓을 것을 건의했다. 새로 쌓아진 성벽을 황성이라 칭하기로 했다. 이제 서경의 방어벽은 크기대로 나성, 재성, 황성, 북성 순이었다.

곧 북쪽에서 청아한 피리 소리와 맑은 종소리가 울려 퍼졌다. 조원이 몸을 돌려 북쪽을 보았다. 신녀의 행차가 오고 있었다. 서경의 황성이 완성되었으니 그 안녕을 비는 굿을 하려는 것이었다. 신녀의 행차는 일전보다 더욱 성대했다.

동명왕신의 도움으로 서경을 지켜낸 상황이 되자, 신사에 참배하는 서경민들이 끊이지 않았다. 신사는 문전성시를 이뤘고 복채로 받은 곡식과 갖가지 물품들이 창고를 가득 채웠다. 조원과 신녀는 그 물품들로 서경의 군민들을 구호하는 데 힘썼다.

신녀는 쇄자갑을 입고 예리한 창을 잡고서 다섯 마리의 말이 끄는 오룡거라는 마차를 타고 있었다. 쇄자갑은 새벽의 빛을 받아 번쩍였고, 오룡거를 끄는 검은색 말들은 용 모양의 가면을 쓰고 있었는데 마치 매끈한 흑룡들 같았다.

신녀는 산더미처럼 음식이 쌓인 제단 앞에 서서 동명왕의 안부를 묻는 의식인 구배(九拜)를 행했다. 마지막 술잔을 올린 후 신녀는 큰 목소리로 소원을 말했다.

"대동강이 에워싼 금수산(錦繡山)에 자리 잡은 서경은 천하제일의 명당입니다. 금수산 아래 층층 절벽, 그곳에 밝으신 동명왕께서 크고 아름다운 궁궐을 지으시니, 바로 천 년을 이어 온 구제궁입니다. 동명왕께서는 손수 기린을 기르시고 기린을 타고 하늘과 땅을 오가셨습니다. 동명왕의 영험함으로 수나라와 당나라를 물리쳤고 이번에는 거란을 물리쳤습니다. 이제 당신의 계시를 받아 황성을 쌓으니, 천년만년의 영화를 우리에게 내려주소서!"

축원을 한 뒤, 곧 오방신장기(五方神將旗)를 이용한 신녀의 굿이 행해졌다. 신녀는 소원을 말하며 오방신장기를 하나씩 하늘로 높이 던져 올렸다. 깃발들이 하늘을 수놓으며 허공에서 춤을 췄다. 신녀는 오방신장기가 떨어진 곳으로 가서 그 모습을 찬찬히 살폈다.

한참 후에 신녀가 몸을 일으키며 이윽고 점괘를 말했다.

"동명왕신께서 이 제사를 기뻐하시니, 성벽은 외부의 공격에는 절대 무너지지 않을 것이다!"

무녀들이 한목소리로 점괘를 외쳤다.

"동명왕신께서 이 제사를 기뻐하시니, 성벽은 외부의 공격에는 절대 무너지지 않을 것이다!"

"와아! 동명왕께서 우리를 지켜주신다!"

신녀의 점괘를 듣고 사람들이 환호성을 질렀다. 한참의 환호성이 지난 후, 신녀는 창무(槍舞)를 추기 시작했다. 창무를 통해서 신녀에게 동명왕신이 강림하는 것이었다.

신녀가 창무를 춘 후에 창끝으로 사람들을 가리켰다. 그러면서 환호성을 지르는 사람들을 천천히 훑어보았다. 신녀의 텅 빈 눈빛을 마주한 사람들은 오싹한 기분이 들었고 환호성이 점차 잦아졌다.

신녀가 그런 사람들에게 꾸짖듯이 외쳤다.

"적은 밖이 아니라 안에 있나니, 몇 갑자 후에 성벽을 허물 사람들은 바로 너희 고려인들이다!"

신녀는 이렇게 말한 후 옆의 무녀들 품으로 쓰러졌다. 동명왕신이 신녀에게서 빠져나간 것이다. 신녀의 마지막 말은 불길한 말이었기 때문에 사람들의 표정이 굳어졌다. 조원 역시 신녀가 불길한 말을 하자 의아했다. 그러나 생각해보니 신녀는 몇 갑자 후라고 했다. 일 갑자는 육십 년인데, 몇 갑자라면 지금과는 아무 관계가 없는 것이다. 조원이 광휴와 양일을 시켜 외치게 했다.

"동명왕신께서 말씀하셨다! 성은 절대 함락되지 않는다!"

광휴와 양일이 외치자 옆의 군사들도 따라 외쳤다.

"성은 절대 함락되지 않는다! 동명왕! 동명왕! 동명왕!…"

사람들도 곧, 군사들을 따라서 외치기 시작했다.

"동명왕! 동명왕! 동명왕!…"

조원은 무녀들의 품에 있는 신녀를 보고 고개를 가볍게 흔들었다. 신녀가 사람들을 대하는 방식은 위기감을 조장하는 것이었고 이번에도 희망적인 말 뒤에 위기감 섞인 언사를 섞었다고 생각했다.

굿이 끝나자 최사위를 비롯한 대신들은 황성의 성문인 주작문에 올랐다. 황성의 성벽이 수리에 걸쳐 굽이치며 뻗어 있었다.

최사위가 조원을 보며 말했다.

"이제 황성이 완성되었으니 서경의 방어력은 한층 강화되었군."

유방이 조원에게 물었다.

"재성의 한 군데 정도가 뚫리면 검차로 막아가며 병력을 황성까지 철수시킬 수 있다지만, 동시에 여러 곳이 뚫리면 어떻게 해야 하겠나?"

조원이 답했다.

"그런 상황을 만들지 말아야 합니다."

조원의 답에 최사위와 유방은 아무 말 없이 가만히 있었다. 박충숙이 조원의 말에 맞장구치며 말했다.

"그렇지, 그런 나쁜 상황을 만들지 말아야지. 그렇지만 따로 준비된 것도 있지 않나?"

"서경 시가지 곳곳에 장작과 짚단, 관솔을 비치해 두었습니다. 적들이 성안으로 진입하면 그것들을 불살라 진격을 늦추거나 완전히 제압할 수도 있습니다."

그제야 최사위와 유방이 흐뭇한 미소를 지으며 고개를 끄덕였다. 최사위가 조원을 보았다. 조원이 장원급제할 때 최사위는 서경부유수였다. 서경에서 과거 시험을 준비하는 학생 중 조원이 가장 뛰어났고 과연 장원으로 급제했다. 지역에서 급제자가 나오면 지방관에게도 큰 영예였기 때문에 지방관들이 과거 시험을 준비하는 학생을 각별하게 챙기는 것은 당연했다.

최사위는 거란의 침공이 예상되어 통군사가 되자, 조원을 자신의 막료인 통군녹사로 임명했다. 과연 조원은 기민하게 일을 잘 처리했고 더구나 서경을 지키는 큰 공을 세우니 최사위는 자신의 안목에 흐뭇했다.

유방은 올 초 거란군이 물러갈 때 단신으로 그 뒤를 쫓았었다. 서경 근처에 이르렀을 때 서경이 굳건하게 지켜지고 있는 것을 보게 되었고 그것에 정말 감동했었다. 그리고 서경에 들어와서 조원, 강민첨 등과 함께 며칠을 보냈었다. 조원과 강민첨은 굳건한 의지가 있었고 재기발랄한 꾀들이 있었다. 전쟁이 끝난 후 유방은 병부상서 겸 서북면병마사로 임명되어 서경을 비롯한 서북면을 순시하며 조원과 만날 일이 많았다. 유방은 조원의 재능을 높이 사고 있었다.

서경민들이 젓대를 불고 북과 징을 치며 성벽을 따라 걷기 시작했다.

'성벽 밟기 놀이'였다. 실제적 목적은 성벽의 흙을 다지기 위한 것이지만, 사람들의 참여를 높이기 위해 언제부터인지 기복적인 의미를 부여한 놀이로 행해지고 있었다. 따라서 '성벽 밟기'를 하면 살아서는 무병장수하고 죽어서는 극락에 간다고 한다. 여자들은 돌을 머리에 이고 있었고 이 돌은 성벽 곳곳에 비축되어 방어하는 데 사용될 것이다.

이 성돌은 뉘 성돌인가, 우리의 옥돌일세.
이 터는 뉘 터인가, 우리의 옥터일세.
이 군사는 뉘 군사인가, 우리의 옥군사일세
눌러보세, 눌러보세 꾹꾹 눌러보세.

지신도 나와서 눌러보세.
성주신도 나와서 눌러보세.
조왕신도 나와서 눌러보세.

맹수를 막아라, 도적을 막아라, 외적을 막아라.
우리 인생 천년만년, 무병장수 누릴까나, 극락왕생 해볼까나.
눌러보세, 눌러보세 꾹꾹 눌러보세.

그날 밤 관아의 내실에서 네 사람이 탁자를 마주하고 술잔을 기울이고 있었다. 최사위와 유방, 장영, 박충숙이었다. 네 사람은 고려의 국방을 책임지고 있는 사람들이었다.

최사위가 미간을 모으며 진지한 표정으로 말했다.

"나는 진법을 열심히 공부하고 익혔소. 그리고 군사를 선발하고 조련하는 일에 힘을 쏟았지요. 그런데 내가 군사를 안다고 생각했으나 전장에서는 성실함보다는 임기응변이 필요하다는 것을 느꼈다오."

유방은 최사위가 말하는 뜻을 알 것 같았다. 유방이 부드러운 어조로 최사위에게 말했다.

"승패는 병가지상사이지 않습니까! 한 번 패했다고 자책할 필요는 없습니다."

최사위가 약간 정색하며 말했다.

"자책하는 것이 아닙니다. 잘할 수 있는 일을 잘하자는 것이지요."

박충숙이 입술을 내밀며 계면쩍은 표정으로 말했다.

"저도 이번 전쟁에서 중군병마사로 제 역할을 하지 못했습니다."

장영이 말했다.

"고위 관료 중에 전쟁에서 제 역할을 한 사람이 누가 있겠소!"

최사위가 유방 등을 보며 말했다.

"나는 병력을 징발하고 조련하는 데 모든 힘을 쏟겠소. 유 장군은 그 병력을 지휘하여 거란군을 막아주시오. 그리고 장 공과 박 공은 유 장군을 도와서 군사를 잘 이끌어주시오. 군사에 관한 한, 세 사람만 믿겠소."

박충숙이 최사위의 말에 고개를 끄덕이다가 근엄한 표정을 지으며 말했다.

"각하께서 일등 공신인 소하*(蕭何)가 되겠다는 것이로군요."

최사위가 가벼운 미소를 지었다. 그때 밖에서 소리가 들렸다.

"조 판관이 왔습니다."

조원이 온 것이었다. 네 사람은 조원과 더불어 술잔을 기울이다가,

---

* 소하(蕭何): 한나라의 제1대 황제 유방(재위 BC. 202~BC. 195)의 재상. 소하는 후방에 머무르며 보급을 확보하는 데 주력했다. 유방은 소하를 으뜸가는 공신이라 칭했다.

최사위가 조원에게 물었다.

"일전에 자네가 학사승지에게 말한 전략은 무엇인가?"

"학사승지와 전략에 대해 토론하다가 저희가 생각해둔 바를 말한 것입니다."

"그런 전술은 불가능하네. 특히 흥화진에서의 전술은 전혀 쓸 수도 없는 것이야."

조원이 변명하듯이 말했다.

"흥화진에서의 전술은 특정 상황에서 쓸 수도 있다는 것입니다."

유방이 조원의 전략을 들어보고 말했다.

"좋은 전략이오. 그렇지만 위험한 전략이기도 하오."

최사위가 엄한 표정을 지으며 조원에게 말했다.

"다른 관료들에게 웃음거리가 되니, 다시는 입 밖에 내지 말게나."

조원이 말없이 고개를 끄덕인 뒤, 최사위에게 말했다.

"한 가지 청이 있습니다."

"뭔가?"

"거란에 가보고 싶습니다."

18
압록강을 넘어

 십일월 십일, 드디어 거란에 갔던 최원신과 곽원이 돌아왔다. 곧 재추회의가 소집되었다. 왕순이 최원신과 곽원을 위로하며 말했다.
 "먼 길을 오가느라 고생이 많았습니다."
 최원신이 머리를 조아리며 말했다.
 "나라를 위한 길인데 수만 리라고 하여 마다하겠습니까!"
 "거란 임금을 접견했습니까?"
 "신이 부지런히 길을 재촉해 거란의 상경에 도착했을 때, 거란주의 어가는 상경 서쪽의 평지송림(平地松林)에 있었습니다. 다시 수백 리 길을 가서 거란주를 만날 수 있었습니다."
 거란주를 만났다는 말에 왕순이 고개를 앞으로 살짝 빼며 물었다.
 "거란주의 태도는 어땠습니까?"
 저번과 다르게 이번에는 야율융서를 만난 것이었다. 모든 재추들이 기대감을 품고 최원신의 입을 바라보았다.
 "거란 관리의 안내를 받아 천막으로 들어갔는데 거란주는 그의 비(妃)와 함께 커다란 평상을 마주 보고 앉아 있었습니다. 거란주는 저희에게 먼 길을 오느라 수고했다고 말하며 접견하는 내내 온화하고 인자한 태도를 유지했습니다. 특히 가지고 간 표문을 보고 매우 흡족해했습니다."

왕순을 비롯한 모든 사람의 얼굴이 밝아졌다.

"다른 말은 없었습니까?"

"강조의 일당이 어떤 처벌을 받았는지 물었습니다. 모두 유배를 보냈다고 했더니, 처벌이 너무 약하다고 했습니다. 그리고 제가 거듭 감사의 말을 하자, '역적을 처단하는 것은 황제의 의무이니 과도하게 감사할 필요 없다'라고 했습니다."

왕순이 고개를 끄덕였다. 야율융서의 태도가 괜찮은 것이다.

"거란의 관료들은 어떠했소?"

"신의 아버지가 소손녕의 거란군과 싸웠었고 저 또한 이번 전쟁에서 구주방어사였다는 말을 듣고 매우 호의적인 태도로 대하였습니다."

최원신의 아버지 최량은 서희, 박양유와 더불어 소손녕의 거란군을 상대했었다.

"거란의 관료들과 사적인 대화를 해보았소?"

"상온 진소곤이 홍화진부사 이수화의 안부를 물었고 몇몇과는 시문을 주고받았습니다. 저나 그쪽 사람들이나 서로 민감한 사안에 대해서는 자제하는 분위기여서 심도 있는 말을 나누지는 못했습니다."

왕순이 재추들에게 물었다.

"진소곤이라는 사람은 어떤 사람이오?"

왕순의 물음에 중추사 장연우가 답했다. 장연우는 거란에 사신으로 여러 번 갔다 왔기 때문에 진소곤을 만난 적이 있었다.

"진소곤은 한족 출신이온데 언어에 자질이 매우 뛰어납니다. 홍화진 부사 이수화가 거란어를 배우기 위해 거란에 갔을 때 진소곤의 집에서 기거했었습니다. 그래서 둘은 호형호제하는 사이라고 합니다."

왕순이 고개를 끄덕이며 최원신에게 물었다.

"오가면서 본 거란 군대의 움직임은 어떻습니까?"

"거란군이 우리를 침공하려면 그들의 동경에 집결해야 하는데 아직 그런 움직임을 보지 못했습니다. 그리고 거란 관료들의 태도로 보았을 때, 적어도 올해 안에는 거란군의 침공이 없을 것으로 판단됩니다."

최원신의 말에 모두 대단히 안도하는 표정을 지었다. 그런데 거란주의 태도가 모호하기는 했다. 원래 고려 사신단이 가면 공식 접견 의식인 '고려사입현의(高麗使入見儀)'를 하는 등 외교적 절차가 있다. 그런데 만나기는 했으나 그런 공식적인 외교 절차는 전혀 진행하지 않은 것이다.

하지만 왕첨이 갔을 때는 만나주지도 않았었다. 어쨌든 점점 태도가 나아지고 있었다. 마치 거란주의 화가 조금씩 풀려가는 느낌이었다.

문하시랑 유진이 단아한 태도로 말했다.

"다음 달에 거란 임금의 생일이 있습니다. 강화를 반드시 성립시키기 위해서는 사신을 엄선해야 할 것입니다."

십이월에는 야율융서의 생일이 있었다. 송나라를 비롯하여 주변의 모든 나라들이 축하 사절단을 보내는 성대한 행사였다. 고려에서도 매년 성절사(聖節使)라는 이름으로 사신단을 파견했는데 이번에는 다른 때보다도 더욱 신중히 보내야 할 것이었다.

다음 날, 관리 하나가 접견을 요청했다. 형부시랑 김은부였다. 김은부는 공주절도사로서, 몽진하는 왕순을 극진히 대접하여 공을 세웠기 때문에 얼마 전에 형부시랑으로 임명되어 있었다. 또한 김은부의 첫째 딸과 둘째 딸을 모두 원주(院主: 임금의 비)로 맞아들였기 때문에 왕순의 장인이기도 했다.

왕순이 먼저 맞이한 두 왕후, 현덕왕후와 대명왕후는 모두 성종의 딸들로 지엄한 신분들이었으나 아직 왕자를 생산하지 못하고 있었다. 더구나 전쟁 전에 회임했던 현덕왕후는 몽진 중 무리를 해서인지 유산하고 말았다. 김은부의 두 딸의 신분이 비록 두 왕후보다 현저히 낮지만 먼저 왕자를 생산한다면 경쟁에서 앞서는 것이다.

왕순에게 김은부의 붉은색 관복이 눈에 들어왔다. 몽진 중에 관복 차림으로 예를 갖추어서 어가를 맞이한 사람은 김은부밖에 없었다. 당시 김은부가 다가올 때 선명한 붉은색 관복이 눈에 들어왔고 그것만으로도 마음의 안정을 주었었다. 왕순은 지금 김은부의 관복을 보면서 그때의 감정을 다시 느끼고 있었다.

김은부가 왕순에게 말했다.

"성상폐하! 소신이 불미하나 거란에 사신으로 가겠나이다."

곧 사신단이 꾸려졌고 부사로는 윤징고가 자원했다. 윤징고는 예전에 거란에 다녀온 적이 있었다.

윤징고는 수안현(守安縣: 경기도 김포시 양촌면) 사람으로 성종 십오년 (996년)에 서눌, 곽원 등과 같이 과거에 급제했다. 성품이 침착하고 엄숙하며 굳세었고, 부임하는 곳마다 공평하게 일을 처결했다. 또한 다른 사람의 단점을 입에 담지 않았으므로 사람들이 경외하면서도 좋아했다. 윤징고는 빠르게 승진했고 지난 전쟁에서는 곽원과 더불어 행영도통부 판관으로 참전했었다.

사신단에 대한 일이 결정된 후, 먼저 사신으로 갔다 온 곽원이 윤징고를 찾아와 말했다.

"벌써 북쪽의 날씨는 차갑더군."

윤징고는 말없이 고개를 끄덕였다.

십일월 십삼일, 김은부와 윤징고는 사신단을 이끌고 거란으로 출발했다. 개경을 출발하여 자비령을 넘어 서경에 도착하자 일단의 사람들이 사신단에 합류했다. 한 사람이 김은부를 보고 길게 읍했다. 김은부가 환히 웃으며 말했다.

"서경 전투의 영웅이 합류하니 든든하기 이를 데 없습니다."

서경 판관 조원이었다. 김은부의 말에 조원이 얼굴을 붉히며 말했다.

"성심을 다해 정사 각하를 보필하겠습니다."

서경에서 고열, 광휴와 양일 등 서경 군사 이십 명이 사신단에 합류했다. 조원을 비롯한 서경 군사들이 사신단의 호위를 책임지기로 했던 것이다. 그래서 총사신단의 규모는 오십여 명이었다.

안주에 도착하자 부사(府使) 정성이 성문 밖까지 마중 나와 있었다. 흥화진사였던 정성은 전쟁이 끝난 뒤 안북도호부사(安北都護府使)로 임명된 터였다.

이십삼 일에 흥화진에 닿았다. 흥화진사는 흥화진부사였던 이수화였다.

다음 날 아침 사신단은 흥화진을 나와 용만(현재의 의주) 북쪽의 압록강에 당도했다. 압록강에는 여러 섬이 있는데 그중에 검동도가 있었고 거기에 거란의 내원성이 있었다.

그때 얼어붙은 압록강을 건너오는 수십 기의 기병들이 보였다. 매우 경쾌한 움직임이었으며 가까이 접근하니 앞에 선 장수 하나가 보였다. 갈색 털가죽 옷을 입고 테두리가 검은색 털로 장식된 가죽 모자를 쓰고 있었는데, 서른즈음에 얼굴이 각진 것이 꽤 굳세어 보이는 인상이었다.

"내원성 소교 하행미입니다!"

하행미의 목소리에 김은부는 약간 놀랐다. 하행미는 고려어로 말하고 있었다. 억양에 약간 이질적인 부분이 있었으나 똑똑히 알아들을 수 있었다. 요동에는 수만의 발해인이 살고 있으니 여기서 고려인들이 알아들을 수 있는 발해어를 듣는다는 것이 사실 그리 놀랄만한 일은 아니었다.

통역관의 정·부사 등에 대한 소개가 끝나자 하행미가 김은부에게 말했다.

"본국의 동경까지 소장이 사신단을 모시겠습니다."

김은부가 엄숙한 표정으로 말했다.

"장교께서 호위해주신다니 든든하기 이를 데 없습니다."

하행미가 선두에 서서 압록강을 건너는데 강의 얼음 위에는 미끄러지지 않도록 바자*가 깔려 있었다.

사신단은 내원성에 들어가서 인원수를 점검받고 곧바로 성을 나왔다. 내원성을 휘감아 도는 압록강을 건너 대안에 이르자 사람 키를 넘는 갈대밭이 무성했다.

하행미는 길에 올라서자 뿔나팔을 길게 불었다.

"뿌웅~~~~~~~~."

곧 호응하는 뿔나팔이 북쪽과 서쪽에서 울렸다. 그런데 갈대밭에서 어떤 물체가 '후드득' 하며 튀어나왔다. 일행이 모두 놀라서 그것을 보는데 갈색의 커다란 사슴이었다.

한 길이 넘는 갈대 위를 마치 튕기듯이 솟아오르며 뛰어가고 있었고 겨우 사슴 한 마리일 뿐이지만 볼만한 풍경을 연출했다. 하행미가 사슴을 보며 뭐라고 급히 소리치자, 그가 이끄는 군사들이 좌우로 순식간에 퍼지며 사슴을 에워쌌다. 예기치 못한 명령에도 날랜 움직임을 보였다.

사슴이 갈대밭 속으로 들어갔다가 다시 공중으로 튀어 오르는 순간, 화살 나는 소리가 들렸다.

"피잉-."

사슴은 공중에서 중심을 잃으며 힘없이 아래로 떨어졌다. 하행미의 손에는 어느덧 활이 들려 있었고 그의 군사들이 환호성을 질렀다.

---

* 바자: 갈대, 싸리 등으로 발처럼 엮어서 만든 물건.

"와아! 명중입니다!"

왁자지껄 떠드는 그들의 말을 김은부는 분명히 알아들을 수 있었다. 그들은 모두 발해인이었다.

내원성에서 압록강을 건너면 평지 가운데 우뚝 솟은 산이 있다. 이곳에는 고구려의 성인 박작성(泊灼城)이 있었고, 그 서쪽에는 서안평성(西安平城)이 있었다. 거란에서 이곳들을 보수하여 위구성(威寇城)과 진화성(振化城)이라고 칭했다.

김은부가 나직이 윤징고에게 말했다.

"요충지에 성을 세 곳이나 쌓아 완전히 교통로를 통제했군요."

소손녕은 고려를 침공하기 일 년 전(992년)에 이곳을 점거하여, 고려가 압록강을 넘어 북진하는 것을 견제했고, 여진족들이 압록강 하구로 나가 서해를 통해 송나라와 통교하는 것을 막았다.

압록강 변을 따라 서쪽으로 십여 리쯤 가자, 오른쪽에 낮은 언덕을 이용해 쌓은 성벽이 보였다. 이곳은 고구려의 정동현(定東縣)이었다. 이곳은 소손녕이 고려를 침공한 후(995년)에 점거하여 정주(定州)라고 불렀다. 성 주위에는 숲이 우거졌고 군데군데 호랑이 잡는 그물을 쳐 놓고 있었다. 성벽과 압록강 사이에는 넓은 논과 밭이 펼쳐져 있었다.

고려의 사신단이 다가오자 성문을 통해 사람들이 나왔다. 건장한 사내 몇 명이 가까이 와서 사신단의 짐을 자세히 살피는데 통역관이 그들에게 뭐라고 말하는 소리가 들렸다.

윤징고가 김은부에게 말했다.

"여기서 우리 짐마차들은 돌아가고 요나라 사람들의 수레로 짐을 운반합니다."

사신단이 공적으로 가지고 가는 방물 이외에 사적으로 가지고 가는 물자도 매우 많았다. 사무역(私貿易)이 이루어지는 것이었다. 특히 홍삼을 많이 가지고 갔는데 거란인들은 고려 홍삼을 성형인삼(成形人蔘)이라고 불렀다. 생삼(生蔘)을 포개어 쪄내는 과정에서 모양이 변해서 평평해지기 때문이었다.

그 밖에 친분이 있는 거란인들에게 부탁받은 물건을 가지고 가기도 했다. 고려의 차인 '뇌원다', '고려지'라고 불리는 종이, '구리그릇', '황칠(黃漆)' 등이 인기 품목이었다.

그러나 이번 사행길에는 사적인 무역을 금했기 때문에 짐이 별로 없었다. 단지 수레 열 대면 충분했다.

김은부가 짐을 싣는 것을 보고 있는데 수레마다 한 명씩의 마부가 있어 분주히 짐을 싣고 있었다. 그런데 한 수레는 둘이 달라붙어 일하고 있었다. 둘 다 어려 보였는데 그중 더 어린 자는 십 대 초반으로 보였다. 김은부는 둘이 뛰어다니며 짐을 옮기고 싣는 모습을 물끄러미 지켜보았다. 활력이 있고 기특해 보이기도 했다. 그러나 한편으로는 십 대 소년 둘이 일한다는 것은 집 안에 장정이 없다는 뜻일 터다. 김은부는 이제 열세 살인 막내아들 난원(爛圓)이 떠올랐다. 큰아들 충찬이 이제 이십 대 후반이고, 딸 둘도 궁에 들어가 왕의 총애를 받고 있으므로, 자신이 어떻게 되더라도 형과 누나들이 난원을 잘 돌볼 것이다. 그러나 만일 난원 혼자라면 세상을 살아가기가 쉽지 않을 터였다. 김은부는 이들이 측은하게 느껴졌다. 짐을 다 싣고 나서 그들을 불렀다. 그들은 여진족이었다. 물어보니 형과 동생 사이인데 형은 열일곱 살, 동생은 열세 살이라고 했다. 둘 다 얼굴이 둥글고 컸으며, 키는 작았지만 골격이 단단해 보였다. 통역관이 이름을 물으니 김은부가 듣기에는 '무치'라고 말하는 것 같았다.

김은부가 혼잣말로 되뇌었다.

"무치?"

김은부의 발음을 듣고 어린 여진인이 힘을 주어 말했다.

"무쉬!"

김은부가 다시 발음했다.

"무쉬?"

어린 여진인이 여드름이 듬성듬성 난 얼굴에 인상을 쓰며 또박또박 다시 말했다.

"무. 치."

김은부가 다시 '무치'라고 하자 여진인은 고개를 또 저었다. 김은부가 고개를 설레설레 흔들며 말했다.

"이거 발음이 너무 어렵구만."

윤징고가 미소 지으며 김은부에게 말했다.

"여진말 중에는 고려말에 없는 발음들이 꽤 있어서 그 소리를 제대로 내기가 쉽지 않습니다."

김은부가 고개를 갸우뚱하며 말했다.

"이름이 한자로는 있으려나?"

통역관이 김은부에게 말했다.

"아마 글을 모를 것이옵니다."

통역관의 말에 어린 여진인이 입술을 내밀며 부아가 난 표정을 지었다. 마치 고려말을 알아듣는 눈치였다. 곧 땅바닥에 무릎을 꿇더니 나뭇가지를 들어 무언가를 썼다.

김은부는 호기심이 발동하여 가까이 다가가 어린 여진인이 쓰는 것을 내려다보았다.

"木史."

약간 삐뚤삐뚤하지만, 두 글자의 한자를 분명히 알아볼 수 있었다. 김은부가 그 한자를 읽었다.

"목사!"

어린 여진인이 고개를 끄덕였다. 김은부가 미소 지으며 말했다.

"앞으로 몇 달을 동행할 터이니 '목사'라고 부르겠네."

목사가 허리를 숙이며 말했다.

"예, 알겠습니다. 각하!"

목사는 서툴지만 알아들을 수 있는 고려말로 대답했다. 김은부가 약간 놀라며 물었다.

"고려말을 할 줄 아는가?"

목사는 고개를 가로저은 후에 통역관에게 여진어로 말했다. 통역관이 김은부에게 말했다.

"마을에 고려말을 할 줄 아는 사람이 있어서 조금 배웠다고 합니다."

김은부가 다시 물었다.

"아우의 이름은 어떻게 되는가?"

목사가 다시 땅바닥에 글을 썼다. 목사가 쓴 글자를 보며 김은부가 말했다.

"아우의 이름은 목개(木開)로군. 좋은 이름들이야."

목사는 여진국 사람으로, 여진국은 압록강의 북쪽 지류인 포석하(蒲石河) 상류를 중심지로 하고 있었다. 목사는 올 삼월에 정주로 이주했다. 전쟁 후, 정주에 호구 수를 채우라는 거란 조정의 명령이 내려와서, 여진국 왕 수지니(殊只你)는 할당량을 채우기 위해 이백여 호를 이곳 정주로 보냈던 것이다. 목사는 수레로 보급물자를 나르는 역을 지게 되었다. 나머지 시간에는 비옥한 압록강 변의 토지를 분급 받아 농사에 종사했다. 이주 조건은 괜찮았다. 역을 지는 대신에 세금은 거의 없었으며 약간의 토산품만 현물로 바치면 되었다.

사신단은 정주에서 하룻밤을 묵고 북쪽으로 길을 재촉했다. 멀리 송골산이라는 큰 산이 보였고 앞에 펼쳐진 지형은 압록강 남쪽과 별 차이 없는 산악지형이었다. 김은부는 외국에 처음 가는 길이었다. 압록강을 건너는 것이 대단한 일인 줄 알았는데 인제 보니 별다른 감흥이 없었다. 막중한 책임감을 느끼며 사신의 임무를 잘 수행하자는 생각뿐이었다. 곧 북쪽에서 불어오는 차가운 바람이 얼굴의 정면을 스쳤다. 얼굴을 스친 바람이 남쪽으로 흐르자 무의식적으로 바람결을 따라 고개를 뒤로 돌렸다. 압록강 넘어 남쪽으로 북쪽의 산들과 다를 바 없는 산들이 보였다. 그러나 이제는 집으로 소식을 보낼 수도 없고 집에서 보낸 소식이 도달할 수도 없다. 서로 간의 연락은 이로부터 끊어지는 것이다. 앞뒤가 모두 다를 바 없이 이어지는 땅이고 짐승들 역시 자유롭게 오가는데 오직 사람만 단절되는 것이다. 김은부는 가볍게 한숨을 쉬고 고개를 돌렸다.

여기서 북쪽으로 사백 리를 가면 거란의 동경이었다. 길은 시냇가를 따라 이어져 있었고 곳곳에 들판이 널찍한데 개간된 곳은 거의 없었다. 그러나 길에 수레바퀴 자국이 어지러이 나 있고 풀이 자라지 못한 것으로 보아 인마의 이동량이 꽤 많음을 알 수 있었다. 또한 일정한 거리마다 봉수대가 설치되어 있었는데 매우 잘 정비되어 있었다.

얼마를 가자, 예닐곱 명의 사람들이 당나귀를 타고 오고 있었다. 하행미가 그들을 보고 뭐라고 소리치니 모두 당나귀에서 내려 길가에 섰다. 김은부가 슬쩍 보니 옷차림에 별다른 특색은 없었는데 당나귀 위에 무기와 갑옷이 실린 것이 군사들임이 분명했다. 그러나 얼굴들이 파리한 것이 일급 군사들은 아니었다. 김은부는 이번 전쟁에서 거란군의 모습을 직접 보지는 못했으나 그 무서움은 귀에 인이 박히도록 들었다. 그런데 이들의 모습을 보아하니 그런 무서움과는 거리가 멀었다. 김은부가 그들을 보며 묘한 표정을 지었다.

하행미는 김은부의 표정에서 대강 생각을 알아채고 머쓱한 표정으로 말했다.

"이들은 정주 소속의 군사들입니다. 봉수대에서 근무하고 정주로 복귀하는 중이지요. 예전에 이곳은 도적들만이 횡행했었습니다. 지속적인 정벌로 대부분 제거했지만, 황제께서 이곳에 행차하시기 전까지는 사람들의 통행이 드물어 쑥대와 물억새꽃이 길을 가리고 들짐승들만 떼로 몰려다녔습니다. 황제께서 명하시어 길을 닦아서 지나다니기에 사뭇 편리하게 되었습니다."

"아, 그렇군요."

하행미의 말을 들은 김은부는 입으로는 맞장구를 쳤으나 마음은 무거워졌다. 거란주가 이곳을 중시하면 할수록 고려에는 위협이 된다.

일행은 칠십여 리를 가서 온천이 있는 마을에서 하루를 묵었다. 온천에는 초막이 지어져 있었고 이곳 사람들은 초막에 들어가서 자주 온천욕을 한다고 한다.

하행미가 말했다.

"황제께서 이리로 거동하셨을 때, 신하들이 온천에서 목욕하실 것을 청했었으나 황제께서는 승낙하지 않으셨습니다."

김은부 등이 의아한 눈빛으로 바라보자 하행미가 뿌듯한 표정으로 말을 이었다.

"황제께서는 자신이 이곳에서 목욕을 하면 앞으로 백성들이 목욕을 못 한다고 하시며, 온천 옆에 막사를 치고 물을 길어 와서 성체(聖體)를 씻으셨습니다."

이번 전쟁이 발발하기 전까지 야율융서의 인상은 고려에 매우 좋게 비쳤었다. 고려 사신들이 만나본 야율융서는 유학을 알고 시를 잘 짓는 사람이었다. 또한 살생을 싫어하여 사형에 해당하는 죄를 지어도 매만 때리고 풀어주는 경우가 많다고 알려져 있었다. 하행미의 말은 지금까지 고려인들이 알고 있는 야율융서의 인상과 일치했다. 따라서 그런 야율융서가 다짜고짜 전쟁을 일으키리라고는 예상하지 못했다.

하행미가 사신단에 온천욕을 권했다. 고려 사신들이 온천에 들자, 하행미는 부하들을 시켜 어제 잡은 사슴을 가져오게 하였다. 손질한 사슴을 솥에 넣고 한 번 삶은 후, 마당에 모닥불을 피워 놓고 구웠다. 사슴은 지방질이 거의 없어서 불에 바로 구우면 퍽퍽해진다. 물에 한 번 삶고 구워야 수분이 보존되어 부드러운 고기를 즐길 수 있다. 하행미는 사슴을 손수 구웠고 특히 꼬리는 따로 꼬챙이에 끼워 구웠다. 사슴 꼬리는 가장 맛있는 부위였기에 고려 사신들에게 대접할 생각이었다. 모닥불 앞에 가까이 앉아 있으니 추운 겨울임에도 얼굴이 화끈거렸다. 일렁이는 불꽃을 보고 있자 마음속에서도 미묘한 일렁임이 있었다.

거란에서는 이번 전쟁에서 자신들이 승전했다고 선전했으나 하행미는 잘 알고 있었다. 거란군 역시 수만의 사상자가 발생했고 결코 이긴 전쟁이라고 말할 수 없다는 것을….

회군하는 거란 군사들은 거지꼴로 압록강을 건넜다. 내원성에 있던 하행미는 그 모습을 똑똑히 보았고 배로 거란군을 실어 나르다가 하마터면 고려군의 화살에 맞을 뻔했다.

앞으로 상황이 어떻게 될지는 알 수가 없다. 전쟁이 계속 이어질지, 종결될지. 전쟁이 끝난 지 일 년 가까이 지났으나 다행히 지금까지는 별다른 움직임이 없었다. 거란에서 고려의 사신을 계속 받아들이는 것으로 보아 외교적으로 사태를 마무리할 가능성도 없지 않았다. 대다수 사람이 희망하는 일이고 특히 동경 주변에 거주하는 발해인들이 가장 원하는 일이었다.

전쟁을 하려면 동경으로 군사와 물자들을 집결시켜야 하고, 그러면 동경과 그 주변에 사는 사람들의 노역이 과중해진다. 또한 군율을 엄격히 하여 군사들이 민간에 피해주는 것을 막는다고 하나, 수십만의 군사가 집결하면 범죄가 생기는 것은 어쩔 수 없었다. 절도는 헤아릴 수도 없이 발생하고 강간과 살인도 심심치 않게 일어난다. 또한 탈영병이 생기고 탈영병을 찾느라 군사들이 온통 벌집을 쑤시듯이 하고 다닌다. 그러면 또 다른 문제가 생기는 것이다.

외교적으로 마무리되는 것이 가장 좋으나 아직은 살얼음판을 걷는 것과 같았다. 이번 전쟁에서 보았듯이 고려의 저력은 만만치 않다. 고려는 주력군이 궤멸된 상태에서도 반격을 펼쳤고 그 반격에 거란군은 나가떨어졌다. 이런 고려를 완전히 정벌하려면 한두 번의 정벌로는 불가능할 것이다. 최소 몇 년의 시간이 필요할 것이고 그 시간 동안 동경 근처 사람들의 삶은 고달파질 게 틀림없었다. 하행미는 내원성으로 끌려온 고려인 포로 중에 고려에 속한 발해인들을 보았었다. 그들과 자신은 같은 발해인이지만 서로 편을 가르고 있었다.

발해가 멸망한 후 발해인들은 크게 세 부류로 나뉘었다. 거란의 통치를 받아들인 부류, 고려에 귀부한 부류, 거란에 저항하며 동쪽 깊숙한 산림으로 들어간 부류.

만일 전쟁이 계속된다면 발해인들의 앞날이 요동치게 될 것이다. 지금은 동경의 발해인들이 거란의 힘에 눌려 협조하고 있지만 만일 거란이 고려에 패하기라도 한다면 발해인들은 선택해야 한다.

하행미 자신은 그런 상황이 오면 어떤 선택을 해야 할 것인가?

사슴고기가 다 구워지자, 사슴 꼬리와 고기를 잘라서 몇 개의 그릇에 수북이 담았다. 그 그릇을 직접 들고 고려 사신들이 거처하는 곳으로 갔다.

19
왕명을 욕되게 할 수 없다

조원은 고열과 더불어 사신단의 인원을 확인하고 수레에 실린 짐을 점검했다. 이상이 없음을 확인하는데 목사 형제가 눈에 들어왔다. 조원이 손짓으로 목사와 목개를 불러서 조용히 말했다.

"부다 졈비오?"

조원의 서툰 여진어에 목사가 갸우뚱하면서도 경계심 어린 표정으로 서 있었다.

조원이 오른손을 들어 밥 먹는 시늉을 하며 다시 말했다.

"부다 졈비오?"

목사가 고개를 가로저으며 말했다.

"우리도 먹을 게 있다."

목사의 고려말에 조원이 웃으며 말했다.

"어, 고려말 할 줄 아네."

조원이 목사를 유심히 보다가 한마디 덧붙였다.

"야, 근데 그건 반말이잖아!"

목사는 고려말을 열심히 배우고 있었고 정주에 사는 발해인과 자주 대화를 했으므로 고려말에 꽤나 능숙해 있었다. 그러나 능숙하지 못한 척하며 이런 식으로 반말을 하곤 했다.

조원은 사슴고기를 가지고 와서 목사에게 주었다. 목사는 선뜻 받으려고 하지 않았다. 그런데 사슴고기를 본 목개가 침을 꼴깍 삼켰다. 그 모습을 본 조원이 눈가에 미소를 띠며 자상하게 말했다.

"동생이 아직 어리니 잘 먹어야 한다."

조원이 쟁반을 목사 가슴 쪽으로 바짝 가져갔다. 목사가 주저하며 쟁반을 받았다. 쟁반을 들고 돌아서 가려다가 조원에게 던지듯이 말했다.

"작년에 고려 서경에서 당신을 봤수."

목사는 이렇게 말하고 목개와 같이 서둘러 자신들의 천막으로 갔다. 목사의 느닷없는 말에 조원은 약간 어리둥절해 있다가 고개를 끄덕였다. 나이가 어린 목사도 역시 전쟁에 참전했던 것이었다.

조원은 성격상 다른 사람을 잘 챙겨주거나 자애로운 사람은 아니었다. 고려와 거란의 관계는 안정적인 평화 상태가 아니었고 지금의 사행 길은 적국에 가는 것이다. 따라서 아랫사람이더라도 최대한 호의 있게 대해두는 것이 좋겠다고 판단했다. 조원은 짐꾼들을 면밀하게 살폈다. 여기에 사는 대부분의 여진인이 전쟁에 참여했을 것이다. 또한 고려와 여진인들 간에는 그전에 쌓인 원한도 많았다. 이들이 고려에 적대적일 가능성이 높았다. 그런데 목사는 어린 데다가 영리해 보였고, 딱히 꼬집어서 말할 수는 없지만 왠지 사신단에 호의적으로 보였다. 조원은 필요하다는 판단으로 기회를 보아 목사에게 친절을 베풀어둔 것이었다.

목사는 고려의 사신단 속에서 조원을 보았을 때 흠칫 놀랐었다. 서경 성벽 위를 돌아다니는 고려 지휘관의 얼굴을 똑똑히 기억하고 있었다. 목사는 부상병과 시체를 나르기 위하여 보통문에 가까이 다가갔었는데 그때 조원도 보통문에 있었던 것이다.

그래도 처음에는 반신반의했다. 목사는 고려말에 꽤 능숙해져 있었기 때문에 사신단에 속한 고려인들이 하는 대화를 엿들을 수 있었다. 그러다가 고려 병사들 간의 대화에서 조원이 작년에 서경을 지켜낸 사람이라는 것을 알게 되었다.

자색 전복을 입은 조원이 병마사라고 써진 깃발을 들고 성벽을 순시하면 성벽 위의 고려군들은 환호성을 질러댔었다. 목사는 조원을 가까이서 보니 처음에는 이상했는데 점점 신기하다는 생각이 들었다.

그다음 날 먼동이 틀 때 출발하여 신시(15~17시) 무렵이 되자 앞에 네댓 개의 산봉우리가 보였다. 공중에 솟은 모습이 마치 꽃봉오리처럼 보였다. 윤징고가 김은부와 말머리를 나란히 하며 말했다.

"오른쪽이 바로 오골성입니다."

오골성은 고구려 때 십만의 군사가 주둔했던 큰 성이었다. 요하(遼河)를 따라 늘어선 안시성, 요동성, 백암성 등이 고구려의 일차 방어선이었고 그 후방에서 지원해주던 곳이 오골성이었다. 고려로 따지면 안주와 같은 역할을 했던 곳이다. 그러나 고구려와 발해가 멸망한 뒤로는 방치되어 있었다.

김은부가 찬찬히 살피니, 산세를 이용해서 수십 리 길이의 성벽을 쌓았는데 남쪽의 열린 곳을 제외하고는 모두 깎아지른 듯한 절벽이 하늘로 치솟아 있어, 나는 새도 넘어가기 힘들어 보였다.

오골성을 지나니 길은 오른쪽으로 꺾였고 꽤 너른 평지가 펼쳐졌다. 그 평지의 북쪽에는 성곽이 우뚝 서 있었다. 얼어붙은 냇물을 건너자 성벽을 보강하고 증축하는 공사가 한창인 것이 보였다.

하행미가 말했다.

"황제께서 이곳에 새로이 개주(開州: 현재 중국 랴오닝성 펑청시)를 설치하신다고 합니다."

개주의 뜻은 새로운 도시라는 것으로 개성(開城)과 같은 의미이다. 이런 명칭을 붙인다는 것은 이곳을 대단히 중요시하겠다는 것이었다. 이것은 고려 입장에서 결코 반가운 일이 아니다.

제1장 왕명(王命)

날이 지고 있었다. 조원은 개주로 들어가며 성벽을 유심히 관찰했다. 고려와 다르게 성벽은 벽돌로 쌓여 있었고 성의 둘레는 몇 리 되지 않아 아담했으나 두껍게 성벽을 쌓아서 묵직하고 웅장한 느낌이었다. 들어가는 길에 성벽의 벽돌을 만져보니 생각보다 아주 단단했다.

성문 안으로 들어서니 길 양편으로 가게들이 늘어서 있었는데, 다채로운 그림들이 그려진 기둥들이 연이어졌고 문마다 형형색색의 비단발이 처져 있었다. 여느 대도시와 다를 바 없는 화려한 모양새였다. 고려와 다른 점이 있다면 가게 위에 현판들이 있어서 무엇을 파는 가게인지 멀리서도 알 수 있다는 것이었다.

조원은 깜짝 놀랐다. 이곳은 거란에서도 변방이고 고려 입장에서도 변방이다. 그 변방이 이렇게 화려한 꾸밈새라는 것은 전혀 예측하지 못했다. 윤징고 역시 놀라며 김은부에게 말했다.

"몇 년 전에 제가 이곳에 왔을 때도 길 주위로 가게들은 있었으나 이렇게 변화하지는 않았습니다."

일 년 전, 이곳으로 수십만의 병력이 지나갔으니 필요한 물품의 수요가 폭증했다. 그 바람에 이 지역의 상업 규모가 비약적으로 커졌다. 상인들은 가장 돈 냄새를 잘 맡는 자들이다. 이들이 여기에 계속 머문다는 것은 앞으로도 이곳이 지속적으로 발전할 것이란 뜻이었다.

사신단은 개주에서 하룻밤을 묵은 뒤, 북쪽으로 길을 재촉했다. 도중에 눈발이 날리는 날도 있었으나 날씨가 비교적 화창하여 팔 일 후에는 요동에서 수십 리 떨어진 어떤 고갯길까지 올 수 있었다. 고갯길을 지나니 길 바로 옆에 샘이 있었는데 물줄기가 위로 솟구쳐서 그 근처는 얼지 않은 상태였다. 여기서 천막을 치고 점심을 먹었다.

김은부는 물을 맛보았다. 달고 맑았다. 겨울임에도 차갑지 않고 따뜻했다. 김은부가 물맛에 감탄하자 윤징고가 말했다.

"이 샘물은 우리나라 사신이 올 때는 가득히 흘러넘치다가 떠나면 즉시 말라버린다고 합니다. 아무래도 요동이 본래 고려의 땅이므로 기운이 서로 감응해서 그런가 봅니다."

윤징고가 십 리 정도 떨어져 있는 산을 가리키며 말했다.

"저 산의 모퉁이만 돌면 이제 요동벌이 보일 것입니다."

윤징고의 얼굴은 약간 상기되어 있었다. 점심을 먹고 조금 길을 가자, 좌·우로 백여 장 높이의 산이 있었고 길은 왼편으로 약간 굽어 있었다. 그 모퉁이를 돌자, 앞으로 펼쳐지는 풍광에 김은부는 저도 모르게 탄성을 내뱉었다.

"아!"

생전 본 적이 없는 풍경이었다. 김은부는 자신도 모르게 눈을 비볐다. 온통 하얀색인 광활한 벌판이 하늘과 맞닿아서 끝도 없이 펼쳐지고 있었던 것이다. 아득히 넓은 들판! 이것이 바로 요동벌이었다. 눈 덮인 들판은 마치 희디흰 비단이 온통 펼쳐져 있는 것 같았다.

윤징고가 말했다.

"북행(北行) 중에 제일가는 장관입니다!"

군데군데 눈이 쌓인 하얀 무더기가 있었는데 가까이 가서 보니, 수수대를 산처럼 쌓아 놓은 위에 다시 눈이 쌓인 것이었다.

그 모습을 보고 윤징고가 말했다.

"수수가 가장 많고 좁쌀도 많이 재배합니다."

벌판의 북쪽으로는 거란인들이 동경이라고 부르는 요동성이 있었다. 그 요동성 동쪽으로는 강이 흐르고 있었는데 그 강을 가리키며 김은부가 윤징고에게 말했다.

"저 강이 그 유명한 태자하(太子河)로군요."

"네, 그렇습니다."

요동성은 누른색 성벽이 일렬로 반듯하여 멀리서 보면 성곽이라기보다는 거대한 저택 같았다. 성안의 서쪽 편으로 당간*(幢竿)의 윗부분이 보였는데 밖에서도 보일 정도면 그 높이가 예사롭지 않을 것이다.

요동성 남쪽에 다다르니 성벽 앞에는 해자가 흐르고 있었고 성벽의 중간쯤에 성문이 있었다. 성문의 위치는 알 수 있으나 성문을 직접 볼 수는 없었다. 성문 앞에 성문을 보호하기 위한 네모난 방벽이 설치되어 있었기 때문이다. 방벽은 길이가 사 장, 높이는 성벽과 같은 삼 장이었는데 고려에는 없는 제도였다. 성문 위에는 기둥이 열두 개나 되는 장대한 문루가 설치되어 있었고 문루의 지붕은 거대한 기와들로 덮여 있어서 웬만한 충격에는 끄떡없을 정도로 단단해 보였다. 방벽을 돌자 비로소 성문이 보였는데, 성문은 모두 세 개로 이루어져 있었다. 가운데 문은 닫아 놓았고 좌·우의 문만을 열어 놓아 사람들이 통행하고 있었다. 성문 위에 황금색 바탕에 검은 글씨로 용원문(龍原門)이라고 써진 현판이 걸려 있었다.

윤징고가 방벽을 가리키며 말했다.

"여기 사람들 말로는 저 방벽이 정령위(丁令威)의 화표주(華表柱)라고 합니다."

정령위는 한나라** 초기 시절 요동(遼東) 사람이라고 한다. 고향을 떠나 신선술을 배워 학이 되어 돌아와서 화표주(華表柱)에 앉아 있는데, 어떤 소년이 활로 쏘려고 하자 정령위가 말했다.

"새여! 새여! 정령위여, 내가 집을 떠난 지 천 년이 되어 돌아왔는데, 성곽은 여전한데 사람들은 변했구나. 어찌하여 신선술을 배우지 않아

---

*　당간(幢竿): 깃발을 내거는 기둥.
**　한(漢)나라(BC 202년~AD 220년): 중국의 정체성을 확립한 나라이다.

무덤만이 즐비한가!"

정령위는 이렇게 말한 뒤 공중을 배회하다 천 년 뒤에 돌아오겠다는 말을 남기고 떠나갔다고 한다. 고려에서는 정령위를 고조선 사람으로 인식했고 망국의 한을 대변했다. 이곳은 고조선의 영토였으며 또한 고구려의 영토였기도 했다.

성문을 들어서니, 개주와 마찬가지로 길가에는 가게들이 그득했다. 규모는 개주보다 몇 배 이상 컸고, 가게마다 물건이 산처럼 쌓여 있었다. 해 질 녘이었으나 거리에는 사람들이 수시로 오가고 있었다. 그 번화함이 마치 바다와 같이 광활했다. 깨끗이 차려입은 가게 점원들과 행인들이 흥정하는 소리가 여기저기서 들렸다. 요동성은 발해인들의 집단 거주지였다. 따라서 발해어가 들렸고 어느 구역에 가자 거란어가 들렸고 간혹 한어와 여진어도 들렸다. 요동성이 거란의 동쪽 서울이어서 그런지 국제도시다운 면모를 풍겼다.

사신단은 객관에 들어가서 묵었다. 늦은 저녁밥을 먹는데 반찬 중에 순무로 만든 동치미가 있었다. 김은부가 반가운 마음에 국물을 들이켰다. 그 시원한 목 넘김에 여정 중 쌓인 목구멍의 먼지가 모두 쓸려 내려가는 듯했다.

김은부가 감탄하며 말했다.

"여기 동치미가 맛있다고 하더니 과연 명불허전이군요."

윤징고가 고개를 끄덕이며 맞장구쳤다.

"발해인이 만든 이 동치미를 먹으면, 순간 고국에 있다고 착각하게 됩니다."

조원이 동치미를 보며 말했다.

"이 동치미는 대연림(大延琳)이라는 발해왕족의 집에서 가지고 왔는데, 우리를 거란주의 행궁까지 호위한다고 합니다."

그다음 날 하행미는 내원성으로 돌아가고 발해왕족 대연림이 군사 이십 명과 더불어 사신단에 합류했다. 대연림은 콧수염을 뾰족하게 기른 이십 대 초반의 젊은 장수였다. 대연림이 김은부에게 말했다.

"행궁까지는 소장이 모시겠습니다."

요동성을 떠나 심주(瀋州), 요주(遼州), 호주(壕州)를 지나 계속 북으로 길을 잡았다. 거란의 상경까지는 천 리 길이었다. 북으로 올라갈수록 추위는 점점 심해져서 김은부는 개가죽으로 만든 모자를 꺼내 썼다. 길을 가는 내내 말과 양 등의 목축이 성했다. 호주까지는 평평한 길이었으나 오십여 리를 더 가니 고도가 점점 높아졌다. 고원지대가 삼백 리가량 펼쳐지다가 다시 낮아졌는데, 서요하(西遼河)가 서에서 동으로 흐르기 때문이었다. 여기서 김은부는 펼쳐지는 풍광에 입을 다물지 못했다. 서요하를 끼고 있는 광활한 평원에 말을 비롯한 가축들이 숫자를 헤아릴 수 없을 만큼 그득했다.

"거란의 부는 연운십육주에서 나오고, 거란의 무력은 이곳에서 나옵니다."

윤징고의 말에 김은부가 고개를 끄덕이며 말했다.

"실제로 보니 대장관이군요. 저렇게 말들이 많으니, 거란 기병들이 천하제일인 것이 특별한 일이 아니겠습니다."

조원 역시 그 모습을 보고 옆에 있던 고열에게 나즈막이 말했다.

"역시 기병 전력으로 붙어서는 승산이 없겠군."

고열이 주변을 조심히 둘러보며 고개를 끄덕였다.

사신단은 서요하를 따라 서쪽으로 삼백 리 길을 더 가서 용화주*(龍

---

* 용화주(龍化州): 중국 네이멍구자치구(內蒙古自治区) 퉁랴오시(通辽市) 나이만기(奈曼旗) 인근.

化州)에 다다랐고 서요하의 상류로 갈수록 지대는 높아졌다. 서요하는 황하(潢河)와 토하(土河)가 만나서 생기는 강이었다. 상류로 가니 그 만나는 지점에 이르렀고 이곳에서 우뚝 솟은 짙은 황색의 성벽이 보였다. 성벽 위에는 멀리서도 장대하게 보이는 누각이 세워져 있었다. 이 장대한 누각을 거란에서는 동루(東樓)라고 부른다고 한다. 용화주는 거란 태조 야율아보기의 사유지였고 이곳에서 대성대명천황제(大聖大明天皇帝)란 존호를 받고 제위에 올랐었다. 그래서 거란에서는 이곳을 신성시한다고 한다.

용화주를 지나 토하를 거슬러 올라가는 길로 접어들었다. 이제 한나절 정도만 가면 거란주가 있는 곳이었다. 천 리가 훌쩍 넘었던 여정의 종착지인 것이다.

작년에 조원은 서경에서 군사들을 지휘했었다. 그때는 아무런 마음의 동요가 없었다. 스스로도 놀랄 만큼 그 일을 잘 해내었다. 거란군이 물러간 후 조정에서는 조원을 서경판관으로 임명했고 특히 군사적인 부분은 조원에게 모두 일임했다. 그런데 요새 조원은 가끔 악몽을 꾸었다. 전부 자신이 죽는 꿈이었다. 꿈속에서 조원은 다양한 방식으로 죽었다. 화살에 맞고, 창에 찔리고, 성벽 위에서 떨어지고, 불에 타 죽고, 물에 빠져 죽었다. 처음에는 대수롭지 않게 생각했으나 죽는 꿈이 너무나 선명해서 실제처럼 느껴졌으며 꿈을 깬 다음에도 그 흥분이 쉽게 가라앉지 않았다. 더욱이 비록 꿈속이지만 반복된 죽음의 경험 때문인지 마음속에 두려움의 싹이 트고 있었다. 지금 거란의 심장부로 들어간다고 생각하니, 자기도 모르게 가슴이 떨려왔다.

팔십 리 길을 가니 강 건너 서쪽에 역시 성이 보였다. 거란의 영주(永州)였다. 이곳은 승천황태후가 세운 곳으로 거란의 남루(南樓)가 있다고 했다. 성글게 나무가 있는 숲이 있었는데 대부분 느릅나무와 버드나무였다.

거란군이 곳곳에서 경비를 삼엄히 서고 있는 것이 보였다. 영주성 근처에는 수천 개는 될 듯한 막사들이 늘어서 있었고 가운데 막사는 궁궐을 연상시킬 정도로 대단히 화려하고 큰 규모였다. 조원은 서경성 밖에 있던 거란군의 진영을 보았으나, 광활한 평원에 세워진 거란의 진영을 보니 그 장대함이란 이루 말할 수 없었다.

야율융서는 표문을 읽고 있었다. 고려에서 보낸 것이었다. 북원추밀사 야율화가에게 물었다.

"고려 사신은 어떤 사람이요?"

"이번에 두 딸이 고려왕의 부인이 되었다고 합니다."

잠시 표문을 읽던 야율융서가 인상을 찌푸리며 표문을 책상 위로 던졌다.

사신단은 숙소에 머물고 있었다. 그런데 거란 관료 예부낭중 야율자충이 찾아왔다. 야율자충이 고압적인 태도로 김은부에게 말했다.

"고려에서 보낸 표문 중에 '綽約(작약)'이라는 표현이 있소. 그런데 '綽(작)'은 승천황태후 폐하의 휘(諱: 이름)입니다. 따라서 글자를 고치는 것이 마땅하오."

김은부가 난색을 표하며 말했다.

"표문은 우리 조정에서 작성된 것으로 제가 마음대로 고칠 수 없습니다."

야율자충이 인상을 쓰며 말했다.

"이것은 황제폐하의 명입니다. 거역해서는 안 될 것입니다."

김은부가 답했다.

"우리가 의논해보고 말씀드리지요."

야율자충이 자리를 털고 일어나며 말했다.

"의논이 뭐가 필요하오! 빨리 표문을 고치시오."

야율자충의 거만한 말에 고려 사신들은 모두 표정을 찡그렸다. 야율자충이 나간 뒤, 김은부와 윤징고, 조원은 회의 끝에 '綽(작)'의 획을 하나 줄이기로 결정했다.

이 표문을 다시 거란 예부로 보내자마자, 부리나케 야율자충이 표문을 들고 찾아왔다. 표문을 김은부 앞에 던지며 명령하듯이 말했다.

"지금 장난하는 것이요? 글자를 아예 지우든지 다른 글자로 대체하도록 하시오!"

김은부가 강건히 말했다.

"그것은 아니 될 말입니다."

야율자충이 김은부를 쏘아보자, 조원이 표문을 집어 들면서 말했다.

"획을 줄였으니 우리는 예를 다한 것입니다."

야율자충이 소리를 버럭 질렀다.

"이곳에 억류되어 평생 노예로 살고 싶은가?"

잠시 침묵이 흐른 후 김은부가 꿋꿋이 말했다.

"우리는 왕명으로 이곳에 왔으니 왕명을 욕되게 할 수 없소이다."

야율자충은 씩씩거리며 조원의 손에서 표문을 뺏듯이 낚아채며 말했다.

"폐하께서 그대들을 가만히 두지 않을 것이다."

야율자충이 간 후, 몹시 걱정하고 있는데 별다른 일은 없었다. 오히려 그다음 날, 황제의 생일 잔치인 황제생신조하의(皇帝生辰朝賀儀)에 참석하라는 통보를 받았다.

십이월 이십칠일, 야율융서의 생일을 축하하는 거대한 행사가 펼쳐졌다. 각국의 사신들이 야율융서의 앞으로 와서 그 나라의 예물을 바치는 의식이 치러졌고 고려의 사신들 역시 예물을 바쳤다. 단 위로 올라와 예물을 바치고 절을 하는 김은부와 윤징고를 보면서 야율융서는 옆에 앉아 있는 황후 소씨에게 작은 목소리로 말했다.

"저 사람들은 그들의 왕명을 무겁게 여기더군."

조원은 단 아래에 서서 의식을 지켜보고 있었다. 그런데 한족 복장의 관료 중에 누군가 이쪽을 보는 것이 느껴졌다. 조원은 고개를 돌려 그 사람을 가만히 보다가 깜짝 놀랐다. 그는 고려인 하공진이었다. 하공진이 조원을 향해 가볍게 고개를 끄덕였다.

며칠 후, 돌아가라는 통보를 받았다. 이번에도 공식 접견 행사는 없었다. 사신단은 고려를 향해 출발했다.

20
베 짜기

왕순은 눈을 떴다. 잠에서 깨어난 것이다. 정신이 몽롱한 상태에서 시간을 확인하려고 창문을 바라보니 아직 어두운 한밤중이었다. 다시 눈을 감았다. 그러나 한참이 지나도 잠이 오질 않았다. 옆에서 자고 있는 연경원주*(延慶院主)를 깨우지 않기 위해서 몸을 살포시 일으킨 다음 천천히 머리맡에 놓인 물주전자로 손을 뻗었다.

왕순의 손이 물주전자에 닿는 순간, 누군가 물주전자를 먼저 잡았다. 연경원주였다. 잔에 물을 따라 왕순에게 건넸다. 연경원주가 주는 물을 마시고 누웠는데도 잠이 오지 않았다. 뒤척거리다가 연경원주의 팔에 손이 닿자 연경원주의 팔을 쓰다듬었다. 연경원주가 가만히 있는데 왕순이 연경원주의 손가락을 잡고 튕기며 장난쳤다. 그제야 연경원주가 말을 걸었다.

"잠이…, 안 오세요?"

"좀 출출해서 그런지 잠이 안 오는구려."

"주방에서 뭐 좀 가져오라고 할까요?"

"아니오. 나 한 사람 때문에 곤히 자고 있는 여러 사람을 번거롭게 할 필요 뭐 있겠소."

---

* 연경원주는 김은부의 첫째 딸이다.

제1장 왕명(王命)

그런데 연경원주가 몸을 일으키려고 했다. 연경원주는 성격이 기민했기에 직접 주방에 가려는 것이었다. 왕순이 연경원주의 손목을 잡으며 말했다.

"원주가 직접 가도 결국 아랫사람들은 잠에서 깰 것이오."

연경원주는 어둠 속에서 왕순의 얼굴을 바라보았다. 왕순을 만나기 전까지는 왕은 무서운 사람이라고 생각하고 있었는데, 왕순의 성격은 너무나 부드럽고 친절하여 주위 사람들을 진심으로 배려했다. 연경원주는 다시 누워 왕순의 손길을 가만히 느끼며 말했다.

"성상처럼 아랫사람을 생각하는 분은 없을 것입니다."

최사위의 직책은 참지정사·이부상서·서북면도통이었다. 재상으로서 관리들의 인사권을 가지고 있었으며 더불어 고려 군대의 총사령관이었다. 고려라는 나라의 실권자인 것이다. 최사위는 군대를 실제 지휘하는 것은 병마사인 유방에게 모두 일임했다. 그리고 오직 재정, 군사 선발, 군기 확충에만 열정을 쏟았다. 최사위는 큰 책임감을 느끼며 부지런히 정책들을 입안했다.

역(驛)에서 역마를 이용하고 음식을 제공받는 것은 공적인 출장에서만 가능한 일임에도 관리들은 사적인 이동에도 역을 이용했다. 여기서 소모되는 재정이 상당했다. 최사위가 이 문제에 대해 상소를 올렸다.

"전쟁이 일어난 이후로 지방으로 파견되는 관리들이 매우 많습니다. 그런데 관리들이 공적인 용무 외에도 역을 이용하여 그 재정의 낭비가 심각합니다. 앞으로는 공적인 용무 중에서도 군사적으로 중대한 사안인 경우에만 역마(驛馬)를 지급하고, 역마를 탄 자만이 역(驛)에 들어가 곡식을 지급받도록 하십시오. 이를 위반하면 파직하고 직책과 이름을 각 지방에 통보하게 하소서."

왕순이 신중히 말했다.

"직책과 이름을 각 지방에 통보하는 것은 너무 많은 창피를 주는 것 아닐까요?"

"법은 엄정하지 않으면 실현될 수가 없습니다."

전쟁 중에 무기와 갑옷이 많이 손실되었으므로 새로 제작해야만 했다. 그런데 전쟁 중에 공장*(工匠)들에 관한 모든 문서가 불타 없어지고 말았다. 최사위는 이것을 다시 조사하여 중앙과 지방의 공장(工匠)들의 호적을 만들어 각 관청에 나누어주었다.

나라의 재정을 확충하고 군대의 결원을 보충하려면 호구 숫자를 늘려야 한다. 그런데 갑자기 사람이 생겨날 리가 없으니, 이 문제가 역시 가장 크고 어려운 것이었다. 최사위는 이 문제를 항시 고민했다.

어느 날 이부낭중 황보유의가 최사위에게 말했다.

"군사 확충이 너무 힘듭니다. 새로운 군사는 모집하기 힘들고 원래 군역을 지던 자들도 부상이나 병 등을 이유로 면제받으려고 하고 있습니다."

"각 주의 절도사가 호구 수를 늘리기 위해 안간힘을 쓰고 있으니 성과가 있지 않겠나?"

"절도사들이 지역의 사정을 세세히 알지는 못합니다. 그 지역을 아는 사람으로 지방관을 파견하여 빠뜨린 호구를 샅샅이 조사하게 해야 합니다."

"절도사는 자기 출신 지역에는 임명되지 못하는데 그 제도를 바꾸자는 것인가?"

"그것도 방도이긴 하지만, 그 정도로는 큰 성과를 거두기 힘들 것입

---

* 공장(工匠): 국가에 편제된 수공업 장인(匠人).

니다."

"그럼 어떻게 해야 하겠나?"

"우리 고려에는 모두 오백 팔십여 개의 주군(州郡)이 있습니다. 그런데 지방관이라고 해봤자 겨우 열두 명의 절도사 등이 있을 따름입니다. 만일 백여 명 정도의 지방관을 더 파견할 수 있다면 지방 사정을 자세히 조사하여 호구 수를 늘릴 수 있을 것입니다."

지방의 행정은, 중앙에서 지방관을 파견한 몇 곳 이외에는, 호장과 부호장 등 지방 향리들이 책임졌다. 이들은 대대로 직을 세습했으므로 권한이 막강했다.

이들을 통제하기 위해서 호장을 중앙에서 임명하였고 또한 사심관(事審官) 제도를 두었다. 사심관 제도는 지역에 연고와 기반이 있는 중앙 관료를 사심관으로 임명하여 지방 세력을 통제하려 한 제도였다. 사심관에게는 호장의 추천권과 부호장 이하의 향리를 임명할 권한이 있었다.

그러나 아무리 지역에 연고가 있다고 해도 중앙에 있는 사심관이 지방의 행정을 완전히 장악할 수는 없었다. 또한 사심관 제도의 폐단도 나타나고 있었다. 호구의 숫자를 정확히 파악하는 것이 행정의 가장 중요한 요소였다. 그런데 향리들은 실제 호구 수보다 줄여서 장부를 작성했다. 이렇게 하면 중앙으로 보내질 세금과 인력을 중간에서 가로챌 수 있기 때문이었다. 사심관이 이런 행위들을 적발해야 하는데 오히려 뇌물을 받고 묵인하는 사례가 많았던 것이다.

황보유의의 말에 최사위는 골똘히 생각에 잠겼다. 지방관을 많이 파견하면 할수록 지방에 대한 통제력을 강화할 수 있지만 또한 엄청난 저항을 부를 것이다. 최사위는 중추사 장연우를 불렀다. 장연우에게 이를 말하자 장연우 역시 한참 생각한 후에 대답했다.

"어차피 중앙집권을 계속 강화해야 하니, 이 기회에 힘 있게 추진하는 것이 좋겠습니다. 성종대왕께서도 소손녕의 침공 이후에 지방관의 숫자를 늘리셨습니다."

왕순에게 건의하자 재추회의가 소집되었다. 재추회의에서 찬성과 반대가 비등했다. 문하시랑 유진이 우려의 목소리로 말했다.

"지방을 거의 망태기로 훑는 것입니다. 향촌을 들쑤시게 되고 민심을 잃을 수 있습니다."

최사위가 고개를 가로저으며 말했다.

"호구수가 늘지 않으면 거란을 막을 방법이 없습니다."

갑론을박이 오간 뒤 결국 지방관을 대거 늘리기로 결정되었다. 최사위가 말했다.

"지방관을 되도록 고위직으로 내보내면 폐단을 최소화할 수 있을 것입니다."

지금까지는 국경지대 외에는 열두 개 주(州)에 열두 명의 절도사(節度使)를 두었었다. 이것을 폐지하고 칠십오 명의 안무사(按撫使)를 파견하기로 한 것이다. 지방관의 숫자를 획기적으로 늘린 것이고 앞으로 차근차근 더욱 늘려나가기로 했다. 중앙에서 지방 행정을 완전히 장악하는 것이 목표였다.

최사위가 또한 건의했다.

"성종께서 경주를 높이고자 동경(東京)으로 칭하시고 동경유수를 두셨습니다. 그러나 동경을 유지하면 비용이 많이 드니 비용 절감을 위해서 동경을 폐지하는 것이 좋겠습니다."

결국 동경은 폐지되고 경주에는 방어사(防禦使)를 두기로 결정되었다.

얼마 후 서북면병마사 유방이 장계를 보내왔다.

"서북면병마사 유방이 아룁니다. 서경을 비롯한 서북의 주·진은 전쟁을 거친 후 농사일을 제대로 하지 못하여 매우 피폐해졌습니다. 풀뿌리와 나무껍질을 먹으며 버티고 있었으나 겨울이 되자 그것마저 없어 굶어 죽은 자가 길에 깔린 실정입니다. 더구나 홍수와 가뭄까지 겹쳐 양식이 모자라 봄이 오더라도 농사를 지을 수 없습니다. 백성들에게 양식과 종자를 주어 그들의 생명을 잃지 않게 해주시기를 엎드려 바랍니다."

왕순이 곧 재추회의를 소집했다.

"매우 심각한 상황입니다. 어떤 방도가 있겠습니까?"

모두 침묵했다. 개경의 창고에는 거란군에게 피해를 받아 여분의 곡식이 전혀 없었다. 당장 내놓을 마땅한 의견이 없는 것이다. 그렇지만 서북면은 고려의 방어선이다. 지원하지 않을 수 없었다. 누군가 말했다.

"전쟁을 겪지 않은 지방의 창고에는 그래도 여분이 있을 것입니다. 그 곡식들을 수송해서 구제하는 방법밖에 없습니다."

지금으로서는 그 방법밖에 없으나, 지방의 창고에서도 지난번 전쟁 때 최대한 징발했기 때문에 별다른 여유분은 없을 터였다. 채충순이 말했다.

"과거 태조대왕 때는 각 지역의 호족들이 말먹이와 식량을 대어서 대업을 이룰 수 있었습니다. 지방의 부유한 사람들에게 식량을 대게 하고 일정 수량 이상을 바친 사람들에게 관직을 준다면 어느 정도는 모을 수 있을 것입니다."

왕순이 고개를 끄덕이며 시행을 명했다. 최항이 말했다.

"전쟁 중 지방의 물자를 많이 징발했습니다. 부유한 사람이더라도 많이 내놓지는 못할 것입니다. 또한 지방에서 가장 부유한 사람은 향리들인데 지방관을 늘려 파견하기로 하여 향리들의 불만이 가득합니다."

"다른 방도가 있습니까?"

"이런 때에는 중앙 관리들이 솔선수범하는 모습을 보여야 합니다."

"어떻게 했으면 좋겠습니까?"

"우리나라에는 과렴(科斂)이라는 제도가 있습니다."

"과렴이라?"

"나라에 큰일이 있어 비용이 부족할 때, 관직의 고하에 따라 재물을 거두어 그 비용을 충당케 하는 제도입니다."

몇몇이 반대하자 최항이 말했다.

"백성들이 고달픔에 처했으니 관리들 역시 스스로를 던져야 할 것입니다. 관리들의 집에 쌓아두는 곡식이 있어서는 안 됩니다. 관리들의 집 창고를 모조리 열면 많은 도움이 될 것입니다. 관리들은 굶어 죽을 각오로 최대한 내놓아야 합니다."

최항이 강력히 주장하자 결국 과렴을 하기로 했다. 의논 끝에, 재추는 은 한 근을 내고, 삼품은 포 네 필, 사품은 세 필, 오·육품은 두 필, 칠품 이하는 한 필씩을 내기로 했다.

관리들이 낸 재원으로 곡식을 사서 서북면으로 보내며 조서를 내렸다.

"병란을 거친 뒤로 양식이 모자라서 굶는 사람이 지천으로 널렸다고 하니, 관리들이 재원을 각출하여 그들을 도울 것이다."

왕순은 왕실의 쓰임새 역시 최대한 절약하라고 명했다. 왕순의 명에 따라서 왕실에 속한 토지에서 나오는 조세 중에 절반을 군량으로 충당시키도록 했다. 또한 궁궐의 환관과 궁녀 중에 꼭 필요한 인원을 제외하고는 토지를 주어 궁궐에서 내보냈다. 기타 의복과 사용하는 물품 중에 조금이라도 사치스러운 것은 모두 내다 팔아 그 수익을 국고에 넣도록 했다.

왕순은 자신이 먹는 반찬의 가짓수까지 줄이도록 했다.

"백성의 삶이 곤궁한데 임금이 어찌 풍족하게 지내겠소. 짐의 반찬의 가짓수를 줄이게 하시오."

이렇게 절약된 비용으로 서북면을 비롯해 가난한 백성들을 지원하게 했다. 절약하는 분위기가 조정의 중요한 기조로 자리잡자, 최항이 또다시 건의했다.

고려에서는 상업이 점차 발달하고 있었는데 가장 중요한 상품은 비단이었다. 따라서 비단을 만드는 장인들도 점점 많아졌다. 중앙과 각 지방에는 관영으로 비단을 만드는 곳도 있었다. 비단은 사치품이고 지금은 농업 생산력을 증대할 때였다.

"지금 너무 많은 양의 비단을 수입하고 있고, 우리나라에서 만드는 것도 공력이 더없이 많이 듭니다. 비단의 수입을 금하고, 만드는 것도 군복의 용도가 아니면 금해야 합니다. 따라서 비단으로 만든 옷이나 부채를 팔거나 사는 것을 금하소서."

이에 왕순이 조서를 내렸다.

"농사를 우선으로 하는 것이 나라를 부유하게 하고 군사를 강하게 하는 원리이다. 여러 지방의 비단을 만드는 장인들을 모두 조사해 인원을 감축하고 농업에 종사시키도록 하라."

왕순 역시 그나마 약간 있던 자신의 비단옷 모두를 군사들에게 내렸다. 평상시 입는 옷도 흰 모시 도포와 검은 두건으로 정했다. 일반 백성과 다를 바 없는 차림이었다.

이 명령이 하달된 뒤, 겉옷은 수수한 삼베나 모시를 입는데 안에는 비단을 입는 관리들이 있었다. 이것도 어사대에 명해서 강력하게 규제하도록 했다.

왕순이 솔선수범하고 강력히 단속하자 관리뿐만이 아니라 거리에서도 비단옷을 입고 다니는 사람이 없어졌다. 그러나 예외도 있었다. 승려들이었다. 최항이 다시 건의했다.

"백성들은 승려들을 존경하고 따릅니다. 그런데 승려들의 의복이 점점 분수를 넘어 사치스러워지고 있으니 문제입니다. 승려들도 모범을 보여야 합니다."

왕순이 곧 명령을 내렸다.

"요사이 승려의 의복이 점차 사치하고 분수에 맞지 않으니, 각 종파에 명하여 그 의복 격식을 검소하게 정하게 하라."

며칠 후 점심을 먹고 후원을 잠시 거니는데, 김은부의 셋째 딸이 쪼르르 달려왔다. 셋째는 언니들을 따라 궁에 들어와 있었다. 왕순을 보며 천진난만하게 물었다.

"저희가 무엇을 하고 있게요?"

왕순이 미소를 띠고 고개를 갸웃갸웃하며 답했다.

"글쎄, 왕후들께서 무엇을 하시는지 내가 어찌 알까?"

"어여 이리로 와보셔요."

셋째와 더불어 연경원으로 가니, 연경원주와 더불어 안복원주(安福院主: 둘째)도 있었다. 무엇을 설치하는지 매우 부산했다.

왕순이 연경원주에게 물었다.

"무엇을 하는 것이오?"

셋째가 입을 삐죽하게 내밀면서 말했다.

"아유, 성상께서는 베틀도 모르세요!"

왕순이 목을 길게 앞으로 빼며 짐짓 자세히 보는 시늉을 하며 말했다.

"오 그렇지. 베틀이었군."

셋째가 의기양양한 목소리로 말했다.

"저희가 베를 완전 잘 짜거든요. 베를 짜서 팔면 수입이 많을 것이니, 나라 재정에 큰 보탬이 될 것입니다."

안복원주가 셋째의 머리를 손가락으로 툭 쳤다. 셋째가 언니를 돌아보며 발끈했다.

"아, 왜!"

다음 날, 왕순이 후원에서 잠시 머리를 식히고 있는데 대명궁의 궁녀가 와서 말했다.

"대명궁에 잠깐 들러달라고 왕후 전하께서 말씀하셨습니다."

왕순은 대명궁으로 발걸음을 옮겼다. 대명궁으로 가자, 대명왕후와 더불어 연경원주와 안복원주, 셋째가 있었다. 그런데 이들의 표정이 영 어색했다.

왕순이 의아해서 보고 있자 대명왕후가 말했다.

"이제 여기에 모두 모여서 베를 짜려고요. 저는 베를 짜본 적이 없어서 배우면서 하는 것이 좋겠죠. 같이 하면 작업도 지루하지 않고 더 잘 될 것 같습니다. 서로 친목도 다지고요."

왕순이 멋쩍은 표정을 지으며 말했다.

"연경원주나 안복원주는… 불편할 텐데…."

대명왕후가 눈을 가늘게 뜨고 왕순을 응시하며 말했다.

"그래서요?"

왕순이 머뭇대고 있는데 누군가 들어오는 것이 보였다. 현덕왕후가 궁녀의 부축을 받으며 걸어오고 있었다. 왕순이 대명왕후의 눈길을 피하려고 재빨리 현덕왕후에게 다가가 부축하며 말했다.

"예까지 어인 일입니까?"

"베를 짠다기에 구경 왔습니다. 제가 몸이 좋지 않아 일은 못 해도 옆에서 수다라도 같이 떨어주면 심심치 않아 좋지 않겠습니까.”

현덕왕후가 자신을 수행하는 궁녀 중 하나를 불렀다. 그녀는 한 자 남짓한 크기의 옻칠한 상자를 들고 있었다. 현덕왕후가 상자를 가리키며 왕순에게 말했다.

"어릴 때부터 모은 패물입니다. 의미 있는 것은 가지고 있겠으나 나머지는 팔아서 나라 재정에 보태세요."

현덕왕후의 말을 듣고 대명왕후가 입술을 모으며 말했다.

"내 패물도 내놓을 건데, 꼭 가지고 있을 것을 고르느라 시간이 좀 걸리는군요."

21
진병대장경

 해 질 무렵 지팡이를 짚은 사람이 수창궁을 나가고 있었다. 정당문학 최항이었다. 이제 마흔 살이 된 최항은 아직 지팡이를 짚고 다닐 나이는 아니었으나, 어릴 적 마비증(痲痺症)을 앓아 오른쪽 다리를 약간 절었다.
 수창궁의 홍례문을 나서자 최항의 구사*(驅史)들이 대기 중이었고 최항은 수레에 올랐다.
 "댕, 댕, 댕…."
 그때 큰 종소리가 울렸는데, 종소리는 남쪽에서부터 울려 퍼지고 있었다. 눈길을 돌려 남쪽을 보자, 멀리 한창 공사 중인 광통보제사 오층탑이 보였다. 저녁 예불을 시작한다는 것을 알리는 보제사의 종소리였다. 거란군은 개경 여기저기에 불을 질러 폐허로 만들어 놓고 떠났다. 그때 보제사의 오층탑 역시 불에 타버리고 말았는데 보제사 오층탑은 개경을 상징하는 건축물이었으므로 우선적으로 복원하기로 하여 지금은 골격을 거의 세워 놓은 상태였다.
 최항이 구사들에게 명했다.

---

* 　구사(驅史): 종친(宗親)이나 공신(功臣), 당상관(堂上官) 이상 및 각 중앙 관청 등에 소속되어 관리들을 호종(扈從)하거나 잡무를 수행하는 이속(吏屬).

"보제사로 가자꾸나."

최항의 명에 수레는 보제사로 향했다. 보제사는 수창궁에서 남쪽으로 오백여 보 떨어진 곳에 있었다.

최항은 보살계*(菩薩戒)를 받았으며 불교 행사에 빠지지 않고 참석했다. 그리고 평소 불교 서적인 전등록(傳燈錄)을 자주 읽었다. 전등록은 고승들의 이야기를 모아 놓은 책인데, 최항은 그중 달마대사의 제자인 혜가(慧可) 이야기를 가장 좋아했다. 혜가는 깨달음을 얻기 위하여 자기 왼팔을 잘랐다. 최항은 모든 것을 가진 사람이었으나 어릴 적 마비증을 앓아 오른쪽 다리를 약간 절었다. 그것에 대해서 열등감을 가지고 있었지만 혜가의 이야기를 듣고 극복할 수 있었던 것이다.

최항은 보제사의 남문인 천왕문 앞에서 수레에서 내렸다. 문을 지키던 검은 옷을 입은 사람 둘이 와서 최항에게 합장하며 깊이 머리를 숙였다.

보제사의 문을 지키는 업무는 보통 사미승 한 명과 행자 한 명이 맡는다는 것을 최항은 잘 알고 있었다. 신분도 낮고 어린 사람들이지만 최항은 그들의 인사에 역시 고개를 숙여 화답했다. 최항이 문에 들어서자 사미승이 최항을 안내하려고 했다.

최항이 사미승에게 말했다.

"잠깐 절을 둘러보려는 것이니, 굳이 안내할 필요는 없소."

사미승이 당황하여 말했다.

"안에 들어가서 주지 스님을 모시고 오겠습니다."

그런 사미승을 향해 최항이 손을 저으면서 말했다.

"한 명의 불자로서 온 것이니, 번거롭게 할 필요 없소."

---

* 보살계(菩薩戒): 불교에서 보살(구도자)이 지켜야 할 계율.

최항은 지팡이를 짚으며 보제사의 남문인 천왕문 안으로 들어섰다. 천왕문을 지나니 신통문이 나왔고, 신통문 안 왼편에 보제사 오층탑이 자리 잡고 있다.

신통문 앞에 거의 다다르는데 신통문 안에서 두 명의 승려가 나왔다. 최항은 그 승려들을 보면서 뭔가 어색함을 느꼈다. 곧 그 어색함이 무엇인지 알아챘다. 두 승려의 복장이 달랐던 것이다. 장삼의 모양도 미세하게 달랐고 장삼 위에 걸친 가사는 완전히 달랐다. 한 명은 선종*(禪宗) 승려의 복장이고 또 한 명은 교종**(敎宗) 승려의 복장이었다. 보제사는 선종 계열의 사찰이었다. 선종 계열의 사찰에서 교종의 승려를 본다는 것이 매우 이채롭게 느껴졌다.

그런데 최항은 교종 복장을 한 승려가 누군지 곧 알아보았다. 두 승려가 최항에게 합장하며 고개를 숙였다. 최항도 고개를 숙여 답례한 후 교종 복장의 승려에게 반가운 표정으로 말했다.

"해린 스님께서 여기에 어인 일이십니까?"

해린 역시 반가운 표정으로 말했다.

"각하! 오랜만에 뵙습니다."

"지난 전쟁 통에 무사하셨군요."

"소승은 고향인 원주(原州: 강원도 원주시)로 피난 갔다가 얼마 전에 개경으로 돌아와 왕륜사에 기거하고 있습니다."

"그런데 여기에는 무슨 일이십니까?"

"저는 불경을 필사하려고 와 있습니다."

최항이 의아한 표정을 지으며 말했다.

---

* 선종(禪宗): 문자에 의존하지 않고, 오로지 참선 수행을 통해 깨달음을 얻으려는 불교 종파.

** 교종(敎宗): 형식과 교리, 경전을 중시하는 불교 종파.

"불경을 필사한다니요?"

"이번 전쟁으로 많은 불경이 불에 타 소실되었습니다. 소승은 왕륜사 주지스님인 지종(智宗) 스님의 명으로 사찰들을 돌아다니며 불경을 필사하고 있습니다."

해린의 말에 최항이 고개를 끄덕였다. 몇 마디 한담을 나누는 중에 저녁 예불이 끝났는지 사람들이 신통문으로 나오기 시작했다. 최항은 사람들에게 방해가 될까 염려하여 등을 지고 한쪽으로 비켜섰다.

"스님!"

최항은 등 뒤에서 큰 목소리가 나 무심결에 돌아보았다. 십여 세 정도의 남자아이가 해린을 부르고 있었다.

"예불 중에 어디 가셨어요?"

아이가 원망하듯이 해린에게 물었다. 해린이 손을 저으며 아이에게 말했다.

"재상 각하께서 오셔서 말씀을 나누는 중이니 조금 있다가 보자꾸나."

재상 각하라는 말에 아이가 최항을 보다가 눈이 마주치자 꾸벅 절을 했다. 최항이 아이에게 물었다.

"이 근처에 사나 보구나?"

"예."

"스님께 드릴 말씀이 있니?"

아이가 고개를 끄덕였다.

"스님과의 대화를 내가 방해할 수 없지. 어서 말씀드리거라."

아이가 해린과 최항을 번갈아 보다가, 해린이 고개를 끄덕이자 말하기 시작했다. 아이는 흥분되어 있었다.

"어제 꿈에 귀신들이 또 나타나서 괴롭히는 거예요. 그래서 제가 용기를 내서 '옴 마니 반메 훔'을 외쳤더니 사라졌어요!"

해린이 대견한 듯 아이를 쓰다듬으며 말했다.

"거 정말 잘됐구나! '옴 마니 반메 훔'은 가장 강력한 주문이니 아무리 사악한 귀신도 모두 쫓을 수 있단다."

해린의 말에 아이가 신나 하며 말했다.

"이제는 귀신 따위는 무섭지 않아요. 옴 마니 반메 훔."

"그렇지. '옴 마니 반메 훔'을 외우면 귀신이 침범하지 못하고 결국 극락에도 갈 수 있지. 시간 날 때마다 암송하렴."

아이가 명랑하게 말했다.

"네, 스님!"

아이가 가자, 최항이 물었다.

"여기에 자주 오는 아이인가 보군요."

"저 아이의 아비가 이번 전쟁에서 전사했습니다. 금오위 군으로 삼거리에서 싸웠다고 하더군요. 아이는 귀신이 아버지를 잡아가는 꿈을 자주 꾼다고 합니다. 아비의 죽음에 대한 정신적 고통을 겪고 있는 것이지요."

최항은 큰 한숨을 쉬었다. 이런 정신적 고통은 고려인 모두가 겪고 있었다. 해린이 말했다.

"사람들이 절에 많이 찾아오고 있습니다. 그들에게 위안을 주는 것이 승려들의 의무가 아니겠습니까! 경전을 목판으로 만들어서 인쇄하여 백성들에게 나누어주려고 합니다."

최항이 고개를 여러 번 끄덕였다.

"정말 좋은 일을 하고 계십니다. 불법이 사람들을 보듬을 것입니다."

다음 날 최항은 해린과 더불어 수창궁에 들어갔다. 해린을 본 왕순이 만면에 큰 웃음을 지으며 어좌에서 내려오며 말했다.

"스님, 이게 얼마 만입니까?"

해린은 원주(原州) 사람으로 속세의 이름은 원수몽(元水夢)이었다. 원수몽은 어릴 때부터 신동으로 유명했다. 겨우 일곱 살에 불법의 길을 가기로 스스로 결정하고 원주 법천사(法泉寺)로 출가했다. 열세 살에 개경 해안사(海安寺)에서 사미계를 받고 그때부터 사람들에게 강론을 했는데, 해안사의 불자들은 명석한 그를 금공(金公)이라고 불렀다.

해린의 명성은 점점 높아졌고, 목종 삼년(1000년)에 천추태후는 숭교사의 주지로 해린을 임명했다. 그때 해린의 나이는 겨우 열일곱 살이었다.

목종 육년(1003년), 숭교사 주지 해린은 꿈을 꾸었다. 어두운 밤에 숭교사 정원을 거니는데 먼 하늘에서 좁쌀 크기의 작은 빛이 나타나더니 그 빛이 차츰 커지기 시작했다. 신기한 마음으로 그것을 보고 있는데, 좁쌀만 했던 빛이 밤톨만 하게 커지고 다시 세숫대야만큼 커지자 해린은 깨달았다.

이것은 유성이었다! 유성이 곧장 자신이 있는 곳으로 떨어지고 있는 것이다. 화들짝 놀란 해린은 급히 몸을 피하려고 했으나 몸이 움직여지지 않았다. 눈을 꽉 감으며 팔을 들어서 막았다. 그런데 다행히 아무런 일도 일어나지 않았다.

잠시 후 눈을 살며시 뜨자, 유성은 뜰 가운데 떨어져 있었다. 유성이 이렇게 가까이에 떨어지는 것은 처음 겪는 일이었다. 해린은 유성이 떨어진 자리를 보다가 깜짝 놀라 뒤로 엉덩방아를 찧었다. 유성이 떨어진 땅에는 웅덩이가 생겼고 그 웅덩이에서 커다란 어떤 동물의 머리가 나오고 있었기 때문이다. 머리가 다 나오고 앞발과 몸통이 나오자 해린은 그 동물이 무엇인지 알 수 있었다.

그것은 바로 용이었다! 배는 누렇고 등은 푸른 용이 꿈틀거리며 마치 구름이 피어오르듯이 천천히 위로 솟구치고 있었다. 해린은 생전 처음 겪는 기이한 광경에 엉덩방아를 찧은 채로 멍하니 보고 있었다. 하늘로 머리를 향하고 있던 용이 고개를 숙였다. 용이 천천히 주위를 둘러보다가 해린과 눈이 마주쳤다. 용의 눈은 거짓말처럼 새빨간 붉은색이었다. 화난 것처럼 곤두선 뿔, 튀어나온 눈동자와 날카로운 어금니는 보는 사람을 두렵게 만들기 충분했다. 그러나 이상하게도 해린의 마음에 두려움이 느껴지지 않았다. 해린과 용은 눈이 마주친 채로 잠시 있었다.

어느 순간 해린은 뭔가 이상해졌다는 것을 느끼고 용의 눈에 집중하고 있던 시야를 넓혔다. 그런데 용의 모습이 변해 있었고 그것은 사람의 모습이었다. 해린은 그 사람을 찬찬히 살펴보았다. 검은 승복을 입은 십 대 초반의 남자아이였다. 그런데 얼굴이 여자처럼 고왔다. 해린이 어떤 생각을 하려는 찰나 꿈에서 깼다.

그다음 날, 당시 열두 살이던 왕순이 숭교사에 왔다. 천추태후가 왕순을 꺼려 머리를 깎게 하고 승려가 되게 했던 것이다. 해린은 왕순을 보고 깜짝 놀랐다. 꿈에서 본, 용이 변한 사람이 바로 왕순이었다. 해린은 왕순을 무척 배려하며 다양한 학문을 익힐 수 있도록 도왔다. 왕순이 제왕이 될 사람이라고 생각했던 것이다. 이 사실을 천추태후가 알게 되자, 해린을 숭교사 주지에서 물러나게 하고 왕순도 삼각산으로 쫓아냈다.

왕순과 해린에게는 이런 기이한 인연이 있었다. 최항이 왕순에게 말했다.

"해린 스님이 불교 경전을 목판에 새기는 일을 진행 중입니다."

해린이 왕순에게 말했다.

"이번 전쟁으로 많은 백성이 마음의 아픔을 겪고 있습니다. 경전을 인쇄하여 백성들에게 나누어주려고 합니다. 백성들에게 큰 위로가 될 것입니다."

왕순이 고개를 끄덕이며 말했다.

"정말 좋은 생각이십니다."

왕순은 이렇게 말하며 최항을 보았다. 해린이 목판을 만드는 일을 보고하느라 궁에 들지는 않았을 것이기 때문이었다.

최항이 왕순에게 말했다.

"이왕이면 모든 불경을 모아 대장경을 판각했으면 합니다."

최항의 말에, 왕순은 당황하는 표정을 지었다. 잠시 후 왕순이 부정적인 어조로 말했다.

"지금 국가 재정으로 그런 대사업을 감당할 여력이 있겠습니까?"

해린이 말했다.

"재원은 전국의 사원에서 갹출하면 충분히 가능할 것입니다. 성상께서 저희에게 힘을 실어주시기만 하면 됩니다. 그리고 꼭 필요한 불경부터 천천히 간행할 것이니 백성들에게 피해가 가지 않을 것입니다."

일과를 마친 왕순은 내제석원*(內帝釋院)으로 향했다. 내제석원에는 사형 성보가 주지로 있었다.

왕순이 성보와 차를 마시며 말했다.

"오늘 해린 스님이 다녀가셨습니다."

"오, 천재 스님이 다녀가셨군요."

---

*　**내제석원(內帝釋院)**: 궁궐 내에 있던 사찰

왕순이 성보를 보고 혀를 내밀며 말했다.

"사형과 나는 확실히 천재는 아닙니다."

성보가 표정을 엄숙히 하며 말했다.

"열심히 수련하면 어리석은 사람도 부처가 될 수 있습니다."

왕순이 뭐라 농담하려다가 표정을 진지하게 바꾸고 말했다.

"해린 스님이 대장경을 간행하고 싶다는데, 취지는 좋으나 민력을 소모할까 걱정입니다."

성보가 왕순에게 물었다.

"대장경을 만드는 것이 힘듭니까?"

왕순이 성보를 한심한 듯 바라보며 말했다.

"사형은 불경을 잘 안 읽으시니 모르겠지만, 수만 개의 목판을 만들고 판각해야 하니 엄청난 인력과 재원이 소모될 것입니다."

성보는 왕순에게 핀잔을 들었지만 여전히 엄숙한 표정을 유지한 채로 말했다.

"지금 백성들이 모두 힘든데 인력은 그렇다 치고 재원을 어디서 마련합니까?"

"사찰에서 갹출해서 마련할 수 있다고 하더군요."

성보가 고개를 갸우뚱했다.

"사찰에서 갹출할 수 있다면, 사찰의 재산을 걷어서 나라 재정에 보탤 수도 있겠군요."

"사찰의 재산을 어찌 마음대로 걷을 수 있겠습니까?"

성보가 정색하며 말했다.

"나라와 백성들을 돕는 일에 사찰이 먼저 나서야 할 것입니다."

왕순이 고개를 저으며 말했다.

"사찰 재산을 걷었다가는 난리가 날 것입니다."

성보가 자기 가슴을 가리키며 말했다.

"사찰의 재산이 뭐가 중요합니까! 진정한 부처는 우리 마음속에 있습니다!"

왕순이 눈을 동그랗게 뜨며 성보를 보았다. 성보가 약간 얼굴을 붉히며 말했다.

"스승님께서 그렇게 말씀하시지 않았습니까!"

왕순이 고개를 크게 끄덕였다.

다음 날 재추회의를 소집해서 말했다.

"전국의 사찰에는 많은 곡식이 비축되어 있을 것입니다. 그 곡식들도 거두어 백성들을 돕는 것이 어떻겠습니까?"

유진을 비롯한 재추들이 매우 놀라며 말했다.

"사찰들에서 곡식을 징발하면 반발이 심할 것입니다."

"의도는 좋으나 승려들이 결사적으로 반대할 것입니다."

재추들이 반대하자 왕순이 단호히 말했다.

"부처님은 우리 마음속에 있습니다!"

재추들이 수군거리며 찬성과 반대의 말이 한참을 이어졌다. 채충순이 조용히 말했다.

"대궐에서 인왕반야경을 강설하는 것이 어떻겠습니까?"

"인왕반야경이라?"

"나라가 어려울 때는 인왕반야경을 강설합니다. 신라 때 수시로 했고 광종 때도 했습니다. 불법의 힘으로 나라를 보호해달라는 의미로 인왕반야경을 강설하면 민심을 안정시킬 수 있을 것입니다."

인왕반야경은 부처가 열여섯 나라의 왕들에게 나라를 잘 다스리는 법에 대해서 강론한 내용을 담은 경전이었다. 부처는 이 경전을 암송하면 외적을 격퇴할 수 있으며 국가가 태평성대하게 된다고 했다. 따라서 신라시대 때 인왕경을 독경하는 인왕백고좌도량(仁王百高座道場)을 국가적 불교 행사로 열었었다.

왕순은 채충순이 갑자기 인왕반야경을 강설하자고 하자 무슨 뜻인지 알 수 없었다. 채충순이 조근한 어투로 말을 이어나갔다. 잠시 후 왕순이 고개를 끄덕였다. 곧 해린과 더불어 왕륜사 주지 지종(智宗)을 궁으로 불렀다. 또한 왕순은 성보를 불러서 무엇을 지시했다.

십여 일 후, 지종을 비롯해 덕망 있는 전국의 고승들이 수창궁으로 모여들었다. 그중에 고승이라기에는 볼품없이 생긴 삐쩍 마른 노승도 한 명 있었다. 왕순이 그를 몹시 반기며 말했다.

"어서 오십시오! 스승님!"

그는 진관(津寬)이었다. 진관은 삼천사 주지 법경과 더불어 개경으로 왔다. 진관은 왕순의 모습을 보고 왠지 가슴이 벅차올랐다. 거의 삼 년 만에 다시 만나는 것이었다. 그 삼 년간 많은 일들이 있었다.

진관이 합장하며 말했다.

"이 어려운 시기에 늙은 소승이 아무 도움이 못 되어 송구하나이다."

"아닙니다."

진관의 눈에서 어느새 눈물이 흐르고 있었다. 진관과 왕순은 부자지간 같은 관계여서 왕순의 무사함을 눈으로 확인하자 저도 모르게 눈물을 흘린 것이다. 그 눈물을 본 왕순도 눈시울이 붉어졌다.

그런데 진관과 법경은 몸만 온 것이 아니었다. 여러 대의 수레에 곡식을 가득 싣고 왔다. 진관이 말했다.

"신혈사와 삼천사의 모든 곡식을 싣고 왔나이다. 백성들을 돕는 곳에 써주소서!"

왕순이 고개를 끄덕이며 지종을 보자, 지종이 다른 승려들에게 말했다.

"우리 승려들이 이때 백성들을 돕지 않으면 언제 돕겠소?"

모여 있던 전국의 고승들이 다투어 곡식을 보낼 것을 약속했다. 인왕반야경이 강설되는 동안 전국 각 사찰에서 보낸 곡식이 개경에 도착하기 시작했고 왕순은 그 곡식을 필요한 곳에 배분했다.

그리고 대장경의 판각을 지시하며 왕순은 전국에 이런 조서를 내렸다.

"국가를 튼튼히 하려면 반드시 부처님의 불법에 기대야 한다. 이에 짐은 대장경의 판각을 명했다. 대장경의 신통한 힘을 빌려 전쟁을 종식하여 세상을 평화롭게 할 것이며 모든 백성이 즐겁게 생업에 종사하게 될 것이다."

대장경의 판각을 왕륜사에서 시작했다. 그리고 이 대장경의 이름을 진병대장경(鎭兵大藏經)이라고 명명했다. '전쟁을 진압할 대장경'이라는 뜻이었다.

22

넘지 못한 압록강

 일월 십오일, 눈발이 날리고 있었다. 김은부의 사신단은 영주에서 출발했다. 조원은 영주에서 나오자 마치 감옥에서 풀려나는 느낌이었다. 뒤를 흘끔 돌아보았다. 반듯한 황토색 성벽이 눈에 들어왔고 그 성벽 위에서 한 사람이 이쪽을 보고 있었다. 거리가 멀어 정확히 누군지 알 수 없었지만, 조원은 그 사람이 하공진이라고 생각했다.

 십여 일 후 거란 동경에 도착했고 곧 개주를 거쳐 탕참(湯站)에 당도했다. 이제 압록강까지는 하룻길이었다. 고려 사신단 일행은 밤을 새워서라도 고려로 빨리 돌아가고 싶었다.

 조원은 사신단의 인원과 물품을 점검했다. 조원의 눈에 목사가 수레의 짐을 정리하는 것이 보였다. 목사에게 손을 흔들며 불렀다.

 "여이, 목사!"

 목사는 조원을 보았다. 육 척 장신의 조원이 손을 흔드니 더 커 보였다.

 재작년 서경공방전 때, 서경 밖에서 고려군을 패퇴시키자 목사를 비롯한 여진 병사들은 매우 들떠 있었다. 또한 서경성주가 도망갔다고 했다. 성안은 혼란 상태라 함락시키는 것은 시간문제라고 여기고 있었다. 모두 한몫 잡을 생각에 부풀어 있었던 것이다. 그러나 곧 함락될 것이라는 예측과 다르게 서경은 쉽사리 함락되지 않았다. 도망갔다고 했던 적장은 자색 전복을 입은 채 성벽 위에서 위풍당당하게 움직이고 있었다. 적장이 대단한 사람처럼 보였다.

개경까지 갔다가 퇴각할 때의 고생은 말도 못했다. 서경 근처에 오니 서경의 고려군들이 끊임없이 아군을 괴롭혔다. 그들은 끈질기고 집요했다. 대동강의 얼음이 깨어져서 익사자가 속출했는데 서경의 고려군들이 강의 얼음을 몰래 밤새 깨어놓았기 때문이라고 했다. 강물에 빠졌다가 용케 살아 나와도 추위에 벌벌 떨다가 얼어 죽는 사람도 많았다. 목사 역시 강에 빠질 뻔했다. 적장을 저주했고 욕을 해댔었다.

그런데 이제 조원을 며칠 동안 가까이서 보게 되자 기분이 묘하면서 신기했다. 조원이 자신을 살갑게 대해주자 마치 자신이 그의 부하인 듯한 느낌까지 들었다. 겉으로는 퉁명하게 대하려고 했지만 마음속에는 호감이 생겼다.

조원은 목사에게 이것저것을 물었다. 주로 날씨 얘기와 도로의 사정 등 일상적인 얘기였다. 조원의 말에 대답하던 목사가 불쑥 물었다.

"키가 육 척 세 치 정도 되고 얼굴이 뾰족한 무장을 아십니까? 관직이 중랑장이었습니다. 나이는 사십 대 정도이고요."

조원이 고개를 갸우뚱하다가 물었다.

"자네는 그를 언제 어디서 보았나?"

"거란군이 서경을 포위할 때, 서경에서 동쪽으로 백 리가량 떨어진 마을에서 보았습니다."

"고려에서 중랑장은 수십 명이나 되는데…, 그의 복장은 어땠는가?"

목사가 잠시 가만히 있다가 말했다.

"패잔병 같았습니다."

조원이 고개를 갸웃하며 말했다.

"그런데 자네는 그가 중랑장이라는 것을 어떻게 알았나?"

"고려의 할머니가 그를 그렇게 불렀습니다."

목사에게 자세히 물어보고 나니, 목사가 지칭하는 중랑장이 지채문일 가능성이 높다는 생각이 들었다.

조원이 입을 동그랗게 모으며 말했다.

"오, 놀라운 인연이군!"

이제 거의 고려에 다다랐지만, 조원은 불안감을 떨칠 수가 없었다. 그런데 목사와 대화를 나누다 보니 마음이 안정되는 것 같았다. 목사는 자기 집에 가까이 다가갈수록 편안함을 느끼고 있었고 그에게 위기감은 당연히 없었다.

다음 날 인시 초(3시)에 일어나서 이동 준비를 마치고 나니, 시간은 벌써 묘시의 중간(6시)이었다. 탕참을 나와 십 리 정도 이동하자 정찰을 위해 앞서 있던 고열이 돌아와서 보고했다.

"앞 벌판에 가축들이 그득하여 길을 막고 있습니다."

가축들이야 흔히 보는 풍경이었다. 딱히 보고할 필요가 없었으나 조원은 고열에게 조금이라도 특이 사항이 있으면 보고하라고 일러두었다.

조원은 급히 말을 달려 앞으로 나갔다. 사방 몇 리쯤 되는 크기의 벌판에 수백 마리의 가축들이 한가롭게 노닐고 있었고 털가죽 옷을 입은 목동 몇이 보였다. 아무런 편견 없이 보면 한가롭고 평화로운 목가적인 장면이었다. 그러나 조원은 느낌이 좋지 않았다. 고열에게 말했다.

"가축 사이를 수색하게!"

고열이 말을 타고 가축 떼 사이로 들어가려고 하자, 목동들이 여진어로 뭐라고 소리치며 고열의 앞을 막아섰다. 고열이 당장 어떻게 하기 애매하여 있는데, 조원이 슬며시 다가가서, 눈을 헤집으며 마른풀을 뜯고 있던 양의 엉덩이를 채찍으로 냅다 후려쳤다.

"메에에에에에에-."

양이 긴 울음소리를 내며 달렸다. 한 마리가 달리니 옆의 가축들도 덩달아 달리기 시작했다. 조원은 계속 움직이며 말이며 소, 양을 마구 후려쳤다. 드디어 모든 가축이 동요하며 동북쪽으로 움직였다.

가축 떼가 움직이자 목동들이 고함을 질러댔다. 조원은 뚫어지게 가축들을 보았다. 그때 '슈욱' 하는 날카로운 파공음이 들렸다. 조원은 반사적으로 말 등에 몸을 바짝 붙이며 외쳤다.

"적이다!"

몸을 숙였으나 화살은 조원의 오른쪽 어깨에 와서 박혔다.

"윽."

조원은 비명을 지르면서 말의 배에 박차를 가했다. 조원의 외침에 고열 역시 즉각 반응하여 급히 뒤쪽으로 말을 몰았다. 등 뒤로 화살이 몇 대 날아 왔지만 재빨리 움직인 덕분에 화살이 이들의 등에 다다를 때쯤에는 힘이 약해져 있었다.

고열은 달리는 와중에 고개를 돌려 뒤를 흘끗 봤다. 자신의 얼굴 쪽으로 날아오는 화살이 눈에 들어오자 오른손을 뻗어 화살을 가볍게 낚아챘다. 화살을 잡으니, 마음속에서 호기가 솟아올랐다. 재빨리 왼손으로 활을 뽑아 들고 화살을 활시위에 걸자마자 바로 쏘았다. 시위를 떠난 화살은 마치 쇠막대가 자석에 이끌리듯이 다가오던 적의 가슴팍으로 빨려 들어갔다.

"윽!"

한 명이 쓰러지자 고열은 자신감이 크게 붙었다. 오른발에 힘을 줘서 말을 선회시키며 왼손에 들었던 활을 오른손으로 고쳐 쥐고서는 다시 화살을 쏘아 보냈다. 고열은 양손을 자유자재로 사용하며 연달아 두 발을 날려 한 명을 더 거꾸러뜨렸다. 이때 고열에게도 화살이 날아왔다.

그는 즉시 몸을 뒤집어 말 등 위에 누웠다. 고열의 몸이 말 등 위에서 힘없이 흔들거리는데, 마치 화살에 맞아 죽거나 의식을 잃은 사람 같았다.

조원이 말을 달리다가 돌아보니 고열이 말 위에 쓰러져 있었다. 그리고 적들이 고열에게 다가가고 있었다. 조원이 깜짝 놀라서 소리를 지르려고 하는 찰라, 고열의 몸이 솟구쳐 올랐다. 고열의 손에는 어느새 창이 들려 있었고 창날은 섬광과 같이 번쩍였다. 사람과 말과 무기가 하나가 되어 현란하게 움직였다. 재작년 서경 밖에서 거란군을 습격할 때의 모습과 같았으나 그때보다 훨씬 더 민첩했고 능란했다. 일어나고 솟구치는 것이 이 세상 사람의 움직임 같지 않았다. 팔이 여덟 개 달린 팔비신장(八臂神將)이 적들을 쓸어버리는 모습 같았다.

조원은 사신단 쪽으로 계속 말을 달렸다. 곧 선두에 서서 오던 대연림을 만났다. 조원이 급히 말했다.

"앞에 도적들이 있습니다. 일단 탕참으로 돌아갑시다."

대연림이 늠름하게 말했다.

"여기는 동경의 관할입니다. 도적이라고 해봤자 몇 명 되지 않을 것입니다. 저희가 퇴치할 것이니, 뒤를 따라오십시오."

대연림이 앞서겠다고 하니, 일단 그러기로 하고 즉시 김은부에게 가서 보고했다.

"앞쪽에 적의 매복이 있습니다."

김은부가 심히 놀란 표정을 지으면서 물었다.

"어떻게 해야겠소?"

"대연림이 적들을 퇴치하겠다고 앞서갔습니다. 우리는 그 뒤를 따를 것이니 정사와 부사께서는 대열의 중간에서 이동하시면서 몸을 잘 보살피십시오."

조원이 광휴와 양일에게 명했다.

"앞장서서 길을 열게!"

나머지 수행원과 군사들에게도 명했다.

"모두 무기를 들라! 물건은 잃어도 좋으니 몸을 건사하라!"

광휴와 양일이 군사들을 이끌고 앞으로 나아갔다. 그런데 앞쪽에서 낭패한 모습으로 달려오는 사람들이 있었다. 대연림과 그들의 수하 몇 명이었다.

조원은 순간 당황했지만 재빨리 명령을 내렸다.

"모두 뒤로 후퇴한다!"

그러나 조원의 말이 끝나기도 전에 대연림에 뒤이어 도적들이 나타났다.

"이런 젠장!"

상황은 순식간에 급변했다. 조원은 다시 명령을 내렸다.

"방진! 방진! 방진!"

조원의 명에 순식간에 대형이 변하며 수레와 방패를 이용한 방진이 쳐지고 있었다. 조원은 방진의 중앙으로 이동하며 다시 명했다.

"광 산원은 우익을, 양 산원은 좌익을 맡는다!"

방진이 쳐지고는 있었지만 완벽하게 치려면 약간 시간이 부족했다. 조원은 초조하게 앞을 바라보았다.

대연림은 갑자기 앞에 방진이 쳐지자, 방진의 중앙에서 지휘하고 있던 조원을 보았다. 방진이 열려 자신들을 받아줄 것이라 생각했다. 그러나 조원은 방진의 문을 열 생각이 없었다. 조원이 아무 미동도 보이지 않자 대연림은 고개를 끄덕였다.

조원은 대연림이 방진을 지나쳐 후방으로 도망가리라 예상했다. 그런데 대연림은 이내 창을 뽑아 들고 말머리를 돌렸다. 그러고는 다가오는 도적들을 향해 달려갔다. 방진을 칠 시간을 벌어줄 생각이었다. 그 모습에 조원이 감탄하며 말했다.

"저들의 자부심이 대단하군!"

대연림이 싸우는 동안 방진은 완전해졌고 조원은 방진을 서쪽으로 약간 이동시켰다. 길 서쪽에는 냇물이 북에서 남으로 흐르고 있었기 때문에, 방진을 냇가 쪽으로 붙여서 적들이 방진의 서쪽으로 기동하는 것에 제한을 두려는 심산이었다.

대연림을 비롯한 동경의 군사들이 용감히 싸웠으나 모두 쓰러졌고 곧 도적들이 덮쳐왔다.

"피잉-, 피잉-, 피잉-."

그들은 다가와서 화살을 난사했다. 조원은 방패 너머로 적들을 유심히 관찰했다. 적들은 백여 명 이상 되어 보였다. 이들의 움직임을 보았을 때 평범한 도적은 아니었다. 훈련받은 군사들임이 분명했다. 이렇게 판단이 되자, 조원의 등에서 식은땀이 흘렀다.

갑자기 고열이 생각났다. 적보다 고열이 먼저 왔어야 한다. 그렇다면 고열은 후퇴하지 못하고 적에게 당한 것이다. 조원은 순간 정신이 멍해졌으나 재빨리 다시 정신을 집중시키려 했다.

보통 기병들이 방진을 맞닥트리게 되면 주위를 돌며 빈틈을 찾아 화살을 날린다. 이들 역시 화살을 날리며 방진 주위를 돌려고 했다. 그런데 질주하던 이들이 방진의 서쪽 편에 왔을 때 속도가 확연히 줄었다. 냇물이 이들의 기동을 제한한 것이다. 그 모습을 본 조원이 외쳤다.

"지금이다!"

그리고 즉시 우는살을 쏘았다.

"피이히이이잉~~~~~."

조원의 우는살이 날자, 고려군들이 일제히 화살을 날렸다. 선두에 선

도적들이 쓰러지며 냇가 주위에서 서로 충돌하며 엉겨 붙었다. 잠시 후, 수십 명의 도적들이 쓰러졌고 나머지는 북쪽으로 달아났다.

조원이 즉시 명했다.

"진을 유지한 채 남쪽으로 이동한다!"

조원의 명에 방진이 이동하기 시작했다. 백여 보를 움직이자 쓰러져 있는 발해군들이 보였다. 그중 몇은 아직 숨이 붙어 있는지 꾸물꾸물 움직이고 있었다. 김은부가 그들을 보며 조원에게 말했다.

"저들을 구합시다."

조원이 단호히 말했다.

"저들을 구하고자 하시는 마음은 알겠습니다만, 지금은 짐이 될 뿐입니다."

그런데 그중 한 명이 비틀거리면서 몸을 일으켰다. 바로 대연림이었다. 그 모습을 본 김은부와 윤징고가 달려 나갔다. 김은부가 대연림을 부축하자, 대연림이 고개를 숙이며 말했다.

"제 부하들을 구해주신다면 반드시 그 은혜를 갚겠습니다."

김은부가 조원에게 외쳤다.

"사람을 살려야지 않겠소!"

결국 수레 한 대를 비우고 발해군 부상병을 싣게 했다. 살아 있는 발해군은 대연림을 포함해 네 명이었다. 방진은 다시 이동했다. 대연림은 스스로 걸으려고 했으나 계속 비틀거렸다. 둔기로 여러 군데를 얻어맞은 듯했다. 김은부가 간곡히 말했다.

"수레에 타도록 하시오."

김은부의 말에 대연림이 수레에 걸터앉았다. 몇백 보 정도 이동하자 다시금 인마의 소리가 들렸다. 북쪽으로 도주했던 도적들이 다시 온 것이었다. 조원은 즉시 방진을 멈추게 하며 지시했다.

"수비를 엄밀히 하고 내가 명하기 전까지는 절대 화살을 쏘지 말라!"

조원이 광휴에게 말했다.

"자네는 즉시 내원성으로 가서 원군을 요청하게!"

광휴가 즉시 방진 밖으로 말을 달려 나갔다. 조원이 광휴의 등에 대고 말했다.

"적들이 매복하고 있을 가능성이 있으니 조심하게!"

곧 양일에게도 명령을 내렸다.

"광휴의 뒤를 따라가게. 일정한 거리를 두고 가다가 광휴가 적들에게 당하면 길을 달리하여 내원성으로 향하게!"

양일 역시 방진에서 달려 나갔다. 곧 적도들이 다가와서 화살을 날렸다. 그러나 한 번 당했으므로 이번에는 냇가를 끼고 있는 방진 주위를 돌지 못했다. 화살을 난사하고 오가기를 반복했다. 그런데 적들이 화살을 날릴 때마다 아군의 부상자가 속출했다.

조원은 적들을 면밀하게 관찰했다. 동쪽 멀리서 붉은 털가죽 옷을 입은 사람이 지휘하고 있는 듯 보였다. 그의 손짓에 따라 적들은 다가왔다가 물러가기를 반복하고 있었다. 곧 적들 중 일부가 후방에 멈춰 서서 두꺼운 갑옷을 착용하는 모습이 눈에 들어왔다. 진에 난입하려는 것이다!

다시 적들이 일제히 화살을 쏘아댔고 특히 목사의 수레 쪽에 집중 사격을 가해왔다. 목사의 뺨에도 화살이 스쳤다. 곧 찰갑을 입은 적들이 수레를 넘어오려고 했다. 창과 칼이 부딪치는 공방전이 수레를 사이에 두고 치열하게 펼쳐졌다. 겨우겨우 버티고 있었지만 부상자가 늘어만 갔다.

이런 식으로는 계속 버티기 힘들다. 그러나 일단 뾰족한 방법이 없었다. 조원이 외쳤다.

"조금만 버티면 원군이 올 것이다!"

군사들의 사기를 약간이나마 진작시키려는 것이었다. 그런데 조원의 눈에 저 멀리 동쪽에서부터 달려오는 기병 한 기가 보였다. 자색 전포를 입은 장수였는데 그의 투구 위에는 은빛 간주가 반짝이고 있었고 간주에는 청색 털이 휘날리고 있었다. 마치 바람처럼 다가오고 있었다.

붉은 가죽옷을 입은 적 수괴의 뒤로 다가가더니, 적 수괴가 돌아보았을 때는 이미 은빛 창날이 번개처럼 허공을 가르고 있었다.

그 모습을 본 서경군사들이 외쳤다.

"와! 팔비신장이다!"

고열이었다. 고열은 창으로 적 수괴의 목을 벤 후 적들을 짚단 넘기듯이 베고 있었다. 그 모습을 본 조원이 외쳤다.

"서경군은 나를 따르라! 선풍!"

서경의 군사들이 후창을 했다.

"홀기!"

조원은 서경군과 더불어 방진을 넘어 달려갔다. 적들은 우왕좌왕하다가 일부는 북쪽으로, 일부는 동쪽으로 도망쳤다. 고열은 북쪽으로 도망가는 적들을 추격했다. 서경군들 역시 고열을 따르려고 하자 조원은 급히 뿔나팔을 불었다.

"뚜, 뚜, 뚜, 뚜, 뚜~."

퇴각의 신호였다. 곧 방진을 풀고 급히 남쪽으로 행군하게 했다. 남쪽으로 한 시진 정도 행군하자 온천이 있는 온정역(溫井驛)에 당도했다. 오십 세 명의 사신단 인원 중에 크고 작은 부상을 당하지 않은 사람들이 없었다. 조원은 중상을 당한 사람이 아니면 모두 경계를 서게 했다. 온정역에 당도했지만 안심할 수 없었다. 다행히도 자정에 가까울 무렵 광휴와 양일이 하행미가 이끄는 내원성의 군사들과 같이 나타났다.

제1장 왕명(王命)

그다음 날 사신단은 다시 길을 나섰다. 대연림은 이곳에서 치료를 하고 부상이 어느 정도 회복되면 동경으로 돌아간다고 했다.

대연림이 김은부에게 절하며 말했다.

"은혜를 잊지 않을 것입니다."

"우리는 일행이니 서로 돕는 것이 당연하지 않겠습니까."

대연림이 조원을 보고 말했다.

"좋은 지휘였소. 역시 명불허전이군요."

온정역을 나와 사십 리를 가자 압록강이었다. 군데군데 얼어붙은 곳이 있었지만 이제 압록강의 얼음은 녹아 있었다. 사신단 인원 모두, 마음 같아서는 여기서 압록강을 넘어 바로 고려 경내로 들어가고 싶었다. 그러나 내원성을 거치는 것이 법도였으므로 어쩔 수 없었다.

내원성으로 들어갔다가 나와서 포구에서 배를 타려는데 거란 관리가 오더니 일행의 앞을 막았다.

통역관이 거란어로 물었다.

"무슨 일이요?"

"도적들 때문에 조사할 것이 있습니다. 잠시 내원성에 머무르셔야겠습니다."

사신단은 내원성에 억류당했다. 거란 관리들이 도적에 대한 것을 자세히 물었다. 그런데 마치 고려인들이 양민의 가축을 빼앗으려다가 우발적으로 싸움이 시작된 것처럼 몰아갔다. 며칠간 그런 식으로 몰아가다가 잘되지 않자, 통역관 한 명에게 고문을 가해 자백을 받아냈다. 곧 사신단은 옥사에 감금되었다. 김은부가 거세게 항의했으나 소용없었다.

며칠간 내원성 옥사에 감금되어 고초를 겪고 있는데, 한 사람이 찾아왔다. 대연림이었다. 대연림은 온정역에 머무르고 있다가 소식을 듣고 불편한 몸으로 달려온 것이었다. 도적들이 고려 사신단을 습격한 것이라고 대연림이 적극 변호해준 덕에 옥사에서 풀려나게 되었다. 그러나 억류는 계속되었다.

얼마 후 대연림이 사신단을 다시 찾아왔다.

조원이 물었다.

"우리를 습격한 자들은 보통 도적이 아니었습니다. 혹시 그자들의 정체가 밝혀졌습니까?"

도적들의 정체가 밝혀지면 곧 억류가 풀리리라는 기대를 가지고 있었다. 대연림이 고개를 저었다. 모두 실망하고 있는데 대연림이 말했다.

"그것보다 다른 소식을 가지고 왔습니다. 고려인 하공진이 처형되었다고 합니다."

김은부가 깜짝 놀라며 말했다.

"하 낭중이 어째서 처형되었단 말이오?"

"고려로 도망치려고 하다가 고발당했다고 합니다."

"음…."

대연림이 나직이 말했다.

"폐하께서 하공진을 의롭게 여겨 다시 등용하려고 했는데, 하공진이 스스로의 목숨을 바쳐 고려 국왕의 왕명과 의리를 지키겠다고 했답니다."

대연림의 말에 모두 숙연해져 있는데 조원이 물었다.

"우리를 억류하는 것과 관계가 있습니까?"

"조정에서는 하공진이 사신단과 내통했다고 의심하고 있습니다."

김은부가 탄식하다가, 걱정되는 듯이 대연림에게 물었다.

"우리와 이렇게 접촉해도 괜찮으시오?"

제1장 왕명(王命)

대연림이 꿋꿋하게 말했다.

"소장은 은혜를 잊지 않습니다. 이제 동경으로 돌아가서 조정에 상소를 올려 어떻게든 풀려나시게 하겠습니다."

김은부가 대연림에게 거듭 사례했다. 대연림의 배려에도 불안한 마음을 어쩔 수는 없었다. 이제 압록강만 넘으면 고려 땅이다. 그런데 바로 코앞에 두고도 가지 못하는 것이다.

23
지켜낸 왕명

좋은 말이 올 때는 금빛 허리 낭창거리고,
미녀가 발걸음을 옮기면 가는 허리 흔들거리네.

"히이잉, 푸르륵, 부르륵."

왕순은 신하들과 함께 수창궁의 돈화문 문루에 앉아 마당을 내려다보고 있었다. 돈화문 앞마당은 수백 마리의 말들로 가득했다.

왕순이 옆에 있던 문하시랑 유진에게 말했다.

"말들이 아주 튼튼해 보입니다."

유진이 허연 수염을 바람에 날리며 말했다.

"잘 훈련하면 좋은 전마*(戰馬)들이 되겠습니다."

임자년(1012년) 이월 육일, 여진족 중에 한 일파인 백산족 추장 마시저(麻尸底)가 백두산 인근에 사는 삼십 개 부락의 자제들을 거느리고 와서 토종말을 바쳤다. 이들은 일월에는 거란에 입조하였다가 이월에는 고려로 온 것이었다.

이 년 전에 이들도 거란의 참전 요구에 따라 많은 말과 가축을 바치고 거란군에 속해서 참전했었다. 거란 황제의 친정인 데다가 유례없는

---
* 전마(戰馬): 전투용 말

사십만 대군이 동원되었다. 더구나 고려의 정치 상황이 어지럽다고 알려져 있었다. 따라서 당시만 하더라도 승전을 기정사실로 생각했다. 이기는 전쟁에서의 약탈은 최대의 사업이었고 한몫 거나하게 벌 수 있는 최고의 기회였다. 더구나 거란 황제 야율융서는 사람이건 물건이건 약탈한 물자를 모조리 챙겨도 좋다고 했다. 이들은 큰 기대를 갖고 참전했다. 그러나 예측과는 전혀 다르게 수많은 여진족들이 전사했고, 살아남은 사람도 노략질은커녕 가지고 있던 말들과 물건들마저 모두 잃고 겨우 몸만 빠져나올 수 있었다. 고려의 전력 역시 만만치 않았던 탓이다. 이제 마냥 거란 편에 붙을 수는 없는 일이었다. 거란과 고려 사이에서 줄타기를 잘해야 하는 것이다. 그래서 고려의 내부 상태가 어떤지 알아볼 필요성이 절실했다.

궁궐 내의 말을 관리하는 관청인 태복시(太僕寺)의 관리들이 말들을 세 등급으로 분류해서 나누어 놓았다. 말을 분류하는 일이 끝나자 왕순은 몸을 일으켰다. 직접 내려가서 말들을 살펴볼 생각이었다. 왕순이 계단을 내려가자 신하들이 그 뒤를 따랐다. 일 등급으로 분류된 말들을 살피다가 뒤를 보며 말했다.

"우복야!"

왕순의 부름에 덩치가 보통 사람보다 한 배 반은 될 것 같은 사람이 다가왔다.

"예, 성상폐하!"

상서우복야 안소광이었다. 지난 전쟁에서 안소광은 행영도병마사(行營都兵馬使)로서 강조와 더불어 고려의 주력군을 지휘했었다. 왕순이 안소광에게 미소 지으며 말했다.

"말은 우복야가 잘 보시지 않습니까! 품평을 한 번 해주시지요."

안소광이 말들을 찬찬히 살피며 말했다.

"역시 북쪽의 말들이라 피부가 두껍고 발목이 튼튼한 것이 좋은 전마(戰馬)가 될 자질을 갖추고 있습니다."

왕순이 고개를 끄덕이자, 누군가 말했다.

"수상, 관상, 족상이 중요하나 가장 중요한 것은 역시 심상(心相) 아니겠습니까! 말 역시 마찬가지인데 이 말들은 눈빛이 유순한 것이 심상 역시 좋아 보입니다."

말값으로는, 일 등급은 은주전자와 비단 두 필, 이 등급은 은그릇과 비단 두 필, 삼 등급은 비단 두 필을 주기로 했다. 상당히 후한 값이었다.

왕순과 신하들이 다시 문루에 오르는데 비가 약하게 내리기 시작했다. 갑자기 내린 비이지만 봄기운을 몰고 오는 반가운 봄비였다. 빗방울에 관리들과 군사들이 분주해졌다. 말들을 마구간에 넣어야 하는 것이다.

"꽝!"

그런데 하늘에서 갑자기 벼락이 떨어졌다. 벼락은 궁성의 서쪽 모퉁이에 내리꽂혔고 굉음과 더불어 서쪽 모서리가 무너졌다. 말들이 놀라 울부짖으며 날뛰자, 말들을 가두기 위해 임시로 쳐 놓은 밧줄이 팽팽히 긴장하여 끊어질 것 같았다. 말들이 흥분하여 집단으로 날뛰면 궁궐 안은 쑥대밭이 될 것이다. 사람들이 당황하여 어찌할 바 모르고 허둥지둥 뛰어다녔다. 그 모습을 본 안소광이 내려가서 질서를 잡으려는데 누군가 나서는 것이 느껴졌다.

"사람들이 당황하면 말들이 더욱 놀랄 것이니, 안전한 곳으로 몸을 피하고 모두 움직임을 멈추라!"

왕순이었다. 안소광이 왕순에게 말했다.

"말들을 빨리 진정시키지 않으면 궁궐이 엉망이 되고 말들도 많이 상할 것입니다."

"말이나 궁궐이 아니라, 사람이 상하지 말아야 합니다."

왕순의 추상같은 명령에 사람들이 동작을 멈췄고, 말들은 수창궁 경내를 뛰어다니며 여기저기를 헤집어 놓았으나 한참 후 천천히 진정되기 시작했다.

안소광은 왕순을 보았다. 이 여리여리한 성상은 생긴 모습과 다르게 결단력이 있었다. 예전에 성종을 볼 때와 같은 느낌이었다. 물론 성종은 강인하고 엄격한 사람이었고, 지금의 성상은 부드럽고 관대해서 완전히 다른 성격의 사람들이었다.

이때 마당의 한편에서 왕순이 있는 쪽을 유심히 보는 사람이 있었다. 백산족 추장 마시저(麻尸底)였다. 그는 마시저 외에 다른 이름도 가지고 있었는데, 그 다른 이름은 대천기(大千機)였다. 발해의 왕족이었던 증조부가 발해가 멸망할 때 백두산으로 숨어들었고, 의술에 능해서 백두산 주변 여진족들의 병을 고쳐주며 존경을 받아, 결국 백산족 추장의 딸과 결혼해서 늘그막에는 부족의 추장까지 되었다. 대천기는 여진족으로 살아가지만 발해 왕족의 후예라는 자부심도 컸다.

백두산을 중심으로 거주하는 백산족은 지금까지 고려와 직접적인 교류를 하지 않았다. 거란은 점점 강성해지며 그 영향력은 계속 증대하고 있었다. 그런 거란이 송나라를 공격하여 '전연의 맹'을 맺을 때보다도 더 많은 군사력으로 고려를 공격하니, 고려로서는 당해내지 못할 것이 분명했다. 그러나 그런 예상은 빗나가고 말았다. 수·당의 백만 대군도 막아냈던 고구려의 힘을, 그 후예인 고려도 가지고 있었던 것이다. 대천기는 고려와도 직접적인 관계를 맺어야 한다고 생각했다.

대천기는 백두산을 떠나 고려 동북면의 화주를 통해 고려의 경내로 들어와 등주 등을 거쳐 개경에 당도했다. 지나온 고려의 고을들은 높은 성첩(城堞)을 둘러쌓아 성곽들이 우뚝우뚝했다. 방비가 잘 되어 있음을 알 수 있었다.

개경에 당도하여 수창궁의 정문인 흥례문에 이르자, 문을 지키는 군사들이 자색 전복을 입고 교각복두(交脚幞頭)를 쓰고 장검(長劍)을 차고 서 두 손을 마주 잡고 있었다. 우뚝하게 산처럼 서 있는 것이 마치 흙이나 나무로 만든 인형처럼 보였다. 고려 군사들의 군기는 엄정했다. 그리고 지금 보니 고려왕은 지존으로서의 풍모를 지니고 있었다.

그렇다면 앞으로의 일은 한 치 앞을 예상할 수 없다. 거란이 고려를 다시 공격한다면 또다시 병력과 물자를 백산족에 요구할 것이다. 그런데 이런 상태에서는 전쟁에 참여하더라도 얻는 것은 하나도 없고 잃는 것만 있을 것이다. 고래 싸움에 새우 등이 터지는 격이다. 대천기의 머릿속이 복잡해졌다.

왕순은 신하들과 관인전에 있었다. 채충순이 말했다.

"이번에 온 백산족들의 보고에 의하면 거란이 전쟁 준비를 하지 않고 있다고 하니 상황이 아주 좋습니다."

왕순이 고개를 끄덕이자 채충순이 말을 이어 나갔다.

"이번에 소신이 사신으로 가서 평화 교섭을 하겠나이다."

왕순이 말했다.

"아직 형부시랑 김은부가 돌아오지 않았으니, 돌아온 후에 가는 것이 어떻겠습니까?"

"한시가 급하니 시일을 끌 수가 없습니다."

왕순이 결국 허락하자, 문하시랑 유진이 말했다.

"'사신을 보내는 의례'를 행하고 파견하는 것이 어떻겠습니까?"

원래 사신을 파견할 때는 의례를 행하고 보낸다. 그런데 전쟁 후에 보낸 사신은 이런 의례를 생략하고 보냈다. 억류될지도 모르는데 떠들썩한 의례를 행하고 보낼 수는 없었다.

그러나 이제는 거란에서 사신들을 억류하지 않고 있을 뿐더러 화의가 성립될 가능성도 상당하다. 이제 정식으로 의례를 치르고 보내는 것도 좋을 것이었다.

왕순은 면류관을 쓰고 면복(冕服)을, 관리들은 양관을 쓰고 조복(朝服)을 입고 있었다. 채충순을 비롯한 사신단은 백저포를 입고 흑립을 쓰고 있었다.

의례가 끝난 뒤, 주관하던 관리가 외쳤다.

"의례가 끝났습니다."

고각군들이 주악을 울리며 앞서 나아가자, 사신단의 대표 채충순이 표문을 받들고 그 뒤를 따랐다. 왕순과 관리들은 사신단을 궁궐의 문밖까지 배웅했다.

왕순이 채충순의 손을 잡으며 말했다.

"전쟁으로 가족을 잃은 사람들의 슬픔을 이루 말할 수가 없습니다. 거란 임금에게 그 사실을 잘 알리도록 하십시오."

채충순이 고개를 깊게 숙이며 말했다.

"몸가짐을 무겁게 하여 항구적인 평화 조약을 맺고 오겠나이다."

채충순은 책임감과 희망을 품고 이월 십일에 개경을 떠났다. 이월 이십사일에 내원성에 당도했는데, 김은부가 억류되어 있다는 것을 알게 되었다. 채충순은 큰 불안감을 느끼며 북쪽으로의 길을 재촉했다. 그리고 여정 중에 하공진에 대해서 자세히 듣게 되었다.

키가 작지만 풍채가 좋은 사람이 야율융서의 막사로 들어왔다. 북원추밀부사 소합탁이었다. 소합탁이 목소리를 작게 하여 보고했다.

"하공진이 이번 폐하의 생신을 맞아 이곳에 오는 기회에 고려로 도망하려고 했습니다."

야율융서가 의아한 표정으로 말했다.

"그게 무슨 소리인가? 하공진은 짐에게 충성을 맹세했고, 짐 역시 하공진을 섭섭하지 않게 대우했는데…."

"하공진이 남경(현재 중국 북경)에서 좋은 말을 계속 사 모으고 있었습니다. 그래서 제 여진족 수하를 접근시켜 고려로 가는 길로 인도할 수 있다고 은근히 떠봤더니, 하공진은 과연 고려로 탈주하려는 생각이었습니다."

야율융서가 별일 아니라는 투로 말했다.

"고향을 그리워하는 것은 인지상정이지 않소. 그리고 고려로 가는 길이 멀고 협소한데 하공진이 어찌 실행에 옮기겠소! 그저 하는 소리이었을 터이니 사람을 보내 적당히 타이르도록 하시오."

보고를 마친 소합탁이 막사를 나가려고 뒷걸음을 쳤다. 막사 문 앞까지 물러섰을 때 야율융서가 소합탁을 불렀다.

"추밀부사!"

소합탁이 막사를 나가려다 멈춰서더니 야율융서를 보았다.

"짐이 하공진을 직접 설득할 것이니 이리로 들게 하시오."

소합탁이 머리를 조아리며 말했다.

"폐하의 아량을 보여주는 것도 좋을 듯합니다."

야율융서는 탁자 위에 놓인 푸른색 유리잔을 들어 차를 한 모금 마시며 고개를 끄덕였다.

야율융서가 소배압 등과 더불어 정사를 논의하고 있는데, 하공진이 포박당한 채로 야율융서 앞으로 끌려 나왔다.

야율융서가 하공진에게 물었다.

"그대가 고려로 탈주하려고 한 것이 사실인가?"

하공진이 부인하며 말했다.

"소신이 어찌 그런 마음을 품겠습니까?"

야율융서가 입술을 삐죽 내밀며 말했다.

"짐은 이미 모든 사정을 다 알고 있다."

야율융서가 눈짓하자 소합탁이 한 사람을 데리고 왔다. 소합탁이 부하로 데리고 있는 여진인이었다. 이 여진인이 하공진에게 접근해서 고려로 가는 길을 안내할 것을 제안했었다.

하공진이 그를 본 후 체념한 듯이 말했다.

"폐하의 은혜를 저버렸으니, 제 죄는 만 번을 죽어도 마땅합니다."

그런 하공진을 보며 야율융서가 인자한 표정을 지으며 말했다.

"짐은 지나간 일을 묻지 않는다. 그대가 과오를 반성한다면 짐은 여전히 그대를 매우 우대할 것이다."

하공진이 고개를 저으며 말했다.

"신은 우리나라에 대해 감히 두 마음을 가질 수 없습니다. 살아서는 대국을 섬기기를 원하지 않습니다."

죽음을 각오하는 하공진의 말에 야율융서는 당황스럽고 놀랐다. 야율융서가 달래듯이 말했다.

"나는 진즉에 그대가 충신인 것을 알고 있었다. 그대의 절개가 곧은 것을 알기에 내 곁에 두려고 했던 것이다."

야율융서는 이렇게 말한 후, 호위병들에게 손짓하며 명령했다.

"어서 풀어주도록 하라!"

호위병들이 하공진을 풀어주었으나 하공진은 무릎을 꿇은 채로 움직이지 않았다.

야율융서가 다시 말했다.

"그대는 의로운 사람이다. 그러나 작은 의로움에 얽매이지 말고 크게 생각하라."

"저는 이미 한 번 왕명을 저버렸습니다. 다시 그러기를 원치 않습니다."

야율융서가 타이르듯이 말했다.

"나는 그대 말을 듣고 고려에서 물러났다. 그대는 그대의 왕명을 지킨 것이다. 앞으로는 나의 신하가 되어 나의 명을 따르도록 하라."

하공진이 고개를 가로저으며 말했다.

"만일 폐하의 신하가 된다면, 저는 우리 성상을 끝까지 보필하지 못한 것입니다. 그럴 수 없습니다."

야율융서가 약간 노기를 띠며 말했다.

"그게 무슨 꽉 막힌 소리인가? 짐에게 충성을 맹세하고 부귀를 누리라!"

하공진은 묵묵히 아무 말도 하지 않았다. 야율융서가 목소리를 낮춰 감정을 절제하며 말했다.

"짐의 신하가 되어 큰 의로움을 갖도록 하라!"

하공진은 역시 아무 말도 하지 않았다. 하공진이 대답하지 않자, 소배압이 하공진에게 말했다.

"어서 폐하의 말씀에 복종하도록 하시오."

하공진은 소배압의 말에도 대답하지 않았다. 거란 신하들이 하공진을 보며 혀를 차며 수군대었다.

"저런 발칙한 자가 있나!"

"과연 작은 나라의 이적(夷狄)이군."

"그 왕이라는 자는 나라의 수도를 버리고 비겁하게 도망가는 겁쟁이 아닌가!"

하공진은 수군대는 거란의 관리들을 훑어보았다. 그리고 그들을 하나씩 노려보면서 몸을 일으켰다. 거란 군사들이 하공진을 다시 꿇리려고 했으나 하공진은 무서운 용력으로 몸을 일으키며 천천히 또박또박 말했다.

"너희들은 우리나라에 들어왔다가 물에 빠진 쥐새끼 꼴이 되어서 몰래 빠져나간 자들이 아니더냐!"

이 말에 야율융서가 격노했다.

"지금 무엇이라 했는가?"

야율융서에게 고려에서 겪은 혹독한 추위의 기억이 엄습해 왔다. 하공진이 야율융서를 똑바로 바라보며 말했다.

"쥐새끼라고 했소!"

야율융서가 몹시 성을 내며 말했다.

"네가 정녕 죽음을 택하겠다는 말인가?"

하공진이 말했다.

"나는 나의 왕명을 받들 것이다!"

야율융서가 하공진에게 물었다.

"그대의 왕명이 무엇인가?"

"나의 조국과 주군에게 끝까지 의리를 지키는 것이다!"

하공진의 말투가 강경하고 불손하자, 신하들이 야율융서에게 말했다.

"저자가 저토록 무례하니 살려둬서는 안 될 것입니다."

야율융서는 하공진을 성난 표정으로 보다가, 곧 호위병들에게 명령을 내렸다. 시퍼렇게 벼린 칼날이 하공진의 목 위로 떨어졌다.

제2장

용이 지키는 바다

24
청하현의 하늘바람

때는 오월, 이른 아침의 청하현(淸河縣: 경상북도 포항시 청하면)의 바다는 잔잔했고, 해변에서는 두 아이가 모래를 만지며 놀고 있었다. 한 아이는 열 살이 넘어 보이는 남자아이였고 또 한 아이는 서너 살 정도의 여자아이였다. 그런데 아이들이 놀고 있는 해변에 맞닿은 바다에서 갑자기 소리가 들렸다.

"호오이~."

사람이 물 밖으로 나오며 막혔던 숨을 한 번에 몰아쉬는 소리였다. 해변에서 오십 보 정도 떨어진 바다 위에는, 둥근 형태의 초록색 물체가 떠 있었고 그 옆으로 한 사람이 솟구치듯이 올라오고 있었다. 머리를 흰색 천으로 묶고 있는 초로의 여인이었다. 이 여인이 해변을 향해 손을 흔들자, 여자아이가 까르르하며 역시 손을 흔들었다.

이 초로의 여인은 청하현 바닷가에 사는 해녀였다. 이제 나이가 오십이었고 오십이면 해녀로서는 은퇴할 때다. 그러나 이 여인은 은퇴할 수 없었다. 어린 손주들을 먹여 살려야 했기 때문이었다. 그런데 이런 초여름에 다른 해녀들은 배를 타고 조금 먼 바다로 나가서 공동 작업을 하는 것이 보통이다. 그런데 이 해녀는 그럴 수 없었다. 그 이유는 여자아이, 즉 손녀 때문이었다.

작년(1011년) 팔월까지만 하더라도 해녀는 딸 내외와 손주 둘과 단란하고 행복하게 살고 있었다. 경주 북동쪽 바닷가에 있는 청하현은 조용하고 안정된 동네였다. 국경 지역에서 멀리 떨어진 남쪽 외진 곳이라 직접적인 해를 당할 일이 없었다. 해녀가 어릴 때 듣기로는 신라가 멸망할 때도 이곳에는 특별한 일이 없었다고 한다.

이십여 년 전(993년) 거란군이 대거 침입했을 때, 병사와 말을 징집한다며 온통 난리였고 해녀 역시 몹시 놀랐었다. 몇 달간 흉흉한 소문이 끊이질 않았다. 일품군들도 차출되어 북쪽으로 향했고 노비들 역시 마찬가지였다. 차출된 남편과 아들을 둔 집에서는 걱정이 이만저만이 아니었다.

이때 해녀는 남편을 바다에 잃고 딸 하나와 같이 살아가고 있었다. 남편을 바다에 잃었을 때는 며칠간 실성한 채로 있었고 슬픔을 극복하는 데 오랜 시간이 걸렸다. 그런데 이때는 남편이 없으니 걱정할 이유가 없었다. 역시 인생은 새옹지마였다. 그러나 요란한 소동과 다르게, 해를 넘기지 않고 상황은 끝났다. 북쪽으로 차출되었던 마을 사람들도 대개 돌아왔다. 해녀는 약간 싱겁다고 생각했다.

재작년(1010년)에 거란의 대군이 나라를 침공했을 때도 마을은 떠들썩했지만 해녀에게는 거의 무관했다. 단지 수군(水軍)인 사위가 걱정이었다. 그래도 사위는 수군이었기 때문에 소집되면 배를 타고 수송하는 임무를 맡는다. 따라서 이렇게 북쪽에 난리가 나도 별 특별할 것은 없었다.

그런데 작년(1011년) 일월에 중앙에서 관료들이 오더니 거란군을 물리칠 근왕군을 조직한다며 돌아다녔고 사위 역시 근왕군에 차출되어 개경으로 향할 참이었다. 해녀와 해녀의 딸은 사위 걱정에 잠을 이루지 못했다. 그런데 사위가 길을 떠나기 전에 거란군이 물러갔다는 전갈이 도착했다. 해녀는 가슴을 쓸어내렸다.

작년(1011년) 팔월 어느 날, 추석이 가까이 다가온 시점이었고 본격적인 추수가 시작되기 전에 짧은 농한기이기도 했다. 오후 해변에는 추석에 있을 씨름판에 대비해서 씨름 연습을 하는 남자들과 구경하는 사람들로 북적댔고 저녁 찬거리로 바다에 들어가 조개를 줍는 사람들도 있었다.

해녀의 사위도 사람들과 어울려 씨름을 하고 있었다. 해녀 식구들은 그 모습을 구경했다. 사위는 어릴 때 오른쪽 다리가 부러졌었는데 그때 접골을 제대로 하지 않아서 왼쪽 다리보다 약간 짧았다. 그런데 그 다리로도 작년 씨름대회에서 삼등을 했었다. 이번에는 기필코 일등을 할 것이라고 벼르고 있었다.

"어매요, 이번에는 지가 송아지를 꼭 탈끼요!"

해녀가 고개를 크게 끄덕이며 말했다.

"그라지! 암, 그라고 말고!"

사위는 덩치가 크지는 않았으나 팔뚝이 패어 둔 장작마냥 튼실하고 두꺼웠다. 지금은 힘을 써서 굵은 팔뚝에 힘줄이 불끈 솟아 있었다. 해녀는 사위의 그런 남자다운 모습을 보는 것이 좋았다.

그런데 그때 갑자기 마을 북쪽의 도리산 봉화대에서 봉화가 올랐다. 봉화는 무슨 일이 없더라도 점검 차원에서 매일 낮과 밤에 한 차례씩 오른다. 그런데 오르지 않을 시간인 데다가 연기가 하나만 올라야 하는데 두 개가 오르고 있었다. 지금까지 처음 있는 일이라 마을 사람들은 모두 어리둥절해 있었다.

곧 해안에 크고 작은 배 몇 척이 나타났다. 사람들은 그 배들을 무심코 바라만 보았다.

해변에 닿은 배에서 민머리의 사람들이 내렸다. 자세히 보니 머리통 양옆으로 머리카락이 어느 정도 있었다. 일반인의 복장도 아니었고 승려도 아니었다. 마을 사람들은 이때까지도 무슨 일인지 알지 못했다.
 허리가 구부정한 마을 노인 하나가 그들에게 다가와 물었다.
 "어디서 오는 사람들이요?"
 곧 무언가가 노인의 머리를 내려쳤고 노인은 모로 쓰러졌다. 노인의 앞에는 몽둥이를 든 거의 반라의 남자가 눈을 부릅뜨고 서 있었다. 노인의 머리에서 흘러나오는 피가 하얀 모래를 검붉게 물들이기 시작했다.
 그 모습을 본 사람들이 비명을 질러댔다.
 "악! 으악!"
 이제야 본능적으로 위험을 느낀 사람들이 정신없이 현의 중심지 쪽으로 내달리기 시작했다. 사위가 다급히 말했다.
 "여보, 어매랑 얼라들과 빨리 가!"
 사위는 이렇게 말하며 씨름을 같이하던 남자들과 더불어 해적 쪽으로 다가갔다. 사위를 말리고 할 경황이 없었다. 해녀는 딸과 손주들과 같이 사람들에 섞여서 달렸다. 이런 상황을 예상한 적이 없었기 때문에 정확한 목적지는 없었다. 그저 달릴 뿐이었다. 손자가 앞서 달리고 그 뒤를 해녀와 딸이 따랐다. 손녀는 딸이 안고 있었다.
 뒤쪽에서 사람들의 비명이 연이어 울려 퍼졌으나 해녀는 돌아볼 엄두를 내지 못했다. 그런데 갑자기 옆이 허전했다. 급히 뒤를 돌아보니 딸이 넘어졌다는 것을 알 수 있었다.
 "으앙!"
 딸이 넘어지자 손녀는 그 품에서 울음을 터트리고 있었다. 몹시 놀란 해녀는 얼른 돌아가서 넘어진 딸이 일어서는 것을 도왔다. 딸은 스스로 몸을 일으키려고 했으나 오른발을 제대로 딛지 못하고 있었다. 돌부리에 발을 심하게 채인 듯했다.

해녀가 딸을 계속 부축하려고 하자, 딸이 손녀를 건네며 날카롭게 외쳤다.

"어매, 얼라를 안고 빨리 도망가!"

해녀는 손녀를 받아 안았으나 딸의 외침에도 발걸음이 떼어지지 않았다. 한 손으로 손녀를 안고 다른 한 손으로는 딸의 어깨를 잡아 일으키려고 했다.

딸이 뒤를 돌아보며 해녀의 손을 강하게 뿌리치며 다시 외쳤다.

"빨리!"

해녀는 딸의 시선을 따라서 해변 쪽을 보았다. 숫자를 알 수 없는 해적들이 마을 사람들을 닥치는 대로 두들겨 패고 있었다. 땅바닥에 널브러져 있는 사람도 꽤 있었다. 그들이 죽었는지 살았는지는 알 수 없었다.

그때 누군가가 다가와서 외치는 소리가 들렸다.

"어매, 빨리 가소!"

사위였다. 웃통을 벗고 있는 사위의 몸에 핏자국이 있다는 사실을 해녀는 창졸간이라 깨닫지 못했다.

사위의 외침에 해녀는 자신도 모르게 몸을 일으켰다. 해녀가 몸을 일으켰으나 어정쩡한 자세로 서 있자 사위가 해녀를 떠밀며 다급히 말했다.

"어서요!"

사위의 떠밀림에 해녀는 다시 달리기 시작했다. 달리면서 뒤를 보니 사위가 튼실한 팔로 딸을 안아 일으키는 것이 보였다. 사위가 다시 외쳤다.

"어매요! 뒤돌아보지 마소. 앞만 보고 달리소."

사위의 말에 해녀는 앞을 보았다. 해녀의 시선은 사람들을 헤치며 이쪽으로 다가오고 있는 어떤 아이에게 마치 자석처럼 꽂혔다. 손자였다. 해녀는 앞으로 가라고 손짓하며 손자 쪽으로 뛰었다.

현의 중심지에 가까이 가자 여기저기서 사람들이 외치고 있었다.
"해적이다! 해적이 나타났다!"

현 내에 있던 사람들은 급히 서남쪽으로 이십여 리 떨어져 있는 법광사(法光寺) 쪽으로 도망을 갔다. 손녀를 안고 있는 해녀는 힘이 들어 도저히 더 이상 움직일 수가 없었다. 근처 삼베 밭에 몸을 숨기고 숨죽여 있었다. 곧 해적들이 현 내로 들어와 여기저기 약탈을 했다. 해적들은 이틀 후에 물러갔고 그 직후 마을 사람들이 돌아왔다. 그제야 해녀는 삼베 밭에서 나올 수 있었다. 식량이 전혀 없었으므로 이틀간 쫄쫄 굶으며 오들오들 떨 수밖에 없었다. 손녀가 울지 않고 버텨준 것이 감사할 따름이었다.

나중에 알게 된 사실이었으나 이곳 청하현에 침입한 해적들의 숫자는 얼마 되지 않았다고 한다. 그러나 이런 상황에 대한 대비가 전혀 되어 있지 않았기에 우왕좌왕할 수밖에 없었다.

해적이 물러간 뒤에 해녀는 온 길을 되짚으며 해변 쪽으로 갔다. 딸이 넘어진 곳에서 얼마 안 되는 곳에 사위가 쓰러져 있었다. 사위는 후두부가 삼분의 일쯤 함몰된 상태로 엎드려 있었다. 사위가 살아 있을 리는 없었다. 해녀는 주변을 미친 듯이 두리번거렸다. 그러나 딸은 보이지 않았다.

딸을 찾게 된 것은 그로부터 이틀 뒤였다. 딸의 시체가 해안가에서 발견된 것이었다. 시체에 목숨을 앗아갈 만한 상처는 없었다. 딸을 마지막으로 본 사람들의 말에 의하면, 딸은 해적들의 배로 잡혀갔다고 한다. 그렇다면 딸은 어느 시점에 물로 뛰어들었을 것이다. 자신과 같은 해녀 생활을 하는 딸은 물에 익숙했다. 그러나 육지로 오기 전에 힘이 다했던 것이다.

해녀는 망연자실하여 며칠간을 오열했다. 더는 살고 싶지 않았다, 그렇지만 아직 어린 손주들이 있었다. 어떻게든 삶은 이어져야 했다.

대규모 해적들은 경주를 습격했다고 한다. 해적선들이 육지를 끼고 내려가다가, 무리에서 떨어져 나온 해적선 몇 척이 눈에 보이는 청하현에 상륙한 것이었다. 어쨌든 해적이 한 번 왔으니 앞으로 또 온다고 생각해야 한다.

두려움 때문에 내륙으로 이주하려는 마을 사람들이 꽤 있었다. 더구나 해녀와 같이 해안선 근처에 사는 사람들은 너무 위험했다. 해녀 역시 바닷가를 벗어나는 것을 심각하게 고려하고 있었다. 그런데 내륙 쪽으로 가면 먹고사는 것이 녹록하지 않았다. 풍요로운 바다에서 멀어지기 때문에 지금처럼 여유로운 먹거리를 찾을 수 없을 터다. 해녀는 평생 물질을 해왔다. 해녀는 망설이고 또 망설였다. 그러나 역시 손주들의 생명보다 중요한 것은 없었다.

해녀는 이웃들과 같이 내륙 쪽에 살 곳을 물색하고 다녔다. 좋은 곳은 이미 사람들이 다 차지하고 있었고 산간의 화전을 일구는 수밖에 없었다. 그렇게 이주를 준비하던 차에, 나라에서 관리들이 나와서 방어책을 논의하고 읍성을 쌓기 시작했다.

키는 매우 작고 머리통은 큰 늙은 관리 하나가 청하현에 와서 사람들을 모아 놓고 말했다.

"방어체계를 갖출 터이니 안심하고 살도록 하시오."

강감찬이라는 사람인데 높은 관직에 있다고 했다. 해녀가 보기에는 너무 늙고 볼품없이 생겨서 믿음이 가지 않았다. 그렇지만 이미 겨울이 다가오고 있어서 이주를 좀 늦추기로 했다.

그런데 얼마 후부터는 군사들이 해안을 순찰하기 시작했다. 특히 안개가 끼는 날은 마치 해적이 침입한 것처럼 훈련을 했다. 그 모습은 해녀를 비롯한 청하현 사람들에게 믿음과 안정감을 주었다.

특히 청색 전포를 입은 좌우위 기병들의 위용은 대단했다. 그들은 청하현 해안에서 자주 훈련했다. 그들이 내달리면서 지축을 울리는 모습은 심장을 쿵쾅거리게 했다. 저들이라면 해적 따위는 모두 물리칠 수 있을 것 같았다. 동네 남자아이들은 그들이 오면 훈련을 구경하며 뒤를 따라다니느라 열심이었다.

손자는 부모의 죽음 이후 매우 의기소침해 있었다. 이제 열두 살의 손자는 어른은 아니지만 그렇다고 아이도 아닌 나이였다. 부모의 죽음을 눈앞에서 보고도 아무것도 할 수 없었다는 무력감에 시달렸다. 손자는 늘 우울한 모습이었다. 그런데 좌우위 기병들이 오면 손자는 우울한 기색에서 벗어나 다른 동네 아이들처럼 그들을 신나게 따라다녔다. 좌우위 기병들의 늠름한 모습에 자신을 투영하는 듯했다. 좌우위 기병들은 병마판관 김종현이라는 관리가 지휘했다. 그는 좌우위 기병들보다 더 옅은 하늘색 전포를 입고 있었는데, 손자는 그가 내딛는 모습을 볼 때마다 '하늘바람'이라고 불렀다.

한 번은 그가 집 앞을 지나자 손자가 무심코 외쳤다.

"와, 하늘바람이다!"

그 소리를 들은 김종현이 멈추더니 손자에게 물었다.

"방금 뭐라고 했느냐?"

긴장한 손자가 머뭇대자, 김종현이 부드러운 표정을 지으며 손자에게 다시 물었다.

"무슨 '바람'이라고 한 것 같은데?"

손자가 떨리는 목소리로 말했다.

"…하…늘…바…람."

손자의 말에 김종현이 되뇌었다.

"하늘바람?"

그러더니 손자에게 물었다.

"나를 '하늘바람'이라고 부른 것이냐?"

손자가 고개를 천천히 끄덕였다. 김종현이 손자에게 몇 가지를 묻고 마지막으로 이름을 물었다. 손자가 씩씩하게 대답했다.

"영일 오씨, 오금보(吳金甫)입니다."

그다음부터 좌우위 기병들이 청하현으로 오면 마을 아이들과 같이 훈련을 했다. 손자는 가장 열정적으로 거기에 참여했다. 물론 마을 아이들의 역할은 가상의 해적들이었다.

해녀는 겨울이 지나서도 이주하지 않았다. 그 대신 밤에는 읍성에 들어가 친척집에서 잠을 잤다.

손녀는 죽음의 의미를 정확히 인식하지 못할 나이였다. 엄마가 보이지 않자 할머니에게 집착했다. 할머니가 자기 눈에 보이지 않으면 보일 때까지 울어댔다. 따라서 해녀는 다른 사람들처럼 배를 타고 나가 작업을 할 수가 없었다. 오직 손녀가 자신을 볼 수 있는 해변에서만 작업해야 했다.

작업이라고 해 봤자 반찬으로 먹을 조개를 캐는 것이었다. 운이 좋으면 전복을 발견할 수도 있을 것이다. 물론 그것은 운이 아주 좋을 때의 이야기였다. 말린 전복 한 근은 비단 한 필에 버금간다. 혹시라도 전복을 잡을까 싶어서 해녀는 조금씩 조금씩 멀리 나가고 있었다.

바다로 나올 때는 날씨가 좋았는데 막 작업을 시작하려 하니 동쪽 먼바다에서 안개와 구름이 빠르게 밀려오고 있었다. 해녀는 잠시 망설였다. 관아에서는 안개 낀 날을 가장 위험한 날이라고 했다. 그래서 안개 낀 날에는 민관이 함께하는 대피 훈련도 여러 번 했다. 해녀 역시 시야가 확보되지 않는 안개 낀 날의 위험성을 잘 알고 있었다. 그러나 조개 몇 개 정도는 금방 캘 것이다. 해녀는 작업을 계속했다. 비록 전복을 잡지는 못했지만, 망사리는 삽시간에 조개로 가득 찼다.

조개가 가득해졌다고 느끼는 순간, 해녀는 알싸한 느낌에 사로잡혔다. 주변이 점점 뿌옇게 변하고 있었다. 안개와 구름이 해녀가 있는 곳까지 몰려온 것이다. 해녀는 삽시간이라 생각했지만 벌써 한 시진 이상 작업을 하고 있었던 것이다.

"뚜웅~~~~~~~~."

그런데 남쪽 어디에선가 뿔나팔 소리가 울려 퍼졌다. 뿔나팔 소리가 울리자 해변에 있던 손자가 신이 나서 껑충껑충 뛰는 것이 보였다.

그런데 바다 쪽에서 어떤 소리가 미약하게 들리기 시작했다.

"처얼썩, 착."

마치 파도가 해변에서 부서지는 소리와 비슷했으나 그보다는 소리가 짧았다. 해녀는 곧 이 소리의 정체를 알아챌 수 있었다. 바닷물이 뱃전을 때리는 소리였다.

평생을 바다와 함께한 해녀는 두어 척의 배가 이쪽으로 다가오고 있다는 것을 소리로 알 수 있었다. 움직임을 멈추고 모든 신경을 귀에 집중했다. 선명하게 들리는 몇 개의 소리에 섞여 미약하지만 개수를 헤아릴 수 없는 소리가 들리기 시작했다.

해녀는 안개 때문에 볼 수는 없지만 귀로 들어서 상황을 파악할 수 있었다. 두어 척의 배가 앞서 오고 있었고 거리를 두고 적어도 수십 척 이상의 배들이 따르고 있는 것이었다. 수십 척의 배라면!

소름이 돋으며 자신도 모르게 몸을 덜덜 떨었다. 해변을 향해 뭐라고 외치고 싶었으나 두려움에 입이 제대로 떨어지지 않았다. 해녀는 해변의 손주들을 보았다. 그들을 잠시 응시하자 두려움은 멀리 사라지고 강렬하게 보호 본능이 솟구쳤다.

해녀는 아이들이 있는 해변을 향해 있는 힘껏 외쳤다.

"해적이야!"

해녀는 황급히 손으로 물을 헤쳐 나갔다. 얼마를 갔을까? 아이들이 해변에 서서 자신을 바라보고 있는 것이 보였다. 해녀는 다급히 소리쳤다.

"금보야! 동생을 데리고 읍성으로 들어가!"

아이들이 아무 움직임이 없자 마음이 더욱 다급해졌다. 다시 한번 소리쳤다.

"어서! 성으로 가!"

해녀의 외침에 손자가 손녀를 데리고 가려는데, 손녀가 울음을 터트렸다.

"으아아앙!"

오빠의 손을 뿌리치고 오히려 물 쪽으로 가까이 오고 있었다. 해녀는 더욱 급해졌다. 손으로 태왁을 밀면서 다리로는 힘차게 물을 밀어냈다. 겨우 몇 십 보의 해변까지의 거리가 천리만리처럼 느껴졌다. 해녀는 자신의 몸이 무겁다는 것을 느꼈고 허리에 돌로 된 추를 메고 있다는 사실을 깨달았다. 이내 추를 감고 있던 새끼줄을 풀었다.

"땡, 땡, 땡, 땡, 땡…."

그때 종소리가 요란하게 들렸다. 해적이 침입했다는 것을 알게 되어 읍성에서 치는 것이었다. 해변에 몇 명 있던 사람들은 모두 사라졌고 오직 남매만 남아 있었다.

마음이 급해진 해녀가 흘끔 뒤를 돌아보았다. 안개 너머로 배들의 형체가 뿌옇게 보이기 시작했다. 해녀는 발이 땅에 닿자 태왁을 버리고 있는 힘을 다해 움직였다. 물을 거의 벗어나자 손녀가 달려와 해녀에게 안겼다.

"할매!"

해녀는 매우 지쳤으나 손녀를 안으면서 옆의 손주에게 말했다.

"앞장서서 달리래이!"

이곳에서 읍성까지는 칠 리 정도 되는 거리였다. 해녀는 망설였다. 작년 경험에 비추어 식량을 전혀 가지지 않고 읍성으로 가는 것은 매우 불안한 일이었다. 해녀는 뒤를 다시 돌아보았다. 안개가 껴서 잘 보이지는 않지만 해적들이 아직 해변에 상륙한 것 같지는 않았다. 그렇다면 식량을 챙길 충분한 시간이 있을 것이다.

해녀는 집에 들렀다 가기로 했다. 손주들을 먼저 보내려고 했으나 손녀가 절대로 떨어지려고 하지 않았다. 몇백 보 떨어진 집에 가서 행낭 안에 갖가지 식량들을 가득 챙겼다. 챙기면 챙길수록 더 챙기고 싶었으나 마냥 짐을 꾸리고 있을 수는 없는 일이다. 해녀는 아이들과 집을 다시 나섰다.

"퍽!"

해녀가 사립문을 막 나서는데 옆구리에 큰 충격을 받고 그대로 나동그라지고 말았다. 해녀는 넘어지고 나서 자신이 받은 충격이 어디에서 왔는지를 보았다. 맨다리를 드러내고 상체에는 검은 가죽옷을 입은 남자가 눈에 들어왔다.

해녀는 이자에게 왼쪽 무릎을 걸어차여 오른쪽으로 모로 넘어지며 쓰러진 것이었다. 갑작스런 충격에 순간 몸이 마비되었고 정신이 아득해졌다. 그 와중에서도 해녀는 몸을 틀어 자신의 뒤를 따라 집에서 나오는 손주들을 보았다. 해적의 시선이 손주들을 향하자, 해녀는 소스라치게 놀라서 심장이 쿵쾅 뛰며 몸이 덜덜 떨렸다.

작년에 해적들이 사람들을 어떻게 대했는지 똑똑히 보았었다. 거동이 불편한 노인이나 울고불고하며 이동을 거부하는 아이들을 모두 죽여버렸다. 손자는 몰라도 손녀는 해적의 손에 죽게 될 가능성이 컸다.

과연 해녀를 따라 나오던 손녀는, 해녀가 해적의 발에 차여 넘어지고 해적이 몽둥이를 들고 무서운 모습으로 서 있는 것을 보자 바로 울음을 터트렸다.

"으앙!"

손녀의 울음에 해적이 짜증스런 표정을 짓더니 몽둥이를 높게 쳐들었다. 해적의 몽둥이가 밑으로 떨어지면 이제 손녀의 목숨은 이 세상에서 사라질 것이다. 해녀의 눈에서 눈물이 왈칵 쏟아졌다. 곧 해적의 몽둥이가 내려쳐졌고 해녀는 눈을 질끈 감았다.

"아악!"

그런데 들리는 비명은 손녀가 아닌 손자의 것이었다. 해녀는 눈을 떴다. 손녀는 자기 쪽으로 쓰러져 있었고, 손자는 팔을 움켜쥐고 꿇어앉아 있었다.

해녀는 찰나지만 사정을 알 수 있었다. 손자가 손녀를 밀쳤고 그 바람에 해적이 내려친 몽둥이가 빗나가며 손자의 팔에 맞은 것이었다. 해적은 몹시 화를 내며 발로 손자의 허리를 밟았다.

"아!"

손자가 옅은 신음 소리를 냈다. 해적은 손자를 움직이지 못하게 하고 다시 몽둥이를 들었다. 이제 끝이었다.

해녀는 이번에는 눈을 감지 않았다. 끝이라는 생각이 들자 오히려 담담해졌다. 흐린 눈으로 손자를 주시했다. 눈물이 나오려는 것을 힘을 주어 참았다. 이승에서 보는 손자의 마지막 모습일 것이다. 해녀는 나직이 읊조렸다.

자장, 자장, 자장, 우리 애기 잘도 잔다.
금을 주면 너를 사나, 옥을 주면 너를 사나,
우리 애기 천금 줘도 너를 못 사,
만금 줘도 너를 못 사.

어릴 때 손자에게 불러주던 자장가였고 지금은 손녀에게 늘 불러주고 있었다. 해녀는 알 수 없는 이유로 손자를 위한 자장가를 불렀다. 이제 헤어질 시간이었다.

"피이히이이잉~~~~~."

"팍!"

해녀는 몽둥이를 들어 올린 해적이 비틀거리는 것을 보았다. 그리고 자신이 방금 화살 나는 소리를 들었다는 것을 깨달았다. 해녀는 힘을 내어 엉금엉금 기어서 손녀를 붙잡고 손자 역시 자기 쪽으로 끌어당겼다.

해적이 비틀거리며 쓰러지는 것이 보였고 주위의 해적 몇 명 역시 털썩 주저앉았다. 나머지 해적들이 뒤로 도망가기 시작했다. 해녀는 아이들을 품에 넣고 웅크리고 있었다.

"피잉-, 피잉-, 피잉…."

해녀의 몸 위쪽으로 화살이 계속 지나가고 있었다. 해녀는 두려움을 느꼈으나 자신들을 구하기 위한 화살임을 본능적으로 알고 있었다. 화살 소리에서 두려움과 더불어 안도감을 같이 느꼈다. 해녀는 이쪽으로 다가오는 말발굽 소리와 진동을 느꼈다. 그 진동에 이끌린 해녀는 고개를 살포시 들고 서쪽을 바라보았다. 갑자기 연한 하늘빛이 해녀의 눈에 확 들어왔다. 하늘색 바람처럼 한 사람이 달려오고 있었다.

말을 타고 달려오던 그 남자가 해녀를 보았다. 해녀와 그 남자의 눈이 마주쳤다. 그 남자는 해녀를 응시하고 있었는데 해녀의 안전을 살피는 듯했다. 해녀는 잠시 그를 바라보다가 고개를 끄덕였다. 자신은 괜찮다는 의사표시였다. 그 남자 역시 옅은 미소를 지으며 해녀를 보고 고개를 끄덕였다. 해녀는 왠지 모르게 가슴이 시큰해졌다.

그때 품속의 손자가 머리를 힘차게 치켜들었다. 그리고 두 팔을 높이 들며 외쳤다.

"와! 하늘바람이다! 하늘바람이 왔다아~!"

해녀는 그 사람의 옅은 미소가 자신을 향한 것이 아닌 손자를 향한 것이라는 것을 그제야 깨달았다.

병마판관 김종현이 해녀의 옆을 지나며 창을 빼어 들면서 군사들에게 명령했다.

"다 쓸어버려!"

명령을 받은 좌우위 기병들이 외쳤다.

"좌우위! 성상을 위하여!"

해녀의 옆을 지나 좌우위 기병들이 해적들을 덮치고 있었다.

25
대비책

아홉 달 전(1011년 8월), 강감찬은 경주로 오자마자 강민첨에게 말했었다.

"자, 이제 자네가 주도해서 방어계획을 짜보게."

강민첨은 조자기, 이인택, 김종현, 문연과 함께 영일만 주변을 답사하고 열심히 토론하며 방어계획을 완성해갔다. 그동안 강감찬은 이응보를 대동하고 경주 여기저기를 시찰했다.

십여 일 후, 강민첨이 강감찬에게 보고했다.

"방어계획을 완성했습니다."

강감찬이 고개를 끄덕이며 무심한 말투로 말했다.

"생각보다 오래 걸렸군."

강민첨이 지도와 문서를 건넸고 거기에는 방어계획에 대한 것이 자세히 표기되어 있었다. 강감찬이 하나하나 짚으며 질문하고 확인을 했다.

"읍성을 쌓을 곳이 네 곳이나 되는데, 이렇게 빠른 시일 내에 쌓을 수 있겠는가?"

"토성을 쌓고 목책으로 강화하면 충분히 가능합니다."

"겨우 토성과 목책으로 적을 막아내겠는가?"

"해적들이 공성 무기를 가지고 오는 것이 아니니, 지원군이 당도할 때까지는 버틸 수 있습니다."

강민첨이 지도에 있는 영일현을 짚으며 말을 이어나갔다.

"이곳에 좌우위 정용 이백과 보승 삼백이 기동군으로 상시 주둔할 것입니다."

강감찬이 고개를 끄덕이다가 갑자기 미간을 찡그리며 지도의 한 곳을 가리키며 말했다.

"울주(蔚州: 울산광역시)는 어떤가?"

"해적들이 울주에 침입할 가능성도 있습니다."

"어떻게 할 것인가?"

"일단 영일만 주위의 방어와 수군의 배치만을 한 것입니다. 울주는 각하께 보고드리고 방향을 정하려고 합니다."

강감찬이 짧게 말했다.

"자네가 점검해보고 계획안을 올리게. 영구한 방어체계를 만들어야 하니 차질 없이 준비하게."

얼마 후, 강민첨이 울주에 다녀와서 보고했다.

"태화강을 감제할 수 있는 학산(鶴山: 학성산)에 읍성을 쌓고, 주변에는 선박을 차단할 수 있는 시설을 설치하려고 합니다."

기본 방어계획이 확정되어 강민첨은 수군을 맡고, 조자기와 이인택은 축성의 감독을, 김종현과 문연은 영일현에 주둔할 좌우위 군사들을 지휘하기로 했다.

강민첨을 비롯한 참모들이 분주한 가운데, 강감찬은 이응보를 대동하고 울주로 남하하며 먼저 경주와 울주의 중간에 있는 관문성(關門城)을 점검했다. 관문성은 신라 성덕왕 때(722년) 왜구의 침입을 막기 위하여 쌓은 긴 성곽으로 경주로 들어오는 관문의 역할을 했던 곳이었다. 그동안 유지보수를 안 해서 많이 무너져 있었으나 만일 해적들이 울주를 통해 경주로 침입한다면 저지선으로 삼아야 하는 곳이었다.

관문성을 점검한 후, 울주로 가서 학산에 성곽이 축성되고 있는 것을 시찰하고 태화강 북안에 있는 태화루에 올랐다. 강변에는 대나무 숲이 널찍이 펼쳐져 있었는데 강과 산과 바다가 어우러진 경치는 울주에서만 볼 수 있는 절경이었다.

강감찬은 십사 년 전(997년)에도 태화루에 왔었다. 성종이 경주를 비롯한 동쪽 지역을 순행할 때 호종했던 것이다. 성종은 믿고 따를 수 있는 군주였고, 더구나 강감찬을 총애했다. 신하된 사람이 좋은 군주를 만나 뜻을 펼칠 수 있는 것은 인생의 가장 큰 행운이다. 강감찬은 과거에 늦게 급제했지만 주요 요직을 맡으며 곧 재상이 되리라고 생각하고 있었다.

그런데 목종이 왕위에 오른 뒤 정사를 돌보지 않자, 그것을 간언해서 곧 지방으로 좌천되었다. 목종이 왕위에 있는 동안에는 중앙으로 오지 못했고 강조의 정변 뒤에야 다시 개경으로 올 수 있었다.

이번에 강감찬이 모셔야 할 왕은 성종처럼 강력한 통솔력이 있는 사람은 아닌 것 같았다. 그렇지만 심성이 좋은 사람이었고 필요할 때 결단할 줄도 알았다. 그리고 강감찬을 믿고 있었다. 고려는 지금 큰 어려움에 처해 있다. 강감찬은 자신의 모든 힘을 다하리라고 다짐했다.

울주 동쪽 바닷가로 나와 동해를 우측에 끼고 북상했다. 해변로를 통해 이동하며 주요 지역들을 점검하기 위해서였다. 이틀째 되는 날, 해변 가까이 바위섬이 있는 곳에 당도했다. 강감찬은 여기에 멈춰서 해변에 자리를 깔고 바위섬을 향해 절하고 술을 올렸다. 이 바위섬은 신라의 문무대왕릉이었다. 문무대왕*(文武大王)은 세상을 떠나며 이렇게 유

---

* **문무대왕(文武大王): 신라의 제30대 왕(재위 661~681). 삼국을 통일했다.**

언을 남겼다.

"짐은 죽은 후에 동해의 용이 되어 나라를 지킬 것이다."

그 유언에 따라 이 바위섬에 장사 지냈던 것이다. 사람들은 이 바위를 가리켜 대왕암(大王巖)이라 불렀다.

강감찬은 문무대왕릉에 간단히 참배한 후 근처에 있는 감은사(感恩寺)로 향했다. 감은사는 문무대왕을 위해 세워진 사찰로, 사찰 아래에 바다로 통하는 물길을 내서 용으로 변한 문무대왕이 해류를 타고 출입할 수 있도록 한 절이었다.

그런데 감은사에 가자, 승려들과 참배하러 온 사람들 모두 강감찬 일행을 주목했다. 강감찬이 의식하지 않고 대웅전으로 향하는데, 사람들이 두 손을 들어 합장하고 강감찬에게 고개를 깊이 숙였다. 강감찬이 약간 의아해하고 있는데 주지승이 나와서 일행을 맞았다.

"소승은 결응(決凝)이라고 하옵니다."

"저는 이번에 동남해병마사로 임명된 강감찬입니다."

강감찬의 말에 결응이 환한 미소를 지었다. 결응과 몇 마디 나누어보니 목소리가 온후하고 태도가 친근했다. 강감찬이 말했다.

"절 안의 사람들이 마치 우리를 기다린 것 같습니다."

결응이 멋쩍은 미소를 지으면서 말했다.

"며칠 전, 제 꿈에 문무대왕께서 나오셔서 이르시기를, '곧 나의 장수가 이곳에 올 터이니, 그대는 사람들에게 안심하라고 하라'고 하셨는데 마침 각하께서 이곳에 오셨습니다."

생뚱맞은 말이라 강감찬이 고개를 갸우뚱하면서도 영혼 없이 고개를 끄덕였다. 결응이 말을 이어나갔다.

"문무대왕께서 제 꿈에 나오신 것은, 제 마음이 간절하기 때문일 것입니다. 간절한 마음의 발로이지 문무대왕께서 어떤 영험함을 보이시

는 것은 아닐 테지요. 그렇지만, 겨우 꿈일 뿐이지만, 이렇게 이루어졌
으니 나름대로 신기하기도 합니다."

강감찬은 감은사에서 나와 감포(경북 경주시 감포읍), 양포(경북 포항시 양
포리)를 지나 신축되고 있는 장기읍성에 도착했다. 판관 조자기가 감독
하고 있었다. 장기읍성은 바닷가에서 서쪽으로 십 리가량 떨어진 동악
산 중턱에 축성되고 있었다. 강감찬이 물었다.

"산 중턱인데 식수는 충분한가?"

"우물이 네 곳 있고 물을 모아둘 못을 두 군데 팔 계획입니다. 식수는
문제없습니다."

읍성의 남쪽에는 하천이 서쪽에서 동쪽 바다로 흘러들고 있었고 그
하천 주위로 꽤 넓은 들판이 동서로 길쭉하게 펼쳐져 있었다. 들판은
바다 쪽으로 갈수록 점점 좁아지다가 바다와 만나는 곳에는 외떨어진
작은 산 하나가 솟아 있었다. 마치 들판과 바다가 만나는 것을 막고 있
는 형세였다. 항아리의 마개와도 같은 모습인데, 강감찬이 조자기에게
물었다.

"저 산의 위치가 남달라 보이는군."

조자기가 산을 가리키며 말했다.

"저 산은 홀로 있다고 해서 독산(獨山)으로 불립니다. 마고할멈*이 해
마다 불어오는 태풍과 해일로부터 마을을 보호하기 위하여 영주(永州:
경상북도 영천시)에 있는 산 하나를 둘러메고 와서 하천 하구에 두었다고
합니다."

강감찬은 장기읍성을 나와 다시 북쪽으로 십 리가량 이동하여 모포
(경북 포항시 모포리)에 당도했다. 모포 서쪽에는 뇌성산이 있는데 이곳에

---

* 마고할멈: 이 세상의 자연물을 창조했다고 전해지는 거인 여신.

서는 단청에 쓰이는 뇌록(磊綠)이라는 초록색 물감이 생산된다. 이 뇌성산에 봉수대를 설치하기로 했다. 강감찬은 마을 향리를 불러 봉수대 건설에 대한 보고를 받고 다시 북쪽으로 떠나려는데, 향리가 말했다.

"여기 모포에서는 매년 추석에 마을 사람들이 모여 풍년을 기원하는 줄다리기를 합니다."

강감찬이 시선을 위로 하고 잠시 생각하다가 가볍게 고개를 끄덕이며 말했다.

"그렇지요."

강감찬은 성종 이년(983년)에 장원급제를 한 후, 그 이듬해 동경장서기로 임명되어 경주에서 삼 년을 근무했었다. 비록 삼십여 년이 지났지만 그래도 근처 사정에 밝았다.

향리가 말을 이어나갔다.

"올해는 해적들의 침입으로 때를 놓쳐 하지 못했습니다. 그런데 얼마 전에 바다에서 생긴 용오름이 육지 가까이 와서 지붕이 날아가는 등 적잖은 피해를 봤습니다. 마을 사람들은 줄다리기를 하지 않았기 때문에 신들이 노한 것이라고 생각하고 있습니다."

강감찬이 고개를 끄덕이며 말했다.

"할매골매기신과 할배골매기신이 만나지 못했으니, 화가 날 만도 하겠소."

모포의 줄다리기는 다른 곳과 달리 암줄과 수줄이 있어서 두 줄을 연결하여 사용한다. 암줄은 여신인 할매골매기신, 수줄은 남신인 할배골매기신의 신체로 여겨지고 있었다.

"줄다리기를 하고 싶지만 지금 해적에 대비하느라 모두 바쁜데, 우리 마을에서만 이런 행사를 한다는 것이 눈치가 보여서 망설이고 있습니다."

강감찬이 말했다.

"하루 정도 날을 잡아서 하도록 하시오."

강감찬은 이렇게 지시하고 다시 길을 나섰다. 이십여 리를 이동하자 병포(경북 포항시 병포리)에 닿았고 사람들이 북적대며 바삐 움직이는 것이 보였다. 누군가가 와서 군례를 했다. 강감찬이 그를 보고 말했다.

"부병마사, 어찌 일은 잘되고 있나?"

강민첨이 해안에 붙어 있는 산과 포구를 가리키며 말했다.

"저 산의 이름은 용두산이온데, 저곳에 해군 기지를 건설 중입니다. 그리고 포구에서는 전함을 만들고 있습니다."

"전함은 몇 척이나 만들 생각인가?"

"이십여 척 정도를 만들어서 각 포구에 두세 척씩 분산 배치할 것입니다."

강감찬이 고개를 끄덕이다가 오른손바닥을 내밀었다. 강민첨이 영문을 몰라 가만히 있자, 손가락으로 강민첨의 허리띠에 붙어 있는 주머니를 가리켰다. 강민첨이 그제야 알아차리고 주머니를 열고 하얀 것을 꺼내 강감찬의 손바닥에 올려놓았다. 그것은 엿이었다. 강감찬이 엿을 입에 넣고 몇 번 빨더니 만족한 얼굴로 말했다.

"요 며칠 길을 좀 걸었더니 피곤하고 온몸에 기운이 없었는데, 달달한 엿을 먹으니 이제 좀 기운이 나는구먼."

강감찬은 해군 기지가 건설되고 있는 용두산을 둘러보고 다시 북쪽으로 몇 리 이동하여 장기곶의 말목장성 동쪽 입구에 닿았다.

말목장성은 장기곶 중간을 동서로 횡단하여 쌓은 성으로 성안에는 말을 방목하여 키웠다. 강감찬은 이십여 리 되는 성벽을 따라 이동하여 얼마 후에 장기곶의 서쪽 지역 즉 영일만에 있는 '말골목'이라고 불리는 마을에 도착했다. 목장에서 뛰쳐나온 말들을 몰아넣어 붙잡는 곳이라 하여 '말골목'이라고 불렸다.

거기서 다시 서쪽으로 오십여 리를 이동해서 조박저수지에 당도했다. 조박저수지는 영일현 일대 농경지에 물을 대기 위해 만든 것으로 신라 때 축조되었다. 그 조박저수지 남쪽으로는 토함산으로부터 뻗어 온 산맥의 끝 지점으로 얕은 야산들이 있었다. 영일현의 읍성은 이곳에 건설되고 있었다.

강감찬은 야산의 정상에 올라 영일만 주변을 관찰했다. 여기서 북쪽으로 오 리 떨어진 곳에 형산강이 영일만으로 흘러 들어가는 하구가 있었다. 그런데 그쪽 백사장에서 청색 옷을 입은 수백 명의 사람들이 움직이고 있었다. 영일현에 배치하기로 한 좌우위 군사들이었다.

강감찬이 그쪽으로 다가가자 곧 징소리가 울려 퍼졌다.

"징, 징, 징, 징, 징…."

징소리가 나자 훈련하던 군사들이 빠르게 움직이더니 순식간에 방진이 쳐졌다. 곧 두 명의 장수가 다가왔다. 김종현과 문연이었다.

김종현이 강감찬에게 군례를 하며 말했다.

"해적들의 수가 우리보다 많을 것으로 예상되기 때문에 기본 진형으로 방진을 사용할 것입니다."

강감찬이 고개를 끄덕였다. 영일현에서 하루를 묵고 다음 날 새벽에 북쪽 흥해군(경북 포항시 흥해읍)을 향해 출발했다. 흥해군과 그 위의 청하현(경북 포항시 청하면)을 돌아보면 관계된 지역을 모두 시찰하는 것이었다. 그런데 이번에는 일행이 꽤 많았다. 좌우위 군사들의 행군 훈련에 같이 동참한 것이었다.

김종현이 강감찬에게 말했다.

"묘시 초(오전 5시)에 출발하여, 사시 중간(오전 10시)에는 청하현에 당도할 계획입니다."

영일현에서 청하현까지는 백 리 길이었다. 그 백 리 길을 두 시진 반 만에 움직인다는 것이었다. 일반적인 행군 속도의 두 배에 달하는 속도였다. 강감찬이 고개를 끄덕이자, 김종현이 강감찬을 물끄러미 보며 말했다.

"군사들의 급속 행군 훈련이니, 각하께서는 천천히 따라오시면 됩니다."

강감찬이 이맛살을 찌푸리며 핀잔하듯 말했다.

"군사들하고 따로 행동하는 지휘관이 있던가!"

기병 이백 기가 선두에 서고 강감찬 등 지휘부가 그다음, 그 뒤로는 보병 삼백 명이 따랐다. 기병들은 말에 오르지 않고 고삐를 쥐고 도보로 움직였다. 말의 체력을 보존하기 위하여 적을 만나기 전에는 말을 타지 않는 것이었다. 강감찬 역시 도보로 움직였다. 뜀걸음으로 계속 달려서 낙오자가 몇 있었지만 사시 초가 되자 까치고개를 넘어 청하현 초입에 도착했다.

"뚜웅~~~~~~~."

김종현이 뿔나팔을 불자, 군사들이 함성을 내질렀다.

"와아!"

청하현에 당도한 뒤 강감찬은 군사들과 같이 점심을 먹으며 격려했다. 나이 든 대정 한 명이 강감찬에게 말했다.

"제 나이가 이제 오십이라 스스로 노익장이라 생각했는데 각하를 뵈오니 저는 아직 한창때인 것을 알게 되었습니다."

지금까지는 지역을 시찰할 때 일반 백성들을 따로 불러 모아 만나지 않았다. 그런데 청하현에서는 사람들을 불러 모았다. 이번 해적의 침입으로 청하현이 피해를 입었기 때문이었다. 강감찬은 사람들에게 안심하고 생업에 종사하라는 말을 하고 의견을 청취했다.

그런데 얼굴이 까만 초로의 여인과 두 아이가 눈에 들어왔다. 강감찬은 그 여인에게 다가가 말을 붙였다. 해적의 침입으로 딸과 사위를 잃었다고 했다.

"방어체계를 갖출 터이니 안심하고 살도록 하시오."

여인은 시선을 아래로 떨어트린 채 말이 없었다.

26
침입

 벌써 해가 바뀌어(1012년) 봄이 지나고 여름이 가까이 오고 있었다. 동이 트기 전부터 김종현은 오십 기의 좌우위 기병들을 거느리고 순찰 중이었다. 순찰은 훈련의 일환이었고 지난 몇 달간 정기적으로 행해졌다. 그런데 김종현의 순찰은 그냥 순찰이 아니었다. 길을 가면서 적과 마주치는 상황을 예상하며 갖가지 신호 훈련을 비롯한 활쏘기, 돌격 훈련 등을 했다.
 기병대는 이백 명으로 구성되어 있었으나 이런 순찰 훈련은 보통 오십 명만 데리고 행해졌다. 나머지 백오십 명의 병력은 형산강 하구의 영일현에서 대기하며 만일의 사태에 대비했다. 해적이 침입한다면 십중팔구 형산강을 통해서 경주로 침입하려고 할 것이기 때문이었다.
 김종현과 군사들은 인시 초(3시)에 영일읍성을 출발하여 북쪽으로 길을 잡았다. 진시 중간(8시)쯤 흥해군(경상북도 포항시 흥해읍)을 지나 별래재(흥해군과 청하현 사이 고개)에서 동쪽 먼 하늘로부터 구름이 밀려오고 있는 것을 보았다. 바다에 구름이 끼면 가시거리가 크게 제한된다. 더구나 바다에서 밀려오는 구름은 보통 안개를 동반하는 경우가 많다.
 김종현은 영일로 다시 돌아갈까도 생각했지만, 청하가 바로 코앞이라 청하까지 전속력으로 갔다가 돌아오는 급속 행군을 하기로 했다.
 별래재를 지나 까치고개를 넘자 청하현이 한눈에 들어왔다. 넓은 들판과 백사장이 바다까지 펼쳐져 있었고 해안가에는 개포(介浦: 경북 포항시 월포리)라는 포구가 있었다. 안개와 구름이 개포까지 몰려오고 있는 것이 보였다. 김종현은 고각군으로 하여금 뿔나팔을 불게 했다.

"뚜웅~~~~~~~~."

오른편으로 용산(龍山)이 보였다. 바다에 안개가 피는 것은 용이 입김을 뿜기 때문이라는 말이 있다. 용산은 커다란 용이 바다를 바라보고 있는 형상이었고 용산의 북쪽 끄트머리에는 용의 머리에 해당하는 용머리 바위가 있었다. 바다에서 안개와 구름이 몰려오고 있지만 김종현의 지금 위치에서는 마치 용머리 바위에서 안개를 뿜는 것처럼 보였다.

감찰어사 겸 동남해병마판관 이인택은 청하현 동쪽 성벽 위에서 밖을 내다보고 있었다. 이인택은 조자기와 더불어 읍성의 축성을 감독했다. 영일만 근처 네 곳 중에 흥해군과 청하현을 이인택이 맡았고 영일현과 장기현을 조자기가 맡았다. 겨우내 부지런히 성을 쌓아, 올 이월 전에 모두 축성을 끝낼 수 있었다. 축성은 끝났지만, 이인택은 자신이 맡은 흥해군과 청하현을 오가며 지속적으로 성벽을 점검했다.

벌써 오월이라 여름이 시작되는 시점이었다. 이른 아침의 따사로운 햇볕이 대지에 내리쬐고 있었고 동쪽의 바다로부터는 바다 내음을 머금은 촉촉한 바람이 불어오고 있었다. 얼마 전, 보리와 밀 등의 수확이 끝난 논과 밭에는 다시 벼, 조, 기장, 콩 등의 작물이 심어져 녹색 빛을 뿜내고 있었다. 하늘은 푸른색이며 바다는 짙은 청색이었고, 농경지에는 녹색 작물들이 가득 메우고 있어서 천지사방이 온통 푸른 물결의 향연이었다.

그런데 진시(7~9)의 중간이 되자, 바다로부터 바람이 강하게 불어오며 맑았던 하늘이 갑자기 어두워지기 시작했다. 이인택이 하늘을 보니 먼바다로부터 구름이 빠르게 몰려오고 있었다.

구름과 안개가 해변으로 다가오자, 수군들을 개포로 보내 전함을 흥해 쪽의 칠포로 이동하게 했다. 칠포는 개포에서 이십 리 남쪽에 있었다. 해적들의 침입에 대비하여 늘 하는 훈련이었다.

"뚜웅~~~~~~~~."

이런 조치들을 취하고 있는데 남쪽으로부터 뿔나팔 소리가 들렸다. 이인택은 김종현이라는 것을 알아채고 고개를 절레절레 흔들었다. 신중한 성격의 이인택은 과감한 성격의 김종현과는 맞지 않는 부분이 있어서 훈련 문제로 몇 차례 충돌했었다. 김종현과 마주치고 싶지 않아 문루에서 내려와 관아로 향했다.

김종현은 남문으로 읍성에 들어가 동문의 문루에 올랐다. 오 리 밖으로 바다가 보여야 하는데 지금은 바다가 보이지 않았다. 구름과 안개가 바다를 대신하고 있는 것이다. 마치 거대한 창호지가 발라져 있는 것 같았는데 경치 자체는 장관이었다. 안개가 막 해변에 상륙하고 있었고 옆에서 그것을 보고 있던 청하현 별장 이윤홍(李潤弘)이 외쳤다.

"해안에 배가 보입니다!"

안개 사이로 검은 점들이 두어 개 보였다. 아직은 해적선이라 단정할 수 없었다. 김종현은 눈을 가늘게 뜨고 유심히 살폈다.

두 척의 배가 해안에 닿은 후, 검은 점들이 한두 개씩 늘어나기 시작했다. 청하현 별장 이윤홍이 긴장된 목소리로 김종현에게 말했다.

"저 정도 규모라면 해적선입니다!"

그때 해안가 쪽에서 사람들이 소리치며 달려왔다.

"해적이다! 해적이 왔다!"

"땡, 땡, 땡, 땡…."

곧 요란한 종소리가 동문루에서 울리기 시작했다. 해적선의 출현을 알리는 소리였다.

김종현은 즉각 이윤홍에게 말했다.

"우리는 지금 출동할 것이오. 즉시 청하의 군사들을 집합시켜 뒤를 따르도록 하시오! 특히 화살을 천 개 이상 챙겨서 보급에 차질이 없도록 하시오."

김종현은 즉시 성벽 아래로 뛰어 내려가 좌우위 기병들에게 외쳤다.

"출동이다!"

해적들이 이곳에 어느 정도 규모로 상륙했는지 알 수 없으나 김종현은 일단 공격하고 볼 생각이었다. 상륙 순간이 저들에게 가장 취약할 때이기 때문이었다. 잘하면 적에게 심대한 타격을 줄 수도 있다.

김종현은 좌우위 기병들과 성을 뛰쳐나갔고 성 밖의 청하현 주민들은 헐레벌떡 뛰어 들어오고 있었다. 김종현은 해변에 있는 어느 집 쪽으로 방향을 잡았다. 초로의 해녀가 두 명의 손주와 살고 있는 집이었다. 원래 딸 내외도 같이 살았었는데 작년 해적의 침입으로 사망했다고 한다. 해녀의 집은 해변에서 삼백 보 떨어진 곳에 있었다. 안개는 그쪽까지 서서히 밀려오고 있었다.

김종현이 그 집 근처에 당도했을 때, 해녀와 아이들이 쓰러져 있는 것을 보았고 해적들이 그 주위에 있었다. 몽둥이를 치켜든 해적을 향해 신속히 우는살을 쏘아 보냈다.

"피이히이이잉~~~~~."

"피잉-, 피잉-, 피잉-."

우는살이 날자 군사들도 모두 화살을 쏘아 보냈다. 화살을 연거푸 날리며 접근하는 와중에, 해녀 가족들이 꾸물꾸물 움직이고 있다는 것을 느꼈다. 김종현이 이십 보 거리까지 다가갔을 때, 남자아이가 고개를 들어 자신을 보며 놀란 표정을 짓다가 곧 환하게 웃는 것이 보였다. 김종현 역시 아이를 보고 가벼운 미소를 지었다. 남자아이가 두 팔을 높이 들며 이렇게 소리쳤다.

"와! 하늘바람이다!"

몸이 조금 불편해 보였으나 크게 문제 있어 보이진 않았다. 해녀 가족의 옆을 지나며 군사들에게 명령했다.

"다! 쓸어버려!"

김종현의 명령에 좌우위 기병들이 외쳤다.

"좌우위! 성상을 위하여!"

좌우위 기병들이 여진 해적들을 덮쳤다. 안개 속으로 뛰어들어 해적들을 거세게 몰아붙였다. 갑자기 나타난 고려군 기병들이 맹렬히 공격하자 해적들은 도망치기 바빴다.

막상 안개 속으로 뛰어드니 밖에서 볼 때보다 짙은 안개는 아니었다. 김종현과 좌우위 기병들은 종횡으로 달리며 눈에 보이는 해적들을 공격했다. 해적들은 중구난방으로 움직였는데, 전투라기보다는 사냥에 가까웠다.

얼마 후, 더 이상 해적들의 모습이 보이지 않았다. 김종현은 정신없이 화살을 쏘다 보니 화살집에 화살이 두 대밖에 남지 않았다는 것을 알아챘다. 다른 군사들도 모두 비슷할 것이다. 옆을 따르던 장교가 김종현에게 말했다.

"화살 보급이 필요합니다."

"청하읍성에 가서 보급할 화살을 어서 내보내라고 전하라!"

김종현은 활을 꽂고 창을 빼어 들었다. 해변가에는 화살을 맞은 수십 명의 해적들이 쓰러져 있었다. 그리고 해적들의 배가 계속 해변에 닿고 있었다. 수십 척 이상 되는 규모였다. 그렇다면 해적들의 주력이 이곳에 당도한 것이었다.

　방패를 든 해적들이 해변으로 상륙하기 시작하며 고려군에게 화살을 날렸다. 김종현은 일단 뒤로 조금 물러나서 보급을 기다렸다. 그런데 조금 전에 보낸 장교가 와서 보고했다.

"이인택 판관이 군사 내보내기를 거부했습니다."

　그 말에 김종현이 대갈일성을 터트렸다.

"이런 육시랄!"

　김종현은 어쩔 수 없이 청하읍성으로 후퇴를 명했다. 성벽 가까이 가자 문루에 있는 이인택이 보였고 김종현은 큰 목소리로 외쳤다.

"젠장할! 성문을 열라!"

　김종현은 성에 들어가자마자 명령했다.

"청하현의 군사들은 모두 동문 앞에 집합하라!"

　청하현의 군사들이 술렁이는데, 동문루에 있던 이인택이 아래를 내려다보며 말했다.

"그건 불가하오!"

　김종현이 급히 문루로 뛰어 올라가며 말했다.

"지금이 해적들을 공격할 적기요!"

　이인택은 여전히 김종현의 말을 거부했다.

"해적들이 침입하면 성문을 닫아걸고 지키는 것이 작전계획이요."

　김종현은 이인택을 쏘아본 후, 다시 명령을 내렸다.

"청하의 군사들은 나의 명을 따르라! 우리는 지금 성을 나가서 해적들을 공격한다!"

　청하의 군사들이 머뭇거리자, 김종현이 칼을 빼어 들고 외쳤다.

"따르지 않는 자는 군법에 따라 목을 벨 것이다!"

　이인택이 군사들에게 소리쳤다.

"청하의 군사들은 나의 소관이다! 우리는 성을 지킬 것이니, 모두 맡은 구역에서 대기하라!"

"이런 젠장!"

김종현이 이인택에게 칼을 든 채로 성큼성큼 다가갔다. 그런 김종현을 이인택이 인상을 찡그리며 보고 있었다. 그래도 설마 했다. 그런데 김종현은 결국 칼로 내려치고야 말았다. 칼등으로 이인택의 투구를 때렸고 이인택은 충격에 휘청거렸다. 옆에 있던 청하현 별장 이윤홍이 그런 이인택을 부축했다.

김종현이 이인택에게 말했다.

"네 부하였으면 그대는 죽었을 것이다."

김종현은 놀라서 할 말을 잃은 이인택을 뒤로 하고 좌우위 기병들에게 명했다.

"우리는 해적을 치러 간다!"

겨우 정신을 차린 이인택이 김종현의 뒤에 대고 욕을 하며 활을 뽑았다.

"저런 개 같은 자식을 봤나!"

김종현은 아랑곳하지 않고 화살을 충분히 챙겨서 오십 기의 기병만으로 다시 여진 해적들을 공격하기 위하여 해안으로 향했다.

해안에 다시 당도했을 때는 이미 수백 명으로 보이는 해적들이 상륙해 있었고 배들이 보이지 않았다. 그렇다면 해적 본대는 해안을 따라 남하한 것이다. 해적 본대가 영일만으로 향했다고 판단되자, 김종현은 즉시 군사들을 이끌고 길을 따라 남하했다.

27
형산강 전투

　김종현은 청하읍성을 나와 남쪽으로 달리며 해안 쪽을 보았다. 안개가 아직 걷히지 않아서 해안을 볼 수 없었다. 청하읍성에서 남쪽으로 오 리 떨어진 까치고개에 이를 즈음에 안개가 서서히 옅어지고 있었는데 그래도 가시거리가 몇십 보 정도였다.
　그런데 해안 쪽에서 이쪽으로 다가오는 어떤 인기척이 들렸다. 적은 수가 아니었다. 김종현은 어떤 상황인지 즉각 알아채고 까치고개로 접어들어 백 보 정도 이동한 후에 말을 멈췄다. 이곳은 길이 살짝 동쪽으로 굽어지는 곳이라 매복하기 적당했다.
　잠시 후 안개를 뚫고 민머리를 한 사람들의 형상이 나타났다. 이들은 뜀걸음으로 빠르게 오고 있었다. 위에는 상의를 걸치고, 아래에는 바지를 입지 않아서 맨다리가 그대로 드러나는 복장이었다.
　"후-."
　김종현은 심호흡을 하며 화살 다섯 대를 꺼내 들어 군사들에게 보여 줬다. 그리고 적들이 이십 보 안으로 접근하자 즉시 우는살을 날렸다.
　"피이히이이잉~~~~~."
　"악!"
　선두에서 달려오던 해적의 가슴에 화살이 정통으로 꽂혔다. 나머지 군사들도 화살을 쏘아댔다. 겨우 이십 보 거리에서 쏘아진 화살들은 마치 빨려 들어가듯이 해적들에게 맞았다.

"으악, 컥, 흐억…."

각자 다섯 발의 화살을 쏜 후 즉시 퇴각했다. 해적들의 숫자가 얼마인지 알 수 없으므로 전투를 오래 할 수는 없다. 일단 기세를 꺾어 놓는 것이 목적이었다.

삼백 보 정도 달려 까치고개 정상에 이르자 이곳에는 안개가 없었다. 김종현은 고개를 돌려 뒤를 보았다. 구름 같은 안개 덩어리가 청하읍성을 감싸고 있었고 동쪽 바다 쪽은 이미 맑게 개어 있었다. 매우 신비롭고 아름다운 풍경이었으나, 그 풍경 아래 수백 명의 해적들이 방패를 앞세우고 천천히 다가오고 있었다. 주력군은 배를 타고 영일만으로 이동하고 소수의 병력은 내륙으로 이동하는 것이었다. 수륙병진*(水陸竝進)이었는데 이런 전술적 행동을 한다면 단순한 해적들이 아니었다.

주요 길목에서 해적들을 지속적으로 공격하고 싶었지만, 적의 주력이 배로 남하하고 있었다. 최대한 신속히 본대와 합류해야 한다. 김종현이 군사들에게 명했다.

"즉시 전속력으로 남하한다!"

홍해군에 접어드니 들판에는 개 한 마리 찾아볼 수 없었다. 모두 읍성으로 대피한 터였다. 홍해읍성 앞을 지나며 김종현이 성벽 위에 있는 사람들에게 소리쳤다.

"해적선단은 영일만으로 가고 있소. 수백 명의 해적들이 청하현에 상륙해서 이쪽으로 오고 있으나, 저들은 홍해를 공격하지 않고 바로 남하할 것이오."

김종현은 동쪽을 보았다. 홍해군은 산으로 둘러싸여 있어서 바다를

---

* **수륙병진(水陸竝進)**: 육군과 수군이 동시에 진격하는 것.

관측할 수 없었다. 보이지는 않지만 여진 해적선이 계속 남하 중일 것이다. 적보다 더 빨라야 한다.

홍해군을 지나 고갯길에 접어들었는데 이 고개의 이름은 '소티재'였다. 소티재를 넘어가자 드디어 영일만이 보였다. 이곳까지 겨우 한 시진 만에 주파한 것이었다. 폭이 이십 리가 넘는 영일만은 거짓말처럼 조용했다. 심지어 그 흔한 갈매기도 보이지 않았다. 단지 사방의 봉수대에서 모두 세 갈래의 연기가 피어오르고 있을 뿐이었다.

형산강과 영일만이 만나는 곳에 있는 포구인 통양포를 지나며 영일만 북쪽을 보니 해적선들이 용덕곶을 돌아 영일만으로 들어서고 있었다. 김종현은 걸음을 더욱 빨리하여 형산강 북쪽 편을 따라 남서쪽으로 이십여 리 떨어진 제산(弟山)으로 향했다. 이곳은 형산강을 사이에 두고 북쪽에 제산이 있고, 남쪽에 형산(兄山)이 있었다.

옛날이야기에 따르면 형산과 제산은 원래 합쳐져 있던 산으로 형제산(兄弟山)이라고 불렸다고 한다. 형제산이 합쳐져 있을 때는, 경주 시내의 작은 하천들이 영일만 쪽으로 흘러가다가 형제산에 막혀 산 서쪽에서 거대한 호수를 이루고 있었다. 비가 많이 내리면 이 호수는 늘 범람했고 경주는 홍수의 피해를 자주 입었다. 그런데 신라 문무왕이 용으로 변해 거대한 꼬리로 형제산을 남과 북으로 끊어 물길을 내어, 그동안 주기적으로 발생하던 홍수를 방지할 수 있었다고 한다. 이 물길이 바로 형산강이다.

제산 남쪽에 당도하자, 문연이 나머지 좌우위 군사들을 이끌고 있었고 형산강에는 일품군들을 비롯한 장정들이 나룻배를 띄워놓고 어떤 작업을 열심히 하고 있었다.

김종현이 문연에게 말했다.

"해적들 본대는 배를 타고 영일만으로 진입하고 있습니다. 그런데 수백 명의 해적들이 청하현에 상륙하여 육로로 이곳으로 오고 있습니다."

"수륙병진이군요!"

"그런데 안개 때문인지 혹은 이곳의 지리를 잘 몰라서인지 너무 북쪽에 상륙했습니다."

김종현은 계획된 위치에 병력을 배치하고 잠시 숨을 돌렸다. 이제는 기다리는 일만 남았다. 눈을 들어 남쪽의 형산을 보니 형산 봉수대에서 세 줄기의 연기가 오르고 있었다. 곧 봉수대에 있던 정찰병들이 깃발을 돌리기 시작했다. 적이 형산강 하구로 들어오고 있다는 신호였다. 강물 위에서 작업하던 일품군들은 즉시 중단하고 신속히 강을 거슬러 올라갔다.

김종현이 형산강 하구 쪽을 보며 기다리는데, 근처에 있는 군사들의 시선이 동쪽의 형산강 하구가 아니라 서쪽의 상류를 보는 것이 느껴졌다. 김종현 역시 군사들의 시선을 따라갔다.

나룻배 한 척이 미끄러지듯이 다가오고 있었고 중앙에는 황색 바탕에 푸른색 화염을 단 깃발이 바람에 나부끼고 있었다. 김종현이 깃발을 물끄러미 보다가 오른팔을 깃발을 향해 높이 들었다. 군사들 역시 침묵을 유지한 채로 김종현을 따라 팔을 들었다. 그 모습에 깃발 역시 위로 솟구치며 화답했다. 나룻배가 형산 기슭에 닿더니 몇 명이 내리는 것이 보였다. 일각의 시간이 흐른 후, 형산 정상에 흰색 전복을 입은 한 사람이 서 있었다. 동남해병마사 강감찬이었다.

그 모습을 보고 문연이 김종현에게 말했다.

"감악산 때처럼 각하께서 우리 뒤에 든든히 계시겠군요."

곧 형산강을 거슬러 올라오는 해적선들이 보였다. 해적선들은 두 줄로 긴 행렬을 이루고 있었다. 길이가 적어도 사오 리는 될 것 같았다.

얼마 후 해적선의 선두가 제산 앞을 지나가자 김종현은 우는살을 빼어 들었다.

그런데 그 순간 힘차게 노를 저어 강을 거슬러 올라가던 선두의 해적선이 갑자기 빙그르르 돌았다.

"쾅!"

곧 옆에 있던 배와 충돌하고 뒤이어서 오던 배들과 충돌했다. 해적선들이 연이어 부딪치며 엉기자 그때, 김종현의 우는살이 날았다.

"피이히이이잉~~~~~."

우는살이 날자, 매복해 있던 고려군들이 활과 쇠뇌로 분분히 화살을 쏘아댔다.

"피잉-, 피잉-, 피잉-."

좀 전에 일품군들이 강에서 한 작업은 말뚝을 박는 것이었다. 수면에 드러나지 않게 백여 개의 말뚝을 박았고 그 말뚝 사이에는 쇠사슬을 걸었다. 큰 배는 말뚝에 걸리지만, 가볍고 작은 나룻배는 말뚝에 걸리지 않을 정도의 깊이로 박아놓은 것이다.

"꽝, 우지끈, 쿠쿵….""

그런데 몇 초 후 다른 굉음들이 울려 퍼지기 시작했다. 해적선 대열의 선두에서부터 삼분의 일 지점에 커다란 돌들이 떨어지기 시작한 것이다. 이 돌들은 제산 중턱에서 날아오고 있었는데, 그곳에서 숨겨져 있던 열 대의 투석기가 모습을 드러내고 연신 돌을 날리고 있었다.

"뚜웅~~~~~~~~."

곧이어 뿔나팔 소리가 형산 봉수대에서 울려 퍼졌다. 김종현이 화살을 날리다가 슬쩍 위를 보니, 뿔나팔 소리와 더불어 강감찬의 깃발이 위로 솟구쳤다가 서쪽을 가리키며 빙글빙글 돌기 시작했다.

잠시 후, 깃발의 신호에 호응해 형산강 상류로부터 작은 나룻배들이 떠내려왔다. 그런데 이 나룻배들 위에는 짚단이 산더미처럼 쌓여 있었다. 잠시 후 짚단에 불이 오르며 맹렬히 타오르는 불덩어리가 되었다.

불덩어리가 된 나룻배들이 해적선에 달라붙기도 하고 그사이를 지나기도 하며 강 위에는 불의 향연이 펼쳐진 가운데, 제산에 매복한 고려군의 공격은 맹렬히 계속되었다. 특히 투석기에서 발사한 돌의 명중률이 대단했다. 이 투석기는 박원작에게 의뢰해서 새롭게 만든 투석기로 뇌등석포(雷藤石砲)라는 것이었다.

앞서 있던 해적선 몇 척에는 불이 옮겨붙었고 또 몇 척은 투석기에서 날아온 돌에 맞아 항해 불능의 상태가 되었다. 선두에 있는 해적선들은 뒤로 물러나려고 하고 후미의 해적선들은 앞으로 오려고 하니 해적선들의 대열은 엉망이 되어갔다.

"뚜웅~~~~~~~~."

그때 형산강 하구 쪽에서 고려군의 뿔나팔 소리가 들렸다.

"둥, 둥, 둥, 둥, 둥…."

곧이어 연이어 북소리가 울렸다. 김종현이 보니 고려 전함 몇 척이 형산강 하구로 들어와 해적선의 후미를 공격하고 있었다.

갈불려는 완안부(完顔部)의 추장 석로(石魯)와 대열의 후미 부분에 있었다. 형산강을 거슬러 올라가던 대열의 선두에 고려군의 공격이 가해졌고 오른쪽 산에서는 투석기가 연신 돌을 쏘아대고 있었다. 고려군의 매복이 철저히 준비된 것임을 알 수 있었고, 그래서 몹시 당황했다.

석로가 말했다.

"앞을 막아서고 있는 적들의 수가 많지는 않을 것이니 병사들을 육로로 보내 제거해야겠소. 수륙병진 하면 적을 깨뜨릴 수 있을 것이오."

"그렇기는 한데…."

석로의 말에 갈불려는 긍정도 부정도 하지 못했다. 석로의 말이 맞기는 하지만 왠지 불안했다. 석로가 불안해하는 갈불려에게 말했다.

"경주에는 약탈할 것이 많소. 적들이 대비하고 있다고 하더라도 빠르게 약탈하고 철수하면 될 것입니다."

"뚜웅~~~~~~~~."

"둥, 둥, 둥, 둥…."

그때 뒤쪽에서 고려군의 뿔나팔 소리와 북소리가 들렸다. 갈불려가 보니 후미에서 고려 전함이 다가오는데 숫자를 알 수 없었다. 곧 후미의 아군 배가 불타오르는 것이 보였다. 고려 전함의 화공에 당한 것이다. 앞뒤로 진퇴양난이었다.

당황한 석로가 어찌하지 못하고 있는데, 갈불려가 말했다.

"배에서 내리면 적의 꾀에 당하는 것입니다!"

석로가 다급히 말했다.

"어찌해야겠소?"

"적선이 많지는 않을 것입니다. 이 좁은 곳이 아닌 넓은 곳에서 적선을 상대해야 합니다."

급히 징을 치고 깃발로 신호했다. 잠시 후에 해적선들이 형산강 하구 쪽으로 서서히 움직이기 시작했다.

해적선들이 하구 쪽으로 움직이려 하자, 김종현과 문연은 매복지점에서 나와 병력을 이끌고 길을 따라 동쪽으로 움직였다.

해적선단의 후미에서 불길이 일어나고 있었다. 고려군 전함이 퇴로를 막고 해적선을 공격하는 것이었다. 이제 퇴로가 막힌 해적들은 배에서 내릴 수밖에 없을 것이다. 그때 해적들을 육지에서 섬멸한다. 이것이 바로 고려군 지휘부가 만든 전술이었다.

그런데 해적선단이 형산강 하구로 꾸물꾸물 움직이고 있었다. 퇴로를 막아섰던 고려 전함들이 뒤로 물러나고 있는 것이다. 하지만 문제가 있었다. 이제 조금만 더 가면 영일만이 나오기 때문이었다.

김종현이 주먹을 움켜쥐며 혼잣말을 했다.

"퇴로를 완전히 막아서야 하는데!"

해적선은 백오십 척 정도로 규모가 상당했다. 작년 경주 침공의 성공으로 여진족들은 대단히 고무되었을 것이고 그래서 이런 대규모 선단이 구성되었을 것이다.

지금 아군의 전함은 해적선에 비하면 아주 적은 수이나, 아군의 배는 말 그대로 전함이다. 전투용 선박인 것이다. 그러나 여진 해적선들은 수송용 선박에 가까웠다. 전투력에서 큰 차이가 있다. 아군 전함의 수는 적지만 위치를 잘 잡았기 때문에 충분히 해적선의 퇴로를 차단할 수 있다고 생각했다.

김종현은 수군을 지휘하는 강민첨의 얼굴을 떠올렸다. 이제 지천명(50세)의 나이가 된 강민첨은 초로의 늙은이였다. 무예에 능하지도 않았고 병법을 잘 아는 것 같지도 않았으며 학문이 깊지도 않았다. 지난 전쟁에서 서경을 지켜낸 공으로 중용되었을 뿐이었다. 이번에 전술을 수립할 때도 특별히 뛰어나거나 그런 점이 있는지 알 수 없었다. 단지 일을 성실하게 하는 관료일 뿐이었다. 그런데 인제 보니 성실한 관료일지언정 용맹한 장수는 아니었다. 김종현은 이 좋은 기회를 날리는 것 같아 매우 안타까웠다.

백여 명의 여진족들이 불타거나 투석기에 맞아 부서진 해적선을 탈출하여 강가로 헤엄쳐 나왔다.

"모두 베어버려!"

김종현은 한 명도 살려두지 않았다. 포로를 관리할 병력을 두는 것조차 하지 않으려는 것이었다.

해적선들은 계속 꾸물꾸물 움직여서 형산강 하구 끝자락까지 갔다. 이제 곧 영일만으로 나가게 될 것이었다. 해적들을 소탕할 수 있는 좋은 기회를 잃게 되는 것이다.

문연 역시 초조해하며 김종현에게 말했다.

"해적들이 배에서 내리지 않으면 우리가 당장 할 수 있는 일은 없습니다."

"제가 가서 상황을 보고 오겠습니다."

김종현은 말에 박차를 가하며 달려 나갔다. 형산강 하구 끝에 다다르자, 거대한 고려 전함이 해적선들에 쫓기듯이 영일만으로 나가고 있었다. 작년에 새로 건조한 것으로 길이 오십 척에 높이가 십이 척에 이르는 장대한 전함이었다.

전함의 뱃머리에 어떤 사람이 서 있었는데, 체격이 크지 않은 땅딸한 사람이 붉은 전포를 입고 있었다. 김종현은 이 사람이 누군지 곧 알 수 있었다. 병마부사 강민첨이었다.

곧 강민첨의 전함을 비롯한 십여 척이 모두 영일만으로 나갔고 해적선들이 그 뒤를 따랐다. 김종현은 지켜보다가 분노를 터트렸다.

"이런, 젠장!"

김종현의 생각에는 고려군 전함의 숫자가 해적들보다 확연히 적기 때문에 좁은 형산강에서 싸워야 한다. 그런데 강민첨은 적과 용맹이 싸울 생각이 없는 것이었다.

그때, 강민첨이 청록색의 작고 긴 어떤 물건을 머리 위로 드는 것이 보였다. 그것이 강민첨이 평소에 들고 다니는 부채라는 것을 알 수 있었다.

강민첨의 전함에서 긴 뿔나팔 소리가 울려퍼졌다.

"뚜웅~~~~~~~~~."

천아성*(天鵝聲)이 울린 후, 강민첨의 뒤에 있던 고각군 중 하나가 흰색 깃발을 높이 들고 흔드는 것이 보였다. 이어서 젓대소리와 징소리가 반복해서 이어졌다.

"힐니리~~~징. 힐니리~~~징. 힐니리~~~징…."

신호에 맞춰 십여 척 정도 되는 고려의 전함들이 형산강 하구 앞에 일자진을 쳤다. 마치 형산강 하구를 커다란 마개로 막는 것과 같은 모양새였다.

이윽고 강민첨이 부채를 앞으로 내리자, 북과 징소리가 동시에 요란하게 울려 퍼졌다.

"둥, 징, 둥, 징, 둥, 징…."

고려군의 공격 신호였다. 곧이어 해적선들을 향하여 고려의 전함에서 불화살 등이 날기 시작했다. 고려 수군들은 맹렬히 해적선을 공격했다.

김종현이 멍하니 해전을 보고 있는데, 어느새 문연이 달려와서 북동쪽의 소티재를 가리켰다. 소티재를 넘어 수백 명의 해적들이 오고 있었다. 청하현에 상륙했던 해적들이 이제야 도착한 것이었다.

---

*   천아성(天鵝聲): 천아는 고니 새이다. 천아성은 고니의 울음인데, 군대에서 신호용으로 길게 부는 나팔소리를 천아성이라고 한다.

28
영일만 해전

몇 시진 전, 영일현에 있던 강민첨은 북쪽 지을산 봉수대에서 세 줄기의 봉화가 오르는 것을 보았다. 그 즉시 문연에게 담담히 말했다.

"해적들이 침입했군요."

문연은 즉시 좌우위 병력을 이끌고 제산으로 향했다. 강민첨은 필요한 명령을 일목요연하게 하달한 후, 형산강 하구의 통양포(경상북도 포항 북구 일대)로 향했다. 통양포에는 작년에 건조한 세 척의 전함이 정박되어 있었다. 그중 대장선에 올라타고 영일만을 가로질러 마주 보는 곳에 있는 임곡포(경상북도 포항 남구 임곡항)로 향했다. 그리고 척후선과 척후병들을 북쪽으로 보내 해적선의 위치를 탐지하게 했다.

강민첨이 임곡포에 도착했을 때, 북쪽으로 보냈던 척후선이 와서 보고했다.

"해적선들이 해안을 따라 내려오고 있습니다."

임곡포에서 영일만을 가로질러 북쪽으로 이십 리 떨어진 곳에는 바다 쪽으로 뾰족하게 돌출된 지형이 있다. 이곳의 이름은 용덕곶이다. 북쪽으로 용덕곶, 남쪽으로 장기곶이 감싸고 있는 바다가 영일만인 것이다.

해적선들이 해안선을 따라 남하하고 있으니, 용덕곶을 돌아 영일만으로 들어오게 된다. 임곡포에서 가시거리가 좋을 때는 용덕곶을 볼 수 있지만 지금은 옅은 물안개와 그에 맞아 부서지는 햇빛 때문에 보이지 않았다. 해적선들도 역시 아군의 전함을 볼 수 없을 것이다. 그러나 만전을 기하기 위해, 전함 갑판에 거적때기를 덮어서 조운선으로 보이게끔 했다. 곧이어 개포, 칠포, 여남포(경북 포항시 북구 여남항)의 전함들이 합류했고 총 열한 척으로 늘어났다.

얼마 후, 척후병이 와서 보고했다.

"백오십 척가량의 해적선들이 영일만으로 들어서고 있습니다."

곧이어 김종현이 보낸 전령도 도착했다.

"적들은 안개 때문에 청하현 해변에 잠시 머물다가 배를 타고 영일만 쪽으로 남하했습니다. 그런데 수백 명이 청하현에 상륙해서 육로로 오고 있습니다."

안개 때문에 해적들이 청하현에 잠시 머문 것은 아주 좋은 징조였다. 만일 안개가 낀 상황에서 바로 영일만으로 들어와 형산강 하구를 통해 경주를 급습하면 초기 대응을 할 수가 없다. 해적들이 청하현에서 시간을 보내는 바람에 최소 두 시진 이상을 벌게 된 것이었다.

척후병이 다시 보고했다.

"해적선들이 형산강으로 진입하고 있습니다."

강민첨은 드디어 출발 명령을 내렸다. 강민첨의 옆에 있던 오십 대의 남자가 우렁찬 목소리로 수군들에게 명했다.

"거저 마, 출발해래이!"

그의 왼쪽 뺨에 긴 흉터가 있었는데, 대장선의 선장 정의경(鄭宜卿)이었다. 정의경은 영일현에서 창정*(倉正)의 직에 있는 향리였다. 꽤 부유

---

* 창정: 창고를 관리하는 향직.

해서 원래 조운선 한 척과 후리배* 다섯 척을 운영하고 있었다. 그런데 작년 해적들의 경주 침공으로, 통양포에 계류해 놓았던 선박들을 모조리 잃고 말았다. 정의경은 매우 분노했고, 수군이 꾸려지자 대장선의 선장으로 자원했다. 정의경의 특이한 점은 일본어를 할 줄 안다는 것이었다. 이십여 년 전 고래를 잡으러 나갔다가 배가 난파하여 일본의 복량진**(福良津)이라는 곳까지 흘러갔었다. 그곳에 이 년간 머물다가 귀국해서 일본어에 꽤 능했다. 그래서 일본 상인들이 오면 통역을 맡기도 했다.

해적들에게 노출되지 않도록 돛을 올리지 않고 노를 저어 형산강 하구 쪽으로 천천히 다가가는데 다시 척후선이 와서 보고했다.

"해적선이 모두 형산강으로 들어갔습니다."

강민첨은 즉시 돛을 올리게 하고 전속력으로 나아가게 했다. 반 시진이 걸리지 않아서 형산강 하구로 들어섰다. 몇 리를 거슬러 올라가자, 해적선단의 꼬리가 보였고 곧 희미한 소리가 제산 쪽에서 들렸다.

"피이히이이잉~~~~~."

고려군의 우는살이었다. 강민첨은 제산 중턱을 유심히 보았다. 십 리 가량 되는 먼 거리였지만, 어떤 물체들이 움직이는 것이 보였다. 정의경이 그 모습을 가리키며 외쳤다.

"투석기입니다!"

"뚜웅~~~~~~~~."

곧 그쪽에서 뿔나팔 소리가 선명하게 울려 퍼지며 형산 위에서 깃발 하나가 솟구치는 것이 보였다. 그리고 해적선의 선두에서 불길이 일

---

* 후리배: 가까운 바다에서 물고기를 잡는 작은 배.
** 복량진: 일본 이시카와현(石川県) 하쿠이군(羽咋郡) 시카정(志賀町)에 위치한 후쿠라항(福浦港)의 옛 이름.

었다.

　잠시 후 강민첨이 탄 대장선이 해적선단의 후미에 다가섰다. 해적선은 더 이상 앞으로 나가지 못하고 있었다. 강민첨은 뿔나팔을 불게 하고 스스로 북채를 잡고 북을 쳤다.
　"둥, 둥, 둥, 둥, 둥⋯."
　강민첨의 대장선이 해적선 한 척에 불붙은 짚단과 관솔 등을 던져 넣어 불타오르게 했다. 불덩이가 된 해적선이 통제력을 잃고 강물의 흐름에 따라 떠내려갔다. 다른 해적선에 다시 화공을 가하여 불태웠는데 그때, 어느 해적선에서 징소리가 울렸다.
　그러자 해적선단이 형산강 하구로 움직이기 시작했다. 그런데 해적선들은 전투를 하지 않고 틈을 보아 빠져나가려고 했다. 해적들의 상황 판단은 생각보다 빨랐고 우왕좌왕하지 않고 기민했다. 그 흐름을 완전히 막아서는 것은 쉽지 않을 것 같았다. 더욱이 좁은 강에서 서로 엉기게 되면 지휘 통제력을 상실할 것을 우려했다. 강민첨은 전함들을 뒤로 움직이게 했다. 잠시 후 어느덧 형산강 하구를 통해 영일만으로 나왔다.
　영일만으로 나오자마자, 강민첨은 즉시 명령을 내렸다.
　"함대, 일자진!"
　열한 척의 고려 전함이 곧 일자진을 구성했다. 일자진으로 형산강 하구를 감싸 막은 것이었다.

　갈불려가 형산강을 나와서 보니, 과연 고려군 전함의 숫자가 몇 대 되지 않았다. 자신의 판단이 옳은 것이다. 석로에게 말했다.
　"역시 적선이 몇 척 되지 않습니다!"
　석로 역시 고무되어 말했다.

"저 정도면 충분히 제압할 수 있겠군요. 고려 수군을 제압하고 다시 경주로 갑시다!"

갈불려와 석로는 희망에 부풀었다.

강민첨은 자신의 청록색 부채를 높이 들었다. 곧, 해적선들이 화살 사거리인 육십 보 안까지 접근했다. 모든 전함의 군사들이 긴장된 표정으로 강민첨의 공격 명령을 기다리고 있었다. 그러나 강민첨은 요지부동했다. 해적선과의 거리는 점점 좁혀지고 있었고 급기야 해적선에서 화살이 날아왔다. 함대의 군사들이 방패 뒤에 몸을 가린 채로 초조히 대기하고 있었다. 겨우 몇 초간의 짧은 순간이었으나 매우 긴 시간처럼 느껴졌다.

해적선과의 거리가 십여 보쯤 되자, 강민첨은 높이 들었던 청록색 부채를 드디어 앞으로 내렸다. 그와 동시에 북과 징소리가 동시에 요란하게 울리며 가장 앞선 해적선을 향하여 불화살이 날면서 해전이 개시되었다.

해적선 한 척이 강민첨의 대장선 바로 옆에 붙었고 갈고리 몇 개가 대장선으로 날아 들어왔다. 갈고리를 걸어 양쪽의 배를 결박시키는 수법이었다. 양쪽의 배가 결박되자 해적들은 사다리를 걸쳤다. 해적들이 사다리를 잡고 막 오르려고 하는데, 대장선 위에서 화살과 돌이 동시에 날았다. 등선을 준비하던 해적들 몇은 고꾸라지고 나머지 해적들은 황급히 방패 뒤로 몸을 숨겼다.

이어서 마름쇠와 더불어 수십 개의 불붙은 막대가 해적선으로 던져졌다. 송진을 듬뿍 품고 있는 관솔로 만든 횃대였다. 연이어 짚단 수백 장이 해적선으로 날아들었다. 곧이어 관솔의 불이 짚단에 옮겨붙으면서 화염이 치솟았다. 불은 돛과 돛대에 옮겨붙었고 곧 배 전체가 불덩

어리가 되어갔다. 해적들은 배와 더불어 타 죽고, 운이 좋은 자들은 바닷물로 뛰어들었다.

"뚜웅~~~~~~~~~."

해전이 시작되고 있는데 갑자기 영일만 동쪽 바다 장기곶 쪽에서 뿔나팔 소리가 울렸다. 정의경이 그쪽을 보더니 몹시 기뻐하며 박수를 쳤다.

"고마 시간 맞춰 왔구마이라!"

장기곶 동쪽 해안에는 거리순으로 구룡포와 병포, 모포, 양포, 감포가 있다. 이들 포구에도 두세 척의 전함들을 배치했는데, 지금 다섯 척의 전함이 오고 있는 것으로 보아, 구룡포와 병포의 전함이 먼저 도착한 것이었다.

해전은 점점 격화되고 있었고 형산강 하구 바다는 타오르는 배에서 뿜어내는 화염으로 검붉게 물들어갔다. 백오십 척 이상 되는 해적선과 겨우 열여섯 척 고려 전함 간의 싸움이었다. 그런데 타오르는 배들은 모두 해적선들이었다.

해적들은 불타는 배에서 바다로 뛰어내렸으며 일부는 헤엄쳐서 고려의 전함으로 접근하는 이들도 있었다. 배에 접근하여 도끼로 배의 옆면을 찍어가며 오르기 시작했다. 그러나 어느 정도 오르더니 더 이상 오르지 못했다. 배 옆면에 날카로운 창날이 꽂혀 있었기 때문이다. 곧이어 배 위에서 커다란 도리깨가 날아들었고 해적들은 모두 물로 떨어졌다.

이제까지 해전은 화살 등으로 제압사격을 한 다음에 상대편의 배에 올라 육박전을 하는 것이 기본 전략이었다. 바다에서 일어나는 육상 전투와 같았다. 그런데 이런 식의 싸움에서 이기려면, 상대보다 많은 수의 함선과 병력이 필요했다.

그런데 고려의 입장에서는 여진 해적들이 백여 척 넘는 규모로 침입하면 선박과 병력에서 우위를 가질 수 없다. 해적들은 자신들이 선택한 시간에 모여서 올 수 있지만 고려군은 상시적으로 그만한 규모의 배와 병력을 모아둘 수 없는 것이다.

강민첨 등은 이 문제에 대하여 연구하며 정의경을 비롯해 뱃사람들의 의견을 들어, 사람을 공격하는 것이 아니라 선박 자체를 공격하는 전술을 세웠다. 그리하여 배에 누각을 만들어 전투병들이 보다 높은 곳에서 적선을 공격할 수 있도록 했고, 뱃전에는 창날을 꽂아 적들의 등선을 막았다. 그리고 화공에 쓸 갖은 재료들과 마름쇠, 댓돌 등을 준비했다.

고려 전함들은 해적선 자체를 노렸고 공격하던 해적선이 불탄다 싶으면 바로 다음 배를 찾아서 공격했다. 시간이 지날수록 불에 타오르는 해적선들이 점점 늘어났다. 해적들에게는 천만다행히도, 가까이에 형산벌이라는 긴 해변이 오 리 가까이 펼쳐져 있다는 것이었다. 불타오르며 가동 불능에 빠진 배에서, 해적들은 바다로 뛰어들어 해변으로 향했다.

이제 한 시진이 지났다. 백여 척이 넘는 해적선들이 불타오르며 침몰하고 있었고 바다 위에는 해적들의 시체가 부표처럼 떠다녔다. 그리고 해변에는 수영으로 지친 해적들이 숨을 몰아쉬고 있었다. 해적들은 자신들의 선박 숫자가 훨씬 많기에 유리하다고 판단했다. 그러나 고려군 화공에 뭘 해볼 사이도 없이 승부의 추는 기울고 만 것이다.

해전이 벌어지는 동안 다시 모포와 양포의 전함들이 합류했다. 그때 해적선 중에 가장 큰 배가 갑자기 전장을 이탈하여 북동쪽으로 달아나기 시작했다. 그러자 남아 있던 삼십여 척의 해적선들이 그 뒤를 따랐다. 강민첨은 즉시 명령을 내려 그들을 추격했다.

해적선들은 돛을 올리고 노를 저으며 앞으로 나아갔다. 그런데 가장 최단의 거리인 북쪽의 용덕곶으로 향하지 않고 남쪽의 장기곶으로 향하고 있었다. 해풍이 북동쪽에서 불어오고 있었기 때문에 용덕곶으로 가는 방향은 역풍이었기 때문이다. 역풍이 부는 지금, 해류가 형산강 하구에서 장기곶으로 흘러가므로 이 방향으로 가야만 가장 빠른 속력을 낼 수 있었다.

고려의 전함들이 따라붙어 불화살을 소낙비처럼 쏘아댔다. 고려군의 집요한 추격에 십여 척의 여진 해적선들이 다시 불타올랐다.

강민첨의 대장선은 선두의 가장 큰 해적선을 따라잡으려 하고 있었다. 이제 겨우 이십여 척 남은 해적선들은 장기곶을 향해 달리고 있었고, 강민첨의 대장선은 그 무리의 왼편에서 추격 중이었다. 나머지 고려의 전함들은 다른 해적선들을 공격하느라 뒤처져 있었다.

어느 시점부터 더 이상 해풍이 불지 않았고 바람 한 점 없이 잔잔해졌다. 대장선의 선장 정의경이 수군들에게 명했다.

"돛을 모두 내려!"

이제 사람이 젓는 노의 힘과 장기곶으로 나가는 해류의 힘, 이 두 가지로 배들은 움직이고 있었다. 반 시진 째 노를 젓느라 격군들은 완전히 지쳐갔다.

강민첨은 오른쪽의 장기 반도를 보았다. 장기 반도의 중앙에는 발산 봉수대가 있었다. 이제 이십 리 정도를 더 가면 장기곶의 끝이었다. 해가 서쪽으로 지고 있었다. 아침이면 가장 이른 햇빛을 받는 동쪽 바다가 이제 가장 빨리 빛을 잃고 있었다.

그런데 선두의 해적선이 갑자기 방향을 트는 것이 보였다. 망을 보던 수군이 외쳤다.

"앞에 아군의 전함이 다가옵니다!"

장기 반도 동쪽의 감포의 전함들이었다. 감포의 전함들이 앞을 가로막자 다시 해전이 벌어졌고 해적선들은 회피기동을 했지만 모두 빠져나갈 수는 없었다. 겨우 대여섯 척 정도가 영일만을 벗어나는 데 성공했을 뿐이었다.

해가 저물자, 강민첨은 추격을 중지시켰다. 노을이 지는 영일만에 스물네 척의 전함들이 그림자를 동쪽으로 길게 뻗으며 떠 있었고, 그사이에는 불에 타고 있는 해적선들이 보였다.

대장선의 선장 정의경이 그 모습을 바라보며 감탄하여 말했다.

"거저 마, 우리 함대의 위용이 마카 대단합니다!"

정의경은 진정으로 탄복하고 있었다. 강감찬을 비롯한 관리들이 와서 해적들에 대비한다고 했을 때 처음에는 반신반의했다. 거란군이 개경까지 쳐들어와 잿더미로 만들었고 국왕은 남쪽으로 도망을 갔었다. 나라꼴이 말이 아닌 상황인 데다가 또한 거란군의 재침공을 걱정하고 있었다. 이런 상황에서 관리들의 말에 신뢰를 갖기는 힘들었다.

그런데 강감찬을 비롯한 관리들이 읍성을 쌓고 신호체계를 만드는 등 조리 있게 움직였다. 그 모습을 보며 뭔가 일이 되어간다는 생각을 갖게 되었고 정의경도 적극적으로 도왔다. 그 결과, 적과의 전투에서 대승리를 거두자, 가슴 속에서 뿌듯한 무언가가 올라왔다.

"고마, 가슴이 웅장해지는구만!"

정의경은 이렇게 말한 후 소리를 질렀다.

"으아아~!"

대장선의 수군들도 모두 정의경을 따라 함성을 질렀다.

"와아! 이겼다!"

다른 배에서도 함성이 이어졌다. 잠시 후, 강민첨이 다시 명령을 내렸다.

"전 함대, 이동한다!"

곧 천아성이 울려 퍼지고 장쾌한 북소리가 이어졌다.

"뚜웅~~~~~~~~."

"둥, 둥, 둥, 둥, 둥…."

강민첨은 다시 형산강 하구로 함대를 이동시켰다.

29
연회

 판관 조자기는 장기읍성에 있었다. 아침 식사를 마치고 향리들과 이런저런 일들을 의논 중이었는데, 진시 초(7시)가 되자 동쪽 바다에서 안개와 구름이 광범위하게 몰려오기 시작했다.
 조자기는 장기읍성에서 동쪽으로 십 리가량 떨어진 양포로 향했다. 장기 반도 동쪽 지역에는 북쪽에서부터 구룡포, 병포, 모포, 양포, 감포 순으로 포구가 있다. 이곳의 포구마다 전함들을 두세 척씩 배치해 두었는데, 안개가 끼자 양포와 감포의 전함들을 점검할 생각이었다.
 양포에 도착하여 수군들을 소집하고 준비 태세를 감독하는 중에, 봉화가 오르는 것이 보였다. 군사들이 소리쳤다.
 "세 줄기 연기다!"
 조자기에게도 뇌성산 봉수대에서 세 줄기의 연기가 오르는 것이 똑똑히 보였다. 세 줄기 연기를 보고 군사들은 몹시 긴장한 모습이었다. 이쪽 포구들은 작년에 해적들의 침입을 받지 않았으나 그 피해에 대해서는 모두 잘 알고 있었다.
 조자기는 즉시 양포의 전함들을 영일만 쪽으로 보내고 척후선을 타고 최대한 빠른 속도로 가장 남쪽의 감포로 내려갔다.
 반 시진 만에 감포에 도착했더니, 감포의 전함 두 척도 막 항해 준비를 끝내놓고 있었다. 조자기는 전함 한 척에 올라타고 북쪽으로 향했다.

"전속력으로 움직인다!"

북상하던 중 강민첨이 보낸 척후선과 만날 수 있었다. 장기곶의 최북단을 동에서 서로 돌아 영일만에 들어온 때는 유시의 중간(18시)이었다. 돛대 위에서 관측하던 군사가 보고했다.

"십 리 거리에서 배들이 접근 중입니다!"

조자기는 전함의 속도를 줄이게 했다. 수군들의 힘을 비축하려는 의도였다. 잠시 후 고려의 배들과는 확연히 다른 배들이 눈에 들어왔다. 조자기가 힘껏 소리쳤다.

"전속력으로 노를 저어 적선을 충파한다!"

전함의 전면에는 철(鐵)로 두꺼운 뿔을 만들어 적선과 부딪치는 사태에 대비하고 있었다. 그렇지만 만일 전속력으로 달리다가 정면에서 서로 부딪친다면 고려의 전함이 입는 피해도 만만치 않을 것이다. 그러나 조자기는 본능적으로 해적선의 앞을 막아야 한다고 판단했다. 해적선과 점점 가까워지고 있었다. 조자기가 외쳤다.

"충격에 대비하라!"

수군들은 몸을 웅크리고 긴장한 채로 뱃전에 기대 충격에 대비했다. 막 충돌하려는 찰나, 해적선들이 급히 전함의 오른쪽으로 스치듯이 선회했다. 해적선들의 속도가 줄자 조자기가 빠르게 외쳤다.

"갈고리!"

갈고리가 허공을 가로질러 해적선의 배꼬리에 걸렸다. 곧 갈고리에 연결된 줄이 팽팽해지며 그 충격에 전함이 오른쪽으로 거의 쓰러지듯이 누웠다. 바닷물이 넘실대며 배 위를 휩쓸었고 조자기를 비롯해 고려 군들은 모두 물에 흠뻑 젖었다.

해적선들이 속도가 줄자, 마름쇠를 던져 넣고 불화살을 날리고 횃대와 짚단을 던지며 공격하는데, 곧 해적선들을 추격해 온 고려 전함들이 합류했다. 해적선은 이십여 척 정도밖에 되지 않았다. 조자기는 숫자가 예상보다 너무 적다고 생각했다. 해가 저물자 추격을 멈췄다. 대여섯 척 정도가 도망간 듯했다.

조자기는 대장선을 보았다. 대장선의 뱃전에 한 명이 서 있었다. 날이 어두워지고 있었던 데다가 거리가 있어서 얼굴을 식별할 수는 없었지만, 그가 강민첨이라는 것을 잘 알고 있었다.

일 년 반 전, 강민첨은 서경에서 고려군을 지휘하여 거란군을 막아냈고 이번에는 여진 해적들을 격퇴했다. 조자기도 그 일에 함께하고 있는 것이다.

한편, 김종현과 문연은 청하현에서부터 육로로 온 해적들을 상대했다. 그들은 오백여 명 정도 되어 보였는데 형산강 하구에서 해전이 벌어지자 통양포 서쪽에 멈춰서 더 이상 다가오지 않았다.

문연이 말했다.

"우리가 굳이 먼저 다가가 공격할 필요는 없을 것 같습니다."

김종현과 문연은 잠시 상황을 지켜보았다. 바다에서는 해적선들이 차츰 불길에 휩싸여 갔다. 배에서 탈출하여 헤엄을 쳐서 형산벌에 당도하는 해적들이 늘어갔다.

김종현이 통양포 서쪽의 해적들을 가리키며 말했다.

"제가 저들을 견제하고 있을 테니 중랑장께서 해변을 청소해주시는 것이 어떻겠습니까?"

문연은 해변에 있는 해적들을 상대했다. 그런데 헤엄을 쳐서 당도한 이들은 이미 모든 힘을 소진하여 대항 능력을 상실한 상태였다. 해변에 당도하는 족족 모두 사로잡았고 반항하는 자는 주저 없이 처형했다.

잠시 후, 대부분의 해적선이 불타올랐고 남은 해적선들은 도망치는 것이 보였다. 김종현은 강민첨의 대장선을 보았다. 원래 작전계획은 형산과 제산 사이에서 해적선들이 강을 거슬러 올라가는 막고, 아군의 전함들이 그 뒤를 틀어막는 것이었다. 그런데 강민첨은 그렇게 하지 않았다. 형산강에서 나와 바다에서 해전을 벌인 것이었다. 강민첨이 어떤 판단으로 그렇게 한 것인지 정확히 알 수는 없지만, 어쨌든 그는 성공을 거두었다.

김종현은 문연과 다시 군사를 합친 후, 오 리 정도 떨어진 곳에 있는 통양포 서쪽의 해적들을 향해 천천히 다가갔다. 김종현이 부하들을 시켜 소리치게 했다.

"항복하면 살고, 그렇지 않으면 오직 죽음뿐이다!"

고려군들이 다가오자, 해적들은 북쪽으로 오백 보 정도 떨어져 있는 두루미산(학산)으로 들어갔다. 시간이 술시 초(19시)라 이제 금방 날이 어두워질 것이다. 무리하게 공격하지 않고 산 남쪽에 진을 치고 해적들의 동향을 감시했다.

잠시 후, 강감찬이 왔다. 김종현이 상황을 보고 하자 강감찬이 명했다.

"해적들은 고립무원이니, 최소한의 경계 병력만 남기고 군사들을 통양포에서 쉬게 하게."

경주와 울주를 비롯한 각 지역에 전령을 보내 해전에서의 승전을 알렸다. 해시 중간(22시)이 되자 통양포 앞 바다는 많은 불빛으로 붐볐다. 강민첨이 이끄는 함대가 통양포로 들어온 것이다.

강감찬이 강민첨과 조자기를 치하하며 말했다.

"모두 수고했네."

둘이 고개를 숙이자, 강감찬이 강민첨을 응시하며 물었다.

"우리의 계획은 형산강에 해적들을 가두는 것이었네. 그런데 어째서 바다에서 해전을 한 것인가?"

강감찬의 부담스러운 눈빛을 받고, 강민첨이 머리를 긁적이며 대답했다.

"어, 그게…, 해적들의 대응이 기민해서 그렇게 하는 것이 낫겠다는 생각이 들었습니다."

강감찬이 다시 물었다.

"기민해서?"

옆에 있던 김종현이 듣기에는 강감찬의 눈빛과 말투가 마치 강민첨을 책망하는 것 같았다. 김종현이 생각하기에도 굳이 바다로 나아가 해전을 할 필요는 없었다. 원래 계획대로 했어도 충분히 승리를 거두었을 것이다. 또한 최고 지휘관 입장에서 부하 장수가 멋대로 계획을 수정하는 것을 좋아하지 않는 것도 당연했다.

강민첨이 답했다.

"적들은 전투를 회피하고 바로 바다로 나가려고 했습니다."

강감찬이 잠시 생각한 후에 말했다.

"우리 전함이 열 척이 넘으니, 설사 적들이 회피하려고 해도 충분히 강에서 적을 막아설 수 있지 않았나?"

"그렇습니다만, 좁은 강물에서 전투하다 보면 서로 엉겨 붙어서 지휘 통제력을 잃을 것을 염려했습니다."

"난전이 될 수도 있겠지. 그래서 바다로 빠져나온 다음에 대형을 갖추어 전투한 것인가?"

"네, 그렇습니다."

강감찬이 고개를 끄덕이며 말했다.

"좋은 임기응변이었네."

김종현은 이제 알아챘다. 강감찬은 책망하려는 것이 아니라 당시 상황을 정확히 파악하려는 것뿐이었다.

다음 날, 두루미산에 들어갔던 여진 해적들은 모두 항복했다.

이틀 후 저녁 무렵, 왕순은 수창궁 관인전에 있었다. 해적선들이 침입했다는 소식에 뜬눈으로 밤을 보냈더니 매우 피곤했다. 관리들 역시 마찬가지였다. 해시(21시)가 되자, 숙직하는 관료만 남기고 나머지는 퇴청하기로 했다.

왕순은 현덕왕후를 보기 위해 현덕궁으로 발길을 옮겼다. 임신한 상태로 몽진을 따라나섰던 현덕왕후는 결국 유산하고 말았고, 건강이 나빠져 누워 지내는 때가 많았다. 현덕왕후는 왕순에게 자신의 침소에 들지 말 것을 청했으나 왕순은 다른 후비들보다도 더 많이 현덕왕후를 찾았다.

현덕왕후와 대명왕후는 모두 성종의 딸들인데, 둘 다 골격이 좋고 후덕한 편이었다. 그런데 현덕왕후는 나날이 마르고 있었다. 왕순은 그것이 매우 애처로웠다.

왕순은 현덕왕후와 담소를 나누다가 어느 순간 잠들었다.

"성상! 성상!"

누군가 자신을 부르며 흔들고 있었다. 왕순은 눈을 게슴츠레 떴다. 현덕왕후가 자신을 깨우고 있었.

아침인가?

잠에서 깨지 않아, 주변이 어두운지 밝은지 판단이 서지 않았다. 왕순의 눈에 현덕왕후의 홍조 띤 얼굴이 보였다. 볼은 발그레했으며 눈은 반달 같은 미소를 짓고 있었다. 왕순이 알고 있던 건강하던 때의 그 모습이었다.

꿈인가?

왕순은 오른손을 뻗어 현덕왕후의 뺨을 만졌다. 현덕왕후의 뺨은 따뜻했고 안락한 기분이 몰려왔다.

그때 현덕왕후가 왕순의 팔을 강하게 잡으며 외치듯이 말했다.

"성상! 경주에서 승전보가 올라왔답니다!"

왕순은 몸을 벌떡 일으켰다. 날은 밝아 있었고 중추사 장연우가 현덕궁 밖에서 강감찬이 보낸 장계를 들고 서 있었다.

"신 강감찬은 삼가 머리 조아려 재배(再拜)하고 성상폐하께 글월을 올리나이다.

지난 경술년(1010년), 거란이 크게 군사를 일으켜 우리 변경에 난입하여 횡포를 자행했는데, 성상의 굳건한 지휘로 거란의 무리를 물리쳤습니다. 하늘이 어진 임금을 돕는다는 것이 이와 같을 것이옵니다.

그런데 그 틈에 동북쪽의 간악한 여진족들이 배를 타고 경주로 침입하여 약탈했습니다. 이 무도한 족속의 침입을 막기 위해 성상께서 계책을 내려주셨으니, 신 등은 그 명령을 받잡고 경주에 내려가 대비했습니다.

성상께서 예측하신 대로, 올 오월 이일에 해적들이 백오십여 척의 배로 침입해 왔습니다. 신은 형산과 제산에 군사들을 매복시켜, 형산강을 거슬러 올라 경주로 침입하는 해적선들을 막아섰습니다. 그러자 해적들은 다시 영일만 바다로 나갔습니다. 그때 작년부터 건조한 전함을 집결시켜 그들을 모두 쳐부숴서 도망간 해적선은 손에 꼽을 정도입니다.

성상의 계책대로 해적들을 섬멸했으니, 진실로 축하할 일입니다.

…하략…"

왕순은 강감찬이 보낸 장계를 읽고 남쪽을 바라보았다.

"흠-."

그리고 가슴속에 쌓여 있던 깊은숨을 내쉬었다. 왕순이 장연우에게 말했다.

"중추사도 수고 많았소."

"신이 무슨 수고를 했겠습니까! 성상께서 잘 판단하신 결과 아니겠습니까!"

왕순이 장연우를 보며 미소 짓더니 시종들에게 명령을 내렸다.

"오늘은 대신들에게 간단한 연회를 베풀 것이니 준비하도록 하라."

전쟁 후, 왕순은 단 한 번도 연회를 연 적이 없다. 물자를 조금이라도 아끼면서 절약하는 모습을 보여주기 위해서였다. 그렇지만 오늘 같은 날에는 임금과 신하가 함께 즐기는 시간을 갖는 것도 좋을 터였다.

제3장

결정

30
군주의 행동

왕순은 대관루(大觀樓)에서 쇠뇌 하나를 당겨보고 있었다. 박원작이 기존 쇠뇌를 개량하여 사거리를 더 길게 한 것이었다. 이 쇠뇌에 수질노(繡質弩)라는 이름을 내리고 전군에 보급할 것을 지시했다.

왕순은 수질노를 여러 번 당겨본 후 잠시 휴식하며 주변 풍경을 보았다. 수창궁의 서쪽에는 개경 시가지를 흐르는 배천의 물을 끌어들여 만든 호수가 있었는데 서쪽에 있기에 서호(西湖)라고 불렸다. 그 서호 안에는 인공으로 만든 섬이 있었고 그 섬 위에 대관루라는 이 층 구조의 누각이 세워져 있었다. 누각은 호수 안에 세워진 덕에 시원했다. 하여 오월이 되어 날씨가 더워지자 주로 이곳에서 정사를 보고 있었다.

수창궁은 원래 성종이 만든 작은 별궁으로, 할머니 신정왕태후(神靜王太后) 황보씨(皇甫氏)를 위한 궁이었다. '수창(壽昌)'은 '장수를 기원한다'는 뜻이다.

그런데 목종 때 크게 중창하여 꽤 화려한 모습을 갖게 되었다. 목종이 수창궁에 호수가 있어 놀기 좋다고 하여 자신의 놀이터로 삼은 것이었다. 목종이 수창궁을 중건할 때 대신들의 반대가 극심했다. 그런데 이제 와 보니, 거란군의 방화로 본궐이 소실되었는데 수창궁은 화마의 피해를 입지 않았다. 그래서 수창궁을 이용하고 있으니 사람의 일이란 참으로 알다가도 모를 것이었다.

오월의 날씨가 더웠으나, 호수의 물빛은 파랬고 둘레에 심어 놓은 수양버들 역시 새파랬다. 수양버들의 무성한 가지 중 일부가 물속에 늘어져 있었는데 그 모습이 마치 사람 같았다. 허리를 굽혀 머리채를 물에 담그고 낭창낭창한 머리카락을 감고 있는 것처럼 보였다. 대관루 이층에서 이 모습을 바라보자니 절로 청량감이 들었다.

재추들과 영일만 해전에 대한 일을 의논하는 중에 참지정사 최항이 건의했다.

"신라의 문무대왕께서 돌아가시면서 나라를 지키는 큰 용이 되어, 불법을 받들고 나라를 수호하겠다고 하셨다는데, 이번에 문무대왕의 영험이 있었다고 하니 이 어찌 불법의 힘이 아니겠습니까! 경주 조유궁(朝遊宮)을 허물고, 그 자재로 황룡사(皇龍寺) 탑을 수리하소서!"

최항은 요즘 부쩍 불교에 심취해 있었다. 왕순이 문득 생각이 나서 물었다.

"진병대장경을 판각하는 일은 어찌 되고 있습니까?"

"왕륜사에서 장인 몇 명이 하고 있는데, 일단 반야심경을 판각하여 원하는 사람들에게 인쇄해 나눠주고 있습니다."

오후에는 서경유수 장영이 보낸 상소가 당도했다.

"지난해 서경에서는 홍수와 가뭄이 연달아 들었습니다. 그 여파로 올해 곡식값이 크게 올라, 베 한 필에 살 수 있는 곡식이 겨우 한 말에 불과합니다. 물가를 안정시키기 위해, 베 한 필에 곡식 세 말을 살 수 있도록 강제했으나 오히려 시장에 곡식이 사라져서 더욱 곤란한 상태입니다."

서경은 재작년에는 전쟁을 겪고, 작년 봄에는 홍수를, 가을에는 가뭄까지 겪었다. 왕순이 재추들에게 물었다.

"어떻게 하면 좋겠습니까?"

"전쟁이 언제 일어날지 모르니, 서북면 창고의 곡식을 풀 수는 없습니다. 결국 개경 창고의 곡식을 공급하는 수밖에 없습니다."

곧 조서를 작성해 서경으로 보냈다.

"곡식값이 올라서 서경 백성의 생활이 곤궁하니, 측은한 마음을 금할 길이 없다. 짐이 즉시 호부(戶部)에 명령을 내려, 물가가 안정될 때까지 서경 시장에 곡식을 공급하게 할 것이다."

다행히도 작년에 남쪽 지방에 풍년이 들어서 식량 상황에 여유가 있었다. 자신이 왕위 오른 뒤로 마치 기다렸다는 듯이 어려운 상황이 계속되고 있지만 어쨌든 꾸역꾸역 일을 해결해가고 있었다. 사실 지금은 어느 정도 마음에 여유도 생겼다. 강감찬이 가져다준 승전보 덕분이었다.

며칠 후, 거란에 갔던 채충순이 돌아왔다. 그런데 화평전 안으로 들어오는 채충순의 표정이 몹시 어두웠다. 왕순이 거란에서 보낸 조서를 펼쳐 들었다. 조서 안 많은 글자 중에서 의미 있는 글자는 단 네 글자였다.

"王詢親朝(왕순은 친히 거란으로 오라)."

왕순이 조서를 읽고 가만히 있었다. 채충순이 조심히 입을 열었다.

"그리고 김은부의 사신단이 내원성에 억류되어 있습니다."

"음…, 어찌 된 일입니까?"

"거란의 동경에서 내원성으로 오는 길에 여진족들과 마찰이 있었다고 합니다."

곧 재추회의를 소집했다. 방법은 다시 한번 사신을 보내는 것밖에 없었다. 이번에는 형부시랑 전공지(田拱之)가 자원했다.

전공지는 영광현(靈光郡: 전라남도 영광군) 사람으로 외교문서를 잘 지었으며 근면하고 조신하다는 평가를 받고 있었다. 그리고 한 가지 재주를 더 가지고 있었는데 그림을 잘 그렸다.

목종 십년(1007년), 탐라(眈羅: 제주도)에서 보고가 올라왔었다.

"신비한 산이 바다 가운데서 솟아 나왔습니다."

전공지가 탐라로 가서 조사하니, 탐라 사람들의 목격담은 이러했다.

"산이 처음 솟아 나올 때, 우렛소리가 나며 땅이 움직이더니 구름과 안개가 끼어 어두컴컴했다가, 칠 일 밤낮이 지나고서야 비로소 구름과 안개가 걷혔습니다. 산의 높이는 백여 장이나 되고 둘레는 사십여 리, 풀과 나무는 없고 연기가 산 위에 덮여 있었으며, 마치 거대한 유황 덩어리 같아 두려워 감히 가까이 갈 수 없습니다."

전공지가 배를 타고 몸소 산 밑에 가서 그 형상을 그림으로 그려서 왔었다. 이번에도 거란에 갔다 오면 기억을 토대로 그림을 그릴 것이었다.

더위에 갈증을 느껴 왕순은 주전자에서 물을 따라 한 잔 들이켰다. 이제 거란주의 마음을 달랠 길은 요원해 보였다. 그렇다면 전쟁을 피할 수 없을 것이다. 거기에 억류된 김은부도 걱정이었다.

문하시랑 유진이 말했다.

"서북면병마사 유방에게 조서를 보내 변방의 방비를 단단히 하라고 일러야 합니다."

재추들은 조용했다. 그 밖에 다른 대책을 세울 수 없는 것이다. 그날 밤, 왕순은 연경원으로 행차했다. 연경원주와 이런저런 이야기를 나누면서 계속 눈치를 살폈다.

그런데 연경원주가 먼저 말했다.

"이미 알고 있습니다."

왕순이 계면쩍은 표정을 지으며 반문했다.

"알고 있었소?"

연경원주가 오히려 위로하며 말했다.

"거란에 사신으로 가는 일이 어렵고 위험한 임무라는 것을 아버님도 잘 알고 계셨습니다. 너무 심려 마십시오."

왕순은 연경원주의 손을 꼭 잡았다. 그제야 연경원주는 자신의 감정을 드러내며 눈물을 하염없이 흘렸다. 왕순은 연경원주의 등을 쓰다듬으며 말했다.

"사신을 거란의 내원성으로 보내 교섭할 것이니, 너무 걱정하지 마시오."

왕순은 문득 자신의 부모님이 생각났다. 그런데 부모님의 얼굴을 잘 기억할 수 없었다. 자신을 낳고 바로 사망한 어머니는 당연히 기억할 수 없었고 아버지는 그나마 다섯 살 때 사망했기에 자신을 안아주던 느낌만은 생생했다. 그런데 이상하게도 얼굴은 생각나지 않았다. 그리워하고 싶어도 그리워할 모습이 없는 것이다.

아버지 왕욱의 능은 사수현(泗水縣: 경상남도 사천시)에 있다. 십육 년간 한 번도 가보지 못했고 단지 사람을 시켜 관리하고 기일에 맞춰 제사를 지내게 했다. 왕위에 오른 뒤 아버지의 능을 개경 쪽으로 옮기고 싶었으나 거란의 침공이 임박하여 후일을 기약해야 했다.

어머니 헌정왕후의 능은 개경 동북쪽 교외에 있었다. 어머니의 기일은 자신의 생일과 같은 칠월 일일이었다. 왕위에 오르기 전에는 부정기적으로 갔고 왕위에 오른 뒤에는 연이어 가다가, 작년과 올해는 궁 안에서 간단한 제사만 지내고 능에 직접 가지 않았다. 아무래도 자신이 움직이면 비용이 들기 때문이었다. 비용을 줄이기 위해서 이것도 아낀 것이었다.

그런데 이제 전쟁이 일어나면 미래를 기약할 수 없다. 어쩌면 영원히 못 갈 수도 있었다.

며칠 후, 왕순은 후비들을 이끌고 헌정왕후의 능에 참배를 갔다. 현덕왕후도 몸이 좋지 않았지만 함께했다.

셋째도 같이 갔는데 긴장한 듯 언니들 곁에서 얌전히 있었다. 제례가 끝난 후 왕순이 셋째에게 말했다.

"아니, 우리 셋째도 얌전할 때가 있군."

셋째가 뾰로통한 표정을 짓자 왕순이 다시 말했다.

"모후께서는 노래를 매우 좋아하셨다고 하오. 짐이 그대에게 한 곡 청해도 되겠소?"

왕순의 말에 셋째가 한 곡조를 뽑았다.

서산의 지는 해는 지고 싶어 지나
날 버리고 가신 님도 가고 싶어 가나
청천 하늘엔 잔별도 많고
우리의 가슴속엔 수심도 많다.
세월이 흐르기는 강물과 같고
인생이 늙는 건 바람결 같누나
사람이 살면 몇백 년을 사는가
한 번 사는 이 세상 둥글둥글 사세.

노래가 끝나자 대명왕후가 현덕왕후에게 말했다.

"저 아이의 노랫소리는 언제 들어도 심금을 울리네요."

어머니의 능에 참배한 후, 왕순은 아버지 안종 왕욱의 능에 대한 조서를 내렸다.

"사수현에 사는 언효(彦孝)와 효질(孝質) 두 사람은, 짐이 사수현에 있을 때 시종했고 지금까지 안종의 능을 성심성의껏 돌보고 있으니 좋은 토지를 주어 그 노고를 포상하도록 하라."

며칠 후 호부(戶部)에서 아뢰었다.

"거란이 다시 침공한다는 소문이 민간에 돌고 있습니다. 식량과 물품을 사재기하려는 움직임이 있어 조치를 취해야 합니다."

왕순은 재추회의를 소집해서 물었다.

"민심이 많이 동요하고 있습니까?"

중추사 채충순이 답했다.

"개경 사람들이 남쪽으로 피난 갈 준비를 하는 것은 사실입니다."

왕순이 근심 어린 표정으로 물었다.

"어떤 조치를 해야겠습니까?"

그런데 왕순의 물음에 대답하는 사람이 없었다. 침묵이 길어지자, 왕순이 목소리를 높여 재차 물었다.

"마땅히 취할 조치가 없습니까?"

왕순이 문하시랑 유진을 보았다. 유진은 공손히 아래만 보고 있었다. 이윽고 최항이 말했다.

"개경 사람들이 피난에 대비하는 것은 어제오늘 일이 아닙니다. 그런데 지금 소란한 것은 좀 다른 이유 때문입니다."

왕순이 짚이는 곳이 있어서 물었다.

"거란에서 보낸 조서의 내용이 민간에 알려졌기 때문입니까?"

조서의 내용을 비밀로 했지만 시간이 지나면 새 나갈 수밖에 없었다. 최항이 고개를 저으며 말했다.

"조서의 내용 때문이 아닙니다. 거란의 침공 가능성에 관해서는 사람들도 충분히 인지하고 있습니다."

"그러면 무엇 때문이라는 말입니까?"

최항이 약간 뜸을 들인 후에 말했다.

"성상께서 원릉(元陵: 헌정왕후의 능)에 참배한 후부터 민심이 동요하기 시작했습니다."

왕순이 눈을 동그랗게 뜨며 반문했다.

"그게 무슨 말입니까?"

"성상께서는 비용이 든다며 기일에도 원릉에 참배하지 않으셨습니다. 그런데 갑자기 원릉에 참배하니, 백성들이 위기감을 느낀 것입니다."

"음…."

왕순은 처음에는 황당하게 느껴졌지만 잠시 생각해보니 최항의 말에 일리가 있었다.

백성들은 군주의 행동을 보고 그것에 따라서 자신들의 행동을 결정한다. 왕순은 헌정왕후의 능에 앞으로 가보지 못할 수도 있다고 생각했고 단지 그 애잔한 마음으로 참배한 것이다. 그런데 그 행동은 결국 거란이 침공해 오면 고려가 패한다는 것을 전제로 한 행동이었다. 백성들은 당연히 그것을 알아챘고 그것에 맞게 행동하는 것이었다.

왕순이 생각을 가다듬은 후 말했다.

"짐의 행동이 너무 가벼웠군요. 민심을 안정시키려면 어떻게 해야겠습니까?"

채충순이 말했다.

"백성들의 믿음을 얻어야 합니다."

"그런 구체적 방안이 무엇이 있겠습니까?"

재추회의에서 여러 말들이 오갔다. 그러나 방법은 하나밖에 없었다. 군주가 스스로의 행동을 조심히 하는 것이었다. 왕순이 표정을 엄숙히 하고 재추들에게 말했다.

"짐이 생각이 짧아 행동이 변변치 않을 때가 있으니, 경들은 그것이 보이거든 주저 없이 말해주시오. 좋은 정치를 펼쳐서 나라와 백성을 안정시키는 것이 경들과 나의 본분이니, 우리는 그것을 한시도 잊어서는 안 될 것입니다."

채충순이 말했다.

"옛말에, '신하가 군주의 잘못을 지적하면 그 자신이 위태로워진다'라고 했습니다. 군주의 잘못을 지적하면 노여움을 사게 되기 쉽고 그러면 신하의 삶과 목숨은 위험해집니다. 그래서 섣불리 하기 어려운 것입니다. 그런데 이제 성상께서 스스로 잘못을 깨우치시는 데 주저함이 없으시니, 우리 신하 된 사람들은 기쁜 마음으로 말씀을 드릴 수 있을 것입니다. 그러면 고려의 정치는 샘물처럼 맑아질 것이고 결국 나라와 백성은 편안해질 것이옵니다. 이 모든 것이 성상의 어진 마음에서 비롯된 것입니다."

왕순은 군주로서 행동에 삼가고 또 삼갈 것을 거듭 다짐했다.

31
탄핵

유월의 첫날, 중추사 채충순이 와서 보고했다.

"동북면 용진진(龍津鎭: 강원도 문천시)에서 불이 나서 가옥 삼백여 채가 불에 타버렸습니다."

용진진은 동북면 최북단인 화주 근처에 있는 수군 기지로 여진 해적들을 견제하는 임무를 맡고 있었다.

왕순이 채충순에게 물었다.

"어찌 여름에 그만한 화재가 난다는 것이오?"

"자세한 것은 더 조사해봐야 알겠으나, 누군가가 일부러 방화한 것이 분명합니다."

"인명 피해는 어떻습니까?"

"일곱 명이 사망하고 수십 명이 부상을 입었습니다. 여름이라 날씨가 습하여 그나마 인명 피해가 적었습니다."

"누가 방화를 했단 말입니까?"

"누군지는 알 수 없으나, 불이 나서 혼란한 와중에 여진족들로 추정되는 사람들을 보았다는 증언이 있습니다."

"음…."

왕순은 짧은 한숨을 토했다. 영일만에서 여진 해적들을 크게 격퇴했으나 문제는 계속되고 있었다.

이틀 후, 강감찬, 강민첨, 김종현, 문연, 조자기, 이인택이 개경으로 돌아왔다. 여진 해적들을 격퇴했으므로 임시직인 동남해병마사의 임무를 종료시켰던 것이다.

왕순은 재추회의를 소집해 강감찬 등의 보고를 들었다. 한참의 문답이 이어진 후, 왕순이 칭찬하며 말했다.

"경들이 동쪽을 편안하게 했으니 그 공은 이루 말할 수 없소."

강감찬이 머리를 조아린 후 입을 열었다.

"해적들을 막아내었으나 아직 완전하지 않습니다."

"학사승지는 짐에게 어떤 가르침을 주시겠습니까?"

"여진 해적들을 격퇴했으나 동북면 여진족에 대한 관리를 더 해야 합니다. 신을 동북면병마사로 보내주십시오."

재추들이 눈을 동그랗게 뜨고 강감찬을 쳐다보았다. 동북면병마사로 보내달라는 것은 뜬금없는 소리였기 때문이었다.

왕순이 물었다.

"어떤 복안이 있습니까?"

강감찬이 진지한 표정으로 말했다.

"지금 당장 자세한 계획을 가지고 있지는 않습니다. 자세한 것은 동북면에 가서 현장을 보고 세워보겠습니다."

여기저기서 실소가 터져 나왔다. 너무나 대책 없는 말이었기 때문이다. 왕의 총애를 믿고 너무 나서는 것에 불과해 보였다. 왕순 역시 무슨 말을 해야 할지 몰라서 잠시 멍하니 있었다.

최사위가 반대하며 말했다.

"동북면병마사는 동북면을 지키는 것뿐만이 아니라, 위기 시에는 서북면을 지원하는 역할도 해야 합니다. 이 직은 매우 중요하므로 아무나 맡을 수는 없습니다."

강감찬이 말했다.

"여진 해적들의 움직임을 봉쇄하기 위해서는 동북면의 진명도부서의 수군을 적극 이용해야 하는데 이번에 진명도부서의 대응이 없었습니다."

최사위가 혀를 차며 말했다.

"해적들이 먼바다에서 와서 바로 영일만으로 들어서는데, 천 리나 떨어져 있는 진명도부서에서 어떤 대응을 할 수 있다는 말입니까?"

강감찬이 답했다.

"해적들의 침입 경로를 알아보니, 우산국(울릉도)을 중간 기착지로 한다고 합니다. 우산국에서 봉화를 올려서 신호하면 충분히 진명도부서에서도 대응할 수 있습니다."

최사위가 입술을 오므렸다가 말했다.

"좋은 생각입니다. 그건 그대로 실행하면 되겠습니다. 그러나 동북면병마사를 교체할 수는 없습니다."

최사위는 이렇게 말하며 왕순을 보았다. 왕순이 그 눈빛을 받으며 천천히 말했다.

"경험 있는 장수들은 서북면에서 근무해야 하니, 동북면에 학사승지가 부임하는 것도 괜찮지 않겠소?"

최사위가 강하게 만류했다.

"동북면병마사는 중책입니다. 여진 해적들과 한낱 전투를 벌이는 것과는 차원이 다른 문제입니다. 학사승지는 연세도 많고 무엇보다 그런 중책에 어울리는 군 경력이 없습니다."

강감찬이 정색하며 말했다.

"저는 근래 차분히 군 경력을 쌓고 있습니다."

최사위가 강감찬을 응시하며 말했다.

"동북면병마사가 되면 수만 명의 군사들을 관리해야 하고, 서북면을 지원하려면 수천의 군사를 이끌고 천 리를 행군해야 합니다. 이건 공이 지금까지 경험했던 몇 번의 작은 전투와는 완전히 다른 개념입니다."

왕순이 재추들을 둘러보며 말했다.

"경들은 어떻게 생각하십니까?"

"학사승지가 특별한 계획도 가지고 있지 않은데, 동북면병마사로 임명할 수는 없습니다."

"형부시랑 이방이 동북면병사로서의 역할을 잘 수행하고 있습니다. 굳이 바꿀 이유가 없습니다."

갑자기 동북면병마사로 나가겠다는 강감찬의 말은 상당히 무리한 것이었다. 왕순 역시 그 사실을 잘 알고 있었다. 그러나 웬만하면 강감찬의 청을 들어주고 싶었다. 강감찬의 뚝심에 대한 신뢰가 왕순의 마음속에 강하게 자리잡고 있었기 때문이었다. 왕순이 고심하고 있는데 중후한 목소리가 편전에 울렸다.

"신, 채충순이 말씀을 올리겠나이다."

채충순은 중후한 외모만큼 목소리도 안정감이 있었다. 강감찬은 군 경험이 없지만 몽진 중에 감악산에서 적을 막아냈고 이번에는 해적들도 격퇴했다. 강감찬에게 어떤 능력이 있는 것은 확실하다고 채충순은 판단했다. 그리고 왕이 강감찬의 청을 들어주고 싶어 한다는 것을 잘 알고 있었다.

"거란과의 긴장이 높아지고 있습니다. 따라서 군 지휘관들을 재편해야 합니다."

왕순이 고개를 끄덕이자, 채충순은 말을 이어 나갔다.

"행영도통부만 구성하였고 중군·좌군·우군병마사는 아직 임명하지 않았습니다. 전과 마찬가지로 좌복야 박충숙을 중군병마사에, 동북면 병마사 이방을 우군병마사, 공부상서 최현민을 좌군병마사로 임명하십시오."

왕순이 말했다.

"그럼 지금 이방이 동북면병마사로 나가 있으니 교체해야겠군요."

"네, 그렇습니다."

채충순의 말은 조리가 있었고 상황에도 맞았다. 결국 다른 재추들이 찬성하자, 최사위 역시 더 이상 반대할 수 없었다. 그러나 강감찬에게 한마디를 덧붙였다.

"동북면에 관한 사항을 수시로 점검하겠습니다."

그리하여 강감찬은 동북면병마사로 임명되었다. 강감찬은 역시 강민첨을 부병마사로 임명하고 판관으로 김종현과 조자기를 지명했는데, 김종현은 임명되기를 거부했다.

"저는 서북면으로 나가고 싶습니다."

거란의 침공 가능성이 크니, 김종현은 서북면으로 나가 공을 세우고 싶었던 것이다.

강감찬이 대체할 사람을 찾는데 왕순이 한 사람을 천거했다. 통사사인*(通事舍人) 유참이었다. 왕순이 나주로 몽진을 갔을 때 나주사록이었던 유참은 얼마 전 통사사인(通事舍人)으로 임명되어 있었다. 강감찬이 만나보고 판관으로 기용했다. 동북면으로 부임하려고 준비하는 중 한 가지 일이 발생했다.

감찰어사 이인택이 김종현을 처벌하라는 상소를 올린 것이었다. 청

---

* 통사사인(通事舍人): 고려 시대 조회와 의례 등을 맡은 관청인 합문(閤門) 소속의 정7품직.

하현에서 김종현은 이인택을 폭행했었다. 이인택이 그 사실을 강감찬에게 알렸는데 강감찬은 둘을 불러 화해시키는 것으로 무마했다. 그런데 화가 풀리지 않은 이인택이 상소를 올린 것이다.

"감찰어사 김종현은 동남해병마사의 판관으로 있으면서 하극상을 저질렀습니다. 선임 관리 이인택을 폭행하면서 더구나 무기를 사용했으므로 사람들이 놀라고 분통하게 여기고 있으니 파직시키소서."

왕순은 강감찬과 이인택을 불러들였다.

왕순이 이인택에게 물었다.

"상소의 내용이 사실입니까?"

"당연히 사실입니다. 김종현은 칼로 저의 머리를 후려쳤습니다."

이번에는 강감찬에게 물었다.

"어떻게 된 일입니까?"

강감찬이 이인택을 슬쩍 보며 말했다.

"이때 해적들이 청하현에 상륙하여 매우 급박한 상황이었습니다. 김종현이 흥분상태가 되어서 이 어사의 투구를 때렸습니다. 해적들을 격퇴한 후에 폭행 사건을 보고받고 이 어사와 김종현을 불러 화해를 시켰습니다."

왕순이 이인택을 보며 말했다.

"화해를 했으니…."

이인택이 미간을 찌푸리며 말했다.

"화해는 개인적인 것이고 하극상에 대한 처벌은 국법이옵니다."

왕순은 되도록 조용히 처리하고 싶어서 강감찬과 이인택을 부른 것인데, 이인택의 태도가 강경하다. 왕순이 눈을 동그랗게 뜨며 강감찬을 보았다. 그 눈빛을 받고 강감찬이 이인택에게 말했다.

"그때 김종현이 흥분 상태였잖소. 우리는 합심해서 해적들을 격퇴한 전우들 아니오. 너그럽게 처리해주시오."

이인택이 고개를 가로저으며 말했다.

"관리들의 비위를 감시하는 것은 감찰어사의 임무입니다. 더구나 김종현이 하극상을 저지르는 것을 청하현 사람들이 모두 보았는데, 그냥 넘어갈 수는 없습니다."

왕순은 난감했다. 이인택에게 상소를 철회하게 하여 그냥 무마시키고 싶은데 강경하게 나오고 있다. 그런 이인택을 강하게 다루기도 부담된다. 이인택은 감찰어사인 데다가, 김은부의 처인 안산군대부인(安山郡大夫人)의 동생이다. 그러니까 왕순에게 처외삼촌인 것이다.

왕순은 김종현을 감찰어사에서 물러나게 하여 다른 직으로 옮기는 것으로 마무리 지으려고 했다. 그러자 이인택이 다시 상소를 올려서 파직을 거듭 주장했다. 왕순은 재추회의에서 의논하게 했다. 결국 재추회의에서도 파직으로 결론이 났다.

재작년(1010년) 거란군이 개경으로 몰려올 때, 김종현은 겨우 기병 세 기와 더불어 구원하러 왔었다. 왕순은 김종현을 신뢰할 수 있는 사람이라고 판단하고 있었다.

그렇지만 결국 왕순은 김종현을 파직시켰다. 그러나 곧 강감찬 휘하의 동북면 녹사로 임명했다. 사실상 파직이 아니라 강등 조처를 내린 것이다.

이 사실을 안 이인택이 다시 상소를 올렸다.

"파직되었으므로 바로 다른 관직에 임명하는 것은 국법을 어기는 것입니다."

왕순은 강감찬과 상의해서 김종현의 임명을 취소하고 백의종군하는 것으로 했다. 그런데 강감찬 등이 동북면으로 부임한 후, 이인택이 또다시 상소를 올렸다.

"김종현은 동북면에 가서 실제 관리의 업무를 하고 있습니다. 이는 국법을 어기고 있는 것입니다."

왕순은 이 상소를 무시했고 다른 재추들도 문제 삼지 않았다. 상소를 무시하자 이인택은 다른 상소를 올렸다.

"강감찬의 아들, 강행경은 강감찬을 만나러 경주로 가는 길에 역마를 사사로이 이용했습니다. 따라서 강감찬을 파직시켜야 합니다."

이때 최사위의 발의로 역마를 사사로이 이용하면 파직에 처하고 그 관리의 이름까지 전국 각지에 알려서 이런 행위를 완전히 근절시키고자 하는 강력한 법을 시행 중이었다.

왕순은 이 상소 역시 무시하려고 했으나 최사위가 말했다.

"국법은 지엄한 것입니다. 만일 누군가 역마를 사사로이 이용했다면 반드시 벌을 받아야 합니다."

결국 조사해 보니 강행경이 역마를 이용한 것은 사실이었다. 왕순은 재추들을 설득하여 국자감에 다니고 있는 강행경을 퇴학시키는 선에서 마무리하려고 했다.

그런데 이인택이 다시 상소를 올렸다.

"강행경이 역마를 이용한다는 사실을 강감찬도 알고 있었으니 역시 파직시켜야 합니다."

왕순은 이인택을 불러 사정하듯이 말했다.

"강행경을 국자감에서 퇴학시켰으니 이제 이것으로 무마합시다. 더구나 삼 년간 입학할 수 없게 하였으니 큰 벌을 받은 것입니다."

이인택이 고개를 저으며 말했다.

"성상께서는 너그러움을 중시하시나 국법은 지엄한 것입니다. 봐주면 법을 어기는 사람들이 계속 나타날 것이고 나라가 혼란해질 것입니다."

왕순이 부드러운 말투로 다시 말했다.

"거란과의 전쟁이 또 일어날 가능성이 있으니, 강감찬과 같은 사람이 꼭 필요합니다. 이제 여기서 그만합시다."

"성상께서 오해하고 계시옵니다."

왕순의 언성이 약간 높아졌다.

"오해라니?"

"사실 여진 해적을 격퇴하는 일에 강감찬은 별로 한 것이 없습니다. 공이 있다면 강민첨이 더 클 것입니다. 강감찬은 큰 인재가 아니옵니다. 성상께서 싸고도실 필요가 없습니다."

다소 무엄한 말이었으나 왕순은 화를 내지 않고 일단 이인택을 물러가라고 했다. 그런데 또다시 이인택이 상소를 올렸다.

"여진 해적을 격퇴하는 전술을 세운 사람은 강민첨이지 강감찬이 아닙니다. 강감찬은 부하의 공을 가로챘습니다. 거기에 역마를 사사로이 이용했으니, 강감찬을 파직시켜야 합니다."

왕순은 고민 끝에 연경원주에게 갔다. 왕순이 연경원주에게 말했다.

"이 어사가 상소를 계속 올리고 있군요."

"저도 지나가는 얘기로 들었습니다."

"좀 난감한 상황이오."

"제가 말해보겠습니다."

"고맙소."

연경원주를 만난 후에도 이인택은 또다시 상소를 올렸다. 이번에는 강감찬이 경주에서 뇌물을 받았다는 것이었다.

"강감찬은 경주 방어사 이작충으로부터 '여래입상'과 '반가사유상' 하나씩을 받았으니 이것은 명백한 뇌물입니다. 강감찬의 죄가 이토록 차고 넘치니 파직시키는 것이 옳습니다."

결국 신하들 사이에서 강감찬을 파직시켜야 한다는 의견이 대세를 이루게 되었다. 왕순이 이 의견들을 묵살하자 신하들의 상소와 면담 요청이 쏟아졌다. 왕순은 골치가 아팠다.

왕순은 즉위하며 다음과 같은 조서를 내렸었다.

"옛 서적에, '어진 신하가 바른말을 하고, 그 말을 임금이 받아들이면 국가가 부흥할 것이다'라고 하였다. 따라서 신하들의 의견을 허심탄회하게 듣고 따를 생각이니, 정치에 관해서 의견이 있는 사람은 언제든지 와서 말하도록 하라."

신하들의 의견을 최대한 많이 듣는 것이 좋은 정치라고 생각했고 그 생각에는 변함이 없었다. 그런데 지금은 그 말들이 너무 피곤했다. 며칠 후 왕순은 적당한 핑곗거리를 생각해냈다.

"임시로 거처하는 궁궐이 협소하여 자리가 부족하니 신하들의 알현을 닷새에 한 번으로 제한한다."

이 조서가 나간 뒤, 내사사인 윤징고, 기거주 서눌, 기거사인 곽원이 공동으로 상소를 올렸다.

"강감찬의 혐의는 모두 사실입니다. 따라서 법에 따라 파직시키는 것이 옳습니다."

윤징고와 서눌, 곽원은 같은 해(996년)에 과거에 급제한 동년(同年) 사이들이었다. 이들은 과거에 합격한 수재인 데다가 관리로서의 재능도 뛰어났다. 더하여 몸가짐 역시 훌륭하여 앞으로 재추가 될 인재들이었다. 세간에서는 이들을 '동년 삼걸'이라고 불렀다. 왕순 역시 이들을 무척이나 신뢰하고 있었다.

왕순이 신뢰하는 신하들 모두 강감찬의 파직을 찬성하고 있는 것이었다. 그것이 법을 지키는 길이기 때문이었다. 결국 왕순은 고민 끝에 결정을 내렸다.

"강감찬을 파직시킨다."

모두 당연한 결정이라고 생각했다. 그런데 그다음 조치가 예상외였다.

"강감찬을 본직인 한림학사승지에서는 파직하고, 임시직인 동북면 병마사 직은 그대로 유지시킨다."

관리들을 파직시킬 때, 본직만 파직시키고 임시직을 유지시키는 경우는 없었다. 전혀 유례가 없는 일이었다.

즉시 신하들의 상소가 이어졌다.

"이런 예는 그간 없었습니다. 본직과 임시직 모두 파면하는 것이 옳습니다."

이 상소에 대해서 왕순은 가타부타 답하지 않고 또 다른 명령을 내렸다.

"감찰어사 이인택을 파직시킨다. 이인택은 김종현 등 아군이 위기에 처했을 때 구하지 않았다. 이것은 군법에 의하면 참수형에 해당하는 죄지만 영일만에서 공을 세웠기 때문에 파직에만 처한다."

이 명령을 내린 뒤, 곧바로 재추회의를 소집해서 말했다.

"거란의 위협이 날로 증대되고 있는데 이 문제로 더 이상 힘을 빼는 것은 좋지 않습니다. 이것으로 마무리 지읍시다."

채충순이 말했다.

"강감찬에 대해서는 전례가 없는 일이지만 지금은 위기상황이니 예외가 있을 수 있다고 봅니다. 이인택이 아군을 구하지 않은 것은 사실이니 파직은 관대한 처벌입니다."

최항 역시 동조했고 결국 유진을 비롯한 다른 재추들도 동의했다. 최사위는 탐탁지 않게 생각했으나 거란의 위협이 증대되고 있는 것은 사실이었다. 왕순은 윤징고, 서눌, 곽원 등도 차례로 불러서 협조할 것을 당부했다. 윤징고가 조용히 말했다.

"성상께서는 늘 감찰어사들에게 관리들의 지위 고하를 막론하고 비리가 있으면 탄핵하라고 말씀하셨습니다. 그런데 지금의 조치는 어사들의 힘을 약화시키는 것입니다. 성상께서 총애하는 신하들에 대해서는 감찰하지 말라는 지시와 같습니다."

왕순이 물었다.

"무슨 방법이 없겠소?"

"구체적인 명분이 필요합니다."

"구체적 명분이라?"

"병법서에 따르면, '장수가 변방에 나가면 왕명도 거부할 수 있다'라고 했습니다. 따라서 '강감찬이 변방에 나간 장수이기 때문에 어사의 탄핵에도 예외일 수 있다'라고 하면 좋겠습니다."

윤징고의 말에 왕순이 고개를 크게 끄덕이며 말했다.

"아주 좋군요. 그렇게 조서를 내리도록 하지요."

윤징고가 마지막으로 한 마디를 덧붙였다.

"그렇지만 이런 예외적인 일은 이번 한 번뿐이어야 합니다. 두 번이 있게 되면 정치가 어지러워질 것입니다."

32
결정

개태원년(開泰元年: 1012년) 삼월 칠일, 야율융서는 막사 안에서 상소문을 훑어보고 있었다. 인시(3시~5시) 무렵에 일어나 각종 문서를 읽고 처리하며 신하들을 만나는 일에 눈코 뜰 사이 없이 바빴다. 그 사이 간간이 외국의 사신들도 접견해야 했다. 야율융서의 하루 일과는 이런 일들로 꽉 채워져 있었다. 제국을 경영하는 일은 매우 피곤한 것이었다.

야율융서는 눈을 몇 번 껌뻑이다가 눈 주위를 비볐다. 불혹이 넘어가자 예전보다 쉬이 침침해지는 것 같았다. 손가락으로 눈 주위를 지압했다. 이렇게 한참 해서 눈물이 나자 눈동자를 이리저리 굴렸다. 이렇게 하면 눈의 피로가 한결 풀린다.

막사 밖을 내다보았다. 오늘은 삼월 칠일이다. 왕성한 생명력이 움트고 있는 싱그러운 봄날이었다.

황하(潢河)와 토하(土河), 두 강물이 만나는 이곳은, 물길을 따라 갈대밭이 넓게 펼쳐져 있었다. 그 갈대밭 주위로는 느릅나무, 버드나무 등이 군집을 이루고 있었고 이 모든 것을 품은 장대한 푸른 초지가 수백 리에 걸쳐 펼쳐져 있었다. 그 푸른 초지 위에 봄을 맞아 붉고, 노랗고, 하얀 색색의 꽃들이 장식처럼 수놓아져 있는 것이었다. 매우 평화로운 풍경이었다. 야율융서는 이 모습을 사랑했다.

온 천하가 평안해 보였다. 자신이 황제가 되기 전에 거란의 상황은 매우 어려웠다. 송나라가 남쪽에서 강하게 압박하고 있었고 동쪽에서는 발해 부흥세력과 여진족들이 맹위를 떨쳤다. 서쪽에서는 서하(西夏: 당항족)와 조복(阻卜: 몽골 추정)을 비롯한 수많은 부족이 수시로 반란을 일으켰다.

　자신이 황제가 되어 송나라를 정벌해 굴복시키고 매년 비단 이십만 필과 은 십만 냥을 세폐로 받게 되었다. 그리고 동쪽으로는 발해의 잔존 세력을 뿌리 뽑고 여진족들을 제압했다. 또한 서하를 복속시키고 조복을 평정하여 수천 리나 되는 서쪽 영역을 확보했다. 말 그대로 천하를 평정한 것이다. 비록 어머니 승천황태후가 최종 결정권자였으나 자신 역시 황제의 책무를 다했다.

　막사 밖의 그림 같은 풍경 속에서 움직이는 물체가 느껴졌다. 고개를 들어 하늘을 보자, 참매 한 마리가 공중을 맴돌고 있었다. 잠시 후 사냥감을 발견한 듯 날개를 접고 급강하하는데 참매가 사냥하는 장면은 호쾌하기 이를 데 없었다. 마치 잿빛의 화살이 번개같이 내리꽂히는 것 같았다. 야율융서 역시 매사냥을 매우 좋아했다. 특히 고려에서 때때로 바치는 해동청은 최고의 사냥매였다. 참매는 급강하하다가 갑자기 날개를 펴며 급히 공중에서 멈췄다. 어디선가 날아 온 검은 빛의 물체가 참매를 건드린 것이었다. 자세히 보니 검은빛의 물체는 까마귀였다. 까마귀는 참매가 자신의 영역을 침범했다고 판단하여 공격하는 듯했다. 영역을 지키기 위해 맹금류에 맞서 용감히 응전한 것이었다. 까마귀와 참매가 한동안 공중전을 벌이다가 서로의 발을 움켜쥔 채로 빙글빙글 돌았다. 더 크고 힘이 좋은 참매가 까마귀의 발을 잡고 빙빙 돌리는 모습이었다. 결국 땅으로 천천히 떨어졌다. 야율융서는 보기 드문 광경을 흥미롭게 보고 있었다. 계속 싸운다면 까마귀는 날카로운 부리와 발톱을 가진 참매를 당해내지 못하리라. 그런데 까마귀는 참매에게 밀리면서도 매를 계속 쪼아댔다. 한동안 엉켜서 격렬히 싸우더니 잠시 후 소강상태였다. 그러다 참매가 날개를 퍼덕이며 날아올랐다. 야율융서는 땅바닥에 누워 있는 까마귀가 큰 부상을 입었다고 여겼다. 그런데 곧 까마귀 역시 날개를 펴더니 참매를 따라 날아올랐다. 그리고 참매를 추격하기 시작했다. 한참을 추격하다가 참매가 멀리 도망가자 더 이상 추격을 멈추고 공중을 맴돌았다.

"까악, 까악, 까악…."

마치 자신의 영역을 지켜냈다는 것을 주위에 알리는 듯했다.

그때 일단의 관리들이 막사로 들어왔다. 북원추밀사 야율화가와 북원추밀부사 소합탁, 북원대왕 야율세량 등 추밀원 관리들이었다.

야율화가가 표문 하나를 야율융서에게 건네며 말했다.

"고려 사신 채충순이 왔습니다."

야율융서가 표문을 받아들면서 생각났다는 듯이 물었다.

"내원성에 억류된 고려 사신은 어떤 상태요? 이름이 뭐였더라?"

"김은부입니다. 계속 조사 중이라는 보고입니다."

얼마 전 김은부를 억류했다는 보고를 받았었다. 고려 사신단의 군사들이 여진족들의 가축을 뺏으려고 해서 싸움이 일어났다는 것이다. 야율융서는 철저히 조사하여 거란의 법에 따라 처리하라고 했다.

야율융서는 고려에서 보낸 표문을 펼쳐 들고 읽었다. 표문의 요지는 '강조의 일당을 모두 처결하였으며 예전의 예에 따라 조공하기를 원한다'는 것이었다.

야율융서가 표문을 다 읽자, 소합탁이 큰 미소를 지으며 말했다.

"폐하께서 의로운 군사를 일으켜 고려의 역적들을 모두 소탕하셨으니 고려왕은 폐하의 은혜에 감읍하고 있사옵니다."

야율융서가 고개를 미미하게 끄덕였다. 추밀원 관리들과 군사 문제에 대해서 논의하고 있는 동안 한 사람이 들어왔다. 난릉군왕 소배압이었다. 늘 진중한 표정의 소배압이지만 평소보다도 더 진중해 보였다. 소배압이 야율융서에게 보고했다.

"내원성에 있던 우리 쪽 사람 몇이 고려로 도망갔다고 합니다."

야율융서가 눈살을 찌푸리며 야율화가에게 물었다.

"어떻게 된 것이오?"

제국에서 일어나는 모든 정보는 추밀원으로 모이게 되어 있었다. 그러나 야율화가는 머뭇댔다. 내용을 모르는 것이다. 소합탁이 대신 대답했다.

"단지 노예 몇이 도망친 것입니다."

야율융서가 못마땅한 표정으로 말했다.

"어째서 도망한 것인가? 환경이 열악한 것인가?"

역시 소합탁이 답했다.

"그들은 송나라와의 전쟁 중에 포로로 잡힌 한족들로서 고려와의 국경으로 보내진 사람들입니다. 원래부터 불만을 품고 있었다고 생각됩니다."

전쟁에 잡힌 포로들을 먼 변경으로 보내는 것은 거란의 기본 정책이었다. 그런 사람들은 당연히 불만을 품고 있을 수밖에 없었다. 야율융서가 추밀원 관리들에게 말했다.

"불만을 품은 노예들이 도망가는 것은 흔히 있는 일이지만 철저히 조사하고, 더불어 고려로 사람을 보내 그들을 돌려받도록 하시오."

야율융서의 명령에 추밀원 관리들은 꿀 먹은 벙어리처럼 아무 말도 하지 못했다. 야율융서가 의아한 표정으로 그들을 바라보자, 소배압이 말했다.

"벌써 내원성에서 흥화진으로 사람을 보내 돌려달라고 요청했으나 거절당했습니다."

야율융서가 눈살을 찌푸리며 말했다.

"우리의 요구를 거절했다는 말인가?"

소합탁이 부리나케 말했다.

"아닙니다. 홍화진 쪽에서도 정확한 사실관계를 모른다며 조사해보겠다고 했습니다."

소배압이 다시 말했다.

"변경의 노예 몇이 고려로 도망간 것은 큰일이 아니지만, 고려가 여진족들과 발해인들을 지속적으로 회유하고 있습니다. 불온한 움직임이 더 생기기 전에 고려의 영향력이 커지는 것을 견제해야 합니다."

소합탁이 정색하며 말했다.

"폐하의 정벌로 고려와의 국경은 안정되었습니다. 불온한 움직임은 없습니다."

소배압이 목소리를 가다듬고 진중한 음성으로 말했다.

"올 정월 장백산의 삼십 개 부족 여진 추장들이 조공을 왔었습니다. 그런데 다음 달에는 고려로 가서 말을 바쳤다고 합니다. 변고는 언제든지 생길 수 있습니다. 변경의 방비는 언제나 만전을 기하는 것이 옳습니다."

소배압의 말에 야율융서의 안색이 변하며 야율화가에게 야단치듯이 물었다.

"그게 사실이오?"

야율화가가 쭈뼛대자 역시 소합탁이 나서서 말했다.

"여진족들이 고려로 가는 일은 상시로 있는 일이라 따로 보고드리지 않았습니다."

야율융서의 눈꼬리가 올라가며 표정이 매우 불쾌하게 변했다. 스스로 이번 정벌이 성공한 것이라고 정의했지만, 그 수습은 매우 힘들었다. 수많은 관리와 군사들이 전사했기 때문이었다. 부족한 관리들을 보충하느라, 조금이나마 글을 아는 자를 관리로 대거 채용했다. 군사들을 채우는 것도 보통 일이 아니었다. 그 감춰두었던 불쾌함이 새어 나온 것이었다.

굳게 입을 다물고 있던 야율융서가 입을 열었다.

"짐이 직접 동쪽으로 가서 변경을 안정시킬 것이오."

야율융서의 말에 모두 놀랐다. 고려를 다시 직접 정벌하겠다는 뜻과 같은 것이었다. 막사 안에 정적이 감돌았다. 그때 한 사람이 나서며 말했다.

"동쪽에 치우쳐 있는 고려는 계륵과 같습니다. 얻기도 힘들고, 얻어도 이득이 별로 없습니다."

북원대왕 야율세량이었다. 한덕양이 자신의 후계자로 지명한 야율세량은 윗사람의 눈치를 보지 않는 성격이었다. 그것은 황제의 면전에서도 마찬가지였다. 야율융서의 뜻이 고려로 치우쳐 있음을 눈치채고는 자신의 솔직한 견해를 말한 것이다.

야율융서가 언성을 높이며 말했다.

"그렇다면 짐이 이런 수모를 당하고도 가만히 있으라는 말인가?"

야율세량이 표정을 가다듬으며 말했다.

"폐하께서 당태종에 버금가는 천하의 주인이 되기 위해서는 먼저 송나라를 도모해야 합니다. 고려는 나중입니다. 송나라를 정벌하여 당태종과 버금가게 되면, 그때 고려를 정벌하여 당태종을 넘어설 수 있습니다."

야율세량의 말에 막사 안은 조용해졌다.

야율화가가 난색을 보이며 말했다.

"승천황태후께서 남기신 유훈은 무기를 거두고 송나라와 평화를 유지하라는 것이었습니다. 송나라와의 전쟁은 안 됩니다."

야율세량이 말했다.

"송나라 황제가 전쟁에서 공을 세운 구준(寇準)을 내쳐서 지금 송나라 조정에는 간신들만 들끓고 있습니다. 그리고 하늘과 땅에 사치스러운 제사를 지내며 재정을 낭비하고 있으며, '하늘에서 계시를 담은 책을 내린다'는 요망하기 이를 데 없는 말을 퍼뜨리고 있습니다. 지금의 송나라라면 충분히 도모해볼 수 있습니다."

야율화가가 말했다.

"우리도 전쟁이 끝난 지 얼마 되지 않아서 민력이 많이 상했습니다. 송나라를 도모할 상태가 안 됩니다."

야율세량이 다시 말한다.

"맞습니다. 지금은 우리도 군사를 쉬게 해서 힘을 길러야 합니다. 우리 군대는 아직 준비되어 있지 않습니다."

야율융서가 야율세량에게 물었다.

"그럼, 고려의 일은 어떻게 처리해야 하나? 그냥 놔두어야 하나? 그들의 요구를 들어줘야 하나?"

"어찌 되었든 송나라나 고려를 정벌하려면 일단 시간을 벌며 명분을 쌓아야 합니다."

야율융서가 혼잣말처럼 말했다.

"시간을 벌며 명분을 쌓는다…."

소배압이 야율융서에게 말했다.

"마침 고려 사신이 와 있으니 그에게 조서를 내려보내면 좋겠습니다."

"어떤 조서를 내리는 것이 좋겠소?"

소배압이 잠시 생각한 뒤에 말했다.

"고려왕은 입조하겠다고 여러 번 약속했습니다. 그 약속을 지키게 하는 것이 좋을 것입니다."

야율융서가 고개를 끄덕이며 말했다.

"그렇게 합시다."

야율화가가 부정적인 어조로 말했다.

"고려왕이 입조하겠습니까?"

야율세량이 말했다.

"아마도 고려왕은 입조하지 않을 것입니다. 그렇지만 그들은 정치적인 부담을 느낄 것입니다. 그리고 내부적으로 혼란이 올 수도 있습니다."

야율융서는 고려로 보내는 조서를 작성하게 했다.

소배압이 말했다.

"그리고 폐하께서 직접 동쪽으로 가시기보다는 일단 다른 사람을 보내 민심을 수습하는 것이 어떻겠습니까?"

"다른 사람이라?"

의논 끝에 야율융서는 자신의 셋째 동생인 초국왕 야율융유를 동경으로 보내서 민심을 수습하게 했다.

채충순이 돌아가고 다섯 달 뒤인 팔월 이십사일, 고려에서 다시 사신 전공지(田拱之)가 왔다. 전공지가 들고 온 표문에는 이렇게 쓰여 있었다.

"고려왕 왕순은 병 때문에 입조할 수 없습니다."

야율융서가 표문을 집어 던지며 명했다.

"추밀회의를 소집하라!"

곧 야율화가, 소합탁, 야율세량 등이 들어왔다.

"고려왕이 짐의 명령을 거부했소!"

야율융서의 말에 모두 숨을 죽이고 있었다. 대단히 분노하고 있다는 것을 모두 느끼고 있었기 때문이다. 이때 소합탁이 분연히 나서며 말했다.

"고려왕이 명령을 거부했으므로 이제 정벌하는 수밖에 없습니다."

소합탁이 이렇게 말하자 모두 소합탁을 보았다. 특히 야율세량은 눈을 가늘게 뜨고 소합탁을 응시했다. 추밀원에서 의논한 것과 다른 말을 하고 있었기 때문이었다. 소합탁을 비롯한 추밀원 관리들 모두 고려 정벌에 반대하는 입장이었다. 그런데 지금 소합탁은 야율융서의 비위를 맞추고자 고려 정벌을 말하고 있었다.

소합탁이 이어서 말했다.

"우리 군대는 벌써 일 년 이상을 쉬었고 작년에는 풍년이 들었습니다. 충분히 다시 정벌에 나설 수 있습니다."

야율세량은 고려를 정벌할 때가 아니라고 생각하고 있었다. 그러나 황제의 의지가 강력하다. 그래서 고려 정벌을 꼭 해야 한다면, 완벽한 준비 과정을 거친 다음에 해야 한다.

야율세량이 생각을 가다듬고 말했다.

"그렇다면 먼저 강동육주의 반환을 요구해야 합니다."

야율융서가 부정적인 어조로 말했다.

"주겠소?"

"주지 않을 가능성이 크지만 명분은 만들 수 있고, 만에 하나 준다면 고려는 약화될 테니, 정벌의 절반은 성공한 것입니다."

갖가지 논의들이 행해지는 가운데 야율세량이 말했다.

"고려와의 전쟁에서 말과 낙타를 모두 잃었습니다. 먼저 말과 낙타를 보충해야 합니다."

야율융서가 말했다.

"사들이도록 하시오."

그때 북원임아 소박이 들어왔다.

"동경유수 야율팔가가로부터 온 전갈입니다."

"무엇인가?"

"초국왕이 훙서했습니다."

야율융서는 몸을 부르르 떨며 고개를 떨구었다. 셋째 야율융유가 서른다섯의 나이로 사망한 것이었다. 형제들과의 의리가 매우 두터웠기 때문에 그 슬픔은 말할 수 없이 컸다. 둘째 동생 야율융경이 호방한 기운이 있는데 반해 셋째 야율융유는 말수가 적고 성격이 의젓했다.

거란에는 불교가 널리 믿어지고 있었고 황실 역시 마찬가지였다. 그런데 야율융유는 특이하게도 어려서부터 도교를 믿었다. 도교의 신선술을 매일 수련하며 고기를 입에 대지 않고 채소로 된 반찬만 먹었다. 신선술을 익혔더니 몸이 가벼워졌다며 자신이 신선이 될 거라고 농담 삼아 말하고는 했다. 그래서 오래 살 줄 알았다. 야율융유의 사망으로 장례를 치르는 동안 고려 정벌 논의는 미루어졌다.

장례가 끝난 뒤, 야율융서는 다시금 고려 정벌을 논의했다.

야율세량이 보고했다.

"말을 각 부족에서 사들이고 있는데, 말값을 너무 비싸게 불러 필요한 수량을 모두 구입할 수가 없습니다."

"흠-."

야율융서가 짧은 한숨을 내쉬었다.

잠시 침묵이 이어지는데, 소합탁이 시원한 말투로 입을 열었다.

"각 부족에서 징발하면 됩니다."

야율세량이 난색을 표하며 말했다.

"반발이 심할 것입니다."

그러나 빠른 시일 내에 말의 수량을 확보하려면 징발밖에 답이 없었다. 야율융서가 명령했다.

"각 부족에서 징발하고 자발적으로 말을 바친 자들에게는 관직을 내리도록 하시오!"

그런데 이때 남원임아 장검이 상소문을 올렸다. 장검은 성품이 단아하고 성실하였으며 외모를 꾸미지 않았다. 관리로서의 재능도 뛰어났다. 그래서 '지혜가 밝고 명민한 사람'으로 일컬어지고 있었다. 야율융서 역시 장검을 매우 존중했다.

"국가가 매년 정벌을 하고 있어 군사들이 매우 지쳐 있습니다. 더욱이 이번에 경험했듯이 고려는 작은 나라이나 성과 보루가 완전하고 튼튼합니다. 과거 수양제나 당태종도 백만 대군을 동원했으나 고려 정벌에 실패했습니다. 이것이 바로 힘을 써도 얻는 것이 없다는 것입니다. 무기를 내려놓고 쉬다가 그들에게 변고가 생기기를 기다려야 합니다."

장검의 상소문에 야율융서의 얼굴이 붉게 변하며 상소문을 탁자 위에 툭 던졌다.

또한 올해 과거 시험에 붙은 진사(進士) 강문소(庚文昭) 등이 상소문을 올렸는데 요지는 이러했다.

"황제가 정벌을 함에 앞서, 먼저 인(仁)과 의(義)로써 교화함이 옳습니다. 그래야 백성들이 덕(德)에 감화되어 순종할 것입니다. 이제는 군사를 함부로 움직이지 말고, 무력의 남용을 경계하시어 올바른 도리를 행할 때입니다."

이 상소문에 야율융서는 격노했다. 강문소 등을 곤장형에 처하고 유배 보냈다. 그러고는 이를 악물고 명령했다.

"추밀회의를 소집하라!"

야율화가, 소합탁, 야율세량 등이 들어오자 야율융서가 말했다.

"지금부터 구체적인 고려 정벌에 대한 계획을 만드시오. 이번 겨울, 반드시 고려를 공격할 것이오."

야율융서는 시기를 못 박았다.

유월, 동북면병마사 강감찬이 보낸 장계가 도착했다.

"백산족 추장 마시저(麻尸底)는 발해인의 후예로 그 원래 이름은 대천기(大千機)라고 하옵니다. 백산족은 거란의 압제를 피해 발해 남경부(南京府: 함경남도 북청군)의 옛 성터에 살고자 하니 윤허하여 주십시오."

왕순은 즉시 조서를 내려 허락했다.

다시 십여 일 후, 강감찬의 장계가 당도했다.

"대천기에 이어 모일라(毛逸羅)와 서을두(鉏乙豆)가 자신들의 부락민을 거느리고 와서 살기를 간청하므로 허락해주소서. 그리고 전례에 따라서 여진 추장들에게 관직을 내려주시고, 특히 대천기에게는 장군직을 내려서 우리 측에 속한 여진 군사들을 통할하게 해주소서."

왕순은 조서를 내려 여진 추장들에게 관직을 하사했다.

다시 보름 후 강감찬이 보낸 장계가 도착했다.

"이번에 새로 관직을 받게 된 여진 추장들이 개경에서 성상을 직접 뵙는 영광을 누리겠다고 요청하니 허락해주십시오."

왕순은 조서를 내렸다.

"입조를 허락한다. 이후에도 귀순해 오는 자가 있으면 잘 타일러 입조하게 하라."

또다시 강감찬의 장계가 도착했다.

"발해 남경부*(南京府) 북쪽 산에는 발해 때 창건한 운흥사(雲興寺)라는 절이 있습니다. 발해가 멸망하며 폐사된 것을 여진족들의 요청으로 목종 원년(998년)에 장인을 파견하여 다시 지어주었습니다. 그런데 지금 관리가 되지 않아 허물어지고 있으니, 승려를 보내 이곳을 관리하게 해주십시오."

왕순은 장계를 받고 운흥사에 파견될 승려를 물색했다. 그런데 고려의 최북단인 화주에서도 북쪽으로 사백 리 정도 떨어진 곳으로 가서 여진족들과 생활해야 한다. 매우 어렵고 위험할지도 모를 일이었다. 누구를 보낼지 고민되었다.

그때 이 소식을 들은 성보가 자원했다.

"궁궐 안에만 있으니 좀이 쑤십니다. 소승이 가겠나이다."

왕순이 고개를 갸웃하며 말했다.

"사형이 잘할 수 있겠소?"

성보가 빙그레 웃으며 말했다.

"성상께서는 저를 너무 낮게 보는 경향이 있습니다."

왕순은 성보와 더불어 장인들을 동북면으로 보냈다.

얼마 후, 대천기 등이 왔다. 왕순은 이들에게 직접 관직을 하사했다. 대천기는 또한 불상과 불경, 유학 서적을 내려줄 것을 간청했다.

왕순은 대천기에게 조서를 내렸다.

"호국인왕불상과 불경, 역경, 시경, 서경, 춘추, 예기 각 한 부씩을 내려주노라."

강감찬으로부터 다시 장계가 왔다.

"여진인들 사이에도 불교가 널리 퍼지고 있어서 승려가 되기를 원하

---

*　**발해 남경부(南京府): 한경남도 북청군 일대.**

는 사람들이 있습니다. 그들을 출가시키게 도첩*(度牒)을 내려주십시오. 자비로운 불법이 미개한 야만적 습속을 교화시킬 것이옵니다."

왕순은 백 장의 도첩을 보냈다. 그런데 여진족들이 사는 지역에 절을 세운다는 사실이 널리 알려지자, 포교를 위하여 그곳으로 가고자 희망하는 승려들이 꽤 있었다. 왕순은 그들 중 일부를 선발하여 동북면으로 보냈다.

강감찬은 승려들이 오자 면담했는데 이들은 불법을 펴기 위해 스스로를 봉양할 준비가 되어 있었다. 승려들은 여진족들이 사는 지역 깊숙이 들어가서 신라와 발해에서 세웠던 옛 절터를 찾아 그곳에 거주하며 포교를 시작했다. 또한 승려가 되기를 원하는 여진인들을 교육하여 불경을 암송하는 시험에 통과하면 도첩을 주었다.

여진족들 사이에서 불교의 영향력은 점점 커졌는데 이는 곧 고려의 영향력이 커지는 것과 같았다.

구월, 단풍이 물들고 가을이 되었다. 동북면병마사 강감찬이 보낸 장계가 도착했다.

"동북면에 풍년이 들었습니다."

왕순은 장계를 보고 미소를 지었다. 풍년이 든 것이 강감찬의 공은 아니지만 어쩐지 그의 덕으로 생각되었다.

시월, 강감찬이 보고했다.

"근래 우리에게 귀순하는 여진족들이 늘어나고 있습니다. 화주 북쪽 지역에 성을 쌓아 그들을 거주하게 하는 것이 좋겠습니다. 성을 쌓으면 그들은 편안하게 생업을 영위할 수 있고, 우리는 외부의 울타리가 생기는 것이므로 방어에 유리합니다. 또한 화주 북쪽 지역을 확보하면 보다

---

* 도첩(度牒): 고려 시대, 승려가 된 사람에게 나라에서 내려주던 신분증명서.

빠른 길로 서북면으로 이동할 수 있습니다."

동북쪽 국경을 확대하겠다는 것이었다. 거란과의 전쟁을 대비하는 지금, 원래는 하지 않는 것이 맞다. 새로 성을 쌓으면 그곳에 백성들을 이주시켜야 하기에 국력이 분산될 수밖에 없다. 그렇지만 귀순한 여진인으로 민호를 채운다면 그것은 아주 괜찮은 일이었다. 왕순은 허락한다는 조서를 내렸다.

곧 강감찬은 새로 성을 쌓을 곳에 대한 지도를 보내며 이름을 내려주기를 요청했다. 왕순이 지도를 살펴보니, 골짜기가 길게 이어지는 지형이었다. 곧 조서를 내렸다.

"긴 골짜기가 있는 고장이니, '길 장(長)' 자를 써서, '장주(長州)'라고 칭하도록 하라."

며칠 후, 거란에 사신으로 갔던 전공지가 거란 황제 명의의 조서를 들고 돌아왔다. 조서의 주요 내용은 이러했다.

"압록강 동쪽의 여섯 성을 다시 반환하도록 하라!"

전공지가 왕순에게 보고했다.

"거란주가 고려 정벌을 명했다고 합니다. 거란 내부 분위기가 매우 심상치 않았습니다."

이제 언제 거란이 군사행동을 해도 이상하지 않았다. 전국에 조서를 내려 군사들을 점고하도록 했다.

채충순이 말했다.

"전쟁에 돌입하더라도 사신을 보내야 합니다."

서경유수 장영(張瑩)이 자원하여 거란으로 향했다.

그 와중에 아주 좋은 소식도 있었다. 김은부가 돌아온 것이었다.

"누명을 쓰고 억류되어 있었는데, 발해 왕족 대연림의 적극적인 해명 덕에 풀려날 수 있었습니다."

이날, 연경원에서 김은부의 가족들이 모두 모여 그간의 회포를 풀었다. 왕순 역시 김은부의 손을 잡고 눈물을 글썽였다.

야율융서에게는 총애하는 발해인 비(妃) 대씨(大氏)가 있었다. 대연림은 대씨(大氏)에게 사람을 보내 김은부가 풀려날 수 있도록 도와달라고 부탁했다. 대씨는 소합탁과 접촉했고 소합탁이 힘을 쓴 덕에 풀려날 수 있었던 것이다.

소합탁은 대씨가 야율융서에게 총애받는다는 것을 아주 잘 알고 있었다. 그러므로 대씨의 환심을 사둔 것이었다.

하(下)권에서 계속